LIVRE UN

Odyssée

par

MICHAEL P. KUBE-McDOWELL

SOMMAIRE

MES ROBOTS

par Isaac ASIMOV

J'ai écrit ma première histoire de robots, « Robbie », en mai 1939, à dix-neuf ans à peine.

La différence avec les histoires de robots écrites jusque-là consistait en une seule résolution : ne *pas* faire de mes robots des symboles. Ils ne devaient *pas* être les symboles de l'écrasante arrogance de l'humanité. Ils ne devaient *pas* offrir l'exemple d'ambitions humaines empiétant sur le domaine du Tout-Puissant. Ils ne devaient *pas* former une nouvelle tour de Babel méritant d'être châtiée par la destruction.

Mais il n'était pas question non plus que les robots jouent le rôle de symboles de groupes minoritaires. Ils ne devaient pas être de pitoyables créatures persécutées qui me permettraient de faire des déclarations ésopiennes sur les juifs, les Noirs et autres peuples maltraités. Je suis naturellement opposé aux pratiques autoritaires, comme je l'ai maintes fois exprimé dans de nombreux essais et nouvelles, mais *pas* dans mes histoires de robots.

Dans ce cas, qu'ai-je voulu faire de mes robots ? J'en ai fait des machines-outils. J'en ai fait des instruments. J'en ai fait des appareils destinés à servir des buts humains. Et j'en ai fait des objets dotés de dispositifs de sécurité incorporés. Autrement dit, j'ai fait en sorte qu'un robot soit dans l'incapacité de tuer son créateur ; ainsi, une fois éliminée cette intrigue usée, j'ai été libre d'envisager d'autres scénarios plus rationnels.

Comme j'ai commencé à écrire mes histoires de robots en 1939, je n'ai pas eu recours à l'informatique. L'ordinateur électronique n'avait pas encore été inventé et je n'en avais pas prévu l'invention. J'ai prévu, en revanche, que le cerveau devait être électronique, d'une façon ou d'une autre. Cependant, le mot « électronique » ne me paraissait pas assez futuriste. Le positron – une particule sous-atomique comme l'électron mais de charge électrique opposée – avait été découvert quatre ans à peine avant que je n'écrive ma première histoire de robots. Ce mot semblait évoquer parfaitement la science-fiction, alors j'ai donné à mes robots un « cerveau positronique », et imaginé leurs pensées produites par des flots intermittents de positrons qui se créaient et cessaient d'exister instantanément. Mes nouvelles furent donc intitulées « la série des robots positroniques », pour la seule raison que je viens de donner.

Au début, je n'ai pas pris la peine de systématiser ou de décrire explicitement les dispositifs de sécurité que j'imaginais incorporés à mes robots. Mais comme je comptais mettre mes robots dans l'impossibilité de tuer leur créateur, je devais souligner qu'ils ne pouvaient faire de mal aux êtres humains, que cette impossibilité était intégrée à leur cerveau positronique.

Ainsi, dans la toute première version de « Robbie » (publiée dans le numéro de septembre 1940 de *Super Science Stories* sous le titre « Strange Playfellow ») je mettais dans la bouche d'un personnage parlant d'un robot la phrase suivante : « Il ne peut s'empêcher d'être fidèle, aimant et bon. C'est une mécanique, il a été *fabriqué ainsi*. »

Après « Robbie », que John Campbell d'*Astounding Science Fiction* refusa, j'écrivis d'autres histoires de robots qu'il accepta. Le 23 décembre 1940, je lui présentai l'idée d'un robot capable de lire dans la pensée (qui devint plus tard « Liar ! »). John ne fut pas convaincu par mon exposé de la raison pour laquelle le robot se comportait de cette façon. Il voulait que la sauvegarde soit bien précisée pour que nous comprenions le robot. Ensemble, nous avons mis au point ce qui devait devenir « Les Trois Lois de la Robotique ». C'est moi qui avais défini le concept à la suite des nouvelles que j'avais déjà écrites, mais (si j'ai bonne mémoire) la terminologie fut forgée par nous deux.

Les Trois Lois étaient logiques et pleines de bon sens. Il y avait tout d'abord la question de la sécurité qui était au premier plan de ma pensée quand j'avais commencé à écrire mes histoires de robots. Par ailleurs, j'avais conscience que même sans chercher activement à faire du mal, il était possible, sans rien faire, de permettre au mal d'arriver à pas de velours. J'avais en mémoire « The Last Decalog », de Hugh Clough, où les Dix Commandements sont récrits dans un style machiavélique et fortement satirique. Le commandement le plus fréquemment cité étant : « Tu ne tueras point, mais tu n'es pas obligé de te forcer à garder les créatures en vie. »

Pour cette raison, je tenais à ce que la Première Loi soit en deux parties, ce qui a donné ceci :

1 – Un robot ne doit pas blesser un être humain ni, par son inaction, permettre qu'un être humain soit blessé.

Cela décidé nous devions passer à la Deuxième Loi (celle du service). Si nous imposions au robot la nécessité d'obéir aux ordres, il fallait que ce fût avec le souci primordial de la sécurité. En conséquence, la Deuxième Loi fut édictée :

2 – Un robot doit obéir aux ordres donnés par un être humain, sauf quand ces ordres entrent en conflit avec la Première Loi.

Nous devions enfin avoir une Troisième Loi (celle de la prudence). Un robot était forcément une mécanique coûteuse et ne devait pas être inutilement endommagé ou détruit. Cette loi ne devait bien sûr en aucun cas compromettre les notions de sécurité et de service. Elle fut donc formulée ainsi :

3 – Un robot doit protéger sa propre existence, tant que cette protection n'entre pas en conflit avec les Première et Deuxième Lois.

Bien entendu, ces Lois sont exprimées par des mots, ce qui est une imperfection. Les potentiels rivaux du cerveau positronique sont exprimés plus clairement en termes de mathématique avancée (ce qui dépasse mon entendement, je puis vous l'assurer). De nettes ambiguïtés demeuraient néanmoins. Qu'est-ce qui constitue le « mal » fait à un être humain ? Un robot doit-il obéir aux ordres d'un enfant, d'un fou, d'un méchant ? Un robot doit-il donner sa propre vie utile pour éviter une blessure bénigne à un banal être humain ? Comment définir ce qui est bénin, ce qui est banal ?

Ces ambiguïtés ne constituent pas des défauts pour un auteur. Si les Trois Lois étaient parfaites et sans ambiguïté, il n'y aurait pas d'histoires possibles. C'est dans les replis de l'ambiguïté que peut se loger une intrigue, et c'est ce qui a fourni des fondations, si l'on veut bien me passer le mot, à *La Cité des robots.*

Les Trois Lois n'apparaissaient pas en termes précis dans « Liar ! », qui parut dans le numéro de mai 1941 d'*Astounding,* mais je les énonçai dans ma nouvelle suivante, « Runaround », publiée dans le numéro de mars 1942 de la même revue. A la ligne 7 de la page 100, un des personnages dit : « Ecoutez, commençons par les Trois Lois fondamentales de la Robotique », et je les citais. Incidemment, c'est à ma connaissance, et pour le public en général, la première apparition du terme « robotique » dont j'aurais donc été l'inventeur.

Depuis lors, je n'ai jamais eu l'occasion de modifier ces Trois Lois en plus de quarante ans de carrière, au cours de laquelle j'ai écrit de nombreux romans et de nombreuses nouvelles sur des robots. Cependant, avec le temps et à mesure que mes robots progressaient en complexité et en éclectisme, j'ai senti qu'il me fallait viser encore plus haut. Ainsi, dans *Les Robots et l'empire* (1), un roman publié chez Doubleday en 1985, j'évoque la possibilité qu'un robot suffisamment évolué puisse envisager que la prévention du mal pour l'humanité en général prendra le pas sur la prévention du mal pour un seul individu. J'appelle cette hypothèse « la loi Zeroth de la Robotique », mais je travaille encore à sa définition.

Mon invention des Trois Lois de la Robotique est sans doute ma contribution la plus importante à la science-fiction. Elles sont amplement citées, en dehors de ce domaine, et aucune histoire de la robotique ne saurait être complète si elle n'en faisait pas mention. En 1985, John Wiley and Sons ont publié un énorme ouvrage, *Handbook of Industrial Robotics* (Manuel de Robotique industrielle), compilé par Simon Y. Nof et, à la demande de l'éditeur, j'ai rédigé une introduction sur les Trois Lois.

Les auteurs de science-fiction ont créé un réservoir d'idées dans lequel tous les écrivains peuvent puiser. C'est pourquoi je n'ai jamais soulevé d'objections quand d'autres auteurs ont utilisé des robots obéissant aux Trois Lois. J'ai même été plutôt flatté et il me semble que les robots de la science-fiction moderne ne peuvent guère apparaître sans ces lois.

J'ai cependant résisté avec fermeté à voir des citations littérales des Trois Lois dans les œuvres d'autres écrivains. Je veux bien qu'on tienne ces lois pour acquises mais je ne veux pas qu'on les récite. Les idées sont à tout le monde mais les mots sont les miens.

(1) Paru aux éditions J'ai lu, n°s 1996 et 1997.

Il faut avouer que je me fais vieux. Je ne puis espérer vivre encore longtemps. J'espère tout de même que certaines de mes créations, les enfants de mon cerveau, me survivront. Et pour aider ces enfants cérébraux à atteindre une belle longévité, il vaut mieux que je relâche un peu mes règles et que je permette à d'autres de les employer pour les revigorer. Il s'est passé beaucoup de choses dans le domaine de la science, après tout, depuis la publication de mes premières histoires de robots, il y a quarante ans, et il faut en tenir compte.

Par conséquent, lorsque Byron Preiss m'a fait part de son idée de lancer une collection de romans, sous le titre général de *La Cité des robots* dans laquelle les idées et les robots « asimoviens » seraient librement utilisés, j'ai été séduit. Byron avait défini mon rôle : je servirais de consultant et de conseiller, garantirais que les robots resteraient bien « asimoviens », répondrais aux questions, ferais des suggestions, opposerais mon veto aux maladresses, fournirais les prémisses des aventures et lancerais des défis aux auteurs. (Ce que je fis. Byron et moi partageâmes maints petits déjeuners au cours desquels il me posait des questions ; j'y répondais avec, parfois, ma femme Janet, ce qui donna lieu à des discussions intéressantes.)

Mon nom devait figurer dans l'ouvrage car il fallait que les lecteurs sachent que le projet avait été monté en collaboration avec moi, avec mon aide et à ma connaissance. C'est d'ailleurs un plaisir que de voir de jeunes auteurs consacrer leur intelligence et leur imagination au développement de mes idées, chacun à sa façon.

Le premier roman de la collection, *La Cité des robots,* Livre I : *Odyssée,* est de Michael P. Kube-McDowell, l'auteur d'*Emprise,* et je suis très heureux d'y avoir contribué. Il est entièrement de Michael, je n'en ai pas écrit un mot. Loin de moi l'idée de le désavouer ; je puis au contraire assurer que Michael recevra l'honneur qui lui est dû de la part de lecteurs qui apprécient son style. Mon rôle, comme je l'ai indiqué, a consisté uniquement à fournir des concepts robotiques, de répondre (de mon mieux) aux questions posées par l'éditeur et l'auteur et de proposer des solutions aux problèmes posés par les Trois Lois. En fait, le Livre II de la collection introduira trois nouvelles lois intéressantes sur le comportement des robots avec les humains dans une société robotique, ces rapports étant le sous-œuvre de *La Cité des robots.*

En presque un demi-siècle de carrière, je me suis fait un nom largement connu dans le public et de quelque poids ; j'aimerais l'utiliser pour ouvrir la voie à de jeunes écrivains qui publieront leurs romans et conserveront les noms de leurs aînés en publiant des anthologies. Le monde de la science-fiction ainsi que certains de ses adeptes se sont montrés très bons pour moi au fil des ans, après tout, et je ne saurais mieux les remercier qu'en faisant pour d'autres ce qu'ils ont fait pour moi.

Je tiens à souligner que c'est la première fois que je permets à d'autres de pénétrer dans mon petit monde de robots et de s'y promener librement. Je suis content de ce que j'ai vu jusqu'à présent, en particulier du passionnant travail artistique de Paul Rivoche, et j'ai hâte de voir ce que deviendront mes idées et les concepts que j'ai suggérés dans les livres qui suivront. Avec raison, ces ouvrages ne seront pas exactement comme je les aurais écrits, ils ne doivent d'ailleurs pas l'être, et c'est tant mieux. Nous aurons des auteurs dotés d'une imagination et d'une personnalité différentes qui travailleront à élargir, à élever et à renforcer mes idées.

Pour vous, lecteurs, l'aventure va commencer.

RÉVEIL

Le jeune homme sanglé dans la couchette antichoc au centre de l'espace réduit paraissait dormir paisiblement. Les muscles de son visage étroit étaient détendus et il avait les yeux fermés. Sa tête était penchée en avant et son menton reposait sur le collier métallique de sa combinaison de sauvetage orangée. Avec ses joues lisses et ses cheveux blond cendré coupés en brosse, il avait l'air plus jeune qu'il ne l'était réellement, assez jeune pour faire hausser les sourcils au portier du bar de cosmoport le moins respectueux des lois.

Il reprit conscience lentement, comme si on lui avait volé du sommeil et qu'il ne voulait pas en être privé davantage. Mais quand les brumes se dissipèrent, il eut la subite et terrifiante sensation d'être au bord d'un précipice.

Ses yeux s'ouvrirent brusquement et il s'aperçut qu'il regardait vers le bas. La couchette sur laquelle le maintenait le harnais à cinq points d'ancrage avait basculé en avant. Sans le harnachement, il se serait réveillé en tas désordonné sur le minuscule carré de plancher en pente, coincé contre le petit sabord qui lui faisait face.

Il releva la tête et ses yeux firent rapidement le tour de son environnement. Il n'y avait pas grand-chose à voir. Il était seul dans l'espace restreint. S'il se détachait, il aurait juste assez de place pour se mettre debout, peut-être pour se retourner, mais rien de plus. Un casque de combinaison de sauvetage était rangé dans un petit renforcement de la paroi arrondie, à sa droite. A gauche, il y avait une infirmerie avec son tube à eau et son distributeur.

Rien de ce qu'il voyait n'avait de sens pour lui, aussi poursuivit-il simplement son inspection. Au-dessus de sa tête, suspendu au plafond, il découvrit un tableau de commandes doté de huit voyants verts carrés, étiquetés P1, P2, F et autres codes. Ce tableau était à sa portée mais il n'y avait ni cadrans ni commandes lui permettant de le manipuler. Dans un coin du panneau, un nom était gravé en caractères noirs stylisés : MASSEY.

A part le léger sifflement de sa propre respiration, tout était à peu près silencieux. Un faible bourdonnement électrique émanait de la machinerie qui remplissait l'espace dans son dos. Mais il n'y avait aucun bruit venant de l'extérieur, derrière les parois.

La liste était brève mais complète et il était temps d'essayer d'y comprendre quelque chose. Il découvrit que s'il ne reconnaissait pas ce qui l'entourait, il n'en éprouvait aucune surprise. Comme il ne se rappelait pas où il s'était endormi, il ne s'était attendu à aucun endroit précis à son réveil.

A la vérité, il ne savait pas où il était. Ni pourquoi il y était. Il ne savait pas depuis combien de temps il était là ni comment il y était venu.

Pour l'heure, rien de tout cela n'avait d'importance car il découvrit – avec une détresse et une inquiétude croissantes – qu'il ignorait aussi qui il était.

Il se creusa la tête pour tâcher d'en extraire un indice sur son identité... un lieu qu'il aurait connu, un visage qui aurait eu quelque importance pour lui, un souvenir précieux. Il n'y avait rien. C'était comme s'il avait cherché à lire une feuille de papier vierge. Il ne se rappelait pas un seul événement qui aurait eu lieu avant qu'il n'ouvre les yeux et se trouve là. A croire que sa vie avait commencé à cet instant-là.

Mais il savait bien que non ! Il n'était pas un nouveau-né braillard mais un homme, assez homme en tout cas pour prétendre au titre en l'absence de challenger. Il avait eu une identité, une place dans le monde. Il avait eu des amis, des parents, un foyer. Il avait certainement eu tout cela et plus encore.

Mais tout avait disparu.

C'était très différent d'un simple oubli. *Au moins, quand on oublie quelque chose, on éprouve le sentiment de l'avoir su...*

– Vous allez bien ? demanda une voix agréable, rompant le silence en le faisant brusquement sursauter.

– Qui êtes-vous ? s'écria-t-il. Où êtes-vous ? Où suis-je ?

– Je suis Darla, votre camarade. Efforcez-vous de rester calme, s'il vous plaît. Vous n'êtes pas en danger immédiat. (La voix venait du panneau de commandes, devant lui, et elle était maintenant plus nettement féminine.) Vous êtes dans une capsule de sauvetage Massey, Modèle G-85. Massey est le leader dans la construction des systèmes de sécurité spatiale, depuis plus de...

Pendant que Darla continuait de réciter sa publicité, il tourna la tête à droite et à gauche, pour examiner de nouveau le compartiment. « J'aurais dû deviner, se dit-il. Bien sûr. Une capsule de survie. » Même le nom de Massey lui était familier.

– Pourquoi n'y a-t-il pas de commandes ?

– Toutes les capsules de la série G-85 ont été conçues pour évaluer de façon autonome la stratégie la plus productive et réagir en conséquence.

« Naturellement, pensa-t-il. On ne peut pas savoir qui va grimper dans une capsule ni dans quel état. »

– Vous n'êtes pas une personne. Qu'est-ce que vous êtes, alors ? Un programme d'ordinateur ?

– Je suis une personnalité positronique, répondit gaiement Darla. L'élaboration de la personnalité du camarade est la contribution, unique au monde, de Massey aux systèmes de sécurité humanitaires.

Oui. Quelqu'un à qui parler. Quelqu'un pour vous aider à passer les longues heures d'attente sans penser à ce qui arriverait si l'on n'était jamais retrouvé. La réalité s'imposa à lui. Toutes les capsules de survie étaient archi-automatisées. Celle-ci l'était plus encore. C'était un robot, probablement pré-programmé comme thérapeute et chargé de veiller sur votre raison et votre stabilité.

Un robot...

Un être humain avait une enfance. Un robot n'en avait pas. Un être humain apprenait. Un robot était programmé. Un robot privé du noyau d'identité qui devait, en principe, être intégré avant l'activation pourrait se « réveiller » et s'apercevoir qu'il disposait de la connaissance sans l'expérience, et se demander qui et quoi il était autrefois...

Il se mordit soudain la lèvre inférieure.

Comment un robot ressent-il la surcharge d'un capteur ? Comme une douleur ?

Quand le sang vint sur sa langue, il détendit ses mâchoires. Il prit le résultat de sa petite expérience pour ce qu'il valait. Il était humain. Dans un certain sens, c'était la réponse la plus troublante.

– Pourquoi vous êtes-vous fait du mal ? demanda Darla.

Il soupira.

– Rien que pour voir si je le pouvais. Est-ce que vous savez qui je suis ?

– Votre badge vous identifie sous le nom de Derec.

Il baissa les yeux, au-delà du collier, et vit pour la première fois une fiche de données sur le porte-badge de sa combinaison, à droite. Les caractères rouges, en surimpression sur les signes de code en noir et blanc, formaient effectivement le mot DEREC.

Il le prononça à haute voix, pour voir.

– Derec...

Il ne lui était ni familier ni étranger sur ses lèvres. Son oreille l'entendit comme un prénom mais ce devait être un patronyme.

Si je suis Derec, pourquoi cette combinaison de sauvetage me va-t-elle si mal ? L'anneau de taille et l'enveloppe de torse étaient faits pour quelqu'un de beaucoup plus trapu. Et quand il essaya d'étirer ses jambes ankylosées, il s'aperçut que celles de la combinaison étaient trop courtes d'un ou deux centimètres pour qu'il puisse le faire confortablement.

« J'ai certainement été plus petit dans ma vie, peut-être plus gros, aussi. Ça pourrait être ma vieille combinaison, que je n'aurais jamais mise sauf en cas d'urgence. A moins que ce ne soit mon badge mais la combinaison de quelqu'un d'autre. »

– Est-ce que vous pouvez voir la fiche de données sur le badge ? demanda-t-il avec un peu d'espoir. Il devrait y avoir une photo... une immatriculation, une liste des proches parents. Comme ça au moins, je serais sûr.

– Je regrette. Il n'y a pas de lecteur de données dans la capsule et mes senseurs optiques ne peuvent résoudre un schéma aussi petit.

Fronçant les sourcils, il marmonna :

– Dans ce cas je n'ai plus qu'à être Derec. Pour le moment.

Il prit le temps de mettre de l'ordre dans ses pensées. Il ne lui servait à rien de connaître son nom, si c'était le sien ; cela ne changerait rien à sa sensation de vide. Il avait l'impression d'avoir perdu sa boussole interne et avec elle sa faculté d'agir. Il ne pouvait plus que réagir.

– Les systèmes de la capsule fonctionnent bien, déclara gaiement Darla. Les vaisseaux de secours devraient déjà être en route.

Ces paroles lui rappelaient qu'il avait un problème

plus important, à court terme, que celui de son identité. La survie d'abord. Avec le temps, peut-être, les choses qu'il connaissait lui dicteraient celles qu'il avait oubliées.

Il se trouvait dans une capsule de survie. Son intelligence absorba cette réalité et se mit à construire une hypothèse. Il remarqua que lorsqu'il changeait de position, dans son harnais, le plus léger mouvement faisait balancer la capsule, bien que sa masse totale soit au bas mot de cinq cents kilos. Il étendit son bras et détendit ses muscles. Le bras mit une seconde pleine à retomber à côté de lui.

Un centième de G, au mieux. « Je suis dans une capsule de survie à la surface d'un monde de basse gravité. J'étais dans un engin stellaire, en route vers je ne sais où, lorsqu'il est arrivé quelque chose. C'est peut-être pour ça que je ne me souviens pas... A moins que ce ne soit le choc de l'atterrissage... »

Il n'y avait pas de fenêtres, pas le moindre petit hublot, pas même un judas sur le sabord. S'il ne pouvait pas voir au-dehors, Darla le pourrait peut-être.

– Où sommes-nous, Darla ? demanda-t-il. Dans quel genre de lieu sommes-nous tombés ?

– Voulez-vous que je vous montre vos environs ? J'ai un pack-ventouse à ma disposition.

Derec connaissait le terme, mais il se demanda où il l'avait appris. Un pack-ventouse était un capteur en forme de disque capable de glisser sur la surface extérieure d'un vaisseau spatial à coque lisse, remplaçant à moindres frais un système de capteurs, mais plus sujet aux accidents.

– Voyons un peu.

L'éclairage intérieur baissa et le tiers central du sabord devint le support d'un écran de projection incliné vers le bas du tableau de commandes. Derec contempla un paysage de glace et de rochers étrange, impossible. L'horizon était trop près, déformé par la caméra, à moins que ce ne soit un faux horizon formé par le bord d'un cratère, au premier plan.

– Regard à droite, ordonna-t-il.

C'était partout la même chose : un chaos de glaces orangé parsemé de roches grises se confondant à l'horizon avec le rideau de velours de l'espace. Il ne voyait pas d'étoiles distinctes dans le ciel, mais c'était probablement dû à la faible résolution de la ventouse et non à la présence d'une atmosphère quelconque. La gravité de l'astéroïde était trop réduite pour maintenir même les plus denses des gaz, et les escarpements déchiquetés ne présentaient pas la moindre trace d'érosion.

En un mot, cela avait tout l'air d'un lieu abandonné, d'un déchet de la fabrication des planètes et des étoiles, d'un monde oublié qui n'avait pas changé depuis le jour de sa formation. C'était un univers froid, stérile, et, selon toute probabilité, désert.

« Jusque-là désert », rectifia-t-il pour lui-même.

– Lune ou astéroïde ? demanda-t-il à Darla.

– Peu importe où nous sommes, nous ne risquons rien, répliqua ingénument Darla. Nous devons faire confiance aux autorités, pour nous localiser et venir nous chercher.

Derec prévoyait qu'il allait vite être exaspéré par ce genre de réponses évasives.

– Comment puis-je leur faire confiance alors que je ne sais ni où nous sommes, ni quelles sont nos chances d'être retrouvés ? Je sais que la capsule ne comporte pas de système de survie complet et renouvelable. Aucune n'en a. Tu ne vas pas le nier ? (Il attendit un instant une réponse qui ne vint pas.) Combien de marge la société Massey a-t-elle jugée suffisante ? Dix jours ? Quinze ?

– Derec, il est vital d'avoir un comportement juste et...

– Fiche-moi la paix avec la thérapie ! grommela Derec dans un soupir. Je sais que tu essaies de me protéger. Certaines personnes résistent mieux ainsi... Mais je suis différent. J'ai besoin d'être informé, pas rassuré. J'ai besoin de savoir ce que tu sais. C'est compris ? Est-ce que je dois démonter tes mécanismes et chercher moi-même la réponse à mes questions ?

Derec fut surpris par le silence de Darla. Finalement, l'idée lui vint qu'il avait dû la plonger dans un dilemme que son cerveau positronique avait du mal à résoudre. Il n'aurait pourtant pas dû y avoir de dilemme ! La Deuxième Loi de la robotique contraignait Darla à répondre à ses questions.

La Deuxième Loi stipulait : « Un robot doit obéir aux ordres donnés par un être humain sauf quand ces ordres entrent en conflit avec la Première Loi. »

Une question était un ordre, et le silence une désobéissance. Qui ne pouvait exister que si Darla obéissait à ses plus hautes obligations de la Première Loi.

La Première Loi était : « Un robot ne peut blesser un être humain ni, par son inaction, permettre qu'un être humain soit blessé. »

Darla devait savoir combien étaient minces les chances de sauvetage, même à l'intérieur d'un système stellaire, même sur les trajectoires de navigation habituelles. Et Darla savait, comme tous les robots, le mal que cette réalité risquait de faire à l'équilibre d'un humain. Le naufragé type, déjà terrorisé par les événements qui l'ont amené dans la capsule de sauvetage, ne manquerait pas de réagir avec désespoir et perdrait la volonté de vivre.

Il comprenait maintenant la logique. Naturellement, Darla essayait de le protéger des conséquences de sa curiosité, et s'entêterait s'il ne pouvait lui faire comprendre qu'il était différent.

– Darla, je ne suis pas le genre de personne qu'on t'a décrite, dit-il avec précaution. J'ai besoin d'avoir quelque chose à faire, à penser. Je ne peux pas rester tranquillement assis là, à attendre. Les mauvaises nouvelles ne me font pas peur, si c'est ce que tu me caches. Ce que je ne peux pas supporter, c'est de me sentir impuissant.

Elle devait avoir été préparée à rencontrer des humains de son espèce, après tout, et n'avait qu'à se convaincre qu'il était effectivement différent.

– Je comprends, Derec. Je serai heureuse de vous dire ce que je sais, bien sûr.

– Parfait. De quel vaisseau faisions-nous partie ? Il n'y a pas d'emblème de compagnie ni de nom de vaisseau dans cette cabine.

– Ceci est une capsule de survie Massey G-85...

– Tu me l'as déjà dit. De quel vaisseau venons-nous ?

Darla garda un moment le silence.

– Les capsules de survie Massey sont le principal système de sécurité à bord de six des huit grandes compagnies de transports spatiaux...

– Tu ne le sais pas ?

– Mon option de commande n'a pas été immatriculée. Voulez-vous jouer aux échecs ?

– Non ! Ainsi, tout ce que tu sais faire, c'est la pub du fabricant. Ce qui veut dire que nous venons probablement d'un vaisseau particulier. Toutes les lignes commerciales immatriculent l'équipement de leurs vaisseaux.

– Je n'ai pas d'information dans ce domaine.

– Je suis sûr que si, moi ! Quelque part dans tes systèmes, il doit y avoir un appareil enregistreur de données, activé à l'instant où la capsule a été éjectée. Il devrait nous dire non seulement de quel vaisseau nous venons mais quelle était sa destination, et ce qui lui est arrivé. Il est temps de me montrer un peu de quoi tu es capable. Nous avons besoin de trouver cet appareil enregistreur et d'y pénétrer.

– Je n'ai pas d'information sur un appareil enregistreur.

– Crois-moi, il existe. Sans quoi il n'y aurait aucun

moyen de faire une enquête après une catastrophe spatiale. Est-ce que tu as le contrôle de l'unité d'énergie de la capsule ?

– Oui.

– Cherche un câble ininterrompu. Ce devrait être ça.

– Un instant. Oui, il y en a deux.

– Comment s'appellent-ils ?

– Le plan de mon système les classe 1402 et 1632. Je n'ai pas d'autre information.

Derec tendit de nouveau la main vers le tube d'eau.

– Ça ne fait rien. Un des deux doit être le bon et l'autre le signal de situation. Nous progressons. Trouve les circuits correspondant à ces prises d'énergie. Ils devraient nous dire laquelle est la bonne.

– Je regrette. Je ne peux pas.

– L'appareil enregistreur prend des données dans ton module de navigation, dans ton système d'appréhension de l'environnement, probablement même dans la conversation que nous avons. Il doit y avoir une forêt de circuits de données.

– Je regrette, Derec. Je suis incapable de faire ce que vous dites.

– Pourquoi ?

– Quand je fais passer une recherche de diagnostic dans cette partie du système, je ne trouve aucun circuit sans immatriculation.

– Peux-tu me montrer ton schéma de service ? J'y découvrirai peut-être quelque chose.

Le paysage de glace disparut et fut remplacé par une projection finement détaillée des circuits imprimés de la capsule. En l'examinant, Derec trouva bientôt la solution. Une astucieuse barrière de données, une jonction Maxwell, protégeait la ligne d'accès à l'appareil enregistreur. Les deux systèmes étaient bien isolés. Des jonctions similaires étaient installées entre Darla et le navigateur inerte, le signal de situation et le système d'appréhension de l'environnement.

« Tout cela est très bizarre », pensa Derec. La présence d'un système autonome de bas niveau réglant les fonctions de routine n'avait rien de surprenant. Ce qui était singulier, c'était que Darla soit isolée, qu'elle ne puisse pas en obtenir de l'information.

Chouchouter des naufragés terrifiés exigeait du tact et de la discrétion, mais les robots étaient fortement enclins à une franchise presque pénible. Peut-être avait-il été trop difficile de programmer un camarade pour rester enjoué tout en dissimulant de sinistres secrets. Le mensonge avait des effets imprévisibles sur les potentiels du cerveau positronique.

Et puis il y avait aussi la Troisième Loi. Elle précisait : « Un robot doit protéger sa propre existence à condition que cette protection n'entre pas en conflit avec les Première et Deuxième Lois. »

Comment un robot pouvait-il équilibrer sa responsabilité de se protéger avec la probabilité croissante de sa mort ? On avait l'impression que les créateurs avaient estimé qu'il valait mieux laisser Darla dans l'ignorance de certaines choses, et qu'ils avaient dressé des barrières pour l'empêcher de les découvrir. Ils l'avaient mise dans l'ignorance d'elle-même et jusque dans l'ignorance de son ignorance.

C'était un parallèle troublant avec la propre situation de Derec. « Est-ce ce qui m'est arrivé ? » se demanda-t-il. Il avait espéré que sa perte de mémoire était la conséquence de la catastrophe qui l'avait placé dans la capsule, peut-être aussi du choc d'un atterrissage violent sur ce monde.

Il devait se demander maintenant si une telle amnésie sélective pouvait être accidentelle. Il avait facilement lu le schéma mais il n'arrivait pas à se rappeler comment et où il avait acquis ce talent. De toute évidence, il avait fait des études techniques, ce qui – s'il survivait – fournirait peut-être un indice de son identité. Mais pourquoi se rappelait-il les leçons et pas le professeur ? Son cerveau avait-il pu être si gravement brouillé ?

Pourtant, la lecture d'un schéma était un travail complexe, exigeant une intelligence et une mémoire intactes. Autant qu'il pouvait en juger, son raisonnement était clair et mesuré. S'il était en état de choc ou souffrait d'une commotion, toutes ses facultés ne seraient-elles pas atteintes ?

Peut-être n'était-ce pas quelque chose qui lui était arrivé mais, comme pour Darla, qu'on lui avait fait subir.

Derec grimaça. Il était déjà assez inquiétant de contempler le mur nu de son passé, mais il était encore plus effrayant de penser que ce qui se cachait derrière ce mur était la raison pour laquelle il avait été construit.

Darla commençait à s'impatienter.

– Vous avez trouvé quelque chose ? demanda-t-elle avec un soupçon d'anxiété.

Derec cligna des yeux et les leva vers le schéma.

– L'enregistreur passe par une jonction Maxwell. La jonction ne doit rien laisser passer à l'enregistreur qu'elle ne reconnaît pas, ce qui explique que tu ne puisses pas le trouver, même avec un traceur. Et c'est pourquoi nous n'allons pas pouvoir le consulter par ton intermédiaire, mais il doit y avoir un hublot de données quelque part, probablement sur l'extérieur de...

A ce moment-là, toute la capsule fit une embardée et donna l'impression de flotter. Derec sentit qu'elle n'était plus en contact avec le sol gelé de l'astéroïde.

– Qu'est-ce qui se passe ? s'écria-t-il.

– Restez calme, je vous en prie, répondit Darla.

– Qu'est-ce que c'est ? Nous avons été retrouvés ?

– Oui. Je le crois. Mais je suis incapable de dire par qui.

Derec resta un instant bouche bée.

– Rebranche la vidéo externe ! Vite !

– Votre degré d'agitation commence à m'inquiéter, Derec. Fermez les yeux, s'il vous plaît, et respirez profondément plusieurs fois.

– Rien du tout ! gronda-t-il, exaspéré. Je veux savoir ce qui se passe !

Il y eut quelques secondes d'hésitation et Darla acquiesça.

– Très bien.

Le spectacle qui se dévoila aux yeux de Derec lui coupa le souffle. Les caméras de la ventouse n'étaient plus pointées sur l'horizon mais vers le sol. Six engins, tous différents, entouraient la capsule. Le plus important était plus grand qu'un homme, le plus petit à peine de la taille d'un casque de survie. Les petits se déplaçaient en planant sur de minuscules jets de gaz blanc alors que les gros étaient munis de roues ou de chenilles.

Il apercevait aussi une partie d'une sorte de berceau ou de plate-forme qui semblait centré sous la capsule. Tout l'ensemble bougeait – engins, berceau, capsule – et se dirigeait vers quelque destination inconnue comme une caravane dans un désert de glace.

– Qu'est-ce qui se passe ? demanda-t-il à Darla. Peux-tu les identifier ? Ont-ils pris contact avec nous ?

– L'appareil qui est au-dessous de nous a l'air d'être un traîneau de transport. Je n'ai pas d'information sur les autres machines.

Derec tendit la main vers son casque et fit sauter les crampons qui le maintenaient en place.

– Je vais sortir. Je ne vais pas nous laisser détourner ou enlever comme ça, sans explication !

– Il serait dangereux de quitter la capsule, protesta Darla. De plus, vous perdrez au minimum quatre heures d'oxygène en ouvrant le sabord.

– Ça vaut la peine, pour savoir ce qui se passe !

– Je ne puis le permettre, Derec.

– Ce n'est pas à toi de décider, répliqua-t-il en cherchant la boucle de son harnais de sa main libre.

– Je regrette, Derec. C'est à moi.

Trop tard, Derec apprit qu'un camarade Massey était équipé pour calmer un naufragé affolé, non seulement avec des mots mais chimiquement. Le double jet de brume giclant des deux côtés du casque l'atteignit en plein visage ; il poussa une exclamation de surprise et respira des gouttelettes à l'odeur douceâtre écœurante.

Il eut à peine le temps de s'étonner de l'efficacité immédiate du produit. Ses deux bras devinrent inertes, sa main droite tomba loin de la boucle du harnais, sa gauche lâcha le casque. Sa vue se brouilla rapidement. Comme venant de très loin, il entendit vaguement le bruit du casque qui tombait à ses pieds, mais entre la chute et le rebondissement, il sombra dans les ténèbres silencieuses de l'inconscience.

SOUS LA GLACE

Pour la seconde fois de la journée, Derec se réveilla dans un lieu inconnu.

Cette fois, il était couché sur le dos et regardait le plafond. Il avait un goût amer dans la bouche et une sensation de vide dans l'estomac. Il resta un moment sans bouger pour rassembler ses souvenirs puis il se redressa brusquement, les muscles bandés, sur la défensive.

Comme la première fois, il était seul, mais dans un endroit plus normal : une cabine pour quatre personnes, de trois mètres sur cinq. Il était allongé sur une des quatre couchettes rabattables fixées aux murs. Sur sa droite, il y avait une rangée de casiers de différentes tailles, sur sa gauche une porte fermée.

Il maudit farouchement Darla.

Ce qu'il voyait autour de lui paraissait vaguement familier mais il n'y attacha pas de signification particulière. L'uniformité du décor dans les logements modulaires était navrante. Une question plus importante se posait : la cabine faisait-elle partie d'un camp de travail à la surface de l'astéroïde ? Se trouvait-elle à bord d'un vaisseau spatial ou dans quelque autre endroit qu'il ne pouvait imaginer ? Elle n'offrait en elle-même aucun indice. Elle ne lui disait pas, non plus, s'il avait été sauvé ou capturé.

En baissant les yeux il s'aperçut qu'il ne portait plus de combinaison de sauvetage mais une simple combinaison blanche qui servait de sous-vêtement aux ouvriers de l'espace. Elle était propre et relativement neuve mais il y avait des traces d'usure sur les parties renforcées aux talons, aux genoux et à la taille. C'était peut-être ce qu'il portait sous la combinaison de sauvetage ou alors...

– La combinaison ! s'écria-t-il tout haut, avec une inquiétude soudaine.

Il sauta du lit et regarda de tous côtés. Un seul casier était assez grand pour la contenir. Il n'était pas fermé à clef mais il était vide. Comme tous les autres, du reste.

« Non, se dit-il, ils sont plus que vides. Ils ont l'air de n'avoir jamais été utilisés. »

Derec ressentit un début de panique. S'il ne retrouvait pas sa combinaison, il ne saurait jamais quelles étaient les informations portées sur la fiche de données de son porte-badge. Il devait aussi retrouver Darla, sinon il perdrait à jamais tous les irremplaçables renseignements contenus dans son enregistreur d'événements.

Craignant de se trouver enfermé, il alla à la porte et toucha la plaque de clef. La porte coulissa dans un souffle. Elle donnait sur un petit couloir désert avec trois portes, toutes fermées.

A sa gauche, le corridor butait contre un mur nu. L'autre extrémité était percée d'un sas, indiquant que les quatre pièces formaient une unité d'ambiance. Par une petite fenêtre dans la porte intérieure de pressurisation, il aperçut un autre couloir.

– Ohé ! cria-t-il.

Pas de réponse.

La porte en face de celle de Derec portait l'inscription SALLE COMMUNE. A l'intérieur, il découvrit une table assez grande pour huit personnes réunies pour un repas ou une conférence, un bloc-cuisine et un terminal d'ordinateur qui faisait office de centre de communications perfectionné.

Il passa la main sur la table et la retira propre, sans trace de poussière. Le petit anneau lumineux de la cuisine lui apprit que l'unité était en attente prolongée, ce qui signifiait que les vivres avaient été cuits puis congelés. Personne n'avait mangé là depuis pas mal de temps.

Est-ce que tout était pour lui ? Etait-ce pour cela que le logement était neuf ? Ou bien était-il un visiteur inattendu dans une maison vide ?

Il brancha la cuisine sur la position « demande » et un chronomètre entama aussitôt le compte à rebours des deux heures nécessaires pour la mise en fonction. Mais quand il essaya d'activer le centre de communications, l'appareil exigea un mot de passe.

– Derec, proposa-t-il.

Mot non valable, lui répliqua l'écran.

Il n'avait qu'une chance infinitésimale de deviner un mot choisi au hasard. Il ne pouvait compter que sur la paresse d'un ingénieur de systèmes qui aurait laissé un des mots d'essai classiques dans la sécurité des données.

– Test, suggéra-t-il.

Mot non valable.

– Code.

Mot non valable. Accès refusé.

A partir de cet instant, le centre se désintéressa de lui. La touche-clef d'entrée discrète fut débranchée et rien de ce qu'il put dire ne provoqua de réaction. Le centre avait non seulement rejeté ses mots de passe mais l'avait également blackboulé. L'ingénieur n'avait pas été paresseux.

Retournant dans le corridor, Derec jeta un coup d'œil dans les deux autres pièces. L'une était une cabine, la copie conforme mais inversée de celle où il s'était réveillé. L'autre, portant l'inscription MÉCANIQUE, contenait plusieurs rangées de casiers et ce qui devait être des modules d'entretien pour les sous-systèmes d'ambiance. Les deux pièces étaient aussi propres et désertes que tout ce que Derec avait vu depuis son réveil.

Il ne restait plus que le sas à explorer, et les mystères au-delà. La porte intérieure portait l'emblème du sonographe dans un cercle, ce qui signifiait « à commande vocale ».

– Ouvre-toi, dit-il et la porte du sas s'entrouvrit avec le bruit de déchirure des scellés qui se détachaient.

Derec passa dans le minuscule espace et, quand il regarda par le judas de la porte extérieure, il ne comprit pas la nécessité du sas. De l'autre côté, le couloir était le même que celui qu'il quittait.

– Cycle, dit-il.

La porte intérieure se ferma derrière lui et la pression sur les tympans de Derec lui apprit qu'elle s'était rescellée.

– Attention, avertit le sas. Au-delà de cette porte, il y a une atmosphère à pression d'azote réduite. Munissez-vous d'un respirateur.

– De l'azote ?

Alors seulement, Derec remarqua le petit placard dans la paroi de côté. A l'intérieur, il trouva plusieurs masques en plastique gris. Il en essaya un et constata qu'il était conçu de manière à recouvrir le milieu du visage, comme des lunettes de soleil qui auraient glissé sur son nez. Les « courroies » du respirateur étaient des tubes élastiques qui se rejoignaient sur sa nuque. De là, une mince conduite de gaz flexible aboutissait à une cartouche que l'on se fixait en haut du bras.

Mais quand il mit le masque il ne parvint pas à appliquer complètement le bord inférieur contre sa lèvre supérieure, pour éviter de respirer l'air ambiant. Il respirerait donc un mélange d'azote et d'oxygène.

A retardement, Derec comprit que c'était voulu. C'était un arrangement qui permettait non seulement de réduire la taille de la cartouche, mais aussi de ne pas perdre le sens de l'odorat. Une astuce habile, quoique quelque peu minimaliste.

– Prêt, annonça-t-il.

– Attention. Gravité réduite au-delà de ce point, avertit le sas.

– J'entends, répondit Derec comme la porte extérieure commençait à s'ouvrir.

« Azote ? Basse gravité ? se demanda-t-il en sortant. Où suis-je ? Que se passe-t-il ? »

Il ne trouva pas de réponse immédiate. Il faisait assez froid pour mettre de la couleur à ses joues. Le froid semblait venir à la fois du plafond et du sol, pourtant revêtus d'un treillis isolant synthétique.

Derec s'arrêta juste à la sortie du sas. Il entendait une cacophonie de machinerie, des sifflements, des grincements, des grondements, des crissements aigus. Mais la baisse de pression qui lui bouchait les tympans lui donnait l'impression de tout entendre à travers de l'ouate. Tout ce fracas ne lui apprit rien, sinon qu'il y avait de l'activité quelque part. Il était incapable de reconnaître quel genre de machines il entendait ni ce qu'elles faisaient.

Décidé à suivre le bruit jusqu'à sa source, il s'engagea dans le corridor... ou plutôt le voulut. Il se retrouva aussitôt à plat ventre sur le sol froid, indemne mais plus enclin à la prudence. Il se releva, fit une seconde tentative et avança cette fois en se retenant à la main courante centrale.

Trente mètres plus loin, le couloir débouchait dans une immense salle au plafond bas. Derec eut le souffle coupé en voyant ses dimensions. Elle lui rappelait des arsenaux, des stades, des usines ou des mines à ciel ouvert. Il se força à bâiller et à avaler, pour se déboucher les oreilles. Oui, c'étaient nettement des bruits mécaniques. Mais de quelles machines et quelle était leur fonction ?

Compte tenu du froid et de la basse gravité, Derec jugea qu'il était toujours sur l'astéroïde où sa capsule était tombée. D'après la structure de la salle, il pensa qu'elle se trouvait vraisemblablement en sous-sol.

Et il n'était pas seul. Des robots allaient et venaient parmi les appareils et dans les travées, des robots par dizaines, de six ou sept variétés. Mais en un sens, il était seul car il n'y avait pas d'autres humains. Il n'y avait même pas de rampes dans les passages pour permettre l'accès aux humains. La salle appartenait, par défaut, aux robots. Quant à savoir à quoi ils s'activaient avec autant de diligence, il ne pouvait le deviner.

Le robot le plus près de Derec, une unité cubique dotée d'un seul bras télescopique, était à quelques dizaines de mètres. Derec le vit ramasser un élément gros comme le poing, sur un râtelier, le ranger dans une corbeille de transport et rétracter son bras manipulateur. Sa mission accomplie, le robot s'éloigna en glissant sur un coussin d'air.

– Arrête ! cria Derec.

Mais le robot continua de s'éloigner, sourd à l'ordre de l'humain. Sans réfléchir, Derec lâcha la main courante pour s'élancer à sa poursuite. Mais dans le champ gravifique minimal de l'astéroïde, il eut l'impression de courir au ralenti. Il était en déséquilibre constant, ses pieds en pantoufles ne lui offrant pas la traction nécessaire. Quand il arriva au premier tournant à quatre-vingt-dix degrés, il s'étala de tout son long et fit cascader tout un lot de petits cylindres chromés.

Le vacarme de sa chute ne fit même pas ralentir le robot. Il continuait de se diriger vers ce qui semblait être une cage d'ascenseur, un puits circulaire noir s'ouvrant dans le sol, à l'aplomb d'une ouverture identique au plafond, toutes deux raccordées par quatre barres de guidage chromées.

– Comment veux-tu que je te rattrape ? marmonna Derec tout haut, en se relevant. Je ne peux pas voler !

Il devait y avoir un meilleur moyen qu'il découvrit en examinant plus attentivement deux robots qui venaient à sa rencontre. Contrairement au ramasseur, ceux-là, de taille humaine, étaient construits sur un châssis standard à propulsion par triple roulement à billes, le tout formant comme trois billes sous une capsule de bouteille. Ce genre de châssis était la norme dans les environnements propres car ils permettaient une totale liberté de mouvement. L'inconvénient, vu la friction réduite due à la basse gravité, était que les billes de propulsion tournaient plus qu'elles ne poussaient.

Mais chacun des grands robots comportait un second châssis à roulement à billes monté au sommet d'une perche télescopique. Pressé contre le plafond, cette seconde structure fournissait la pression nécessaire à la traction conjuguée des deux systèmes. Comme les autos tamponneuses des rétrospectives de parcs d'attractions, le robot avait besoin d'être en contact constant à la fois avec le sol et avec le plafond.

Derec comprit qu'il pouvait aussi se servir du système. Le plafond était assez bas pour qu'il y appuie le bout des doigts tout en gardant les pieds à plat par terre. Avec cette « marche avec les mains », comme il baptisa sa technique, il aurait pu rattraper le ramasseur.

Maintenant, il voulait voir ce que ces deux autres robots allaient faire de lui. Ils s'arrêtèrent et se mirent à rétablir l'ordre là où il était tombé, en se servant adroitement de leurs grappins à trois doigts pour ranger les cylindres sur les rayonnages. Derec attendit qu'ils le remarquent. Ils ne lui accordèrent pas un regard.

– Je suis en danger, leur dit-il. J'ai besoin de votre aide.

Les deux robots continuèrent de faire le ménage, sans lui prêter attention. Il s'approcha pour en examiner un de plus près. Le robot avait des capteurs audio normaux mais on ne lui voyait pas de vocaliseur. En un mot, il était muet, incapable de répondre.

Mais il devait y avoir dans ce complexe des robots d'un niveau plus élevé, sachant le reconnaître comme un être humain et susceptibles de répondre à ses besoins. Les ramasseurs et les balayeurs qu'il avait croisés ne pouvaient travailler sans surveillance.

De même, l'unité A où il s'était réveillé ne pouvait être l'unique structure destinée aux humains à l'intérieur du complexe. Il devait y avoir quelque part une équipe d'administration, des programmateurs, des surveillants. Une communauté de robots entièrement autonome, cela n'existait pas.

Pensant qu'il devait y avoir un moyen d'appeler la salle de contrôle de l'unité A, Derec voulut revenir sur ses pas. Quand il fit demi-tour, ce qu'il vit le figea sur place. Un grand robot humanoïde se tenait à l'entrée du corridor de l'unité A et l'examinait.

Ils se dévisagèrent pendant un long moment. L'enveloppe du robot était d'un bleu pâle métallisé, une nette déclaration de sa nature mécanique. Ses capteurs optiques étaient des fentes argentées dans sa tête semblable à un casque, sans l'habituel voyant rouge avertissant que le robot regardait dans votre direction. Malgré cette absence, Derec ne douta pas un instant d'être l'objet de l'examen attentif et anormalement intense du robot.

Le robot fut le premier à bouger ; il se détourna et disparut dans le corridor, marchant en s'aidant de ses mains avec une souple coordination des gestes. Derec le suivit aussi vite qu'il le put mais, quand il arriva à l'extrémité du couloir, le robot était déjà dans le sas. Il ne fallut guère que quinze secondes à Derec pour atteindre la porte extérieure et passer dans l'unité A. Malgré tout, quand il s'engagea dans le couloir intérieur, le robot sortait de la salle commune ; sa mission était accomplie.

– Je suis en danger, dit Derec. J'ai besoin de ton aide.

– Fausse évaluation. Vous n'êtes pas en danger, répondit le robot humanoïde. Si vous étiez en danger, du secours serait fourni.

Le robot fit un pas vers le sas mais Derec se hâta de se placer devant lui.

– Je ne te laisserai pas partir tant que tu ne m'auras pas dit où je suis et ce que je fais ici, dit-il sèchement.

La réponse du robot ne fut pas verbale mais d'une clarté lumineuse. Il s'avança, saisit fermement quoique sans violence les épaules de Derec et l'écarta de son chemin. Puis il marcha en glissant sans effort vers le sas et dit :

– Ouvre-toi.

Ne sachant comment le retenir, Derec le laissa partir, puis il alla voir ce que le robot avait pu faire dans la salle commune. Deux choses seulement avaient changé. La cuisine poursuivait son compte à rebours mais il y avait une courte liste de sélections déjà disponibles. Derec lui-même avait mis en marche cette modification.

Le robot était responsable du second changement ; l'écran au centre de la pièce n'était plus éteint. En caractères rouges lumineux, il annonçait : MESSAGE TRANSMIS.

Derec eut la certitude qu'il était seul sur l'astéroïde. La présence d'une unité d'ambiance profondément enfouie sous la surface impliquait qu'il y avait eu jadis des humains, ne fût-ce qu'à titre temporaire. Mais le petit astre était à présent entre les mains des robots et il était lui-même un intrus. Quel message avaient-ils transmis à son sujet et à qui l'avaient-ils envoyé ? Impossible de le savoir.

MISSION

Derec s'accorda le temps de déjeuner, ce qui était nécessaire, et de prendre une douche, ce qui ne l'était pas. Mais la douche lui permit de réfléchir, ce dont il avait bien besoin. Sa présence, son identité, la cause et la raison de son amnésie le troublaient de plus en plus. Et depuis sa petite excursion, il avait un nouveau mystère à résoudre. Pourquoi les robots se conduisaient-ils si bizarrement à son égard ?

Derec se demanda dans quelles circonstances un robot pouvait refuser de répondre à une question, c'est-à-dire désobéir à ses ordres. Selon les Lois de la Robotique telles qu'il les comprenait, il n'en voyait que deux, toutes deux illustrées par son expérience avec Darla : parce que la réponse dépassait le robot ou parce qu'il avait été programmé pour ne pas la révéler.

La préséance était capitale pour les robots. Un robot recevant de son propriétaire l'ordre de réviser un engin n'abandonnait pas son travail pour aller à la recherche du chat fugueur du gosse des voisins, à moins que ce ne soit son propriétaire et non l'enfant qui le lui ordonne. Un ordre clairement formulé restait valable envers et contre tout, sauf si un contrordre concernant une situation de la Première Loi intervenait. Si on avait ordonné aux robots de ne pas parler de leur mission, rien de ce que pourrait dire Derec ne les ferait désobéir.

Avant de se rhabiller, il chercha sur son corps des indices de son identité. Aucune cicatrice importante, aucun tatouage ni ornement, aucune bague, aucun bijou.

Son seul signe distinctif était à l'intérieur : ses connaissances. Quelque part, à un moment donné, il avait fait des études avancées de micro-électronique. Il avait plus que des notions de robotique et d'informatique. Etait-ce un programme d'instruction normal pour un garçon de son âge ? Il ne le pensait pas. Dans ce cas, cela pourrait être la piste à suivre pour se redécouvrir.

Le centre de communications persistait dans son intransigeance, continuait d'ignorer l'*input* de Derec et d'afficher comme par ironie les mots MESSAGE TRANSMIS. Mais il lui restait encore une porte à pousser. Equipé d'un masque et d'une cartouche de secours, il quitta l'unité A pour explorer le reste du complexe.

Il commença par relever un plan mental de la vaste salle, doté de points cardinaux arbitraires ; il situa l'unité A au sud. La salle lui paraissait à peu près rectangulaire, plus longue du nord au sud que d'est en ouest, par un facteur de deux ou plus. Il commença par marcher en s'aidant de ses mains vers le nord, en suivant le corridor que les robots balayeurs avaient emprunté, et en comptant ses pas.

Au bout de cinq cents pas, ses bras le picotaient et le nord ne semblait pas s'être rapproché. Il s'arrêta pour se reposer tout en considérant la population de robots. Il compta dix-sept humanoïdes, dont aucun n'était près de lui. Parmi les robots non humanoïdes, il identifia cinq espèces : les ramasseurs, les balayeurs, un grand transporteur de marchandises qu'il baptisa porteur, quelques micromonteurs aux bras multiples, et un robot blindé muni de grappins géants dont il ne put deviner la fonction.

La plupart allaient et venaient le long des travées en accomplissant leur mission. Derec remarqua, vers l'extrémité nord de la salle, une petite armée de robots inertes, désactivés, attendant des ordres. Toutes les variétés étaient représentées dans ce groupe, à l'exception des humanoïdes.

Cette réserve fut pour Derec un indice permettant de comprendre où il était. La salle semblait être avant tout un entrepôt de pièces détachées. Il avait reconnu des machines à injection et à extrusion dans un secteur, une batterie de soudure au laser dans un autre, un atelier de fabrication de puces dans un troisième, tout cela utilisé à plein temps. Mais toutes ces opérations avaient, semblait-il, un rapport avec l'entretien.

« Quoi qu'ils fassent ici, ils sont soumis à un emploi du temps très chargé, peut-être même à des opérations continues », se dit-il. L'absence de temps de pause n'avait de raison d'être que lors des opérations de réparation et d'entretien à grande échelle. Et le prix à payer ne valait que si le temps importait plus que l'argent.

La circulation était régulière grâce aux ascenseurs disséminés dans la salle et Derec voulait savoir où allaient tous ces robots. Renonçant à son projet de traverser la salle, Derec se dirigea vers l'ascenseur le plus proche.

Comme le respirateur, les ascenseurs étaient nettement le produit d'une conception d'ingénierie unique. A son œil humain, ils avaient l'air de quelque chose d'inachevé ou de non fonctionnel. Ils étaient aussi une preuve de plus que le complexe avait été conçu pour des robots. Aucun humain n'aurait pris de bon gré un de ces monte-charge.

La cage était un puits vertical de trois mètres de diamètre, aux parois revêtues du même treillis synthétique que le plafond de la salle. En se penchant pour regarder en bas, Derec vit que le puits était éclairé à intervalles réguliers par une lueur bleue fixe, qui devait marquer les autres niveaux. La profondeur lui parut de beaucoup supérieure à la hauteur. Au-dessus de la grande salle, qu'il appelait maintenant l'entrepôt, il ne compta que sept niveaux alors qu'au-dessous il en apercevait au moins vingt avant que la circulation dans le puits ne vienne lui cacher ce qu'il y avait plus bas.

Une plate-forme à claire-voie descendant le long de la barre-guide la plus rapprochée força Derec à reculer d'un bond. La structure carrée d'un mètre de côté atteignit l'étage et s'arrêta, comme pour l'attendre.

Tandis que la plate-forme restait immobile, les allées et venues continuaient sur les trois autres barres chromées. En regardant les robots monter à bord et descendre, Derec constata que ceux-ci étaient maintenus sur les plateaux par magnétisme lorsque les ascenseurs étaient en marche. Il se demanda comment il arriverait à garder son équilibre sans cette aimantation. Il n'y avait pas de garde-fou pour se retenir et la barre-guide lui paraissait électrifiée.

Toutes considérations personnelles mises à part, il ne pouvait s'empêcher d'admirer la conception et l'esthétique de l'ascenseur. C'était une solution simple au problème du trafic le plus intense dans le minimum de temps et d'espace, une solution parfaitement intégrée aux exigences de la colonie.

En dépit de l'astuce du système, Derec n'était pas enthousiasmé par la perspective de monter dans le noir sur une plate-forme découverte au-dessus d'un puits sans fond. Malgré tout, il devait s'y résoudre ou retourner dans l'unité A. Il s'arma de courage et mit avec précaution le pied sur la plate-forme qui l'attendait.

– Monte, dit-il.

– Niveau, s'il vous plaît ?

– Euh... Niveau deux.

Avec un sifflement aigu, le plateau se mit à monter rapidement. Derec se tenait debout, les bras croisés et les jambes écartées. Gardant les yeux fixés sur la première lueur bleue au-dessus de lui, il s'efforçait de ne pas regarder les parois du puits qui défilaient à toute vitesse.

La plate-forme passa comme un éclair devant plusieurs niveaux avant de ralentir progressivement pour lui permettre de descendre. Ce qu'il aperçut au passage le prépara à ce qui l'attendait au niveau deux. En quittant l'ascenseur, il se trouva au croisement de deux passages souterrains au plafond bas, de six mètres de large chacun. Les parois, le sol et le plafond étaient recouverts du sempiternel treillis blanc cassé. Il faisait plus froid que jamais, si froid qu'il voûta les épaules et fourra ses mains sous ses bras.

Le voisinage de l'ascenseur était brillamment illuminé par l'éclairage indirect bleu mais les tunnels n'étaient éclairés que par de faibles lumières jaunes encastrées de loin en loin dans le plafond. Chaque ampoule suffisait à peine à marquer sa position et à faire une petite flaque jaune sur le sol.

La lointaine extrémité des tunnels perpendiculaires était invisible ; les rangées de plafonniers disparaissaient à l'infini, dans les deux directions. D'après ce que voyait Derec, les souterrains pouvaient être longs de plusieurs kilomètres et même de plusieurs dizaines de kilomètres.

« Auraient-ils creusé tout l'astéroïde ? se demanda-t-il. Des milliers de niveaux... des puits de cent kilomètres de profondeur... Est-ce que ce serait une exploitation minière ? »

Il ne comprenait pas pourquoi on se serait donné tant de mal pour fouiller un astéroïde de l'intérieur. Les lames coupantes d'un vaisseau de prospection étaient capables de débiter n'importe quel type d'astéroïde, à part les plus denses en nickel et fer, en menus morceaux pour les gigantesques centres de traitement. A sa connaissance, aucun métal ne valait la peine qu'on dépense autant d'argent. Même en tenant compte de l'économie d'énergie et de matière première due à la main-d'œuvre robotique, il faudrait que ce soit quelque chose de cent fois plus précieux que l'élément le plus rare... à moins que la valeur du secret ne soit un facteur de l'équation.

« A qui ai-je affaire ? » se demanda Derec. Perplexe, il reprit l'ascenseur.

– Niveau trois, dit-il.

Les deux niveaux suivants étaient tout aussi silencieux et d'apparence inachevée. Derec n'aurait su dire s'ils étaient terminés et en attente d'utilisation, comme les pièces détachées de la grande salle, ou finis et à l'abandon.

Mais le niveau cinq était une autre affaire. Le grondement de machinerie lourde assaillit ses oreilles avant même que la plate-forme n'atteigne la zone éclairée. Quand il la quitta, il sentit dans le sol et le plafond du tunnel un roulement, des vibrations à basse fréquence.

« Je me rapproche, pensa-t-il. De quel côté, maintenant ? » Le bruit l'environnait ; il lui était impossible de savoir quel était le tunnel le plus intéressant.

Pendant qu'il hésitait, une double plate-forme arriva et déchargea un robot porteur. Suivant son impulsion, Derec monta sur le plateau à demi chargé. Il comptait que le robot l'ignorerait, comme l'avait fait le ramasseur, et il ne fut pas déçu. Le porteur ne le prit pas dans ses bras et ne chercha pas à le déloger ; il s'engagea dans le tunnel sud.

Pendant les deux premières minutes du trajet, le souffle d'air et les grincements des mécanismes du robot masquèrent les bruits d'une activité lointaine. Mais bientôt, Derec distingua des éléments séparés, des coups irréguliers comme des explosions étouffées, un crissement de meule qui lui mit les nerfs à vif, et un sourd grondement continu évoquant le déplacement d'énormes masses de roche et de glace.

Finalement, la fin du tunnel apparut comme un carré noir dans le lointain. Tout de suite après, Derec détecta dans l'air une bouffée d'ammoniac. A ce moment-là, une autre pièce du puzzle se mit en place.

Dès le début, il s'était demandé pourquoi le complexe, à l'extérieur de l'unité A, était plein d'azote. Les robots n'en avaient pas besoin. A vrai dire, les robots n'avaient besoin d'aucune espèce d'atmosphère ; et il devait être beaucoup plus compliqué de maintenir le complexe hermétique et pressurisé que de le laisser simplement grand ouvert sur l'espace.

Le maintien d'une atmosphère composée de deux gaz standard, dans des proportions justes, dans tout le vaste complexe, était encore plus difficile. Derec avait conclu que l'atmosphère d'azote et les respirateurs « ouverts » étaient un compromis entre une combinaison pressurisée intégrale et la complexité d'un système A à deux gaz. L'azote permettait aux humains de parler et d'entendre normalement, d'aller et de venir sans combinaison spatiale, et sans le risque d'incendie et d'explosion provoqué par l'oxygène libre.

Mais il avait négligé un détail important. La glace formant une grande partie de la masse de l'astéroïde n'était pas de l'eau mais un composé de méthane et d'ammoniac. Les procédés d'excavation devaient inévitablement les libérer comme des gaz dans tout le secteur de travail et ils pouvaient réagir entre eux ou au contact des circuits et de la puissante énergie de la machinerie.

« J'aurais dû voir ça plus tôt », pensa-t-il. Sans une atmosphère comprenant un gaz relativement inerte, il n'y avait pas moyen de le diluer ou de chasser les composés importuns. Ici l'atmosphère comportait de l'azote. Elle permettait la présence humaine mais n'était pas créée pour le confort des humains.

Le porteur ralentit quand ils arrivèrent à l'extrémité du tunnel et Derec en profita pour sauter de la plate-forme. Plusieurs robots étaient réunis près de la porte de ce qu'il pensa devoir être la salle de travail. Par cette ouverture, il entrevit une paroi rocheuse déchiquetée, du matériel lourd et, de temps en temps, des éclairs de lumière vive.

Le portail était un énorme appareil en forme de caisson qui bloquait les quatre parois du tunnel. Le seul accès à la salle était un étroit passage entre des citernes vert vif contenant probablement des produits chimiques. C'était là que Derec devait aller.

En s'approchant, il vit que le portail avançait lentement. Comme une grosse larve mécanique, il creusait la masse de l'astéroïde et laissait derrière lui le tunnel fini. Tout – la matière première des parois, le revêtement de treillis synthétique, même les lampes du plafond – se faisait en une seule opération continue. Le portail était un appareil paveur quadrisurface.

Mais ce qui intéressait Derec, c'était l'excavation. Il monta sur le portail et se glissa entre les cylindres qui lui arrivaient à l'épaule, conscient d'être suivi par un des robots humanoïdes. Un fort courant d'air se faisait dans le passage entre le tunnel et la salle. Malgré tout, l'odeur d'ammoniac était assez forte pour lui donner la nausée.

De l'autre côté, le chemin s'élargissait pour former une cabine de contrôle où deux humanoïdes étaient assis derrière une rangée de panneaux transparents ; ils observaient la salle d'excavation qui entourait le portail sur trois côtés. Derec s'arrêta à quelques pas de la rampe donnant accès à l'excavation et tenta de déterminer les fonctions du matériel qui l'emplissait.

La paroi vive du matériau astéroïdal était à une trentaine de mètres de lui. Une perforatrice à deux têtes la travaillait, dotée de meules rotatives et de lasers à micro-ondes. Les deux bras se balançaient d'un côté et de l'autre comme des cobras et, devant eux, la roche et la glace s'émiettaient.

Les lasers semblaient faire le plus de dégâts. Soudain dégagée de la gangue de glace, la roche glissait le long de la paroi avec force craquements. Les dépôts plus résistants étaient arrachés par les dents pivotantes des meules. Les gaz s'élevant en vapeur de la surface étaient aspirés par les larges bouches d'aération du plafond.

Derec était absorbé dans la contemplation du travail quand une main métallique se posa sur son épaule.

– Vous ne devez pas entrer dans la zone de travail durant les opérations, lui dit un robot.

Cette déclaration l'irrita et il riposta, sans se retourner :

– J'entrerai si je veux.

Le robot resserra son étreinte.

– Vous ne devez pas entrer dans la zone de travail durant les opérations, répéta-t-il. Le personnel non qualifié y est jugé en danger.

Derec dégagea son épaule et tourna le dos au robot, pour regarder de nouveau l'excavation. Comme le portail, l'unité d'extraction avançait lentement le long de la paroi. Le mouvement faisait tomber un chaos de rochers à portée des bras d'un haveur qui les canalisait par une rampe vers une gigantesque trémie. Deux convoyeuses emportaient les matériaux de la trémie, l'une vers la gauche, l'autre vers la droite, les faisant passer par un poste de rayons N, un poste de rayons X et un magnétomètre.

A partir de là, tout devenait confus. On avait l'impression quc lcs robots, après s'être donné tant de mal pour miner l'astéroïde, avaient oublié quelles parties ils voulaient garder.

Une partie des déblais étaient transportés par une

autre convoyeuse vers un broyeur, et utilisés ensuite comme matériau pour les parois du tunnel, épaisses de quinze centimètres. Etonné, Derec constata que le reste était tassé au fond de l'excavation, allié au méthane et à l'ammoniac pour reformer une muraille de glace et de roche. L'excavation ne s'agrandissait jamais.

« Mais le tunnel ? se demanda Derec. Ils doivent bien emporter quelque chose... »

Un examen plus attentif le détrompa. Le volume vide du tunnel qui s'allongeait sans cesse signifiait simplement que le matériau astéroïdal qui l'entourait était remis en place sous forme plus compressée que lors de son extraction. En somme, rien n'était extrait. Rien n'était emporté en vue d'un raffinage ou d'une mission quelconques.

Cela n'avait aucun sens.

Le signal d'alarme indiquant la fin prochaine de la cartouche du respirateur se fit entendre, et Derec transféra le tube d'alimentation sur la seconde réserve. Il devait rebrousser chemin sous peine de mourir d'empoisonnement par l'azote avant d'avoir eu le temps de regagner l'unité A. Mais il avait du mal à s'arracher au spectacle incompréhensible d'une douzaine de robots et de quelques millions de dollars de matériel lourd engagés dans une tâche aussi ridicule que le creusement d'un trou dans de l'eau. Et combien d'excavations du même genre y avait-il en chantier dans le complexe ? Dix ? Cinquante ? Cinq cents ?

Tout en cherchant à comprendre, Derec concentra son attention sur les robots. Trois, appartenant à l'espèce blindée, surveillaient la trémie, cassaient les morceaux trop gros avec leurs grappins. Un quatrième se tenait sur une petite plate-forme, sous les flèches de la perforatrice, et brisait lui aussi les blocs trop importants quand ils tombaient de la paroi. Deux humanoïdes étaient en faction aux stations de rayons N, devant un écran de contrôle.

L'ange gardien de Derec était toujours derrière lui à portée de bras. Il se retourna et chercha à regarder au fond des yeux du robot.

– Qu'est-ce que vous extrayez ici ? A quoi rime toute cette activité ? (Le robot ne répondit pas mais continua de regarder Derec de ses yeux sans expression.) Ecarte-toi, grommela Derec, excédé.

Le robot recula dans la cabine de contrôle pour le laisser passer.

L'irritation de Derec se transformait en colère. Il suivit le petit passage étroit et sauta dans le tunnel mais une fois là, il comprit son erreur. Il n'y avait pas de robot porteur pour le ramener à l'ascenseur.

– J'ai besoin d'un moyen de transport, dit-il rageusement au premier robot humanoïde venu. Peux-tu me dire quand le prochain porteur viendra faire une livraison ?

– Quel est votre besoin ?

– J'ai besoin d'un moyen de transport !

– Ceci n'est pas une allocation de ressources approuvée.

Derec ne prit même pas la peine de discuter. Tournant les talons, il partit vers le nord, l'esprit en déroute, la tête pleine de pensées confuses. Il avait l'impression que la réponse à toutes ses questions était déjà à sa portée mais qu'il était incapable de la reconnaître. Qu'est-ce que cela signifiait ? Où était la fausse note ?

Pendant qu'il marchait en s'aidant de ses mains le long du tunnel, ses réflexions retournaient sans cesse vers les robots. Il y avait quelque chose d'insolite dans leur comportement, dans leur façon de travailler ensemble. A l'intérieur du complexe, les travaux répétitifs, la routine, étaient accomplis par les robots non humanoïdes. Les humanoïdes à la peau bleue étaient contremaîtres, surveillants, gardiens de l'ordre, techniciens, spécialistes de la réparation. Mais ils auraient pu tout aussi facilement se charger des travaux répétitifs, et même de l'extraction. Au lieu de cela, une demi-douzaine de robots spécialisés – porteurs, ramasseurs, mineurs – ne se comportaient pas du tout comme des robots...

Derec s'arrêta net et se retourna vers l'excavation. Bien sûr. Bien sûr. Le ramasseur et les balayeurs, les mineurs et les porteurs n'étaient pas des robots spécialisés travaillant pour les bleus. Ils étaient des *outils* manipulés par les humanoïdes. Ils avaient une intelligence limitée, peut-être même pas positronique. La véritable intelligence était celle des robots humanoïdes, qui pouvaient s'avérer plus sophistiqués encore que tous ceux que Derec avait pu connaître.

Mais pourquoi étaient-ils tous là ?

Derec songea aux autres niveaux, à tous les tunnels déjà creusés, à la masse de l'astéroïde encore intacte. Serait-il tombé sur un site d'expériences industrielles ? Cela expliquerait beaucoup de choses : le secret, la marque distinctive d'un entrepreneur inconnu, l'extraction incessante mais sans objet.

« Concentre-toi sur les robots, se dit-il. Les travaux qu'ils effectuent eux-mêmes sont ceux qu'ils jugent importants... »

Il songea subitement aux deux robots humanoïdes observant les instruments de surveillance, à la convoyeuse, et tout à coup, il comprit. C'était impensable mais une fois formée dans son esprit, il ne put chasser son idée.

Les robots ne transformaient pas l'astéroïde en une mine. Ils le passaient au crible. Ils cherchaient quelque chose, une chose perdue, ou enfouie, ou cachée, une chose unique, précieuse, qui valait toutes les dépenses, tous les efforts.

Ce que les robots cherchaient, Derec n'aurait su même l'imaginer. Et pour l'heure, il n'était pas sûr d'avoir envie de le savoir.

IMPASSE

Le chemin était très long jusqu'à l'ascenseur. A quelle vitesse le porteur l'avait-il transporté vers l'excavation ? Quarante à l'heure ? Dans ce cas, l'ascenseur était à dix kilomètres. Soixante ? Une marche de quinze kilomètres l'attendait donc, mille pas, mille balancements des bras au kilomètre. Même avec un champ gravifique aussi faible, c'était beaucoup exiger de son corps.

S'il ne revint pas sur ses pas, ce fut uniquement parce qu'il était certain que les surveillants, comme il appelait les robots humanoïdes, savaient où il était et combien il lui restait d'oxygène. A un moment donné, les deux variables se rejoindraient en un point qui leur dirait qu'il était en danger, alors ils enverraient un porteur pour le ramener dare-dare à l'unité A.

Chaque fois qu'il voyait un robot venir à sa rencontre, chaque fois qu'il en entendait un arriver derrière lui, il s'attendait à un soulagement pour ses bras et ses jambes. Immanquablement, le robot passait sans s'arrêter ni même ralentir. Il envisagea de tenter d'arrêter un porteur en barrant le tunnel mais les seuls qui passaient étaient surchargés de matériel et n'avaient pas de place pour lui.

Derec n'avait pas le choix et continuait donc de marcher. Pendant un moment, il essaya de compter les plafonniers jaunes, pour se prouver qu'il couvrait du chemin, mais ses pensées se mirent à vagabonder et il perdit le compte. Le souterrain était d'une monotonie désespérante, avec ses parois blanches s'étendant à l'infini. Derec se sentait perdu dans les limbes, prisonnier.

La suite des événements révéla qu'il ne se trompait pas quand il pensait que les surveillants avaient parfaitement conscience de sa présence. Mais il s'était fourvoyé sur la forme que prendrait leur secours.

Il s'était assis par terre pour se reposer, et s'était adossé au mur quand un ramasseur arriva à toute vitesse et s'arrêta devant lui ; il tira de son panier deux cartouches de respirateur, les déposa à ses pieds, fit promptement demi-tour et repartit aussi vite qu'il était venu. Le moment avait été si bien choisi que le signal d'alarme du brassard de Derec sonna juste comme le robot disparaissait à sa vue.

– Logiques avec vous-mêmes, grommela-t-il aux surveillants absents, tout en remplaçant ses cartouches vides. Vous avez toujours fait le minimum pour m'aider.

Au bout de plusieurs heures, il arriva enfin à l'unité A et eut tout juste la force de rabattre une des couchettes pour s'y jeter. Il s'endormit immédiatement ; ses ennuis le poursuivirent jusque dans ses rêves, qui furent pleins de robots bleus silencieux, allant et venant dans des lieux ténébreux à l'âcre odeur de danger.

A son réveil, Derec commença à songer à une évasion. Il était clair que le message le plus vraisemblable transmis par le surveillant devait être quelque chose comme : Nous avons un intrus ici, qu'en faisons-nous ? Et Derec n'aimait pas du tout la réponse la plus plausible à cette question.

Il ne pensait pas que les robots surveillants, tout indépendants qu'ils fussent, soient capables de le tuer. La Première Loi était profondément implantée dans le cerveau positronique. L'extirper ou simplement y toucher était la source des pires ennuis, pouvant aller jusqu'à la totale désintégration intellectuelle.

Mais le destinataire du message était fort probablement humain et, par conséquent, tout à fait capable de violence pour défendre ses intérêts. On voudrait savoir comment Derec avait découvert l'installation, ce qu'il y cherchait, ce qu'il voulait, et il ne trouverait rien à répondre.

Il n'avait donc aucune envie d'attendre l'arrivée des maîtres des surveillants. La clef de son évasion était Darla. A coup sûr, les propulseurs de la capsule avaient été prévus pour un champ gravifique beaucoup plus élevé que celui de l'astéroïde. Dans ce cas, il restait assez de carburant pour faire décoller la capsule et mettre assez de distance entre l'astéroïde et lui... à condition qu'il puisse convaincre Darla du bien-fondé de ce départ.

Mais il devait d'abord la retrouver. D'après son évaluation, la capsule était trop grosse pour avoir été transportée par l'ascenseur. Les robots avaient dû l'en extraire, lui, quelque part à la surface, peut-être à l'intérieur d'une coupole d'entrée, et abandonner la capsule sur place.

Il se dirigea donc vers l'ascenseur pour se mettre à la recherche de la porte par où il était entré dans l'astéroïde. Il découvrit que c'était au niveau zéro. Tout en haut de la cage, une plaque de fermeture circulaire pivota pour laisser passer la plate-forme qui emporta Derec jusque dans une vaste rotonde de cent mètres de diamètre.

La salle était presque entièrement remplie de matériel et de rangées d'appareils, des perceuses et des niveleuses, des porteurs à chenilles, des sortes de ballons. Tout au fond, la rampe derrière un matériau transparent grimpait et débouchait à la surface.

Il y avait aussi un surveillant, assis à un poste de contrôle, le dos tourné. Il ne bougea pas mais Derec fut certain que le robot n'ignorait pas sa présence.

Quittant l'ascenseur, il erra parmi les machines au repos. Le matériel devait sans doute être utilisé pour surveiller la croûte extérieure de l'astéroïde. Ce qui l'intéressait surtout, c'était de retrouver Darla et de dire adieu à ce corps céleste et à ses mystères. Une visite attentive de la salle ne révéla pas la moindre trace de la capsule ni de la combinaison de sauvetage. Derec trouva néanmoins une armoire contenant trois combinaisons de travail blanches utilisables dans l'espace. Elles étaient trop volumineuses pour être utilisées aux niveaux inférieurs ou pour permettre à Derec de grimper dans la capsule si jamais il la retrouvait, mais il pouvait tout de même en prendre une pour aller explorer la surface.

Passant derrière une des combinaisons, il saisit la barre transversale et sauta, les pieds en avant, par la trappe d'accès dorsale. Comme il s'asseyait sur l'espèce de selle, il sentit les cale-pieds se resserrer autour de ses chevilles. Il glissa ses bras dans les manches et les contrôleurs de manipulation extérieure vinrent se placer dans ses mains. Un écran incliné reflétait le schéma des systèmes de la combinaison sur la visière en forme de bulle, devant son visage.

– Fermeture et pressurisation, ordonna-t-il, et la porte d'accès se referma derrière lui.

Il essaya de lever les bras ; la combinaison réagit avec souplesse, sans exiger aucun effort. « Enfin, pensa-t-il, je ne suis plus totalement impuissant. »

Mais, quand il se retourna pour marcher vers la rampe, un surveillant lui barra le passage.

– La surface est une zone interdite, lui dit son garde.

Derec entendit les mots par haut-parleur, à son oreille, et s'arrêta. La combinaison spatiale était plus que capable de résister à un surveillant, tout au moins entre les mains d'un manipulateur habile, mais Derec ne voulait pas se battre. Il ne cherchait que des réponses à ses questions.

– Dis-moi où trouver la capsule de survie dans laquelle je suis arrivé, ordonna-t-il.

– Vous n'avez pas la permission de quitter la communauté.

– Elle est à la surface ? C'est là que vous l'avez cachée. Qu'avez-vous fait ? Ma combinaison est-elle restée à l'intérieur ? demanda Derec. Je vais sortir. Si tu ne veux pas être endommagé, ôte-toi de mon chemin.

Le robot ne bougea pas.

– La capsule de survie n'est pas à la surface, dit-il.

Compte tenu de la façon dont les survivants l'avaient traité jusqu'à présent, c'était une réponse généreuse, mais elle ne lui suffisait pas.

– Ou je sors chercher à la surface, ou tu me dis où est la capsule.

Le robot hésita un instant avant de répondre, et cette réponse étonna agréablement Derec :

– Je vais vous montrer la capsule.

– Nous sortons ou nous redescendons ?

– Nous descendons.

Derec avait quand même envie de sortir à la surface. Il espérait qu'un examen du ciel et des étoiles lui permettrait de déterminer, d'une manière générale, la position de l'astéroïde. Peut-être découvrirait-il autour de quelle étoile il était en orbite. Etait-ce un astéroïde indépendant ou faisait-il partie d'un système planétaire ? Tant qu'il n'avait pas trouvé la capsule, cela n'avait pas grande importance, il pouvait donc se payer le luxe d'une petite victoire.

– Merci, dit-il. Si tu veux bien attendre un instant, je vais remettre cette combinaison en place.

Derec ne devait pas savourer longtemps sa gloire. Son surveillant le ramena au niveau de l'entrepôt et le pilota dans le labyrinthe jusqu'au mur de l'est. Ils contournèrent un pan de cloison et une haute armoire de fournitures, et le robot s'arrêta.

– C'est là.

Derec ne vit aucune capsule. L'espace était dégagé, avec des rangées d'éléments divers étalés sur le sol.

– Où ça ?

Le surveillant fit un geste large du bras et répéta :

– C'est là.

Derec regarda avec plus d'attention l'assortiment de pièces détachées et finit par comprendre. La capsule était bien là, en effet, en pièces détachées sur le sol, comme un puzzle géant. Les robots l'avaient entièrement démontée. Derec ne reconnut que quelques éléments, les plaques concaves qui avaient formé la coque, quelques courroies de propulseurs et, à quelques mètres, les sept voyants verts du tableau de bord.

– Non ! s'écria-t-il d'un ton de détresse. Pourquoi avez-vous fait ça ?

– C'était nécessaire pour nous assurer que l'objectif de nos recherches n'était pas dissimulé dans la capsule.

– Et ma combinaison spatiale ? Vous l'avez mise en miettes, elle aussi ?

Pour toute réponse, le surveillant conduisit Derec à travers le dédale et lui montra sa combinaison, débitée en des dizaines de morceaux. Le tissu avait été arraché des anneaux de fermeture, les systèmes de survie de l'unité pectorale et le casque avaient été démontés.

– Je suis surpris que vous ne m'ayez pas démonté, moi aussi, grommela-t-il en voyant ce désastre.

– Expliquez-moi, s'il vous plaît, les raisons de votre étonnement, dit le robot. Il est impossible pour un robot de faire du mal à un être humain. N'avez-vous pas été informé de cette réalité ?

– Ça ne fait rien, marmonna Derec en soupirant. Je plaisantais.

– Pardon ?

– Les humains ne pensent pas toujours ce qu'ils disent. N'avez-vous pas été informés de cette réalité ? ironisa Derec, puis il demanda : Vous m'avez quand même fouillé, n'est-ce pas ?

– Oui. Pendant que vous étiez sans connaissance, vous avez été soumis à un examen corporel complet de résonance magnétique.

Cette absurdité faillit faire rire Derec.

– Logique, dit-il. Je suppose qu'il m'est inutile de vous demander de remonter la capsule et la combinaison ?

– Rien ne saurait avoir priorité sur la directive principale.

– Et tous ces robots de réserve qui attendent là, sans rien faire ? Pourriez-vous en activer quelques-uns ?

– Le travail exigerait non seulement des assembleurs mais un chef de système. Tous les spécialistes en systémique sont occupés à plein temps par l'actuel cycle de travail.

– Ça veut dire non, ça, grommela Derec. (Il poussa un nouveau soupir en contemplant l'étalage de pièces qui avaient formé son engin spatial.) Aurais-tu un nom, par hasard ?

– Je suis Moniteur 5.

– Pourquoi me parles-tu, Moniteur 5 ?

– J'ai perçu votre tension. Lorsqu'ils sont en état de tension, les humains bénéficient fréquemment de la communication.

– Ouais, c'est une façon de voir les choses. Dis-moi, Moniteur 5, votre bande de robots sait-elle ce qu'elle cherche ?

– Je ne puis divulguer aucune information sur ma mission.

– Et moi ? As-tu le droit de me dire ce que tu sais de moi ?

– Que désirez-vous savoir ?

– L'enregistreur d'événements, dans la capsule, a-t-il été trouvé ?

– Je ne faisais pas partie de l'unité de travail qui a démonté la capsule. Je vais consulter Analyste 3, répondit le robot. (Puis, au bout de quelques secondes, il ajouta :) Oui. Un enregistreur de données a été découvert.

– A-t-il révélé de quel vaisseau je viens ? Comment je suis arrivé ici ? Quelque chose ?

– L'enregistreur n'était pas immatriculé. Le disque d'enregistrement était vierge.

Atterré, Derec se détourna pour cacher son expression au robot. Son regard tomba sur les morceaux de sa combinaison et il s'accroupit pour fouiller dedans.

– Il y avait une fiche de données sur le porte-badge...

– Oui. C'était une fiche d'essai. Elle ne contenait aucune information personnelle.

Laissant retomber les lambeaux de tissu, Derec se redressa lentement.

– Une fiche d'essai ?

– Oui. C'est très courant. Elles sont utilisées pour le calibrage d'un lecteur de données et...

– Mais elle disait Derec.

– Certainement. Le principal fabricant de ces lecteurs est la compagnie Derec Data Systems.

Derec sentit ses jambes flageoler.

– Alors vous ne savez pas non plus qui je suis ?

– Non. Nous ne savons pas qui vous êtes.

– Et ce message qui a été transmis à mon sujet ? Qu'est-ce qu'il disait ?

– Je n'ai pas envoyé de message. Un instant, je consulte Analyste 17... Analyste 17 pense que votre comportement irrationnel risque de vous causer du tort ou de compromettre le principal objectif, si vous n'êtes pas sous surveillance constante. C'est lui qui a envoyé un message demandant que vous soyez récupéré.

– Il a pris cette décision de lui-même ?

– Analyste 17 a estimé que le danger était suffisamment grand pour passer outre la prohibition concernant les communications.

– La prohibition de qui ? Qui est responsable, ici ? A qui a-t-il transmis le message ?

– Je n'ai pas le droit...

– ... de divulguer des informations sur ta mission, je sais.

Derec grimaça, ferma les yeux et tenta de se dissocier de ce monde.

– Vous êtes malade ? demanda Moniteur 5 avec inquiétude.

– Non... Je me retrouve à la case départ, c'est tout.

RÉPONSE

Démoralisé, Derec se retira dans l'unité A. Il avait perdu son illusion d'être au moins en partie maître de son destin. Il n'avait aucune possibilité de remonter lui-même la capsule. Peut-être pourrait-il quitter la communauté en utilisant une des combinaisons de travail dans l'espace, mais il n'avait aucun moyen de s'échapper de l'astéroïde. Il n'avait d'autre solution, semblait-il, que de se tenir à l'écart des robots pour attendre la réponse de ceux qu'Analyste 17 avait contactés.

Comme si les robots avaient décidé qu'il était nécessaire de l'occuper pour se débarrasser de lui, Derec découvrit que le centre de communications de la salle commune avait été déverrouillé et affichait sur son écran le mot PRÊT. Quand il pressa la touche « Aide », le mot fut remplacé par un choix entre un objet appelé « bloc » et un catalogue de bibliothèque.

Le bloc était un hybride entre le cahier de notes et le carnet de croquis d'ingénieur. Derec s'amusa à dessiner un plan de la partie du complexe qu'il avait visitée. Le système lui facilitait les choses, en convertissant ses mouvements maladroits du stylet en lignes droites, en reproduisant les secteurs semblables, en comblant les lacunes.

Quand le dessin se détériora en gribouillis, Derec changea de vitesse cérébrale et décida d'écrire le journal de ce qui lui était arrivé depuis qu'il s'était réveillé dans la capsule. Mais il en eut vite assez de s'apitoyer sur son sort, et conclut son journal de bord par une brève note sarcastique :

Chère maman,

Je n'ai pas d'amis ici. Est-ce que je peux revenir à la maison ?

Un peu honteux, il purgea la mémoire du bloc et repoussa sa chaise. La terrible sensation d'isolement qui avait inspiré sa missive ne se laissait pas chasser facilement. Sans famille, sans amis, sans allié d'aucune sorte, le petit monde de Derec était un lieu bien solitaire.

La bibliothèque de vidéolecture assura sa défense contre les idées noires. En parcourant le catalogue, il s'étonna de la diversité des ouvrages. Il y avait un sous-index entier consacré à l'ère classique de la Terre, où figuraient quelques auteurs qu'il fut surpris de reconnaître : *De Natura Rerum* de Lucrèce, les *Principia* de Newton et *De l'origine de l'espèce* de Darwin.

Un autre sous-catalogue important comportait des dessins et des photographies d'architecture. Là encore, quelques noms lui parurent vaguement familiers, Mies van der Rohe, Buckminster Fuller, Frank Lloyd Wright. Mais quand il demanda au système de lui montrer des images de leurs travaux, il vit passer sur l'écran des lieux où il n'avait jamais mis les pieds et des édifices qu'il ne se souvenait pas d'avoir vus. Il se demanda pourquoi, dans ce cas, il connaissait le nom des architectes.

Les ouvrages de micro-électronique, robotique, informatique ou cybernétique brillaient par leur absence et Derec supposa qu'ils figuraient dans une bibliothèque technique à laquelle il n'avait pas accès.

D'autres collections étaient répertoriées qui, dans

des circonstances différentes, l'auraient intéressé ; par exemple une biographie de la pionnière de la robotique Susan Calvin, l'histoire anecdotique de la science informatique du XXIe siècle et un grand choix de titres sur l'astronomie et l'astrographie.

Derec n'était pas là pour se cultiver, il ne voulait rien lire qui exigeât de la réflexion de sa part. Il voulait être le spectateur des problèmes de quelqu'un d'autre, distraire son esprit et s'abandonner au charme du conteur.

Malheureusement, dans la liste des romans, le choix était limité. A part quelques policiers et une demi-douzaine de romans d'aventures trop prenants, il n'y avait guère que le monde du théâtre. *Faust, En attendant Godot, Dedalus et Icare, Sweeney Todd*, tous ces titres n'évoquaient rien pour Derec. Il connaissait Shakespeare, et Shakespeare était bien représenté sur la liste.

Eprouvant le besoin de rire et de se détendre, il choisit une comédie, *Le Songe d'une nuit d'été*. Il s'installa dans un fauteuil confortable, posa ses pieds sur la table de conférence et laissa l'enregistrement le transporter dans la Grèce antique, dans une forêt près de la ville d'Athènes, où il s'amusa des histoires d'amour confuses de rois humains et féeriques et des frasques du lutin démoniaque Puck.

« Par monts et par vaux, jura Puck, je vais les mener par monts et par vaux. Je suis craint aux champs comme à la ville. Lutin, conduis-les par monts et par vaux... »

Au beau milieu de la déclamation de Puck, Derec entendit le bruit bien reconnaissable de la porte intérieure du sas. Il se leva en même temps qu'un surveillant entra dans la salle et marcha droit sur le centre de communications.

– Que veux-tu ? demanda Derec, agacé.

Le robot l'ignora et s'adressa au centre.

– Interruption prioritaire.

L'écran devint noir, les haut-parleurs silencieux.

MOT DE PASSE ?

Les doigts du robot dansèrent rapidement sur le clavier mais rien n'apparut sur l'écran, à part l'instruction : SUJET.

Sans hésitation, le robot frappa de nouveau les touches. A un mètre à peine, Derec ne parvint pas à voir ce qu'il tapait. Le crépitement régulier des touches dura une vingtaine de secondes, pour former trois à quatre cents caractères. Enfin le robot se redressa et recula.

MESSAGE TRANSMIS, annonça l'écran.

– Résumé, dit le robot et il tourna les talons pour repartir.

– Annulation ! cria Derec en allant rapidement se placer entre le robot et la porte. Ton identification ?

– Je suis Analyste 9.

– Que se passe-t-il ? Qu'est-ce que tu viens de faire ?

– Je vous prie de vous écarter, dit Analyste 9. J'ai des devoirs urgents ailleurs.

– La dernière fois que l'un de vous est venu ici, c'était pour lancer un message de détresse. Qu'y a-t-il maintenant ? Un vaisseau est-il arrivé ? C'est ça ? J'ai le droit de savoir ce qui se passe...

Sans répondre, Analyste 9 leva le bras et repoussa Derec avec fermeté, si fermement qu'il partit à la renverse contre la table de conférence et tomba assis sur une des chaises.

– N'intervenez pas, dit le surveillant et il s'en alla.

Choqué d'avoir été traité ainsi par un robot, Derec se leva d'un bond et le suivit.

Dès la sortie de l'unité, il découvrit une activité fébrile, quasi chaotique. Des dizaines de porteurs et de ramasseurs affluaient par les ascenseurs ; on avait l'impression d'un exode en masse. D'autres robots se précipitaient dans les travées pour se charger de pièces et les porter vers le mur de l'ouest où se trouvait la fonderie de recyclage.

A la grande surprise de Derec, au lieu de déposer leur chargement et de repartir chercher autre chose, les ramasseurs et les porteurs faisaient la queue pour apporter leurs fardeaux directement au cœur de la fonderie et ne reparaissaient plus. Pour une raison qui lui échappait, les robots détruisaient systématiquement des articles sélectionnés de leur entrepôt... et eux-mêmes par la même occasion.

Distrait par le défilé de robots kamikazes, Derec perdit de vue Analyste 9. Comme il le cherchait des yeux, de tous côtés, il vit une autre scène extraordinaire. Les surveillants avaient disparu de l'entrepôt. Les divers centres de manufacture étaient silencieux et abandonnés.

Saisi d'une intuition, Derec se fraya un passage dans la cohue vers un des ascenseurs et ordonna à la plate-forme de le transporter au niveau zéro. Il y trouva un groupe de vingt surveillants. Ils formaient un cercle, se tenant par la main, immobiles et silencieux, comme pour une sorte de conférence à communication directe.

Ils ne parurent pas remarquer son arrivée. Il s'approcha de deux autres surveillants devant le poste de contrôle géant.

– Moniteur 5 ?

– Oui, Derec, répondit un des robots en le saluant de la tête.

– Pourrais-tu m'expliquer ce qui se passe ?

– Les capteurs de surface ont détecté un gros engin spatial qui s'approche. Le profil de sa trajectoire et de sa vitesse indique qu'il va se placer sur l'orbite de ce planétoïde.

– Je vais quitter ce caillou ? exulta Derec. Louées soient les étoiles !

– Il y a soixante-huit pour cent de probabilités pour que le vaisseau ait intercepté le signal de détresse. Mais il n'y a que neuf pour cent de probabilités qu'il vienne vous récupérer.

Cette nouvelle fit brutalement retomber Derec dans la réalité.

– Intercepté ? Il ne s'agit pas de ceux que vous avez appelés ?

– Non.

– Qui sont-ils ? Que veulent-ils ?

– Le vaisseau n'est pas encore identifié.

– Est-ce pour cela que tous les robots sont comme pris de folie ?

– Je ne peux répondre actuellement à cette question, répondit Moniteur 5. Je pourrai vous en dire plus sous peu.

– Que dois-je faire ?

– Attendre.

– Epatant ! Combien de temps ?

– Pas longtemps. Excusez-moi. Les analystes me demandent.

Moniteur 5 traversa la salle et alla rejoindre le cercle de conférence. Il y resta environ deux minutes, puis le cercle se rompit. La plupart des surveillants se dirigèrent vers l'ascenseur. Moniteur 5 et un de ses acolytes s'approchèrent de Derec.

– J'ai été affecté à la communication avec vous, annonça Moniteur 5.

Le choix des mots dérouta Derec.

– Affecté ?

– Par défaut, reconnut le robot. Aucun des analystes ne se sent à l'aise avec un humain.

– Est-ce que tu veux dire qu'ils ne m'ont pas parlé parce qu'ils ne le veulent pas ? Qu'ils ne savent pas comment faire ?

– A de rares exceptions, ils n'ont d'expérience qu'avec d'autres robots. J'ai été choisi parce que j'ai déjà réussi à communiquer avec vous.

– Est-ce une autre exception, celui-là ? demanda

Derec en désignant le robot qui se tenait derrière Moniteur 5.

– Je suis accompagné par Analyste 17.

– Euh... nous avons fait connaissance. Plus ou moins.

– Analyste 17 est là pour m'aider, dit Moniteur 5. Je vous en prie, Derec. Il y a des affaires importantes à discuter, et nous disposons de très peu de temps.

– Alors, commençons.

– Merci. Les analystes pensent tous que le vaisseau qui arrive menace la sécurité de notre opération. La possibilité de découverte a été prévue par ceux qui nous ont placés ici. Nos instructions, en pareille circonstance, sont de détruire cette entreprise et nous-mêmes. Certaines mesures préliminaires sont déjà prises...

– Les robots à la fonderie ?

– Oui. Toute la technologie spécialisée doit être détruite et l'excavation rendue inutilisable. Cette instruction nous a été inculquée au plus haut niveau de nécessité et d'urgence. Nous devons obéir. Cependant, votre présence ici n'était pas prévue.

– Qu'est-ce que j'ai à voir là-dedans ?

– Tant que vous êtes présent, nous ne pouvons obéir à la directive, puisque la destruction du complexe vous détruirait. Notre autodestruction vous laisserait sans protection. Par conséquent, afin que nous obéissions à nos instructions, il est nécessaire que vous partiez.

– Je suis prêt à partir depuis que je suis arrivé ici ! Montrez-moi le chemin !

Analyste 17 intervint.

– Malheureusement, comme votre départ de la communauté représente aussi un grave danger pour vous, nous ne pouvons vous y aider et devons même obligatoirement vous empêcher de partir.

– Alors vous n'allez pas remettre en état ma capsule, ma combinaison ?

– Non.

– C'est de la folie !

– Au contraire, c'est fondamentalement logique, déclara Analyste 17. Si nous vous protégeons, vous mourrez presque certainement, ce que nous ne pouvons permettre. Si nous ne vous protégeons pas, vous survivrez peut-être mais vous serez mis en danger, ce que nous ne pouvons permettre.

Derec regarda avec stupeur Analyste 17 et Moniteur 5.

– Qu'allez-vous faire de moi ?

– Rien, répondit Moniteur 5. Aucune action n'est possible. Si nous vous aidons à vous évader, nous vous mettons en danger. Si nous ne vous aidons pas, nous vous mettons en danger.

Derec commençait à se perdre dans les complexités de la conversation.

– C'est ce que vous voudriez ? Que je m'évade ?

Le robot hésita.

– Nous voulons que vous demeuriez en sécurité, sain et sauf.

Le robot avait l'air d'avancer sur la pointe des pieds sur un terrain miné.

– Et si je partais ?

– Quand nous découvririons que vous êtes parti, nous devrons vous poursuivre... Toutefois, tant que vous ne serez pas revenu sous notre responsabilité, le reste de la communauté sera libre de procéder à la mise à exécution de la directive prioritaire.

– Autrement dit, si je m'échappe, la Première Loi cesse d'être un facteur opérant. Vous pourrez tous vous détruire, la conscience tranquille.

– C'est essentiellement exact, dit Analyste 17, mais je dois vous avertir qu'il y a un danger pour vous si vous continuez d'en parler.

Derec négligea l'avertissement.

– M'évader vers où ?

– Nous ne pouvons considérer cette question, déclara Moniteur 5.

– Eh bien, moi je peux, et la réponse ne me plaît pas ! Alors voilà ce que j'ai l'intention de faire. Dès que ce vaisseau sera assez près pour capter les signaux d'un émetteur de combinaison, je m'en vais enfiler une de ces combinaisons spatiales et monter à la surface pour leur demander de me sauver de vous tous !

– Nous ne pouvons le permettre.

– Alors que dois-je faire, hein ? Aller me balader à la surface jusqu'à ce que mon air s'épuise ? C'est complètement dingue ! Comment pouvez-vous me demander de faire une chose pareille ?

– Derec, je dois le répéter, il y a un danger...

– Nous ne vous avons rien demandé, dit Moniteur 5. Nous n'avons fait que vous indiquer les conséquences de l'action que vous choisirez.

– Vous ne demandez rien mais vous faites des allusions plutôt lourdes ! s'exclama Derec. Vous me dites en clair que si j'ai envie de me tuer, vous regarderez de l'autre côté. Je ne comprends même pas comment cette conversation peut avoir lieu. Qu'est-ce que vous avez tous ?

– Je suis une logique parfaitement conditionnée proposée par Analyste 17...

– Ah, c'est donc pour ça qu'il est là !

– ... L'incertitude de votre sort est modifiée par vos propres actes volontaires selon une valeur positive soupesée contre la haute probabilité du grave danger résultant de l'inaction.

– Bref, vous vous êtes convaincus, grogna Derec. Mais vous ne m'avez pas du tout convaincu, moi. Votre principal objectif et votre sécurité ne sont rien pour moi. Qu'est-ce que ça peut me faire, que vous vous détruisiez ? Je me moque bien que ce vaisseau soit celui de vos pires ennemis. Et même, je commence à penser que s'ils sont vos ennemis, ils sont mes amis. Je ne vais nulle part. Et je ne vais certainement pas me tuer pour vous délivrer de votre dilemme !

Les robots n'entendaient pas s'en tenir là. Lorsque Derec quitta le niveau zéro, Analyste 17 le suivit. Il prit un autre ascenseur et, quand ils arrivèrent à l'entrepôt, l'autre le suivit à distance respectueuse. Mais, indiscutablement, Derec était sous surveillance.

Il y avait toujours la même activité désordonnée dans la vaste salle et Derec battit en retraite dans le calme de l'unité A. Il pensait qu'Analyste 17 se contenterait d'observer et d'attendre à l'extérieur, puisque le sas n'avait qu'une seule issue. Mais le robot entra à son tour, suivit Derec dans la salle commune et s'assit en face de lui à la table de conférence.

Au début, Derec le remarqua à peine. La vidéo d'une caméra installée à la surface passait sur l'écran du centre de communications. Elle montrait un lointain petit soleil orangé et un champ d'étoiles tamisées dans lequel il ne reconnut aucune constellation. Une masse noire à contre-jour traversait ce champ étoilé et grandissait visiblement en se rapprochant de l'astéroïde. C'était encore trop loin pour qu'il puisse distinguer un profil mais il s'agissait manifestement d'un énorme vaisseau spatial.

– Encore de la propagande ? demanda Derec.

– Les analystes reconnaissent à l'unanimité que vous avez le droit de connaître la source et l'état actuel de la menace.

– Vous vous figurez que je vais regarder ce truc là-haut et être pris de panique ? Ça ne marche pas. Ma cellule ne vaut pas grand-chose, ici, mais j'y suis chez moi. Je ne pars pas.

Le robot ne répondit pas et garda le silence pendant que Derec allait au bloc-cuisine et se composait un repas. Quand il revint et s'attabla, il fut vite gêné et agacé par le regard patient du robot.

– Dans quel camp es-tu, finalement ? demanda-t-il entre deux bouchées.

– Eclaircissez.

– Qu'est-ce que tu fais là ? Je croyais que vous vouliez que je me fasse la belle. Je ne peux pas faire un pas sans que vous soyez tous au courant.

– Votre conversation avec Moniteur 5 l'a forcé à reconnaître un conflit de Première Loi.

– Tu veux dire que sa petite ruse lui a claqué dans les mains ?

– Moniteur 5 est maintenant très inquiet à l'idée que vous puissiez tenter de vous évader et de vous blesser au cours de cette tentative. Pour l'éviter et pour permettre à Moniteur 5 de vaquer à ses obligations, j'ai offert de vous surveiller.

– Et toi ? Ta bombe de logique aurait-elle explosé aussi ?

– Non.

– Dans ce cas, tu n'es pas ici pour me retenir, dit Derec en repoussant son assiette. Tu es ici pour faire en sorte que personne ne me retienne.

– Vos observations sont sans rapport avec la situation. Vous avez déclaré votre intention de rester sous notre responsabilité.

– Parfaitement !

Derec leva les yeux vers le moniteur. Le vaisseau n'était encore qu'une vague forme noire mais il remplissait maintenant un tiers de l'écran.

– Je pense malgré tout que tu t'attends à ce que je me fasse du souci et que j'agisse. Eh bien, pour te prouver le souci que je me fais, je m'en vais passer à côté et piquer un roupillon, annonça Derec en se levant. Si tu veux venir, choisis ta couchette. Il n'y a pas de place pour deux dans la mienne.

FUITE

Analyste 17 ne le suivit pas et Derec ne dormit pas. Il s'allongea sur sa couchette et contempla le plafond, pour tenter de comprendre.

Le dilemme des robots était réel et grave. Ils n'étaient pas seulement frustrés dans leur volonté de respecter leurs obligations de la Deuxième Loi envers leur maître, mais ils étaient en équilibre au bord du précipice de la Première Loi. C'était un paradoxe capable de paralyser non seulement les robots individuellement mais toute la communauté. Il constituait lui-même leur première obligation, et pourtant, ils ne pouvaient rien faire pour lui, à part l'implorer de se sauver tout seul.

Si la situation n'avait pas été aussi sérieuse, Derec en aurait ri. L'idée de fuite était absurde. Sans l'aide des robots, il était incapable de remettre en état la capsule avant l'arrivée du vaisseau. Et même s'il y parvenait, elle n'avait aucun moyen de distancer l'énorme engin.

S'il persistait à considérer et les robots et les inconnus comme ses ennemis, l'équation resterait sans solution. Ce n'était qu'en partant du principe que les inconnus venaient le secourir, ou accepteraient de le secourir même s'ils avaient d'autres intentions à propos de l'astéroïde, qu'il pourrait imaginer un moyen d'évasion ; il pourrait par exemple attendre que le vaisseau soit sur orbite et sortir à la surface dans une combinaison de travail dans l'espace pour demander du secours par radio.

A ce moment-là, la couchette tressauta sous lui et il se redressa vivement. Il crut un instant qu'il n'avait pas senti de secousse, qu'il avait eu un de ces brusques sursauts que l'on a parfois quand on est sur le point de s'endormir. Mais une nouvelle secousse, de toute la pièce cette fois, lui apprit qu'il n'avait pas été victime d'une illusion. Il sauta du lit et courut à la salle commune.

Analyste 17 n'avait pas bougé.

– Que se passe-t-il ? cria Derec.

– Nous sommes attaqués, répondit le robot en désignant le centre de communications.

Derec regarda l'écran. Le vaisseau s'était mis dans une position où la moitié de son flanc exposé au soleil était visible, permettant à Derec d'en distinguer tous les détails. Il fut dérouté. L'engin lui paraissait fabriqué de bric et de broc et ressemblait davantage à un dépôt de ferrailleur qu'à un dangereux assaillant. C'en était pourtant un, indiscutablement.

La partie visible avait onze coques distinctes reliées par un enchevêtrement de structures. Il y avait des vaisseaux assez anciens pour être au musée et d'autres suffisamment nouveaux pour faire l'orgueil d'un constructeur. Des profils élancés transatmosphériques s'appuyaient contre les cylindres et les pièces de cargos stellaires. Sur toute la masse du vaisseau clignotaient de petits feux rouges et orangés.

– Qui sont-ils ? souffla Derec.

– Inconnus.

– Comment ? Ils ne nous ont pas interpellés ? Qu'est-ce qu'ils veulent ?

– Il n'y a eu aucun signal sur aucune fréquence couramment employée pour la communication.

Derec sentit une nouvelle vibration sous ses pieds.

– Quelle espèce d'armes ont-ils ?

– L'armement du vaisseau paraît principalement composé de lasers phasés à micro-ondes.

– Qu'avons-nous pour riposter ?

– La communauté n'a pas d'armes.

– Quoi ?

– Il est très probable, expliqua calmement le robot, que le vaisseau contienne des humains. Nous n'aurions pas la permission d'employer des armes contre eux.

Derec se retourna vers l'écran. Contrairement aux détails donnés par la mauvaise littérature, il n'y avait pas de rayons lumineux éblouissants trahissant l'énergie déversée par le vaisseau maraudeur. Seuls ces clignotants... et le sol frémissant sous les pieds.

– Sommes-nous en danger ?

– Oui.

– Expliquez-vous ?

– Le vaisseau a commencé par attaquer la zone de notre unique installation de surface, l'ensemble d'antennes situé à cent soixante-dix degrés à l'est du puits principal...

– Ces vibrations que nous ressentons viennent donc de si loin ?

– Oui. L'assaut initial a réussi et les communications sont coupées. Plusieurs galeries ont dû s'écrouler dans cette région. Le vaisseau semble à présent tirer au hasard. Il est actuellement sur une orbite presque synchrone, avec un glissement de deux degrés par minute.

– Il sera juste au-dessus du point où nous sommes dans moins de quatre-vingt-dix minutes ?

– C'est exact.

Il était évident que Derec ne pouvait attendre plus longtemps pour agir. Si le vaisseau brisait l'enveloppe de pressurisation du complexe alors qu'il était encore dans l'unité A, jamais il ne s'en sortirait. Les respirateurs ne le maintiendraient pas en vie dans le vide.

Et il y avait un autre danger, tout aussi redoutable :

le courant risquait d'être coupé, les ascenseurs mis hors d'état de fonctionner, et il serait prisonnier au niveau de l'entrepôt. Il ne se sentait pas capable, même à une gravité presque nulle, de grimper dans une cage d'ascenseur jusqu'au sommet.

D'un autre côté, la perspective de courir à la surface en combinaison spatiale perdait beaucoup de son charme. Il risquait de ne pas être pris pour un prisonnier tentant de s'évader mais pour un ennemi à abattre. Malgré tout, s'il fallait mourir, Derec préférait encore que ce fût à la surface qu'enfermé dans le cœur glacé d'un astéroïde.

– Cette logique que tu as imaginée... Est-ce que Moniteur 5 et toi êtes les deux seuls surveillants à pouvoir la suivre sans déclencher un conflit de Première Loi ?

– Oui.

– Pourquoi ? Pourquoi toi ?

– Mon expérience des êtres humains m'a équipé d'une meilleure perspective de leur nature et de leur comportement.

– Tu as déjà eu affaire à des humains, avant moi ?

– Oui.

– Qui ?

– Je ne suis pas libre de le dire.

Impasse.

– Comment comptes-tu détruire le complexe ?

– Le matériau utilisé comme revêtement des parois des tunnels contient un explosif. Quand tous les autres surveillants auront été détruits, le dernier moniteur et le dernier analyste transmettront ensemble le signal détonateur. L'explosion provoquera l'effondrement de toute l'excavation.

« Superbe, pensa Derec. Si je reste dans le complexe, les assaillants vont me le faire tomber sur la tête. Si je pars, les robots le feront sauter sous mes pieds. »

A moins...

A moins qu'il n'y ait un moyen de quitter la surface grâce à une source de propulsion suffisante pour donner à sa combinaison une vitesse assez élevée. Compte tenu de la faiblesse du champ gravifique de l'astéroïde, la vitesse d'évasion ne devait pas être bien grande. Il devait tout au plus être capable de placer une balle sur orbite simplement en la lançant de toutes ses forces. Les servojambes de la combinaison étaient certainement assez puissantes pour lui permettre d'échapper d'un bond à la gravitation.

Malheureusement, les règlements de sécurité exigeaient que la servocommande de manipulation des jambes de la combinaison empêche justement ce genre de bond. Mais ce que des ingénieurs avaient fait, des bricoleurs pouvaient le défaire...

Tout à coup, un éclair aveuglant jaillit du centre du vaisseau et, un instant plus tard, le rayon d'énergie brûla l'objectif de la caméra transmettant l'image. Une autre prit la relève et son angle de prise de vue différent montra non seulement le vaisseau mais les nuages jaunâtres montant de la surface et signalant les points où les armes étaient pointées. Ce spectacle donna à Derec l'impulsion décisive.

– Il n'y a aucune évasion possible pour aucun de nous, déclara-t-il en prenant son air le plus résigné. Il ne me reste plus qu'à me préparer à la mort. Je te serais reconnaissant si tu me laissais seul pour accomplir mes derniers rites.

Le mensonge passa.

– Je ne comprends pas le but de ces rites, dit le robot, mais je respecterai votre vœu.

Derec ne fut pas long à mettre à exécution un plan rapidement conçu. Retournant dans sa cabine, il prit les oreillers de deux couchettes et courut au sas en les serrant dans ses bras.

– Ouvre-toi.

Le bruit des scellés intérieurs brisés fit sortir Analyste 17 de la salle commune, mais il était trop tard.

Derec était déjà dans le sas et la porte se refermait derrière lui.

– Cycle, dit-il en s'emparant d'un respirateur.

Quand la porte extérieure s'ouvrit, il plaça les coussins sur le seuil et les enjamba. Comme il s'y attendait, ils empêchèrent la porte extérieure de se refermer hermétiquement, interrompant le cycle et emprisonnant le robot à l'intérieur de l'unité A. Derec ne savait ni combien de temps tiendrait son système ni si le robot avait un moyen de négliger l'obstruction, mais il n'attendit pas pour le vérifier.

La file d'attente à la fonderie comprenait des surveillants mais personne ne fit attention à Derec. Il prit l'ascenseur jusqu'au niveau zéro, où il aperçut que Moniteur 5 avait pris des précautions en prévision de son retour. Deux des combinaisons avaient disparu et la troisième était coincée contre le mur par un véhicule à chenilles, lui-même bloqué par une foreuse à quatre pieds.

Derec ne pensait pas que la combinaison était endommagée – causer des dégâts à du matériel de sécurité contrevenait sûrement à la Première Loi – mais il ne serait pas facile de l'atteindre. Moniteur 5 constituait un des éléments du problème. Le robot était assis au pupitre de commande mais il se leva dès que Derec quitta la plate-forme de l'ascenseur et la mit en attente.

Leurs chemins se croisèrent quand Derec n'était plus qu'à quelques mètres du porteur à chenilles.

– La surface est une zone interdite, dit le robot.

– Je le sais, répliqua Derec en contournant vivement le robot, hors de portée de ses bras. Ce matériel est mal rangé. Je vais le mettre en ordre.

Moniteur 5 n'allait pas se laisser abuser aussi facilement.

– Vous ne pouvez pas partir. Vous n'êtes pas en danger ici, dit-il en tendant les bras.

Derec recula et sauta sur les marches de la cabine de contrôle vitrée.

– Faux. Si je reste ici, je serai tué quand le vaisseau détruira la station.

– Nous vous protégerons.

– Vous ne pouvez même pas vous protéger vous-mêmes ! répliqua Derec et il claqua et verrouilla la porte.

Le tableau de commande était standard. Il appuya sur la touche de mise en marche et l'écran s'éclaira pour faire apparaître des informations sur le fonctionnement de l'engin. La plus importante était tout en bas :

BATTERIE.... 100 000 Kw... O.K. !

Le robot frappait poliment à la vitre et tentait d'attirer l'attention de Derec qui ne s'occupa plus de lui. D'un mouvement du levier dans son accoudoir, à droite, il fit redresser la petite grue repliée derrière la cabine de contrôle.

Les commandes ayant été conçues pour des robots, Derec les trouva ultra-sensibles. Mais la grue était semi-automatique ; quand il eut réussi à faire passer la flèche au-dessus de l'arrière du porteur et à amener la tarière dans le champ de la caméra de la grue, il lui suffit de dire « ramasse » et l'engin s'occupa du reste.

Moniteur 5 fut assez lent à comprendre. Derec ne savait pas si c'était parce que le robot était encore en proie à un conflit intérieur, ou si la lenteur à assimiler était ce qui différenciait un moniteur d'un analyste. Quand Derec souleva la tarière et commença à la déplacer, le robot devint subitement très agité.

– Analyste 17 est dans l'erreur, dit-il en secouant la porte. Derec ! Vous ne pouvez pas vous évader. Vous ne pouvez pas partir. J'ai mission de vous protéger. Je suis responsable.

Sans répondre, Derec se servit de la masse en suspens de la tarière pour écarter le robot du porteur et le repousser contre le mur. Les protestations de Moniteur 5 devinrent de plus en plus virulentes mais Derec n'arrêta pas le mouvement avant de l'avoir gentiment cloué contre le mur, à dix mètres sur la gauche, là où le même traitement avait été réservé à la combinaison.

– Machine arrière, lentement, dit Derec et le porteur s'écarta du mur. Halte. Attente.

Il sauta à terre et courut vers la combinaison. Pendant qu'il s'efforçait de la détacher du mur, Moniteur 5 se débattait pour se dégager. C'était une course que Derec devait absolument gagner.

Finalement, la porte d'accès fut dégagée et Derec se hissa à l'intérieur. Au même instant, Moniteur 5 grimpait sur la tarière et se libérait de sa prison de fortune. Mais il était trop tard pour retenir Derec. La porte d'accès se referma hermétiquement sur lui.

– Energie, dit-il.

Son objectif suivant était la cabine de contrôle, de l'autre côté du porteur ; elle était faite pour être utilisée par des ouvriers de l'espace. Il n'eut pas le temps d'y arriver, Moniteur 5 lui bloqua le passage.

– Je ne veux pas t'endommager, lui dit Derec. Tu ne peux pas m'arrêter. Tu as essayé, tu as fait ton devoir. Maintenant, écarte-toi !

– C'est une tentative de suicide. Je ne suis pas contraint d'obéir à vos ordres dans ces circonstances.

– Je cherche à me sauver la vie, riposta Derec. Si tu tiens vraiment à ma vie, écarte-toi et donne-moi une chance.

– Je vous conduirai dans un lieu sûr de la communauté...

– Il n'y a pas de lieux sûrs, ici ! hurla Derec. Tu ne comprends donc pas ?

– Je ne puis permettre...

– Je n'ai pas le temps de discuter. Je regrette.

Tout en parlant, Derec balança le grappin droit de sa combinaison, frappa le robot au cou et l'envoya rouler par terre. Mais il avait à peine fait trois pas que le surveillant revint à la charge et tenta de s'accrocher au panneau de secours de la combinaison.

Cette fois, Derec se baissa, saisit la jambe droite du robot et le retourna sur le dos. Empoignant la cheville avec son autre grappin, il la pinça fortement, jusqu'à ce qu'il entende un froissement de métal. Quand il relâcha son étreinte, la jambe du robot retomba, le pied tordu et inutilisable.

Derec monta sans autre incident dans la cabine ouverte. En écartant le porteur du mur, en marche arrière, pour le piloter vers la rampe, il vit Moniteur 5 toujours par terre, qui essayait de se réparer. Ses scanners suivirent Derec et le porteur à travers la salle.

Le robot observait encore Derec, d'un regard curieusement attristé et accusateur, quand celui-ci pilota le porteur par le sas pour le conduire au-dehors, à la surface de l'astéroïde.

AMI OU ENNEMI

Derec avait passé tellement de temps sous terre qu'il trouva bizarre d'avoir au-dessus de sa tête l'infini des cieux et de l'espace. Le soleil, un minuscule disque orangé, était très bas, à vingt degrés à peine au-dessus de l'horizon, et projetait de longues ombres dans les dépressions. Les étoiles brillaient, innombrables, mais il ne distingua aucune planète.

Il ignorait combien de temps il lui faudrait pour modifier la combinaison de travail dans l'espace. Il savait seulement que l'orbite du vaisseau radar se rapprochait et qu'il devait avoir fini avant son arrivée. Il savait aussi que les robots allaient le poursuivre, avec leur obsession de protection à courte vue. Sentant se refermer sur lui les mâchoires d'un étau, il n'avait d'autres solutions que celles de leur échapper ou de mourir.

Il pilota son engin sur le terrain gelé et accidenté, assez loin pour se séparer de l'objectif potentiel de l'entrée du complexe, puis il laissa le porteur à l'abri, dans l'ombre d'une petite vallée et se mit en route. S'il sacrifiait la vitesse en abandonnant le porteur, c'était qu'il se doutait que l'engin possédait un système de téléguidage qui dirigeait les robots vers lui.

Dès qu'il fut à pied, il chercha un endroit propice où se cacher pendant qu'il travaillerait. Ce qu'il avait à faire ne nécessitait pas la lumière du soleil puisque la combinaison avait ses propres phares de travail. Une crevasse noyée d'ombre, une fissure, une caverne de glace feraient l'affaire, le cacheraient sans gêner ses efforts. Mais mieux il serait dissimulé, moins il serait averti de l'approche des robots ou des assaillants. Il lui fallait choisir entre les deux.

Tout en faisant des hypothèses, il se servit de la radio omnidirectionnelle de la combinaison de travail pour envoyer des signaux de détresse. Il ne pouvait pas savoir s'ils porteraient assez loin au-delà de l'horizon pour être captés par le vaisseau ; il craignait que ses appels ne guident les robots vers lui mais il devait essayer, donner aux assaillants à la fois une raison et une chance de le sauver.

– Canal libre, code 1. A tous les vaisseaux, pilote naufragé demande secours. Répondez si vous recevez. A tous les vaisseaux...

Finalement, Derec s'installa dans la fissure d'une paroi de glace, face à la direction d'où il venait. De là, il avait une assez bonne vue du terrain, à part ce qui était caché par des rochers et des monticules. Et il avait une vue dégagée du ciel, du nord-ouest au nord-est.

– Index diagnostic, dit-il.

La partie inférieure de la bulle-visière devint opaque et une liste de sous-systèmes apparut en lettres jaunes lumineuses. Il parcourut rapidement la liste.

– Systèmes moteurs.

Un des articles au milieu de la nomenclature clignota deux fois, puis toute la liste fut remplacée par une autre. Derec continua ainsi jusqu'à ce que le schéma des circuits et des logiciels de sous-contrôle emplisse tout l'écran de leur réseau serré. Il les étudia avec attention et fronça les sourcils.

– Gel, marmonna-t-il.

C'était bien ce qu'il craignait. Le gouvernail n'était pas un appareil physique facile à déconnecter. C'était une boucle en feed-back dans les servocircuits de la jambe. La boucle annonça au contrôle de la combinaison :

– La force appliquée aux propulseurs ne doit pas excéder une force de x dynes/seconde.

De petites forces appliquées rapidement étaient acceptables, ainsi que de grandes forces appliquées lentement. Mais de grandes forces appliquées rapidement, précisément ce qu'il lui fallait, étaient interdites.

S'il avait eu plus de temps, il aurait pu reprogrammer les sous-contrôles mais, dans ces circonstances, il devait se résoudre à une chirurgie radicale. Heureusement, les combinaisons étaient réparables sur le terrain, un perfectionnement qui avait sauvé la vie à plus d'un ouvrier.

Les diverses « mains » que la combinaison pouvait utiliser étaient logées dans de gros réceptacles, sur les cuisses. Derec choisit un micromanipulateur lumineux pour la droite et un chalumeau à laser pour la gauche.

A ce moment-là, le terrain tressauta brusquement sous lui et tout autour de lui, provoquant une petite avalanche de mini-particules retombant lentement sur le haut de la combinaison.

– Vision claire, ordonna-t-il.

La bulle redevint transparente et révéla un spectacle effrayant. Le vaisseau spatial assaillant s'était élevé au-dessus de l'horizon, à l'ouest, et tirait toujours au hasard, en se taillant un chemin de destruction à la surface de l'astéroïde. Le temps pressait.

– Fermeture sous-système vingt-quatre.

Voilà ! il était engagé. Une fois les contrôles des jambes coupés, Derec ne pouvait plus marcher.

Les modifications exigeaient de passer en les brûlant à travers trois circuits, puis de shunter un quatrième circuit à son voisin. La précision, avec le minuscule laser, était plutôt critique. Un faux mouvement risquait de détruire assez de circuits pour mettre définitivement hors d'usage la combinaison.

Avec l'aide du guide pointeur de l'engin, Derec

acheva son travail sur la jambe droite sans incident. Mais quand il fut prêt à s'attaquer à la gauche, les vibrations des explosions les plus puissantes devinrent assez violentes pour faire dévier ses mouvements. Comme il hésitait, en cherchant à deviner la direction des secousses, une voix familière se fit entendre.

– Derec, je vous en prie, écoutez. Derec, il faut vous arrêter. C'est de la folie...

A deux cents mètres, sur la pente d'un monticule au nord, un robot apparut. C'était Moniteur 5 qui agitait les bras et marchait droit sur lui, sans difficulté, sans aucune trace des dégâts que Derec lui avait infligés plus tôt.

Les secousses devenaient de plus en plus violentes car le vaisseau s'était considérablement rapproché, beaucoup plus vite que Derec ne l'avait prévu ; il se trouvait presque au-dessus de lui. Une fois de plus, il était pris entre les assaillants qui le sauveraient en le tuant, et les robots qui le tueraient en le sauvant.

– Va-t'en ! gronda-t-il.

– Derec, vous devez retourner dans le complexe. Vous êtes en danger, ici.

Le vaisseau parut remarquer le robot à cet instant car la plaine entre Moniteur 5 et la paroi où se tenait Derec se trouva soudain sous un tir de barrage de lasers.

Ce n'était pas un armement très puissant qui secouait le terrain et, heureusement, les tireurs ne semblaient pas viser Derec. Mais la surface de cette région était presque uniquement faite de glace, et donc fragile. Un éclair fit fondre le sommet du monticule derrière le robot. Un autre creusa une profonde tranchée entre Derec et lui.

Derec pensa que cela n'arrêterait pas Moniteur 5 et il ne se trompait pas. Le robot plongea dans la tranchée avant même que le nuage de gaz ne se dissipe et Derec le perdit de vue.

Il n'avait pas le temps de se soucier de lui. Serrant les dents, il se remit au travail sur la jambe gauche. En se servant de la rigidité du corps et de l'autocontrôle de la combinaison, il eut bientôt fini. Les trois circuits importuns se vaporisèrent en petits nuages de métal atomisé. Les deux conducteurs parallèles furent soudés et se fondirent en un seul.

– Derec ! cria subitement Moniteur 5. C'est ici ! Dans la glace ! Je l'ai trouvé !

Derec se retourna. Le tir avait cessé mais il n'apercevait pas le robot.

– Panneaux fermés, ordonna-t-il et il abaissa la manette de la radio. Moniteur 5, retourne à l'installation. Tu ne peux rien faire pour moi ici.

Au même instant, un bras métallique surgit hors de la tranchée, la main serrée sur un petit objet argenté. Quelques instants plus tard, Moniteur 5 se hissa sur le rebord et se précipita vers Derec en brandissant triomphalement l'objet argenté.

– La clef est là, Derec ! Vous devez la prendre...

Le triomphe du robot fut de courte durée. Le vaisseau était à présent une énorme masse menaçante, à la verticale. A peine Moniteur 5 avait-il fait un pas, que le tir de lasers reprit. Des rayons rouges de visée balayèrent la glace autour de lui, comme des projecteurs sur une scène.

Derec crut un instant que le robot allait échapper à la destruction, mais alors qu'il était à une dizaine de pas de la paroi, une ligne de feu le coupa en deux. Un instant après, Moniteur 5 disparaissait dans une explosion silencieuse et il ne restait plus qu'une flamme bleu-vert émanant du métal en désintégration.

L'explosion avait fait voler des éclats dans toutes les directions. Un gros fragment tourbillonna rapidement et vint tomber aux pieds de Derec. C'était le bras de Moniteur 5, de l'articulation de l'épaule à la main.

Ses doigts étaient refermés sur le petit objet argenté brillant, un rectangle de quinze centimètres sur cinq, de la taille d'une télécommande ou d'une cartouche de données.

Derec se demanda si c'était là l'objet que les robots avaient cherché avec une telle obstination et depuis si longtemps. Dans ce cas, pourquoi le dernier geste de Moniteur 5 avait-il été de le lui donner ?

Il hésita. Ramasser l'objet constituait un risque supplémentaire dans une entreprise déjà bien trop hasardeuse. Mais il lui était impossible de le laisser sur place. Arrachant les instruments spécialisés des bras de la combinaison, il remit en place les grappins d'usage courant.

– Rebranchement système vingt-quatre, ordonna-t-il et l'unique voyant rouge du tableau de bord passa au vert.

Sa descente le long de la pente où le bras était tombé fut, au mieux, une chute contrôlée. Les servo-jambes bloquées, il ne pouvait marcher normalement. Mais il arriva quand même en bas, saisit dans sa main droite le bras avec l'objet et verrouilla le grappin.

Ramassant ses pieds sous lui, Derec jeta un coup d'œil vers le ciel pour juger de la distance et de l'angle entre le vaisseau et lui. Ses pieds ayant quitté les plaques de contrôle, la combinaison se plia. Une fois accroupi, il tapa des deux pieds, fortement, et les puissantes jambes de l'engin ruèrent de toute leur force prodigieuse. Comme un petit engin spatial autonome, la combinaison s'arracha de la surface pour transporter Derec au rendez-vous avec le vaisseau assaillant.

« D'une façon ou d'une autre, je monte à bord... »

Tout à coup, tout l'astéroïde parut se secouer, comme pris de convulsions : les robots avaient déclenché leur système d'autodestruction. L'explosion projeta dans le ciel une grêle de fragments de shrapnels de l'espace.

Presque immédiatement, toutes les armes du vaisseau entrèrent en action. Au début, Derec crut qu'il était visé, qu'on essayait de l'abattre avant qu'il ne se perde dans le déluge de glace et de rochers en éruption. Puis il eut l'impression que les tireurs visaient ces débris, dont les plus petits et les plus rapides le dépassaient.

Quel que fût leur objectif, l'effet revint au même : quand Derec arriva à une centaine de mètres de la partie la plus rapprochée du vaisseau et commença à chercher quelque chose à quoi s'accrocher de sa main libre, la bulle de sa visière s'illumina d'une lumière bleue qui se déploya en tous sens, comme une chose vivante.

Ses membres s'engourdirent, ses sens l'abandonnèrent. Il eut à peine le temps de penser : *Ça ne va pas recommencer !* avant que tout ne s'éteigne et qu'il ne sombre une fois de plus dans les ténèbres.

Malgré le tumulte qui s'était produit quand il avait perdu connaissance, Derec se réveilla dans le calme et facilement. Il était incapable de dire combien de temps avait duré son inconscience, sûrement pas plus de quelques minutes. Il n'était plus à l'extérieur du vaisseau inconnu. On lui avait ôté sa combinaison. Il revenait à lui, couché sur le dos sur un plancher dur, les yeux fixés sur le plafond, percé de petites portes.

Il se souleva sur les coudes et regarda autour de lui. Il était dans une pièce étroite, comme un couloir. Les parois latérales étaient recouvertes d'autres portes – des caissons de rangement ? – et il y avait une issue à chaque extrémité, ou du moins deux panneaux de métal ovales qui pouvaient être des issues.

Derec ne perdit pas son temps à s'interroger sur les portes de sortie ou le contenu des caissons. Un grand animal au pelage brun et jaune était assis sur son derrière, près de lui, et l'observait. Derec trouva qu'il ressemblait à un chien, un saint-bernard avec des yeux vifs de loup. Mais la face était trop plate, les oreilles trop hautes et pointues et les pattes de devant se terminaient par des doigts boudinés recouverts d'une peau grise.

Quoi que ce soit, Derec n'avait jamais rien vu de semblable auparavant. Prudemment, pour ne pas alarmer la créature, il se redressa. Quand il fut assis, l'animal fit un pas vers lui et pencha la tête de côté.

– Tu vas bien ? demanda-t-il d'une voix gutturale.

Derec n'aurait pas été plus suffoqué si la créature s'était brusquement changée en papillon. Non seulement ça parlait, mais ça parlait le standard, même si c'était avec un accent et en roulant les « r ».

– Je... je crois, bredouilla-t-il.

– C'est très bon. Aranimas sera content. Il ne voulait pas te faire de mal.

– Le meilleur moyen de ne pas faire de mal aux gens, c'est de ne pas leur tirer dessus !

– Si nous avions tiré sur toi, nous t'aurions touché, dit l'extraterrestre en découvrant ses dents sur ce qui pouvait être aussi bien un sourire qu'une menace.

Toujours lentement et prudemment, Derec tâta la paroi derrière lui et y prit appui pour se relever. La seule réaction de l'extraterrestre fut de se lever aussi. Quand ils furent debout tous les deux, le bout des oreilles de l'étranger arriva tout juste à la poitrine de Derec, ce qui lui procura un certain réconfort psychologique.

– Qu'est-ce que tu es ? demanda-t-il.

– Ton ami. Que veux-tu encore savoir ?

– Il y a cent quarante mondes colonisés, et sur aucun d'eux il n'y a d'êtres comme toi.

– Là d'où je viens, il y a deux cents mondes colonisés et rien comme toi sur aucun d'eux, répliqua l'extraterrestre avec une nouvelle grimace qui, cette fois, était manifestement un sourire. Viens. Aranimas attend.

– Qui est Aranimas ?

– Aranimas est le maître du navire. Tu verras, dit l'être en faisant demi-tour.

– Attends ! s'écria Derec. Comment t'appelles-tu ?

L'extraterrestre se retourna. Il ouvrit la bouche pour en laisser sortir un torrent de sons ne ressemblant à aucun alphabet humain ; c'était un grondement ponctué de sifflements, par-dessus lequel des bulles semblaient éclater. Et il sourit encore.

– Tu peux le prononcer ?

Derec secoua la tête, l'air penaud.

– Non.

– Je m'en doutais. Viens. Il n'est pas prudent de faire attendre Aranimas.

D'une allure souple et rapide, l'extraterrestre conduisit Derec à travers trois compartiments identiques à celui dans lequel il s'était réveillé. Ils se retrouvèrent ensuite dans une minuscule pièce hexagonale, à peine assez grande pour eux deux, qui semblait être au croisement de corridors en étoile, car il y avait dans chaque mur une porte identique. L'extraterrestre attendit que Derec le rattrape et se remit en marche, tout droit.

– Sur quoi donnent les autres portes ?

– Je ne peux pas le dire, répondit gaiement l'inconnu.

Au-delà, le caractère du vaisseau changeait. Les parois et les petits espaces étaient toujours aussi nombreux mais les cloisons étaient faites d'une sorte de grillage ou encore percées de grandes ouvertures en forme de fenêtres. L'ensemble donnait une impression de vaste espace.

La plus grande salle de ce qui constituait comme un pont était droit devant eux. En regardant par-dessus l'épaule de son guide, Derec aperçut ce qu'il crut être un centre de contrôle ; un être assis à une console leur tournait le dos. Sa silhouette avait quelque chose de familier et d'humain, mais en même temps un aspect étrange et troublant.

Dès que le caninoïde le fit entrer dans la salle, il

comprit pourquoi les aménagements du vaisseau l'avaient dérouté, pourquoi il y avait des portes aux plafonds. L'extraterrestre assis à la console était nettement humanoïde et Derec put se le décrire mentalement en termes tout à fait humains : charpente mince, long cou maigre, tête presque glabre, peau de couleur pâle.

Même assis, Aranimas était pourtant aussi grand que Derec. Ses bras avaient l'envergure des ailes d'un condor. La console en forme de fer à cheval, large de près de six mètres, était aisément à sa portée.

Derrière et au-dessus de lui, un immense écran d'observation concave révélait une projection de huit vues de l'astéroïde. Presque toutes comportaient en surimpression des grilles de visée bleues et de petits caractères que Derec prit pour des chiffres. Certains changeaient constamment, d'autres seulement en réaction aux gestes des mains d'Aranimas sur la console, et à la succession incessante d'explosions et de glissements de terrain à la surface du corps céleste.

– *Praxil, denofa, praxil mastica,* dit Aranimas, vraisemblablement dans un microphone. *Dé té opt spa, nexori.*

Derec avança d'un pas.

– Aranimas ?

L'extraterrestre tourna légèrement la tête à gauche et un frisson parcourut Derec. L'œil de lézard qui le regardait était encastré dans une orbite bombée, sur le côté de la tête. De dos, Derec avait pris ces bosses pour des oreilles.

– Chut ! fit le caninoïde en lui prenant la main pour le tirer en arrière. N'interromps pas le maître. Il te parlera quand il sera prêt.

Aranimas se remit à parler dans son micro. Derec eut l'impression qu'il donnait des ordres, se plaignait, réprimandait, désignait des objectifs, déplaçait des tireurs. Rien ne bougeait à la surface, mais le tir continuait. Au bout de quelques minutes, Derec n'y tint plus.

– Il n'y a plus rien là-dessous ! Ils ont tout fait sauter. Pourquoi faites-vous ça ?

– Entraînement, dit Aranimas.

Il avait une voix de fausset et ses « r » formaient des trilles.

Le tir continua pendant encore une dizaine de minutes, un gaspillage d'énergie de millions de watts contre un monde inerte et sans vie. Enfin Aranimas passa un doigt le long d'une rangée de petites manettes et l'écran s'éteignit.

– *Rijat,* dit-il en faisant pivoter son siège pour faire face aux nouveaux venus. Quel est ton nom ?

– Derec.

Un seul des deux yeux d'Aranimas était posé sur lui, l'autre vagabondait. Il ne pouvait imaginer l'effet que cela devait faire de contempler le monde de cette façon. Et il se demanda si le cerveau de l'extraterrestre faisait la navette entre les deux réceptions, comme un metteur en scène choisissant une prise de vue. A moins que les deux images ne s'allient pour n'en former qu'une seule ?

– L'engin que tu as utilisé pour attaquer le vaisseau, reprit Aranimas, qu'est-ce que c'était ?

– Une combinaison de travail dans l'espace. Modifiée pour permettre aux servojambes de fonctionner à pleine puissance. Mais je ne vous attaquais pas. Je m'évadais.

L'autre œil d'Aranimas pivota pour se fixer sur Derec.

– Tu étais prisonnier ?

– J'ai d'abord été naufragé sur l'astéroïde dans une capsule de sauvetage. Les robots qui m'ont trouvé ne voulaient plus me laisser partir. J'ai dû leur voler cet équipement pour m'enfuir.

– Et d'où venais-tu avant d'être naufragé ?

– Eh bien... Je ne sais pas. Je ne me souviens de rien, avant cela.

– Ne lui mens pas, chuchota le caninoïde. Ça le met en colère.

– Je ne mens pas ! protesta Derec avec indignation. Autant que je puisse le savoir, il y a cinq jours, je n'existais pas. Voilà tout ce que je sais de moi.

Aranimas n'attendit pas que Derec ait fini de parler pour tirer d'un repli de son vêtement un petit stylet doré. En le voyant, le caninoïde se tassa sur lui-même et se détourna.

– Oh non ! gémit-il. Trop tard.

Aranimas pointa le stylet vers le flanc de Derec et une lueur bleu pâle dansa sur la main de l'humain. Il poussa un hurlement de douleur et tomba à genoux. Il avait l'impression d'avoir plongé la main dans un poêle chauffé à blanc, à la différence près que la peau n'était pas calcinée, et que les extrémités nerveuses n'étaient pas détruites. La douleur continua, sans répit, le privant progressivement de ses forces, jusqu'à ce que ses cris s'étranglent dans sa gorge, trop faibles pour s'en libérer.

– Je connais un peu les lois gouvernant les robots et les humains, dit calmement Aranimas tandis que Derec se tordait sur le sol. Les humains fabriquent des robots pour les servir. Les robots obéissent aux humains. Si tu étais le seul humain dans cet astéroïde, il s'ensuit que les robots étaient sous tes ordres et servaient tes desseins.

Aranimas pointa le stylet vers le plafond et la lueur bleue s'éteignit. La douleur disparut, mais pas son souvenir. Derec resta par terre, sur le côté, en respirant à grands coups.

– J'apprendrai qui tu es et ce que tu sais de l'objet que tu as apporté à bord, poursuivit calmement Aranimas. Pour mettre fin à la douleur, tu n'as qu'à dire la vérité.

Le visage aussi indifférent que sa voix de fausset, il pointa de nouveau le stylet sur Derec.

L'ÉPREUVE DE LOYAUTÉ

A un moment donné la douleur cessa. Mais Derec n'était plus en état de comprendre pourquoi Aranimas avait arrêté de le torturer. Il eut vaguement conscience que l'extraterrestre sortait et qu'il était lui-même traîné hors de la salle de contrôle par le caninoïde.

Incapable de résister ou de se mettre en mouvement, il fut emporté dans une autre partie du secteur cloisonné et déposé sur une planche recouverte d'un très mince capitonnage. Il y resta, inerte, passant d'états conscients à l'inconscience, sentant parfois la présence pleine de sollicitude du caninoïde, parfois rien d'autre que sa propre fatigue et son désarroi.

Au cours d'un de ses moments de lucidité, il s'aperçut que l'être lui offrait un bol de liquide incolore, et il se souleva sur un coude pour le prendre.

– Tu ferais mieux de dire à Aranimas ce qu'il veut savoir, conseilla tout bas le caninoïde.

La main droite de Derec tremblait si fort qu'il dut se servir de la gauche aussi pour tenir le bol et goûter au breuvage frais. C'était bon, sucré comme du miel liquide et d'un grand soulagement pour sa gorge ravagée.

– Jusqu'où crois-tu que va la résistance des humains ? fit-il d'une voix cassée. Si je savais quelque chose, je le lui aurais dit dès les premières minutes.

S'il continue comme ça, il va me tuer. Pourquoi ne veut-il pas me croire ?

Le caninoïde grimaça nerveusement, hésitant à répondre.

– Tu connais les Naroués ?

Derec ne savait pas si c'était le nom d'une espèce ou d'individus, mais cela n'avait pas d'importance.

– Non.

– Aranimas connaît les Naroués. Un Naroué doit être forcé à dire la vérité. Si tu poses une question à un Naroué, il ment ou il prétend qu'il ne comprend pas, ou qu'il a oublié. Si tu fais assez mal à un Naroué, il finit par dire la vérité.

– Je ne suis pas un Naroué ! Il est donc trop stupide pour le voir ?

– Aranimas pense que tu emploies la ruse des Naroués. Et puis Aranimas est très en colère.

– Pourquoi est-il en colère contre moi ? Je ne lui ai rien fait !

– Quand Aranimas est en colère, tout le monde est en danger. Les tireurs ne devaient pas détruire le nid à robots.

– Ils ne l'ont pas détruit. Ce sont les robots qui l'ont fait eux-mêmes.

– Pas d'importance. Aranimas voulait capturer les robots pour les faire travailler pour son compte.

Derec ferma les yeux et se rallongea.

– J'ai peur qu'il ne reste pas grand-chose à capturer.

– Aranimas est allé voir ce que les récupérateurs ont rapporté. S'il ne trouve pas grand-chose, il sera pire quand il reviendra.

– Tu ne peux pas m'aider ? implora Derec. Tu me crois, toi, n'est-ce pas ?

– Ce n'est pas mon travail de croire ou de ne pas croire, répondit le caninoïde sans s'émouvoir. Je ne peux pas t'aider.

– Alors il va me tuer parce que je n'ai rien à lui dire. Eh bien, cela vaudra peut-être mieux.

Le caninoïde se leva et reprit le bol.

– Parfaite pensée naroué. Ne laisse pas Aranimas t'entendre.

Derec fut brutalement réveillé par Aranimas qui le saisit par le bras, et le força à s'asseoir.

– Fini de jouer, déclara-t-il. Je commence à m'impatienter.

– C'était donc un jeu ? répliqua ironiquement Derec. Vous avez de drôles de loisirs, chez vous. Rappelle-moi de ne jamais jouer au poker coupe-gorge avec toi !

A ces mots, le caninoïde, couché devant une porte, à quelques mètres, ferma les yeux et secoua la tête. Quant à Aranimas, sa réponse fut de tirer immédiatement le stylet de sa poche.

– Attends ! s'écria vivement Derec en levant une main. Tu n'as pas besoin de ça.

– Tu as fini par te décider à dire ce que tu sais ?

– Je n'ai jamais refusé. Mais tu n'as pas voulu de ce que j'avais à offrir.

– J'apprendrai qui tu es et ce que tu sais de l'objet que tu as apporté à bord !

L'humain se leva. Aranimas le dominait mais, malgré tout, Derec se sentait mieux debout.

– La vérité, c'est que tu sais autant que moi qui je suis, et je ne serais pas surpris que tu en saches plus que moi sur la boîte d'argent. Mais il y a une chose que je connais mieux que toi, ce sont les robots. Qu'est-ce que la prospection a donné ?

Un des yeux d'Aranimas jeta un regard mauvais vers le caninoïde qui rentra sa tête dans ses épaules et battit en retraite.

– On n'a rapporté que des fragments, avoua-t-il. Tes robots se sont très efficacement détruits.

— Ce n'étaient pas mes robots. Montre-moi ce que vous avez.

Aranimas laissa tomber ses bras et se frictionna distraitement les genoux en soupesant la proposition de Derec.

— Oui, dit-il finalement. Ce sera une bonne mise à l'épreuve de tes intentions et de ton utilité. Tu vas me construire un robot.

Derec pâlit.

— Quoi !

— Si tu ne sais réellement pas qui tu es, tu n'as ni loyauté ni obligations à avoir envers aucun maître. Quand tu m'auras construit un robot serviteur, je saurai que tu acceptes ta place de domestique à mon service.

Derec n'était pas imprudent au point de choisir ce moment pour faire un beau discours sur la liberté de choix individuel, mais il ne pouvait accepter sans protester les conditions d'Aranimas.

— Et si je ne peux pas te construire un robot avec les pièces que tu as ? J'ai dit que je connaissais bien les robots. Je n'ai jamais dit que j'étais capable d'en fabriquer un. J'ai besoin de certaines pièces maîtresses...

— Si tu échoues, je saurai que je ne peux pas me fier à toi, que tu es inutilisable et que je n'ai pas à gaspiller de précieux comestibles pour te garder en vie.

Derec se résigna.

— Qu'est-ce que tu attends ? Fais-moi voir ton inventaire.

Aranimas n'avait pas menti en disant que les récupérateurs n'avaient rapporté que des « fragments ». « Des bouts de ferraille, oui ! » pensa Derec dans la soute, tout en examinant le pitoyable butin. Le plus gros morceau était celui qu'il avait lui-même apporté, le bras de Moniteur 5. Le second était une rotule de surveillant, peut-être celle de Moniteur 5 aussi.

Aucune autre pièce n'était plus grande que le creux de la main : un régulateur à moitié calciné, un capteur optique dont la lentille était fêlée, des fragments de structure ressemblant à des éclats de poterie. Il n'y avait ni cerveau positronique ni cartouches d'énergie à microfusion : deux éléments indispensables.

– C'est tout ? demanda Derec, le cœur serré.

Non, heureusement. Dans un des couloirs-entrepôts, on lui ouvrit deux hautes armoires, contenant chacune un robot presque intact.

– C'est le début d'une belle collection, ironisa-t-il en examinant les objets.

Ces robots étaient de structure domestique familière. Il apprendrait d'où ils venaient et à quoi ils avaient servi quand il vérifierait, grâce au microscanner, les plaques d'immatriculation trouvées sur divers éléments. Mais, manifestement, il n'était pas le premier humain que croisaient ces assaillants.

Il y avait assez de bonnes pièces pour construire à peu près un robot et demi. Un des deux spécimens était sans tête et le collier était tordu et déformé. Cela lui apprit quelque chose sur les circonstances dans lesquelles les robots avaient été acquis.

Pour le moment, le plus important pour Derec était qu'il aurait un cerveau positronique ; mais rien ne garantissait son bon fonctionnement. La partie inférieure du torse de l'autre robot était fracturée comme si elle avait été atteinte par une arme de jet, et l'épaule droite était déchiquetée et noircie sous l'effet probable d'une chaleur intense.

Il y avait là de quoi travailler, avec une toute petite chance de succès. Derec se détourna des armoires et leva les yeux vers Aranimas.

– Alors ! Qu'est-ce qu'il y a ici comme atelier de mécanique ? demanda-t-il avec une désinvolture qu'il était loin d'éprouver. Je suis prêt à me mettre au travail.

Aranimas hocha gravement la tête.

– Je vais t'en donner l'occasion.

Pour se rendre à son lieu de travail, Derec fut conduit plus profondément dans le dédale du grand vaisseau. Contrairement au complexe souterrain de l'astéroïde, il se révéla tout à fait incapable de s'y orienter. Il y avait trop de tours et de détours, des lignes droites trop courtes, peu de points de repère. Dès que son orientation par rapport au centre de contrôle fut brouillée, il se sentit complètement perdu.

Malgré tout, il récoltait à chaque pas de nouvelles informations. Il découvrit que certaines parties du vaisseau avaient une atmosphère légèrement différente et que les couloirs de stockage servaient de sas entre elles. Dans un secteur, la qualité de l'air donna à Derec l'impression d'avoir une boule de poils dans la gorge. Dans un autre, des larmes jaunâtres coulèrent des yeux d'Aranimas. Seul le caninoïde paraissait à son aise dans toutes les atmosphères.

Le vaisseau était non seulement un labyrinthe mais un zoo, présentant au moins quatre espèces différentes. Derec dénombra cinq semblables d'Aranimas, tous de haut rang à en juger par leurs activités. Curieusement, le caninoïde semblait être l'unique représentant de son espèce.

Les plus nombreux étaient les Naroués à la face hagarde, dont beaucoup avaient été recrutés par Aranimas pour porter les pièces détachées. C'étaient de petits bipèdes chauves au crâne bosselé comme s'il allait leur pousser des cornes, ce qui leur donnait un air féroce et redoutable. Mais ce n'était qu'une apparence car Aranimas et le caninoïde frappaient et houspillaient les Naroués sans la moindre crainte.

La quatrième espèce était la plus intéressante et la plus ombrageuse. Dans le compartiment où les yeux d'Aranimas se mirent à larmoyer, Derec aperçut une étrange créature à cinq membres, plaquée au mur, assez semblable à une étoile de mer géante. Elle battit en retraite dès qu'ils s'approchèrent et disparut en un clin d'œil.

Fasciné par le défilé des espèces extraterrestres, Derec répugnait néanmoins au contact avec elles. Il savait son propre corps habité par une nombreuse communauté vivante : bactéries, virus, champignons et autres parasites. Il ne savait pas quelles étaient les différences entre ces êtres inconnus et lui. Il espérait qu'elles étaient considérables, car plus leur structure fondamentale serait proche de la sienne, plus grands seraient les risques de contamination, dans un sens comme dans l'autre.

Il espéra qu'Aranimas avait pris des précautions, ou qu'aucune précaution ne s'imposait. Il fondait cet espoir sur sa certitude que les assaillants avaient déjà eu des contacts avec des humains, comme le prouvaient les deux robots volés et leur maîtrise de la langue standard.

C'était un mystère de plus à ajouter à sa liste déjà longue. Il était absolument certain que les êtres humains n'avaient jamais rencontré une forme de vie extraterrestre, et moins encore quatre ! Pour comprendre la politique interplanétaire, il lui aurait fallu connaître non seulement l'histoire et l'économie, mais aussi la biologie des différentes espèces.

La présence de tous ces êtres à bord du vaisseau signifiait-elle qu'il s'était égaré très loin à la périphérie de l'espace humain ? Ou bien les précédents contacts étaient-ils restés secret d'Etat ? Ces assaillants étaicnt-ils dcs pirates, des prospecteurs ou des pionniers ? Etaient-ils venus à la recherche de la même chose que les robots ? Et, l'ayant trouvée, allaient-ils transporter Derec chez eux ou chez lui ?

Toutes ces questions avaient d'innombrables ramifications. Les tensions étaient bien assez graves entre les Terriens et les autres habitants de l'espace : il était inutile d'y ajouter des facteurs inconnus et bouleversants. Un assaut comme celui dont il avait été témoin, dirigé contre un des nombreux mondes humains sans réseau de défense planétaire risquait fort de déclencher la guerre.

La pensée de Derec fut ramenée vers l'objet argenté. S'il était aussi important que le laissaient supposer les recherches intensives des robots, il devait être assez puissant ou assez intéressant pour que les maraudeurs veuillent s'en emparer ; dans ces conditions, il n'était pas question de le leur laisser entre les mains. Derec avait horreur de penser à d'autres problèmes que les siens, mais il jugea qu'il avait une obligation envers l'humanité.

L'atelier-laboratoire était heureusement situé dans un secteur à atmosphère normale, quoique chaude et sèche. Aranimas s'installa dans un fauteuil pour surveiller les Naroués qui disposaient les pièces de robots sur le sol, et Derec examina les établis et les râteliers à outils ; le caninoïde resta à ses côtés pour répondre aux questions. Quand il eut fini, les Naroués étaient partis.

– Explique-moi chacun de tes gestes à mesure que tu les accomplis, déclara Aranimas en croisant les bras comme s'il entendait assister à toute l'opération.

– Tu vas surveiller tout ce que je fais ?

– J'ai l'intention d'apprendre ce que tu sais.

– J'espère que tu as de la patience.

– N'as-tu pas prétendu qu'il ne t'avait fallu que très peu de temps pour transformer un simple vêtement en un système de propulsion pour t'évader ? Cela devrait te prendre encore moins de temps de transformer un robot en robot.

– Tu veux rire ! s'écria Derec en levant les bras au ciel. Je ne suis même pas sûr d'être capable de réussir, et encore moins en une heure ou deux.

– Explique le problème.

Derec expliqua :

– Le problème, c'est que je n'ai pas les outils voulus. Il me faut un établi de diagnostic, un graveur, des micromanipulateurs. Il n'y a absolument rien qui ressemble à une résistance de puce ou à un traceur de circuits...

Derec se rendit compte, tout en parlant, qu'il avait tort de s'étonner. Aranimas n'aurait pas une telle curiosité des robots, il n'exigerait pas qu'on lui répare ces deux vieilles carcasses s'il appartenait à une culture capable d'en fabriquer. Le simple fait que le vaisseau employait des tireurs au lieu des systèmes de visée aurait dû déjà lui faire comprendre que leur technologie informatique laissait à désirer.

Aranimas se leva.

– Les outils qui te sont nécessaires te seront apportés, dans la mesure où nous en avons. Décris ce que tu veux à Rrullf (le diminutif du nom du caninoïde était presque prononçable), et elle t'apportera ce qu'il te faut, ou elle te conduira.

Elle ? Derec jeta un coup d'œil étonné au... à la caninoïde. *Intéressant.*

– Merci, dit-il à Aranimas et il se détourna.

Au même instant, mille abeilles se posèrent entre ses omoplates et le piquèrent méchamment. Le souffle coupé, les genoux flageolants, il se cramponna au rebord de l'établi pour ne pas tomber. Il n'avait pas besoin de tourner la tête pour savoir qu'Aranimas lui pointait son stylet sur le dos.

– Ne commets pas l'erreur de chercher à me tromper, dit froidement Aranimas pendant que la douleur tenaillait Derec. Je suis peut-être ignorant de ton art, mais je ne suis pas stupide.

– Je... je...

– Epargne-moi tes excuses. Montre-moi des résultats.

Les abeilles s'envolèrent et Derec, affalé sur l'établi, vit du coin de l'œil Aranimas remettre le stylet dans sa poche secrète. Toussant pour s'éclaircir la gorge, il répondit faiblement :

– D'accord, maître.

Quand Aranimas fut parti, la face de la caninoïde se fendit d'un sourire sinistre.

– Tu as de la chance qu'Aranimas ait tellement envie de ces robots. Autrement, tu serais déjà mort.

– Merci pour cette pensée réconfortante ! Que veut-il en faire, au juste ?

– Tu ne comprends pas ? Il veut remplacer les Naroués par des robots. Aranimas en a assez des scènes de larmes des Naroués.

– Les Naroués savent-ils ce qu'il a dans la tête ?

– Ils se tiennent tranquilles depuis que le maître le leur a dit, répondit gaiement Rrullf. Alors, que te faut-il pour travailler ?

Derec pensait à autre chose. La caninoïde le traitait d'une manière amicale et pourrait se révéler une alliée à bord du vaisseau. S'ils devaient travailler ensemble, il était temps qu'il cesse de la considérer comme un animal.

– Commençons par le commencement. Je ne peux pas prononcer ton nom, pas même aussi bien qu'Aranimas...

– Je n'aime pas mon surnom, comme il le dit.

– ... Mais il faut bien que je t'appelle... Est-ce que tu supporteras Wolruf ?

– Ce n'est pas mon nom, mais je saurai qui tu appelles si tu le prononces.

– C'est tout ce que je demande. Eh bien, Wolruf, j'ai des petits caractères à lire. Est-ce que tu peux me trouver un appareil pour lire facilement ?

– Je vais te chercher quelque chose.

Le scanner amplificateur que Wolruf apporta était une espèce d'instrument d'inspection. Il avait un écran à la place de l'objectif et la mise au point était fixe, avec un champ de vision minuscule. Mais l'éclairage rasant, à l'ouverture, illuminait parfaitement les sillons du matricule gravé, ce qui compensait ses défauts.

Wolruf regardait par-dessus son épaule tandis que Derec parcourait les quinze lignes d'informations.

– Sais-tu lire aussi le standard ? demanda-t-il.

– Non. Je vais te confier un secret. J'ai appris le standard pour ne pas avoir à entendre Aranimas massacrer ma langue.

Derec rit et ce rire surprit Wolruf.

– Ce que je regarde là, dit-il, c'est une des marques d'identification du robot. Ça va m'apprendre diverses choses qui m'aideront à réparer les dégâts. Le nom du fabricant, le modèle, la date d'immatriculation, les paramètres de modifications à la commande...

Il continua sur ce ton pendant un moment, étoffant ses explications du plus grand nombre possible de termes techniques, dans l'espoir de paraître d'une parfaite franchise et prêt à collaborer, alors qu'en vérité il ne disait rien. Il se garda de révéler que si ce robot venait de la Terre, l'inscription lui dirait à qui il appartenait, que les trois lignes chiffrées en bas de l'écran étaient les codes d'accès à la programmation et à la séquence d'immatriculation, les clefs qui lui permettraient de faire mieux que de simplement le réparer : de modifier aussi sa programmation.

– Qu'est-ce que ça dit ?

– Celui-ci est un Ferrier Modèle EG. Programmé pour le service domestique. (« Et pour la défense personnelle, ajouta Derec à part lui ; un robot garde du corps. ») Date d'immatriculation. Année standard...

Puis il déchiffra les quelques mots suivants et resta muet.

– Qu'est-ce qu'il y a ? demanda Wolruf. Quelque chose ne va pas ?

– Euh... si... Si, ça va. Le robot a été immatriculé à Aurora.

– C'est un de tes mondes ?

– Oui.

– C'est important ?

– Non, assura Derec. Voyons un peu son copain.

Mais c'était très important et ses mains tremblèrent quand il prit le scanner pour se lever. Il se rappelait Aurora. *Il se souvenait* du monde de l'aurore. Pas seulement des choses que tout le monde savait : c'était le premier monde spatial, il avait été pendant longtemps au centre des autres, c'était là que se trouvait le très célèbre Institut de Robotique où cette science avait fait les plus remarquables progrès.

Comme si un rayon de lumière avait traversé un rideau noir, Derec se rappelait Aurora comme un lieu où il avait séjourné : il retrouvait des images, un cosmoport, une ville-jardin, une campagne idyllique. Il avait eu des rapports avec cette planète, il avait avec elle des liens assez forts pour que son seul nom perce une brèche dans le mur qui le séparait de son passé.

Enfin, il savait quelque chose sur lui-même. Il avait été sur Aurora. Ce n'était pas grand-chose en matière de biographie, mais c'était un début.

UN ALLIÉ

En l'absence d'un tableau de diagnostic et sans même un ordinateur à sa disposition, Derec n'avait d'autre choix que d'activer le robot et de compter sur lui pour s'autodiagnostiquer. Mais avant d'en arriver là, il avait un puzzle à assembler.

Le robot sans tête était un modèle de série EX ; les différences entre les deux modèles n'empêchaient pas Derec d'emprunter les pièces qui lui seraient nécessaires pour compléter le premier robot. Pour des raisons économiques, les systèmes actifs – opposés aux systèmes structuraux – de tout robot produit en série étaient modulaires et standardisés. Ainsi, la cartouche motrice à microfusion, de la taille et de la forme d'un rein, de l'EX était-elle compatible avec celle de l'EG endommagée et pouvait la remplacer.

Mais le support de la cartouche, doté de l'interface pour l'alimentation primaire, avait également été endommagé dans la bagarre qui avait mis le robot hors d'usage. Malheureusement, ce support n'avait pas été conçu pour la réparation en campagne, ni pour l'échange standard, il était relié à chacun des éléments à l'intérieur du torse de l'EG, sans les champs micromagnétiques commodes utilisés habituellement. Le fabricant avait choisi la méthode moins onéreuse de la soudure sonique.

A défaut des outils nécessaires, l'échange des supports représentait un défi. Derec s'exerça sur le support endommagé de l'EG, puis il mit à l'épreuve son nouveau talent durement acquis pour transférer les pièces intactes de l'EG dans l'EX. Cela seul lui prit plus de deux heures. Mais quand il eut fini, il lui fallut moins de deux minutes pour échanger les cartouches.

Malheureusement, l'affaire ne s'arrêtait pas là. Dans tous les modèles Ferrier, la banque de données principale utilisée par le robot était contenue dans des mémoires amovibles, elles-mêmes placées dans un compartiment situé derrière la « clavicule ». La vaste mémoire positronique du robot était entièrement réservée à l'apprentissage par expérience.

Pour le fabricant, cela signifiait que le cerveau positronique n'avait pas à être spécialisé suivant les fonctions du robot. Et pour le propriétaire, cela voulait dire que son investissement était protégé contre la caducité ou les modifications des besoins.

Mais, pour Derec, c'était une source d'ennuis. Le robot sans tête avait cinq alvéoles de cubes, dont quatre étaient occupées. L'EG comportait pour sa part sept alvéoles dont cinq étaient occupées. Deux des alvéoles vides et trois des alvéoles occupées avaient été prises dans le rayon qui avait détruit le support de cartouche motrice.

Il n'était pas question de les réparer ou de les remplacer. Le pire était que Derec devait par force employer une des deux alvéoles fonctionnelles pour le cube des systèmes standard, sans lequel le robot ne pourrait rien connaître de sa structure et de son fonctionnement. Il avait cinq cubes bourrés de données et de logiciels, et il ne pouvait en utiliser qu'un seul à la fois. Finalement, Derec se décida pour le cube de mathématique et cacha celui de défense personnelle, en vue d'une utilisation possible à l'avenir.

L'inventaire des dégâts visibles du robot faisait apparaître des câbles sectionnés, paralysant le bras droit, et un cardan faussé pour l'un des doubles gyroscopes. Une fois l'énergie restituée et la bibliothèque de travail remise en fonctionnement, il n'y aurait plus qu'à s'occuper d'une pièce réellement critique : le cerveau positronique.

Le cerveau avait l'aspect d'un bloc d'un kilo et demi de platine-iridium. Sa fonction était de servir de dépôt pour les potentiels positromoteurs fondamentaux gouvernant l'activité du robot, pour les potentiels temporaires représentant la pensée et la décision, et pour les circuits représentant l'acquisition des connaissances.

Derec espérait que les principaux circuits n'avaient pas été désorientés, ce qui arrivait quand le cerveau était exposé à une violente radiation. Le cas de la base d'expérience était désespéré. La microcellule de renfort, utilisée pour permettre la mise au repos des circuits quand le robot était en révision était épuisée, et ces circuits détériorés depuis longtemps. Le robot ne se rappellerait rien de son service précédent. Mais le cerveau lui-même était intact et devrait fonctionner normalement, une fois réactivé.

« Tout comme moi », pensa Derec.

Avec le matériel à sa disposition, le seul moyen de connaître l'état du cerveau positronique était d'activer le robot et de l'essayer. Pour des raisons évidentes, c'était dangereux. A un certain stade de l'histoire de la robotique, les robots avaient été conçus pour se mettre en panne quand ils détectaient une condition interne erronée. Mais plusieurs siècles de progrès avaient donné naissance à une nouvelle philosophie basée sur la tolérance du défaut et l'auto-entretien. Derec ne pouvait prévoir ce qui allait arriver.

Quand il fut prêt à le découvrir, Wolruf s'était lassée ou avait été appelée à d'autres tâches. C'était une chance, puisque le robot, quand il serait activé, affronterait une situation que jamais aucun autre robot n'avait affrontée. Il aurait notamment à décider si Aranimas et Wolruf étaient assez « humains » pour qu'il soit obligé de les protéger et de leur obéir.

Comme les robots étaient en général dotés d'un esprit exagérément littéral, on pouvait penser que tout se déroulerait normalement. Aranimas était visiblement un extraterrestre, en dépit de son aspect superficiellement humanoïde, et Wolruf plus encore.

Les fabricants de robots n'avaient pas pour habitude de limiter la définition de l'être humain ; ils la laissaient très large au contraire. Un ouvrier d'usine en combinaison spatiale n'avait pas l'air d'un humain mais le robot lui obéissait néanmoins. Les robots n'étaient pas et ne pouvaient être entièrement littéraux. Ils ne devaient pas se fier uniquement aux apparences. Un enfant de trois ans était humain mais, bien souvent, le robot refusait de lui obéir.

Il était possible que la programmation permettant ces distinctions découvre quelque similitude fondamentale entre les extraterrestres et Derec. Il fallait l'empêcher. A cause de la Première Loi, le robot ne pourrait être utilisé contre Derec. Mais si l'on pouvait persuader le robot que les extraterrestres n'étaient pas des humains et n'avaient pas droit à la protection selon la Première Loi, Derec pourrait alors s'en servir contre Aranimas.

Le cœur battant, il pressa le bouton de réactivation. Quelques instants plus tard, toutes les articulations du robot, mises à part celles du bras endommagé, se raidirent. Les yeux s'éclairèrent d'une lueur rouge diffuse et clignotante.

– Alpha, alpha, epsilon, rhô, dit Derec en récitant la séquence de lettres grecques relevée sur la grille d'identification. Sigma, tau, sigma.

Une brève hésitation et les yeux du robot cessèrent de clignoter.

– Ma langue, à défaut d'autres, est le standard galactique, dialecte aurorain. Est-ce acceptable, monsieur ?

La figure de Derec s'illumina. Après la frustration qu'il avait éprouvée lorsqu'il était aux mains des robots de l'astéroïde, c'était un plaisir de s'entendre interpeller poliment.

– L'aurorain me convient très bien.

– Parfait, monsieur. Qui est mon propriétaire, monsieur ?

– C'est moi, répondit Derec. Tu ne dois jamais le révéler à personne. Mais s'il t'arrive de recevoir des ordres contradictoires, les miens auront toujours la priorité.

– Bien, monsieur. Quel nom dois-je vous donner, monsieur ?

Derec répugnait à devoir fournir au robot son nom d'emprunt, adopté au hasard, mais il n'en trouva pas d'autre.

– Derec.

– Bien, monsieur. A quel nom aimeriez-vous que je réponde ?

Derec réprima un rire amer en pensant : « De quel droit est-ce que je te donnerais un nom alors que je ne connais même pas le mien ? »

– Eh bien, puisque tu es le seul, à bord de ce vaisseau, il me semble qu'Alpha serait très bien.

– Merci, Derec. Durant mon auto-examen activé j'ai détecté un certain nombre d'états erronés. Serait-ce le bon moment pour les passer en revue ?

– Tout à l'heure. Peux-tu examiner ce compartiment ?

– Oui, monsieur.

– Y a-t-il des yeux espions avec nous ?

– Je ne détecte aucun capteur actif, d'aucune sorte, Derec.

– Parfait. Ecoute-moi bien, maintenant. Il faut que je te parle de ce qui se passe. Nous sommes, toi et moi, à bord d'un vaisseau spatial peuplé par des formes de vie hostiles. Ces formes de vie sont un danger pour nous deux. A moins que je ne te dise le contraire, tu dois immédiatement te mettre en état passif d'attente chaque fois que nous ne sommes pas seuls ou que je quitte cet atelier.

– Je comprends. Vous ne voulez pas qu'ils sachent que je suis fonctionnel.

– C'est ça.

– Est-il possible que ces états d'attente soient d'une durée prolongée, monsieur ?

– Oui.

– Alors puis-je demander s'il y a des problèmes auxquels je pourrais me consacrer dans ces moments-là ?

– J'en trouverai sûrement. Pour le moment, le problème est de te remettre en forme. Voyons un peu la première anomalie de ta liste d'erreurs...

Le premier signe qui avertit Derec du retour de Wolruf fut la soudaine rigidité du robot dont les yeux s'éteignirent. Quelques secondes plus tard, la caninoïde considérait avec intérêt les mécanismes internes du robot, puis elle se tourna vers Derec qui la trouva moins animée.

– Aranimas voudrait savoir où tu en es.

– Tu peux dire à Aranimas que j'ai de bonnes raisons d'espérer avoir un robot pour lui, dans quelques jours.

– Combien de jours ?

– Je ne sais pas ! Je ne sais pas non plus de quoi il sera capable. J'ai remplacé des éléments endommagés. Pour le moment, j'essaie de réparer les servojointures du bras droit, qui sont en miettes. C'est vous qui avez malmené ces robots, ou vous les avez trouvés comme ça ?

– Je ne peux pas le dire, répondit Wolruf en se dirigeant vers la porte. Je vais répéter ça à Aranimas.

– Attends ! Tu peux aussi lui dire que je ne travaille pas vingt-quatre heures sur vingt-quatre. J'ai besoin de me reposer et d'un endroit où dormir.

– Le repos n'est pas commode à bord du vaisseau d'Aranimas, dit Wolruf en indiquant le sol. Tu peux dormir ici.

Ce n'était pas une perspective désagréable ; Derec avait constaté qu'il régnait une certaine tranquillité dans l'atelier.

– Il n'y a pas un oreiller, un coussin, un matelas quelconque ?

La caninoïde émit une espèce de sifflement qui ressemblait à un soupir.

– Je vais te chercher quelque chose...

– Et est-ce que j'ai le droit de manger ?

Cette fois, le soupir fut très net.

– Je vais te chercher quelque chose.

– Attends, Wolruf. Montre-moi plutôt où est le garde-manger, comme ça je pourrai aller me servir quand j'aurai faim. Ça t'évitera de courir pour moi à droite et à gauche.

Surprise, Wolruf gonfla ses joues puis son front se plissa.

– Aranimas veut que tu travailles, pas que tu te serves. Ça, c'est mon travail.

– Tu as assez à faire sans tout le souci supplémentaire que je donne, et si Aranimas fait des histoires, tu n'as qu'à lui dire que j'ai insisté. Si je dois faire du bon travail, il faut que je puisse sortir de temps en temps de cet atelier, pour me changer les idées.

La tête penchée, Wolruf réfléchit.

– O.K. ! Je vais te montrer ça.

– Epatant. Et... euh... autre chose encore...

La pensée d'une salle de bains pour extraterrestres n'avait rien de plaisant mais Derec s'aperçut qu'il y avait urgence.

– J'ai... euh... des besoins, comment dirais-je, éliminatoires. Est-ce que vous aussi... je veux dire, est-ce qu'il y a...

Wolruf rit et son rire ressembla à un ronronnement.

– Bien sûr. Viens. Je vais te montrer ça, aussi.

Il y avait beaucoup moins d'extraterrestres visibles à cette heure, dans le vaisseau, et Derec s'interrogea sur les cycles de sommeil des diverses espèces du bord. Cette curiosité resta présente à son esprit pendant que Wolruf lui montrait les divers aménagements, identifiait pour lui les aliments jugés comestibles et le ramenait à l'atelier. Elle paraissait très fatiguée et il fut certain qu'en le quittant elle irait se coucher.

Derec examina les denrées qu'il avait rapportées, grignota quelques grosses galettes salées, mangea une bonne portion de pâte marbrée de bleu et arrosa le tout avec la boisson au miel qu'il avait déjà goûtée. Ses papilles gustatives eurent un mouvement de méfiance mais rien n'alarma son estomac.

Son repas terminé, il céda enfin à sa propre fatigue. Il plaça Alpha en attente puis déroula le mince matelas sur le sol pour s'allonger. C'était dur et il crut qu'il n'arriverait jamais à dormir ; ce en quoi il se trompait.

Il eut à peine le temps de fermer les yeux dans la lumière vive qu'il ne savait pas éteindre. Il se réveilla en sursaut, plus tard, se frotta les yeux et étira ses membres ankylosés. L'atelier était dans la pénombre et Wolruf était assise sur le seuil, éclairée par la lumière du corridor.

– C'est fini ? demanda-t-elle vivement.

– Bouffe de l'espace et crève, grommela Derec, et il lui lança un débris de robot gros comme le poing.

En riant, la caninoïde l'attrapa au vol.

– Non merci ! J'ai déjà pris mon petit déjeuner.

Il y avait l'eau courante à bord mais rien pour prendre une douche ou un bain. Derec se lava tant bien que mal et ne trouva pas de soufflerie chaude pour se sécher mais simplement une serviette épaisse et rugueuse. Quand il ressortit, Wolruf avait disparu. Peut-être était-elle simplement passée pour le réveiller.

Il alla chercher un autre repas de galettes, de fromage et de miel liquide qu'il rapporta à l'atelier pour déjeuner. Il serait vite fatigué de ce menu ! Puis il s'installa à l'établi et reprit son travail sur le bras droit du robot. Les connexions électriques étaient saines mais les servojoints paraissaient irréparables. Les tentatives de Derec ne firent qu'aggraver les dégâts. Ses connaissances étaient cybernétiques, pas électromécaniques.

– Je ne crois pas que je puisse arranger ton bras, Alpha. Je me demande si tu le pourrais, avec ton bras valide. Si je te trouvais une glace, tu pourrais voir l'intérieur...

– Je regrette. Sans un cube de robotechnique dans ma bibliothèque, mes possibilités dans ce domaine se limitent à un diagnostic, monsieur.

– Je m'en doutais. Mais on peut toujours demander.

– Monsieur, je détecte dans cette pièce un robot désactivé. Peut-être serait-il possible de récupérer dans son mécanisme les pièces nécessaires à ma réparation.

– C'est ce que j'ai essayé de faire mais je ne peux pas. Il me faudrait des micromanipulateurs. D'ailleurs, il y a des dégâts structurels dans le montage de l'épaule, qui n'est pas remplaçable.

En soupirant, Derec se leva et alla examiner l'inventaire des pièces étalées par terre. Comme à chaque fois, son regard se posa sur le bras de Moniteur 5. Cette fois, il le ramassa pour le regarder plus attentivement. Il le tourna et le retourna, puis il essaya de plier le coude, qui résista. Ce n'était pas surprenant car la main était verrouillée dans une étreinte littéralement mortelle sur l'objet argenté.

Normal, sauf que... Derec s'en rendit compte avec un choc subit... sauf que le bras ne comportait pas les articulations habituelles au coude, au poignet et aux doigts. Certes, le coude était plié à un angle obtus, le poignet légèrement tourné, les doigts repliés. Mais, à le regarder simplement, il semblait incapable de mouvement.

Il existait d'innombrables types de peaux synthétiques qui se pliaient et se plissaient de façon réaliste en masquant des articulations internes. Mais il ne s'agissait pas d'un revêtement ; c'était rigide au toucher et sans la moindre soudure, comme un moulage de plastique. Perplexe, Derec l'apporta au robot.

– De quel agrandissement sont capables tes capteurs optiques ?

– Ils sont limités, monsieur, à la puissance cent.

– A quelle résolution ?

– Cela varie selon la distance de l'objet observé, monsieur. La résolution maximale est d'environ dix micromètres.

– C'est mieux que ce que je peux obtenir avec ce truc-là, dit Derec en indiquant le scanner d'inspection. Vois un peu ce que tu peux me dire sur la structure de ce bras.

– Je ne suis pas instruit dans ce domaine, monsieur.

– Tu peux voir et décrire. Ça me suffira pour le moment.

– Bien monsieur. Puis-je tenir le membre ?

Derec le donna et le robot le haussa à la hauteur de ses yeux.

– A la puissance dix, la surface est uniforme. J'augmente l'intensité. Un aspect granuleux apparaît. Il semble y avoir un schéma régulier. Le motif se résout en surfaces planes hexagonales. Agrandissement maximal... La surface paraît être formée de solides à douze faces, en étroite association.

– Quoi !

– La surface paraît formée...
– J'ai entendu. Regarde ailleurs.
Le robot tourna légèrement la tête à gauche.
– J'observe le même schéma.
– L'extrémité ! Regarde l'extrémité cassée !
– La surface est beaucoup plus irrégulière, mais elle est formée des mêmes dodécaèdres.
– Dans toute l'épaisseur ?
– Oui, Derec.
Il en resta bouche bée. Ce que le robot décrivait impliquait une approche entièrement nouvelle de la robotique, pas une évolution mais une révolution. C'était comme si les robots surveillants avaient été construits... non, ce n'était pas possible.
– Débranche ton contrôle d'épaule droite, ordonna Derec.
– Les circuits sont inertes, annonça Alpha.
Derec sépara les trois brins du fil conducteur du bras droit endommagé et le fit passer par l'ouverture à laquelle il venait de travailler. Il raccorda le conducteur au moignon de bras du surveillant et le fil s'y colla comme si c'était sa place.
– Active le circuit de contrôle... Envoie l'ordre de plier les doigts.
Aussitôt, le bras désincarné de Moniteur 5 se plia lentement.
– Regarde l'articulation, ordonna Derec. Dis-moi ce qui se passe.
– Les changements se produisent trop vite pour mon scanner. Cependant, je peux déduire que les dodécaèdres passent par une sorte de phase de réorganisation dirigée.
– Prenant une nouvelle forme. Le matériau du bras se transforme.
– Ces descripteurs sont imprécis mais correspondent à mes observations. Le terme technique désignant une telle réorganisation est morphallaxis.
Derec chercha son siège à tâtons et s'y laissa tom-

ber lourdement, les jambes tremblantes. Les surveillants étaient faits de milliards de minuscules modules en forme de cristaux : une structure cellulaire. Chacun devait contenir des kilomètres de circuits, de résistances, des mégabites de programmation. Comme si les cellules elles-mêmes étaient les robots et les robots des organismes.

Cela représentait un exploit technique phénoménal, l'essence d'un robot concentrée dans quelques microns de diamètre. Bien programmés, ils pourraient prendre n'importe quelle forme. Un surveillant était une infinité de formes spécialisées réunies en une seule enveloppe.

Pendant qu'il s'émerveillait, Derec se rappela soudain une chose à laquelle il n'avait pas pensé depuis plusieurs jours. Le motif cellulaire était marqué au coin des ascenseurs et des systèmes d'ambiance de la colonie de l'astéroïde. Une simplicité superficielle... basée sur une complexité cachée. Elégance du dessin, nouveauté de l'approche. C'était une nouvelle rencontre avec le créateur minimaliste, et cela donna à Derec une raison supplémentaire d'échapper aux maraudeurs.

Parce qu'il lui fallait à tout prix, un jour, n'importe où, faire la connaissance de ce génie.

AU-DELÀ DU LANGAGE

Après une brève pause pour un déjeuner tardif, avec le même menu sans intérêt, Derec entreprit d'installer le bras cellulaire à la place du membre originel de son robot.

Ce n'était pas facile ; la tâche exigeait un mariage à la fois structurel et fonctionnel entre deux technologies divergentes. Il commença par l'aspect fonctionnel, et pas seulement parce qu'il se doutait que ce serait le travail le plus dur. Si le robot ne pouvait pas contrôler le nouveau bras, il était inutile de se donner la peine de le fixer.

Mais, apparemment, le bras cellulaire utilisait les commandes et les voltages standard. Il n'y avait sur le moignon aucune trace de contacts ou de câblage mais le bras réagissait, quel que soit l'endroit où Derec accrochait le plot de contrôle.

En faisant des essais, il s'aperçut que le bras réagissait même si le plot était fixé à la peau de l'avant-bras, au creux de la main ou au bout des doigts. Derec eut l'impression que les microrobots cellulaires étaient assez intelligents pour accepter les ordres d'où qu'ils viennent et les transmettre aux endroits appropriés.

Une fois mis en place, le nouveau bras répondit non seulement à tous les ordres moteurs courants du robot mais même à des commandements nouveaux et originaux. Sur les instructions de Derec, le robot arriva à « penser » une articulation supplémentaire entre le coude et le poignet. Au cours d'une autre expérience, Derec demanda à Alpha d'essayer de modifier le pouce et l'index cellulaires pour en faire de longs et minces microcrampons. A sa surprise et à son ravissement, ce fut possible. Avec les codes de commandement adéquats, le matériau du bras était malléable à l'infini.

Néanmoins quelle que soit la façon de préparer l'anneau de montage du bras, l'articulation de l'épaule droite restait plus faible que la gauche. Le bras cellulaire tomba complètement quand le robot essaya de soulever un poids de moins de vingt kilos. Derec le rattacha, mais douta qu'il puisse résister aux tensions d'une bagarre, par exemple.

– On dirait que tu vas rester avec un bras fort et un bras intelligent, dit-il au robot. Tâche de ne pas les confondre.

– Il ne m'est pas possible de confondre, monsieur.

– Ce n'est pas un échange standard, avertit sévèrement Derec. Tant que tu n'auras pas imprimé dans ton cerveau ce que ce bras peut et ne peut pas faire, manie-le avec précaution. Et ne permets à personne d'autre que moi de te voir quand tu t'exerces à le manipuler. Compris ?

Derec parlait encore quand le robot devint tout à coup rigide et ses yeux s'éteignirent. Il devina ce que cela signifiait et se tut. Quelques instants plus tard, il entendit le glissement des pas de Wolruf. C'était sa troisième visite de la journée. Aranimas devait être retenu par ses devoirs de « maître du navire » car il n'était passé que deux fois.

Comme les autres visites, celle-ci était apparemment sans objet. Wolruf n'avait pas de message pour Derec et ne semblait pas très curieuse de savoir où il en était. C'était un peu comme si elle prenait le prétexte de ces visites pour éviter d'autres corvées, ou si elle cherchait à cultiver son amitié. Derec resta néanmoins sur ses gardes. Wolruf était le lieutenant d'Aranimas, en dépit de sa sollicitude. Même sa compassion, quand il avait été torturé, n'était peut-être pas autre chose que l'éternelle comédie, gentil flic, méchant flic, destinée à précipiter sa capitulation.

Comme les autres fois, Wolruf ne resta que quelques minutes et repartit vers d'autres travaux. Dès qu'elle fut hors de portée de voix, le robot se ranima.

– Je comprends, monsieur, dit-il comme s'il n'y avait pas eu d'interruption.

– La prochaine fois que tu devras te mettre en panne comme ça, tu pourrais passer le temps en essayant d'analyser le système de commande du bras. Peux-tu le faire ?

– Je peux essayer, monsieur. Il devrait être possible de séparer les codes de commande nuls de ceux qui fonctionnent. Cependant, il me faudra être totalement fonctionnel pour essayer les codes valides et déterminer leur fonction.

– Attendons d'être sûrs de ne pas être interrompus.

Derec se tut et réfléchit. Il devait reprogrammer le robot mais c'était un travail exigeant un certain isolement. Mieux vaudrait attendre la nuit à bord, ce qui lui permettrait aussi d'explorer le vaisseau.

« Trop à faire, et trop peu de temps », pensa Derec. Mais s'il voulait profiter des heures de la nuit, il lui fallait se reposer.

– Alpha.

– Oui, Derec ?

– Quelle heure est-il ?

– Je ne sais pas l'heure, puisque mon registre temporel n'a pas été remonté depuis que j'ai été désactivé. Toutefois, il s'est écoulé quatorze décans depuis ma nouvelle immatriculation.

Les décans étaient les unités du temps décimal aurorain, Derec le savait.

– Je vais faire un somme, dit-il. Réveille-moi dans une heure standard.
– Oui, monsieur.

Mais ce fut Aranimas, et non le robot, qui réveilla Derec.
– Est-ce que tu as fini ? Est-ce que mon serviteur est prêt ? demanda-t-il en se penchant sur Derec, comme un immense échassier.
– Pas encore, marmonna le jeune homme encore à moitié endormi.
Il se redressa et remarqua avec satisfaction que le robot était inerte dans son coin ; lui, au moins, n'avait pas été pris par surprise.
– Alors pourquoi te reposes-tu ? Pour me faire attendre ?
– Je me repose pour ne pas être fatigué au point de commettre des fausses manœuvres qui abîmeront le robot ! répliqua Derec. Ton espèce n'a peut-être pas besoin de repos, mais les humains si.
Aranimas ne s'offensa pas du ton de Derec.
– J'ai observé que les humains sont encore moins efficaces que les Naroués. Vous êtes de bien mauvais travailleurs, vous qui perdez le tiers de votre vie à dormir... Mais c'est sans doute pour ça que vous avez inventé ces mécaniques, dit-il en allant regarder de près le robot. Elles font votre travail sans se fatiguer. Comment ça marche ?
– Pardon ? demanda Derec en se relevant.
– Quelle est la source d'énergie ?
Aranimas passa un long doigt de haut en bas du torse du robot. Derec savait que s'il répondait évasivement ou feignait l'ignorance, l'extraterrestre se mettrait en colère. Alors il expliqua :
– Une cartouche de microfusion. Il y en a une là, sur l'établi, à gauche du scanner.

Aranimas prit la cartouche inutilisable et la soupesa.

– Comme c'est petit ! Combien de jours de service cela contient-il ?

– Tout dépend du travail du robot. La capsule fournit plusieurs centaines de jours de travail léger, par exemple celui d'un domestique. Un ouvrier, évidemment, aurait besoin de se recharger plus souvent.

– Remarquable, murmura Aranimas en rejetant la cartouche sur l'établi ; un de ses yeux parut se fixer un instant sur le bras transplanté et se tourna vers Derec. Tu progresses ?

– Oui.

– Dans combien de temps seras-tu prêt à l'activer ?

– Nous serons prêts à essayer les systèmes demain ou après-demain. Le reste dépendra de ce qui ira ou n'ira pas.

Aranimas parut accepter sa réponse.

– Le premier travail de ce robot sera de t'aider à fabriquer d'autres robots.

– Combien d'autres ? demanda Derec avec inquiétude.

– Nous commencerons par cinquante.

Derec se demanda si ce chiffre correspondait au nombre de Naroués à bord. Il s'amusa un instant à la pensée qu'Aranimas remplacerait son équipage maltraité par un escadron de robots obéissants, et que lui, Derec, pourrait empêcher d'un simple mot qu'Aranimas ne les commande. Il songea néanmoins qu'il ne devait pas se faire d'illusions ni laisser Aranimas trop espérer.

– Je ne crois pas que tu comprennes la complexité de ces mécaniques. Ce n'est pas un appareil qu'on monte pour s'amuser, pour passer le temps, même avec un bon atelier et tous les outils nécessaires. Et, entre nous, celui-ci ne vaut pas grand-chose. Je vais probablement arriver à remonter ce robot et à le maintenir en état de réparation passable. Mais si tu veux cinquante robots, il te faudra aller les chercher ailleurs. Je ne suis pas magicien pour faire sortir d'un chapeau des cerveaux positroniques ou des cellules de microfusion.

– Si tu n'avais pas détruit ta colonie de robots...

– Je te l'ai déjà dit, les robots ont fait ça de leur propre chef ! cria Derec en élevant la voix lui aussi. Mais ne crois pas que tu sois totalement dépourvu. Tu n'as qu'à emmener ton vaisseau sur n'importe quel monde et tu trouveras des millions de robots. Tu n'auras même pas à les voler. Les robots sont un commerce important entre les mondes. Tous les fabricants seront heureux d'avoir un nouveau client.

Ce n'était pas entièrement vrai, naturellement. Il était douteux que les habitants de l'espace aillent vendre de leur plein gré à une race extraterrestre des échantillons de leur technologie la plus avancée. Et même s'ils y consentaient, restait le problème de ce qu'Aranimas aurait à offrir en paiement. Mais si Derec pouvait le persuader de conduire son vaisseau vers un monde humain, il aurait au moins réussi à avertir l'humanité de l'existence des extraterrestres et trouverait peut-être une occasion de s'évader ou de se faire libérer.

– Si le commerce est si florissant, pourquoi tes robots se sont-ils détruits ?

– Parce que vous êtes arrivés en tirant sur eux, en utilisant vos armes, en vous comportant en ennemis. Si vous étiez venus en amis, ç'aurait été différent. Prends-moi comme navigateur. Je te calculerai un itinéraire vers le monde le plus rapproché.

« Et je saurai par la même occasion où nous sommes », pensa Derec.

– Je vais réfléchir à cette option, répondit Aranimas en partant. En attendant, continue de travailler. Je reviendrai demain pour voir mon robot activé.

La reprogrammation ne pouvait plus attendre. Derec ne pensait pas qu'Aranimas allait revenir bientôt ; il espéra que Wolruf ne pointerait pas son nez.

Malheureusement, il ne possédait pas le matériel pour modifier directement la programmation du robot, ce qui serait d'ailleurs plutôt risqué. Comme il était étroitement lié par les Lois de la Robotique, la définition, pour le robot, de ce qui constituait l'humain était ce qu'il y avait de plus crucial et de plus profondément gravé dans le cerveau. Ce qui devait être fait devrait l'être plus indirectement.

– Alpha, dis-moi. Est-ce que tu as passé au scanner l'organisme qui sort d'ici ?

– Oui, Derec.

– Et un peu plus tôt, un autre type d'organisme ?

– Oui, Derec.

– Qu'est-ce que tu en penses ?

– Je n'ai aucune connaissance préalable d'humains de ce type...

C'était précisément ce qu'avait craint Derec.

– Halte ! Ils ne sont pas des humains.

– Monsieur, je sais que ma bibliothèque de données n'est pas complète. Cependant, je suis incapable de les cataloguer d'une autre façon à moins que vous ne me fournissiez une preuve de votre affirmation.

– Compare leur apparence avec la mienne.

– Je reconnais qu'il y a de grandes différences, monsieur, et des anomalies. Cependant, ces différences se situent dans des domaines où la définition de l'être humain offre une grande latitude, par exemple la couleur de la peau, le vêtement, les dimensions et le timbre vocal. Les similitudes se situent dans les domaines plus fondamentaux tels que la symétrie bilatérale, la locomotion bipède, la respiration d'oxygène...

– Ils sont humanoïdes, comme toi. Mais ils ne sont pas humains.

– Je note votre affirmation, monsieur, mais je ne puis la confirmer.

Derec comprit qu'il n'était pas traité de menteur. Quand il n'avait pas de connaissances personnelles, un robot acceptait généralement comme parole d'évangile ce que disait un humain. Mais il n'était pas obligé de croire un humain qui prétendrait qu'il pleut alors que ses capteurs lui disaient le contraire.

Ce n'était pas une question clairement définie mais le robot avait tendance à déterminer assez généreusement ce qu'était un humain. Autrement, il y aurait danger qu'un robot soit utilisé comme assassin, simplement en le persuadant que son objectif n'était pas humain. Derec comprenait cela mais en était quand même agacé.

– Je suppose que s'ils avaient douze bras et crachaient des flammes en parlant, tu me croirais peut-être !

– Monsieur, dans l'affaire en question, les considérations morphologiques ne sont pas prioritaires dans mon analyse.

– Explique ! Quels sont les facteurs de discrimination ?

– Je base ma conclusion sur mon observation que les organismes appelés Aranimas et Wolruf sont des êtres intelligents capables de raisonnement indépendant.

– Comment le sais-tu ?

– Vous avez engagé un dialogue avec chacun d'eux, monsieur. Il arrive que des humains parlent à des objets inanimés et donnent l'impression de mener une conversation avec un animal, mais j'ai perçu dans vos propos échangés un caractère qualificatif différent.

– Tu veux dire que parce que je les traite comme des humains, tu dois les considérer comme tels ?

– Quand il y a incertitude, comme il peut y en avoir quand un humain porte un costume ou un déguisement, je suis obligé de me fier aux indices disponibles. Votre comportement a créé une forte présomption que Wolruf et Aranimas soient humains.

– Je te parle exactement comme je leur parle. Est-ce que cela fait de toi un humain ?

– Non, Derec. Je suis un robot, un appareil de technologie. Mon apparence humaine est due au fait que j'ai été créé ainsi, dans le but de faciliter mon interaction avec les humains.

Derec commençait à désespérer.

– Bon, alors dis-moi. Comment fais-tu la différence, de loin, entre un robot et un être humain ?

– Tout comme j'ai une définition opérationnelle de cette classe d'organismes appelés humains, j'en ai une aussi de cette classe d'objets appelés robots. Il est ordinairement possible de les distinguer en se basant sur les caractéristiques qu'ils ne possèdent pas en commun. Mon système n'est pas parfait, cependant ; on peut être trompé, par exemple, par un robot humaniforme du type mis au point par le Pr Han Fastolfe.

Derec dut reconnaître que le robot n'avait pas tort. *Si seulement je pouvais lui montrer des échantillons de peau de nous trois... mais si Aranimas et Wolruf ont aussi une structure cellulaire, je ne serai pas plus avancé. Alpha pourrait décider, en outre, que son bras droit est humain...*

– Robot ! demanda-t-il brusquement. Est-ce que les habitants de l'espace, les Spatiaux, et les Colons et les Terriens sont humains ?

– Oui.

– As-tu personnellement observé des membres de ces trois groupes ?

– Non, monsieur. Il y a approximativement huit milliards de Terriens, cinq milliards de Spatiaux et...

– Si tu ne les as pas observés individuellement, comment peux-tu les classer dans le genre humain ?

– Les Spatiaux et les Colons sont des descendants de la communauté humaine initiale de la Terre. Par conséquent, tout individu correctement identifié comme Spatial ou Colon ne peut être qu'un humain.

– Pourquoi ? demanda Derec bien qu'il connût la réponse.

– Ils ont une parenté phylogénétique. Le rejeton d'un être humain doit être humain aussi.

– Autrement dit, ce qui compte réellement, c'est la biologie, les gènes et l'A.D.N. que les humains possèdent dans leurs cellules.

– Oui.

– Et les guides implantés dans ta définition de l'être humain sont simplement des raccourcis pour t'éviter de soumettre toutes les personnes que tu croises à un examen biologique. Ton critère définitif est l'A.D.N.

– C'est exact.

– Mais tu n'as aucun moyen d'examiner directement l'A.D.N. d'une personne.

– Non, monsieur.

– Très bien. Tu m'as dit qu'aucune des anomalies, dans l'aspect d'Aranimas, ne s'écartait des paramètres acceptables de variations et de mutations naturelles.

– Oui, monsieur.

– Je te demande de calculer la probabilité que toutes les anomalies d'Aranimas se trouvent réunies dans un seul organisme.

Le robot hésita à peine.

– La probabilité est extrêmement réduite.

– Et pour Wolruf ?

– La probabilité est légèrement plus élevée, mais tout de même de l'ordre de dix à la puissance quinze.

– Ce qui veut dire qu'il y a moins d'une chance sur dix mille qu'une mutation aussi extrême se soit produite une fois dans toute l'histoire de l'humanité. Et ici, nous en avons deux, non seulement vivant en même temps et au même endroit, mais aussi différents l'un de l'autre qu'ils le sont de moi-même.

– C'est remarquable. Sans aucun doute, une étude approfondie de ces deux individus serait d'un très grand intérêt.

– Ecoute, robot à la tête de bois ! cria Derec exaspéré. Cesse de penser un pas à la fois. Est-ce que la probabilité d'une forme de vie indépendamment évoluée qui soit tout à la fois bipède, bilatérale et respire de l'oxygène, n'est pas plus grande que la probabilité que ces créatures soient des mutants humains ? Est-ce qu'Aranimas et Wolruf ne peuvent être intelligents sans être humains ?

– C'est possible, reconnut le robot. (Il s'interrompit, signe d'une grande activité dans les circuits positroniques.) Pourtant, comme aucune forme de vie intelligente et indépendamment évoluée n'est connue, il est difficile d'affecter une probabilité à une forme spécifique.

Derec sauta sur cette réponse.

– Je défie ta prémisse ! Pourquoi les robots sont-ils presque tous humanoïdes ?

– Les robots de type supérieur sont humanoïdes parce que cette forme générale est une réussite, et parce...

– Les autres raisons n'ont pas d'importance. Applique ce critère à la question d'Aranimas et de Wolruf.

Encore une fois, le robot prit un temps pour réfléchir.

– Mes potentiels positromoteurs sont extrêmement élevés des deux côtés de la question, dit-il enfin. Je crois que cet état est similaire à ce que les humains appellent de la confusion mentale.

– Au fait, au fait ! Quel est le verdict ?

– Ma conclusion provisoire est qu'Aranimas et Wolruf ne sont pas humains.

– Tu n'es pas obligé par la Première Loi de les protéger ni par la Deuxième Loi de leur obéir ?

– Non, Derec.

– Parfait, dit-il avec soulagement. Tu ne mourras pas. Maintenant écoute-moi bien, j'ai des instructions importantes à te donner concernant mes hôtes extra-humains...

EXPLORATION

A l'intérieur du vaste monde du vaisseau maraudeur, Derec était resté confiné dans un secteur minuscule. Il se préparait à son exploration nocturne et constatait que ce secteur se composait du chemin du laboratoire (dans ce qu'il appelait la coque L) au dispensaire et aux aménagements privés (dans la coque D). A chaque extrémité, il y avait deux parties de couloir-entrepôt formant un bref tunnel de liaison entre les coques. C'était tout ce qu'il connaissait.

Il ne savait pas où était l'atelier-laboratoire par rapport au centre de contrôle d'Aranimas, mais il était sûr d'en être assez éloigné. Il ne connaissait pas non plus le chemin vers les autres endroits où il avait été, la coque où il avait vu les créatures, le couloir dans lequel il avait repris connaissance, la soute où travaillait l'équipe de récupération, le secteur des armoires où avaient été rangées les pièces de robots. Il ne savait pas où dormait Wolruf, ni où logeaient les cinquante Naroués.

Les rangées de casiers fermés, dans le passage entre les coques, attisaient sa curiosité depuis plusieurs jours et ce fut là qu'il commença son exploration, en ouvrant tous ceux qui étaient à sa portée. Il ne savait pas ce qu'il s'attendait à trouver mais ce fut une surprise pour lui de constater que plus de la moitié étaient vides.

Les autres contenaient des articles reconnaissables, des rouleaux d'étoffe servant à l'habillement des Naroués, des électrodes de rechange pour les micro-soudeurs de l'atelier, et des vivres sous vide. Quelques casiers étaient verrouillés ou leur porte était bloquée.

Comme il en finissait avec la rangée la plus proche de l'infirmerie, un Naroué au front bosselé entra par l'unique porte de côté. Derec sursauta comme s'il était pris en faute, mais l'extraterrestre passa sans faire attention à lui et sans dire un mot.

Resté seul, il se sentit idiot : il avait parfaitement le droit d'être là et l'extraterrestre n'y avait rien vu de bizarre. Son cœur battait pourtant comme s'il avait été surpris par Aranimas en personne.

Renonçant à fouiller les casiers, il examina les deux coques auxquelles il avait accès. Trois portes après les aménagements privés, dans la coque D, il découvrit un compartiment contenant cinq fauteuils profonds disposés en cercle et tournés vers l'intérieur. Au centre de ce cercle, il y avait un globe blanc monté sur un socle cylindrique noir. Le globe était si grand que les bras de Derec ne pouvaient l'encercler à moitié.

Découvrir ne signifiait pas comprendre. Le globe pouvait aussi bien être un totem religieux qu'un appareil de communication, et le compartiment un sanctuaire ou un poste de pilotage. Et il ne servait à rien de compromettre sa situation dans le simple but de multiplier son ignorance.

Pour la seconde fois en une demi-heure, il changea de stratégie. Le plus important était de redécouvrir le chemin de la coque A – le compartiment d'Aranimas – et de la coque T où devaient se trouver le sas de transfert et, peut-être, sa combinaison spatiale. Le reste n'avait pas grande importance.

Derec s'appliqua méthodiquement à élargir les limites de son monde connu. Chaque fois qu'il ouvrait une nouvelle porte et s'engageait dans un couloir inconnu, il tournait à gauche et encore à gauche dès que possible, dans l'espoir de revenir dans une partie qu'il connaissait. Il comptait ne pas s'aventurer plus loin avant d'avoir appris par cœur tous les embranchements.

La première fois, tout se passa bien. La porte de côté, dans le passage de transfert, le ramena après deux tournants dans la coque L, un pont au-dessous de l'atelier. Malgré la présence des deux Naroués qu'il croisa, sa petite réussite lui donna de l'assurance.

Mais ensuite, les choses se gâtèrent. L'autre issue au niveau de l'atelier de la coque L le fit passer par plusieurs secteurs sans le moindre embranchement. Le couloir continuait à perte de vue mais Derec préféra revenir sur ses pas.

Une des portes de sortie de la coque D ouvrait sur une rampe descendant vers une tourelle d'armement, occupée par un des semblables d'Aranimas et par un Naroué. Il battit promptement en retraite. Un autre couloir, plus loin vers l'arrière, conduisait à l'un des carrefours hexagonaux. Il choisit une porte au hasard et se trouva presque aussitôt à un nouveau carrefour.

Il fallait se rendre à l'évidence. Le vaisseau était un labyrinthe impénétrable, ses éléments clefs reliés d'une manière terriblement inefficace et désordonnée. Derec ne voyait à cela que deux explications. La disposition servait à masquer les objectifs vitaux et à désorienter les intrus. Ce serait donc une affaire de défense.

L'autre explication était que le vaisseau n'était pas autre chose que ce qu'il semblait être, un assemblage de fortune, plutôt maladroit, de plusieurs vaisseaux qui n'avaient jamais été conçus pour être reliés entre eux.

Quelle que soit la raison, Derec était sur le point de conclure que cet ensemble était trop complexe pour qu'il pût se faire une idée du plan quand il ressentit une curieuse sensation fugace, l'impression d'être retourné comme un gant. Il repartit aussitôt vers l'atelier, les dents serrées, la mine sombre. Il tenta en vain de se persuader que ce n'était qu'un simple vertige, un instant de fatigue.

La sensation n'était pas nouvelle pour lui. C'était un « saut », la transition momentanée incompréhensible, quasi mystique, de l'hyperespace qui faisait passer un vaisseau et tout ce qu'il contenait d'un point de l'espace à un autre, à des années-lumière du premier. Où qu'ils aient été, ils étaient maintenant ailleurs. Loin de l'astéroïde, loin de tout vaisseau qui aurait pu être en route pour le secourir.

Il aurait dû deviner que les maraudeurs connaissaient la technologie du saut, car la configuration du vaisseau n'aurait jamais résisté à une propulsion conventionnelle. Mais il n'y avait pas pensé et la découverte lui causait un choc, le réduisait brutalement à l'impuissance qu'il avait ressentie entre les mains des robots.

« Personne ne me retrouvera, maintenant, se dit-il découragé. Même si je vis jusqu'à mille ans... »

L'atelier était désert, à part le robot.

– Alpha, dit tout de suite Derec en arrivant.

– Oui, Derec ?

– Est-ce que tu as observé un saut, il y a un moment ?

– Non, Derec. Les réflexes de notre cerveau positronique sont si rapides que les robots n'éprouvent pas la désorientation courante chez les humains.

– Alors tu ne peux rien m'en dire... à quelle distance nous avons sauté...

– Dans l'ignorance de la courbe de puissance de la propulsion du vaisseau, je n'aurais d'ailleurs pas pu interpoler la durée du saut. Cependant, nous avons une preuve de seconde main concernant notre destination.

– Quelle preuve de seconde main ? D'où la tiens-tu ?

– Aranimas et Wolruf ont eu une conversation en ma présence, monsieur.

– Quand ?

– Ce soir, il y a moins d'un décan. Mon impression a été qu'ils venaient ici pour vous voir mais, en votre absence, ils se sont attardés pour m'examiner. Wolruf a décrit le travail qu'elle vous avait regardé faire et a dit que ma position variait à chacune de ses visites ; elle a montré plusieurs de mes sabords d'accès à Aranimas et lui a dit ce qu'il y avait derrière.

– Je savais qu'elle m'espionnait ! ragea Derec. Et qu'est-ce qui s'est passé d'autre ?

– Aranimas a paru irrité de votre absence sans surveillance et a ordonné à Wolruf de vous observer plus attentivement à l'avenir...

– Au fait ! Où sommes-nous ? Où allons-nous ?

– J'ai été contraint de faire quelques déductions d'après ce que j'entendais, mais je crois que nous nous approchons d'un site où Aranimas espère obtenir une grande quantité de robots.

– Répète-moi l'essentiel de la conversation.

– Bien, Derec.

Les voix étaient si parfaitement imitées que si Derec avait fermé les yeux, il aurait juré qu'Aranimas et Wolruf étaient à côté de lui, dans la pièce.

– Il y a longtemps que nous avons quitté Mrassdf, disait Wolruf. Les Naroués s'agitent, loin de chez eux et de leurs troupeaux. Même moi, je me lasse de temps en temps. Est-il vraiment nécessaire d'aller dans un autre nid d'humains ?

– Je ne rentrerai pas les mains vides ! répliquait Aranimas.

– Tu as le bijou, ce robot et bien plus encore. Tu as excédé tes promesses à Wiwera. Tes exploits te vaudront assez de gloire...

– Il n'y a pas à discuter, tranchait sèchement

Aranimas. J'aurai des robots pour me servir. L'humain dit qu'il y a des robots dans n'importe quel monde humain, qu'on nous en vendra si nous arrivons pacifiquement. Après, et après seulement, nous repartirons pour Mrassdf.

La voix de Wolruf devint alors curieusement gémissante, suppliante.

– Les Naroués ne valent rien du tout, c'est certain. Mais si nous perdons le bijou que nous avons dans la main pour aller chercher une verroterie...

Le robot s'interrompit et reprit :

– A ce moment, Aranimas a produit une arme que je n'ai pu identifier et l'a pointée sur Wolruf. Wolruf a paru éprouver une grande détresse.

Il continua ensuite avec la voix d'Aranimas :

– Tu me déçois, Wolruf. Je croyais que tu avais plus d'imagination. Sans les robots, nous serions obligés de remettre le bijou à Wiwera, dès notre retour, ce que je n'ai pas la moindre intention de faire. Mieux vaudrait que toi et moi redevenions atomes, plutôt que de céder la clef à quelqu'un comme Wiwera !

Le robot se tut et Derec ne trouva rien à répondre. Encore une escale et les maraudeurs retourneraient chez eux avec leur trésor. Quelle serait cette escale, impossible de le deviner. Il y avait des centaines d'infrastructures de Spatiaux, dispersées sur des centaines d'années-lumière. Il pouvait s'agir d'un poste de douane entre territoires de Spatiaux et de Colons, d'un centre minier ou même d'un complexe de recherche. L'endroit pourrait être peuplé d'humains, d'humains et de robots ou de robots seuls.

Peu importait. Derec se disait qu'il ne le verrait jamais.

Aranimas allait se servir de lui, de ses connaissances, de sa voix, peut-être même de son image, pour pénétrer dans l'installation. Et une fois son affaire faite, le vaisseau partirait pour Mrassdf, où il était destiné à n'être qu'un esclave, peut-être rien de plus qu'une curiosité.

Il lui fallait s'évader dans les jours suivants... s'évader d'un vaisseau qu'il ne connaissait pas encore, échapper à un geôlier dont il ignorait les capacités, fuir vers un refuge dont la promesse de sécurité était plus un espoir qu'une réalité.

La perspective découragea Derec. Aranimas avait l'avantage. Il le ferait observer constamment quand ils seraient amarrés à l'installation, si même ils s'amarraient. Et Derec ne pouvait passer plus tôt à l'action car il était incapable de se rendre maître du vaisseau. L'équipage le surpassait. Ils étaient à quatre-vingts contre un.

Il n'avait que le robot avec lui et cela ne lui suffisait pas. « Je n'y arriverai jamais, pensa-t-il, désespéré. Mais je ne peux renoncer... »

Des pensées contradictoires s'agitaient dans sa tête, et aucune ne prenait le dessus. Fatigué, l'esprit confus, il se retira dans le fond de la salle, s'assit par terre, adossé à la paroi.

« Il me faut de l'aide, se dit-il enfin. Je dois cesser de chercher à tout faire par moi-même, je dois me fier à quelqu'un. Ou me résigner à passer le restant de ma vie dans un monde inconnu. »

Il se souvint alors qu'il y avait quelqu'un à bord, un être aussi seul que lui, aussi impuissant, qui avait besoin d'un compagnon pour lui donner du courage. Quelqu'un qui, en fait, s'était déjà proclamé son amie.

« Si elle veut bien m'aider, pensa-t-il, nous réussirons peut-être... »

Une heure s'écoula ainsi. L'espoir de Derec commençait à renaître quand une voix bourrue interrompit ses réflexions.

– Tu es de retour.

Il tourna la tête et vit Wolruf.

– J'étais allé me promener, dit-il. Tu m'as cherché, n'est-ce pas ?

– Aranimas te cherchait. Tu restes ici, maintenant, O.K. !

– Il doit revenir ?

– Le maître se repose. Il viendra te voir dans la matinée. Tu ferais bien d'être là, dit Wolruf en se retournant pour s'en aller.

– Tu as eu des ennuis avec Aranimas, parce que je n'étais pas là, hein ?

La caninoïde s'arrêta, revint sur ses pas et haussa vaguement les épaules.

– Je te demande pardon, dit Derec. Je t'ai mise dans une mauvaise position.

– Rien de nouveau. Je m'y mets moi-même assez souvent.

Derec sourit.

– Dis-moi, Wolruf. Que fais-tu ici ? Pourquoi travailles-tu pour un monstre comme Aranimas ?

– Trop long à expliquer.

– Tu n'es pas à bord volontairement, n'est-ce pas ?

– Trop compliqué à expliquer.

– J'ai tout mon temps. Et je tiens à le savoir.

Wolruf hésita puis elle s'avança de quelques pas.

– Je devrais aller dormir, bougonna-t-elle.

– Pourquoi ne pas faire ce que tu veux, au lieu de ce que tu dois, pour une fois ?

Wolruf se coucha près de lui et sourit.

– C'est ça le secret de ta réussite ?

L'histoire était longue en effet. Wolruf n'avait jamais eu à parler de son monde et de sa vie à quelqu'un qui ignorait les mille et une choses que connaît sans avoir à réfléchir une personne vivant dans une culture précise. A chaque instant, Derec devait lui demander de faire des retours en arrière pour éclaircir un détail.

Il y avait des problèmes de langue quand ce que Wolruf cherchait à dire se heurtait aux limites de son vocabulaire standard. A d'autres moments, elle cherchait à contourner un fait ou une idée qu'elle était gênée de révéler.

En écoutant attentivement, en comblant de lui-même certaines lacunes, Derec finit par obtenir une réponse relativement cohérente à sa question. L'équipage du vaisseau venait d'un même système solaire. L'espèce d'Aranimas, les Eranis, et les Naroués vivaient dans la deuxième planète, Mrassdf, un monde que Wolruf décrivait comme étouffant, désagréable et balayé par les vents. La race de Wolruf, au nom aussi imprononçable que le sien, ainsi que les créatures en forme d'étoiles de mer étaient de la quatrième planète, tempérée celle-là.

Les rapports entre les Naroués et les Eranis étaient les mêmes qu'entre des moutons et leurs bergers, à cette différence près que les Naroués étaient plus intelligents et physiquement plus capables que les moutons. Mais la comparaison était quand même valable. Les Naroués étaient infiniment plus nombreux que les Eranis qui – agressifs, inventifs, prédateurs – les dominaient nettement.

Les rapports entre les deux mondes étaient plus complexes et Derec ne les comprenait pas très bien. Aucune de ces planètes ne semblait avoir de gouvernement unifié. C'était peut-être ce qui leur évitait d'être en guerre, car l'antipathie était très nette entre eux bien qu'ils fassent du commerce. Les compagnies commerciales étaient dirigées par diverses factions d'Eranis, tandis que différentes denrées étaient produites par plusieurs familles de la race de Wolruf.

Wolruf ne tenait pas à parler d'Aranimas en particulier, mais Derec comprit qu'il était le plus jeune membre d'une des plus puissantes factions des Eranis. Et que la famille de Wolruf avait eu un différend avec la compagnie de négociants d'Aranimas.

– Mon service au cours de cette mission délivre ma famille de la *dhierggra*, dit-elle.

La *dhierggra*, Derec le détermina après se l'être fait

longuement expliquer, était l'équivalent d'une liste noire. Tant qu'elle était en vigueur, aucun Erani ne devait traiter avec la famille. Cela faisait de Wolruf une sorte d'otage, une esclave travaillant pour éponger la dette familiale.

– Pourquoi as-tu été choisie ?

– J'étais la plus jeune, celle qui avait le moins d'importance.

Derec ne voulait pas juger précipitamment toute une culture sur un seul cas, mais l'injustice le révoltait.

– C'est pour ça qu'Aranimas te traite si mal ? Ça fait partie du marché ?

– C'est la manière des Eranis. Ils traitent tout le monde comme ça.

– Pas entre eux ! C'est pour ça que c'est odieux !

Derec s'aperçut qu'au cours de la conversation, il s'était produit un événement inattendu. Il avait fait égoïstement parler Wolruf, par calcul. Mais en l'écoutant, sa fausse compassion pour son triste sort s'était changée en une pitié sincère. Elle était une victime, tout comme lui.

Pourtant, elle paraissait gênée de sa sollicitude.

– Ce n'est pas ton affaire.

– Ecoute, Wolruf, tu as dit que tu étais mon amie. Laisse-moi être le tien.

– Qu'est-ce que tu veux dire ?

– Aranimas te fait travailler comme une esclave et te traite comme un animal. Tu n'as pas à le supporter. A nous deux, nous pouvons le faire cesser.

– Comment ?

– J'ai un instrument, dit-il en désignant le robot. Et j'ai des idées. Mais j'ai besoin que tu me dises diverses choses sur Aranimas, et sur la commande de ce vaisseau.

Wolruf eut l'air gênée et Derec eut peur d'avoir été trop loin et de l'avoir effrayée.

– Tu veux reprendre le bijou, dit-elle.

La franchise s'imposait.

– Oui, répondit-il.

– Tu le prendras et tu me laisseras affronter Aranimas.

Derec secoua vigoureusement la tête.

– Il faut que je m'échappe. Je ne peux pas laisser Aranimas m'emmener sur Mrassdf. Mais si je ne peux pas te laisser dans une meilleure situation que celle où tu es maintenant, je t'emmènerai avec moi. Nous sommes les seuls à pouvoir nous entraider. Si nous n'essayons pas, eh bien, nous mériterons ce qui nous arrivera.

La caninoïde soutint sans ciller le regard interrogatif de Derec.

– C'est vrai. O.K. ! Amis. Essayons !

Quelque chose, dans la structure biologique de l'espèce à laquelle appartenait Wolruf, rendait impératif le besoin de sommeil et de repos. Toute la communauté des caninoïdes semblait répondre à une commande métabolique les avertissant autoritairement que leur réserve d'énergie était épuisée et qu'il était temps d'aller se reposer.

Une demi-heure après le début de la conversation, alors que Derec avait encore beaucoup de questions à poser et que leur plan était à peine ébauché, les paupières de Wolruf s'alourdirent, son haleine prit une odeur aigre et son pelage se ternit. Sans autre explication qu'un vague « Je dois dormir », elle se leva et s'en alla.

Derec s'aperçut soudain qu'il était lui-même affreusement fatigué. Mais il avait encore quelque chose à faire avant de songer à dormir sur sa mince paillasse.

Le robot attendait là où il s'était installé après avoir obéi au dernier ordre de Derec, quelques heures plus tôt, mais ce n'était pas surprenant. Depuis qu'il était activé, il avait un comportement singulièrement passif, dépassant l'état d'attente prescrit. Un robot normal avait différents devoirs dont il s'occupait sans directives particulières, selon la principale fonction qui lui avait été dévolue : domestique, ouvrier, ingénieur ou autre.

L'initiative de ce spécimen avait manifestement souffert de la destruction des mémoires et de la désactivation. Il obéissait néanmoins à la Deuxième Loi, aussi attendait-il patiemment que Derec lui donne quelque chose à faire.

Le premier soin de l'humain fut de retirer la mémoire de mathématique pour la remplacer par celle de défense personnelle. Les circuits supplémentaires de cette dernière affûteraient l'intuition du danger et la volonté du robot de passer à l'action pour le repousser. Mais ils supprimeraient du même coup l'inclination normale du robot à protéger son maître contre des risques immédiats et concrets sans souci des conséquences ; la Première Loi ne prévoyait pas d'exceptions permettant les initiatives bien intentionnées. La mémoire de défense personnelle les fournirait.

– Alpha, dit Derec quand il eut fini, mes précédentes instructions t'ordonnant de te mettre en état d'attente inerte à l'approche d'un des extraterrestres sont maintenant annulées. Mais tu dois quand même, quand ce sera possible, éviter de révéler les capacités particulières de ton bras droit.

– Je comprends, Derec.

– Je vais maintenant te donner un bloc d'instructions qui n'entreront en vigueur que lorsque tu entendras le code d'introduction. Ce code, qui devra venir de moi et de moi seul, est la question : « Qui est ton maître ? » Le code d'annulation est le mot Aurora.

– Je comprends, Derec.

– Voici le bloc d'instructions. Tu répondras au code d'introduction par le nom « Aranimas ». Tu iras avec Aranimas partout où il veut que tu ailles. Tu devras obéir à ses ordres sauf s'ils entrent en conflit avec les Trois Lois ou avec ce bloc d'instructions. Tu ne dois pas obéir aux ordres donnés par Wolruf ou tout autre membre non humain de cet équipage. Tu n'accepteras pas d'ordres additionnels de moi à moins qu'ils ne soient précédés du code d'annulation. Tu répondras aux demandes de renseignements de Wolruf ou de moi-même. Mais tu ne rapporteras pas, tu ne rediffuseras pas, tu ne communiqueras en aucune façon à Aranimas cette conversation ou toute autre conversation avec moi dont il ne sera pas témoin.

– Eclaircissement. Souhaitez-vous qu'Aranimas pense que je suis complètement à son service ?

– Suspension. Oui, parfaitement. S'il veut obtenir de toi un bon service, il devra t'instruire sur ce vaisseau. Tout ce que tu apprendras nous aidera à nous évader.

– Je comprends la nécessité des renseignements, monsieur, mais si je dois vous protéger vous devez me garder près de vous.

Derec s'attendait à cette objection ; les circuits de défense personnelle rendaient les robots plus discoureurs et revendicatifs.

– Aranimas est le maître de ce vaisseau, et donc la véritable menace contre moi. Seuls ses actes ou ses ordres peuvent me faire du mal. En restant près de lui, tu seras plus capable de me protéger.

– Je comprends, Derec.

– Bien. Résumons-nous. Nous avons surtout besoin de savoir deux choses. Un objet précieux est arrivé à bord avec moi, un rectangle métallique, de couleur argentée, d'environ dix à quinze centimètres sur cinq. Je crois que c'est cet objet qu'Aranimas appelle la clef et Wolruf le bijou. Il est apparemment précieux et puissant. Nous avons besoin de savoir ce qu'il est.

– Oui, Derec. Je guetterai particulièrement les indices sur cet objet.

– L'autre chose que nous tenons à savoir, c'est notre destination et notre date d'arrivée. Si nous attendons trop longtemps pour passer à l'action, Aranimas nous enfermera dans un coin pour avoir les mains libres pendant qu'il vole des robots.

– Ce serait une précaution prudente.

– Ce qui veut dire qu'Aranimas y pensera probablement. Si tu apprends où est la clef, tu devras attendre un décan, puis simuler un dysfonctionnement de code 804. Si tu apprends où nous nous dirigeons et quand nous y arriverons, tu devras attendre quinze centades et simuler un dysfonctionnement de code 3033. Fin du bloc d'instructions.

MUTINERIE

Lorsque Derec eut fini, il restait bien peu d'heures nocturnes, mais il dormit tout de même très bien et se réveilla reposé, les idées claires et le moral en hausse. Il commença par dégager un des coins de la salle, pour en faire une scène, en quelque sorte. Aranimas ne tarda pas à arriver, Wolruf sur ses talons.

Derec n'avait pas de manuel de robotique mais, grâce à l'interrogatoire de diagnostic détaillé, il connaissait les principales questions utilisées pour procéder à l'examen des diverses fonctions positroniques.

– Si la fille d'une femme rousse possède deux chiens et si le père d'un enfant à la jambe cassée est au chômage, quel jour le barbier rase-t-il gratis ?

Wolruf pouffa et Aranimas fut visiblement décontenancé. Mais le robot répondit calmement :

– Il n'est pas possible de déterminer la solution à partir des données communiquées.

– Quelle est la valeur de hex 144C fois 16F2 ?

– Hex 1D1B7D8.

– Touche le milieu de ton front avec ton index droit.

Le robot obéit.

– Donne-nous la loi Rawleigh de perméabilité magnétique...

Pendant un quart d'heure, Derec harcela le robot avec des questions et des ordres, moins pour persuader Aranimas de ses capacités que pour étaler sa propre compétence. Il ne voulait pas qu'Aranimas pense que, le robot étant opérationnel, il pouvait se passer de son fabricant.

Enfin, avant que l'extraterrestre ne s'impatiente, Derec posa la question finale :

– Qui est ton maître ?

– Aranimas, répondit le robot.

Derec fit un signe de tête.

– Le robot est à toi. Tu devras lui apprendre ce que tu veux qu'il fasse, mais il ne sera nécessaire de lui montrer qu'une seule fois.

Aranimas se leva.

– Ordonne-lui d'attaquer Wolruf.

– Quoi ?

– Je refuse de partager le contrôle de ce serviteur. Ordonne-lui d'attaquer Wolruf.

L'hésitation de Derec fut calculée. Il se tourna finalement vers le robot et lui dit :

– Ramasse cette barre de fer et frappe Wolruf sur la tête.

Wolruf gémit mais le robot ne bougea pas.

– Je ne puis obéir, monsieur.

Aranimas répéta alors le commandement :

– Serviteur, ramasse cette barre de fer et frappe Wolruf sur la tête.

Derec retint sa respiration. S'il devait y avoir un conflit avec la Première Loi sur le traitement à réserver aux extraterrestres, c'est maintenant qu'il apparaîtrait.

– Oui, maître, dit le robot et il se baissa pour ramasser la tige métallique.

– Arrête, serviteur ! s'écria Aranimas et il déclara à Derec : Tu as fait ce que tu as promis. Il me semble que tu vaux la peine d'être gardé, après tout. Wolruf te trouvera d'autres tâches.

C'était là une carte à laquelle Derec ne s'attendait pas et il ne pouvait la laisser passer.

– Non ! répliqua-t-il avec audace. Je suis roboticien, pas ouvrier. Je ne suis pas un Naroué. Si tu veux que ton serviteur soit maintenu en bon état, il faut que je reste travailler ici.

– Pour quoi faire ?

– D'abord, démonter l'autre robot pour prélever des pièces détachées. Certaines des réparations effectuées sur celui-ci sont provisoires. Je dois les améliorer. Quelques-uns des éléments endommagés seraient réparables si j'obtenais les fournitures nécessaires, affirma Derec. (Et il continua sur sa lancée, en improvisant :) Dans le monde réel, il existe des robots techniciens dont la seule fonction est l'entretien d'autres robots. Tu as vu de quoi je suis capable. Pendant combien de temps as-tu possédé ces pièces ? Combien de temps as-tu passé à les examiner sans rien y comprendre ? Pourquoi veux-tu me traiter comme un Naroué particulièrement stupide ?

Aranimas le regarda fixement, puis émit une espèce de sifflement qui pouvait être un rire et cracha :

– Viens, serviteur. Laissons à son travail le maître roboticien.

Derec souffrit en regardant partir Alpha avec Aranimas. Ce fut encore plus difficile pour lui d'attendre patiemment un signe que le plan fragile qu'il avait préparé avec Wolruf pourrait se réaliser.

Il était toujours isolé dans son coin du vaisseau, sans aucun moyen de savoir ce qu'Aranimas faisait avec le robot. Il ne savait même pas si ses instructions étaient encore intactes. Aranimas avait pu feindre de ne rien connaître à la robotique...

Et même si le bloc d'instructions était encore intact, elles pouvaient se révéler inutiles. Derec avait supposé qu'Aranimas serait si heureux de son nouveau jouet qu'il le garderait constamment près de lui. Tout dépendait de cela. Mais s'il se trompait, si Aranimas reléguait Alpha dans un lieu éloigné pour lui faire accomplir quelque corvée obscure, le plan était voué à l'échec. Derec aurait alors renoncé à son robot sans rien obtenir en échange.

En attendant, il avait du travail pour continuer de faire croire à Aranimas qu'il était son fidèle employé, et aussi pour servir ses propres desseins. Le temps passait plus vite en s'occupant, mais l'activité ne calmait ni son impatience, ni son anxiété.

Wolruf allait et venait ; elle passa plusieurs fois durant cette première journée, pour voir ce qu'il faisait. Derec accueillait avec plaisir ces visites mais n'osait évoquer leurs projets, sans Alpha pour l'avertir de l'approche d'Aranimas.

Il restait encore un grave problème sans solution. Il savait, ou croyait savoir comment désarmer Aranimas. Mais ce qu'il ignorait, c'était comment le réduire à l'impuissance.

Avec une véhémence étonnante, Wolruf refusait catégoriquement de tuer l'Erani. Derec ne le regrettait pas. Lui-même ne se voyait pas attaquant Aranimas avec un gourdin et lui fracassant la tête. Malgré tout, tant qu'Aranimas restait en vie, il était dangereux.

Derec commença par proposer un appareil paralysant, fabriqué avec une microcellule rechargée et quelques bouts de fil électrique, mais il était impossible de savoir si Aranimas était vulnérable aux électrochocs, et si la haute tension ne le tuerait pas.

– La salle aux étoiles de mer ! dit soudain Derec. Quand nous y sommes passés, Aranimas s'est mis à larmoyer. Sais-tu pourquoi ? Ces créatures sont de ton monde. Y a-t-il quelque chose dans l'air qui n'est pas dans le reste du vaisseau ?

– Oui, répondit Wolruf. Le gaz jaune. C'est le seul endroit du vaisseau où il est utilisé. Les créatures étoiles, comme tu dis, le dégagent quand elles se déplacent.

Derec réfléchit à cette explication : un sous-produit de la digestion, peut-être, ou une forme de communication chimique...

– Donc, dans ce secteur l'air est comme l'atmosphère de ton monde ?

– Oui.

– Ce qui veut dire que les Eranis ne peuvent rester dans ton monde sans être malades, conclut Derec.

– Nous sommes en effet protégés de leur sale caractère, reconnut Wolruf.

Derec réfléchit encore.

– Tu m'as dit que les créatures étoiles faisaient partie d'une expérience. Crois-tu qu'Aranimas chercherait un moyen de neutraliser ce gaz pour permettre aux Eranis de vous envahir ?

– C'est possible.

– En existe-t-il des échantillons ? En flacons ?

– Il y a un liquide qui se transforme en gaz jaune quand il est mis au contact de l'air.

– Parfait ! Apporte-moi ça.

Quand Derec se coucha, ce soir-là, le sommeil fut long à venir tant il était nerveux et agité. Mais, quand il finit par s'endormir, ce fut d'un sommeil si lourd que Wolruf dut le secouer énergiquement pour le réveiller.

– Aranimas te veut, dit-elle.

– C'est le robot ?

– Le nouveau serviteur n'écoute plus les ordres. Il reste assis dans un coin, sans bouger.

– C'est peut-être le moment ! s'exclama Derec en se levant précipitamment. Je vais prendre mes outils.

Derec suivit Wolruf dans les couloirs ; son impatience et son anxiété augmentaient. Quand ils arrivèrent au carrefour hexagonal, il s'arrêta et retint la caninoïde.

– Est-ce qu'il s'attend à te voir entrer ?

– Non. Je dois me contenter de t'amener. Mais je pourrais entrer et voir s'il me renvoie...

– Non. Ne fais rien qui sorte de l'ordinaire. Pour la première partie, je peux me débrouiller seul. Attends-moi ici.

A l'intérieur de la coque A, il aperçut Aranimas dans le principal compartiment de contrôle, et contourna les parois grillagées pour le rejoindre.

– Le robot est en dérangement, annonça Aranimas. Répare-le.

Le robot était assis sur le bord d'un comptoir bas, immobile à part sa main gauche qui pivotait lentement et sans raison autour de son poignet. « Code 3033, notre position ! » pensa Derec.

– Qu'est-ce que tu lui as fait ? demanda-t-il en s'approchant.

– Rien du tout ! Le mécanisme a cessé de m'obéir.

– Tu as dû faire quelque chose, grommela Derec et il se pencha pour être à la hauteur des yeux lumineux du robot. Alpha ! Accuse réception.

– Oui, monsieur, dit le robot d'une voix bizarrement pâteuse, déformée.

Code 804 ! La clef ! Mais Derec avait besoin d'une certitude.

– Alpha. Défalcation 1-A-1-B. Exécution.

Le robot demeura inerte.

– Alpha. Défalcation 2-C-2-D. Exécution.

Toujours aucune réaction.

– Qu'a mon serviteur ? demanda Aranimas sur un ton autoritaire.

Il fallait gagner du temps. Derec ouvrit sa petite boîte à outils, puis ôta la plaque de l'épaule gauche du robot. Tout en regardant à l'intérieur, il prépara sa manœuvre suivante. Il était délicat de retravailler sur l'instinct de protection de toute espèce de vie intelligente ; dans le cas présent, cet instinct avait déjà été sérieusement stressé quand Aranimas avait pris possession de son serviteur.

Derec se disait que s'il libérait le robot de son bloc d'instructions et lui ordonnait d'attaquer Aranimas, cela créerait l'obligation de transgresser la Première Loi. Ses réglages prudents risquaient de se détériorer sous la tension et le robot tomberait en panne sans espoir de réparation.

Il ne voulait pas prendre ce risque. Il était beaucoup plus simple de laisser le robot agir conformément à la Première Loi que de la lui faire défier. Mais pour cela, il était nécessaire de provoquer Aranimas à l'attaque.

– On dirait une panne de l'initiateur de volonté, improvisa Derec. Si deux pulsations contradictoires lui parviennent sur la même impulsion, il peut se produire une onde inverse dans l'oscillateur. C'est presque toujours la faute du propriétaire. Que lui as-tu demandé de faire ?

– Je n'ai rien fait de travers. Je lui expliquais les fonctions du matériel de ce secteur quand sa main s'est mise à tournoyer bêtement, comme ça.

– Ne me mens pas ! cria Derec. J'aurais dû me douter qu'une race aussi arriérée que la tienne était incapable de manipuler un mécanisme sophistiqué et...

– Tu es pire que les Naroués ! gronda l'Erani. Tu ne sais pas reconnaître que tu es au service d'un être véritablement supérieur !

Tout en parlant, il glissait sa main vers une ouverture de sa tunique.

– Aurora ! glapit Derec.

Mais le robot était déjà passé à l'action avant même que le code ne soit donné. La Première Loi prenait le pas sur les restrictions du bloc d'instructions. La rapidité des réflexes du robot était fulgurante. Avant que le stylet n'ait émergé des replis de la tunique, le robot avait saisi le poignet de l'extraterrestre de sa main droite et, de la gauche, lui enlevait son arme.

– Lâche-moi ! cria Aranimas d'une voix stridente, mais il eut beau se débattre, il ne parvint pas à se dégager de l'étreinte de la main mécanique.

– Je ne peux pas vous permettre de faire du mal à Derec, lui dit le robot.

– Tu es mon serviteur. Obéis à mes ordres ! Lâche-moi !

– Non, Aranimas, intervint Derec. Alpha est mon serviteur, il l'a toujours été ! Wolruf ! appela-t-il. Tu peux venir, maintenant.

Derec ramassa le stylet et le retourna entre ses doigts. Il n'y avait aucun bouton à presser, pas de contrôles évidents. En le tenant comme l'avait tenu Aranimas, il le lui braqua dessus. L'Erani ne parut pas s'émouvoir.

– Mes armes ne peuvent être utilisées contre moi, dit-il, non sans fierté.

– Excellente technique, approuva Derec.

Plongeant la main dans sa trousse à outils, il y prit le petit jouet qu'il avait confectionné la veille. Une minuscule pompe récupérée sur le robot inutilisable était fixée à un flacon sous pression à demi plein d'un liquide jaune moutarde.

– Mais moi aussi, j'ai mon arme.

Wolruf vint se placer à côté de lui, il pointa l'orifice de la pompe sur Aranimas et appuya sur le bouton. Une bouffée de léger brouillard jaillit en pleine figure de l'extraterrestre.

Un être humain aurait eu un sursaut de surprise. Aranimas lança sa main libre et faillit s'emparer de l'aérosol, la longueur de son bras étant presque égale à la portée de l'arme de fortune.

Mais, un instant plus tard, un liquide rougeâtre

commença à couler des yeux d'Aranimas et la peau de sa face se plissa. Il se raidit, leva son bras à la verticale, replia les doigts comme pour se raccrocher à quelque chose ; les muscles de son bras et de son épaule se mirent à gonfler sous la peau, visibles pour la première fois. Enfin, tandis que l'aérosol commençait à crachoter, il ferma les yeux et son bras retomba.

– Lâche-le, ordonna Derec.

La main du robot s'ouvrit et l'extraterrestre s'affala sur le sol, sans un mouvement.

– Je... ne détecte... aucune respiration, annonça le robot en hésitant.

Les syllabes hachées du robot servirent d'avertissement à Derec. « J'aurais dû le prévenir de ce qui allait se passer », se dit-il, trop tard.

– Il n'est pas mort. Son système a reçu un choc toxique, mais il se remettra.

– Je vais... essayer... d'intégrer...

– Alpha ! Analyse la situation. Nous sommes à bord du vaisseau d'Aranimas. Il avait l'avantage. Il aurait pu faire mille choses contre nous et nous ne l'aurions sans doute même pas su avant qu'il ne soit trop tard. Il devait être neutralisé.

– Je comprends... et j'accepte.

– Tu vas bien ?

– Je détecte un trouble modéré... dans mes potentiels cérébraux... je l'attribue... au fait que j'ai été témoin de violences contre un être intelligent non humain, expliqua le robot d'une voix redevenant progressivement normale. Le trouble s'apaise et je ne crois pas qu'il compromettra mon fonctionnement.

– Tant mieux, dit Derec en jetant l'aérosol vide parmi ses outils. Qu'as-tu découvert ?

– Nous approchons d'une station indépendante.

– Par l'espace ! pesta Derec. J'espérais qu'il nous conduirait directement sur un des mondes de Spatiaux. Combien de temps avons-nous ?

– Je suis incapable de déterminer avec précision notre moment d'arrivée. Cependant, j'ai constaté que l'équipage est actuellement en état d'alerte minimale.

– Nous avons donc probablement quelques heures devant nous, au moins, jugea Derec. Aranimas a-t-il été en contact avec la station ?

– Pas que je sache, monsieur. Ce vaisseau ne semble pas posséder de communications d'hyperondes, uniquement de simples porteuses.

Cela concordait avec l'expérience de Derec sur l'astéroïde mais lui posait une nouvelle énigme. Comment les extraterrestres avaient-ils découvert l'astéroïde ? Derec avait supposé, comme Moniteur 5, qu'ils avaient intercepté le message de détresse lancé pour lui. Mais sans émetteur-récepteur d'hyperondes, c'était impossible.

Il pensa que Wolruf pourrait l'expliquer mais cela devrait attendre.

– Et la clef ? demanda-t-il. Sais-tu où elle est ?

– Plus ou moins. Je crois qu'elle est dissimulée sous une des dalles du pont, dans le centre de contrôle.

La dernière fois qu'il s'y était trouvé, Derec avait trop souffert pour faire attention à ce qui l'entourait.

– Allons voir, décida-t-il. Comment l'as-tu trouvée ?

– Aranimas me l'a montrée et m'a interrogé à son sujet, dit le robot. Quand il l'a emportée, je n'ai pas pu voir précisément ce qu'il en faisait. Cependant, le temps de son absence limitait le rayon de la cachette à ce pont, et les bruits que j'ai entendus correspondaient au retrait et à la remise en place d'une dalle.

Ils arrivèrent au centre de contrôle et Derec vit que le sol était fait d'une mosaïque de plusieurs centaines de carreaux métalliques hexagonaux de la taille d'une assiette. La surface de chaque dalle présentait un motif à petits trous, mais il n'y avait rien pour les soulever. Et les six côtés d'un carreau étaient solidement collés aux carreaux voisins.

– Par où devrions-nous commencer, à ton avis ?

– La stratégie de dissimulation s'oppose à des positions évidentes comme le centre ou les coins. A part cela, je ne peux rien dire.

– Tu ne peux rien détecter sous le pont ? Aucun signal radio, aucun champ magnétique ?

– Je ne détecte rien.

Cela aussi était conforme à ce qui s'était passé dans l'astéroïde. Si la clef avait indiqué sa présence d'une manière mesurable, les scanners des robots l'auraient trouvée longtemps avant l'arrivée du vaisseau maraudeur. Il se tourna vers Wolruf qui gardait le silence depuis qu'elle les avait rejoints.

– Nous avons besoin d'un endroit où enfermer Aranimas.

Elle se retourna avec inquiétude vers le compartiment où ils avaient laissé l'Erani.

– Il y a des armoires dehors, dans le passage latéral, qui seraient assez grandes...

– Bien. Alpha, va chercher Aranimas et accompagne Wolruf. Elle te montrera où le mettre. Fais attention, Wolruf, il faut que ce soit un placard qu'Aranimas ne pourra pas ouvrir de l'intérieur. Et revenez ici tous les deux, ordonna Derec. (Lisant de l'appréhension dans les yeux de Wolruf, il ajouta :) Je sais. Tu n'aimes pas le robot.

– Tu vas peut-être surprendre Wolruf comme tu as surpris Aranimas ?

– Non, je te le promets, tout ira bien, assura Derec en tapotant l'épaule de la caninoïde. Pas de surprises. Je vous attends tous les deux ici.

Dès que le robot fut parti, Derec s'accroupit pour examiner les trous dans les carreaux. Ils étaient minuscules, coniques et profonds d'à peine un demi-centimètre. Il n'y avait aucun moyen visible d'accrocher quelque chose dans l'un d'eux pour soulever la dalle. Il se demanda s'il lui faudrait fabriquer un crampon à soupape pour trouver la clef.

Il s'aperçut alors que les ouvertures étaient à peu près du diamètre du stylet d'Aranimas. « Bien sûr, pensa-t-il en prenant à tâtons l'instrument. Espérons que ce truc-là ne marche pas seulement pour Aranimas... »

Il enfonça le bout pointu dans un des trous et les bords se soudèrent au stylet. Derec le prit à deux mains et tira verticalement. Rien ne bougea. Mais quand il tenta de s'en servir comme d'un levier, le carreau s'inclina et se souleva d'un côté comme le couvercle d'une boîte de conserve ; un couvercle qui fit apparaître une petite cavité hexagonale... vide.

Il allait passer à un deuxième carreau quand il entendit derrière lui un bourdonnement. Il se retourna vivement. A cinq ou six mètres, dans le couloir central, une plaque circulaire descendait du plafond, suspendue à quatre câbles minces. Debout sur la plate-forme, se tenait une femme, une jeune humaine qui ne devait guère avoir qu'un ou deux ans de plus que Derec ; elle était aussi plus grande que lui de huit bons centimètres. Sa tunique ceinturée, aux épaules larges, était de coupe aristocratique mais sale et fripée.

Son visage exprimait la surprise, le choc, même. Ses lèvres remuèrent, comme si elle essayait de parler mais ne trouvait pas ses mots. Enfin, quand la plate-forme arriva au niveau du sol, elle s'exclama :

– Vous ! Ici !

De folles pensées tournoyèrent dans la tête de Derec et il crut perdre la raison. Cela expliquerait indiscutablement la réussite d'Aranimas. Il avait une compagne humaine avec lui, pour le guider !

– Je vous conseille de me dire qui vous êtes et ce que vous faites ici ! répliqua-t-il en se relevant. Je n'ai guère de temps pour décider de ce que je vais faire de vous.

– Faire de moi ? répéta-t-elle en colère. Je ne vois pas pourquoi je vous rendrais des comptes, après ce que vous avez fait !

L'état des vêtements de la jeune femme prit enfin une signification pour Derec. Elle était prisonnière, tout comme lui. Et il comprit qu'à ses yeux, il avait sûrement l'air d'un complice des maraudeurs.

– Si j'ai aidé Aranimas, c'est seulement pour gagner du temps et sauver ma peau. Le robot est à moi, maintenant, et Aranimas ne peut plus vous faire de mal. Nous allons nous évader.

Son expression hostile fut remplacée par de la perplexité.

– Mais que faites-vous ici ? Depuis combien de temps êtes-vous à bord ?

Derec fit un pas vers elle.

– Ce ne sera pas long à raconter. Il y a cinq jours, j'étais dans une capsule de survie à la surface d'un astéroïde. J'ai été découvert par une colonie de robots opérant sur une mine. Aranimas a attaqué la colonie et m'a fait prisonnier.

Cela suffisait. Inutile de tout compliquer avec des détails qu'il ne comprenait même pas encore. La fille le considérait avec curiosité.

– Alors vous n'étiez pas à ma recherche ?

– Je ne savais même pas qu'il y avait un autre humain à bord du vaisseau ! Wolruf m'a dit qu'ils avaient capturé deux vaisseaux humains, mais elle m'a donné l'impression que les équipages avaient complètement... disparu.

– Aranimas m'a gardée en vie parce que mes robots l'intéressaient. C'est vous qui avez réparé Capek ?

– C'était son nom ? Il répond à celui d'Alpha, maintenant. Oui, je l'ai réparé.

– Un fichu travail ! dit-elle avec un ressentiment puéril. Il ne se souvient même pas de moi. Et le nouveau bras est hideux.

– Je regrette.
– Vous ne vous souvenez pas de moi non plus.
Derec hésita.
– Vous aviez l'air de penser que je le devrais...
– Je pensais que vous étiez simplement cruel. Je ne voulais pas vous donner la satisfaction... Mais vous ne savez pas qui je suis, n'est-ce pas ?
– Je ne sais pas qui je suis moi-même ! répliqua Derec avec un triste sourire. Quand je me suis réveillé sur l'astéroïde, je portais une combinaison de survie de la marque Derec, alors j'ai adopté ce nom. Mais je ne me rappelle rien de ce qui s'est passé avant que je ne me réveille dans cette capsule.
– Rien du tout ?
– Rien de personnel. Je me rappelle un tas de choses, des connaissances, des sciences que j'ai dû étudier, sans doute. Mais je ne sais ni d'où je suis, ni où j'allais... Ainsi, vous me connaissez ?
– Je le croyais.
– Alors, par pitié, dites-moi...
Un pépiement leur parvint alors, de l'énorme console de contrôle.
– Quelqu'un appelle Aranimas, dit la fille et une lueur craintive passa dans son regard. Vous dites que nous allons nous évader. Nous devrions peut-être nous inquiéter de cela avant tout. Que faisiez-vous quand je vous ai surpris ? Que cherchiez-vous ?
– Un objet qui m'appartient et qu'Aranimas m'a pris quand je suis arrivé à bord.
– La clef ? Elle était à vous ?
– Vous êtes au courant ?
– Aranimas me l'a montrée. C'est là qu'elle est cachée ?
– D'après Alpha.
– C'est important ?
– Je le crois.
– Alors récupérez-la et allons-nous-en d'ici ! dit-elle, anxieuse.

Tout en se demandant ce qui retenait Alpha et Wolruf, Derec se remit à genoux. Il souleva une deuxième dalle, jeta un coup d'œil à la fille derrière lui et se déplaça en crabe sur la droite, vers une troisième.

– Je peux chercher la clef et écouter en même temps, dit-il en glissant le stylet dans un nouveau trou. Pouvez-vous me dire ce que vous savez de moi ?

Si elle répondit, Derec n'en sut rien. Il commençait à soulever un nouveau carreau quand il y eut un éclair aveuglant, un bruit de tonnerre et une formidable vague de chaleur. Quelque chose de lourd s'abattit sur son dos et il tomba en avant ; l'arête du carreau le frappa en pleine poitrine et lui coupa le souffle. Il eut à peine le temps de former un mot dans sa tête – *mine* – avant de sombrer dans une obscurité opaque et silencieuse où il ne fut plus dérangé.

STATION ROCKLIFFE

Des images floues passaient dans une brume de rêve. Une mer de lumière environnait Derec et le portait. Il était aussi transparent que du verre, aussi impalpable que le vent. Sa conscience reposait sur un grain de poussière flottant au gré des courants du temps.

Des silhouettes sans visage planaient autour de lui. Certaines s'approchaient comme pour le regarder, puis se détournaient et se retiraient. Le seul bruit qui lui parvenait était un chant parfumé de fleurs et les mélodies colorées des couchers de soleil qui tournaient dans sa tête.

Il ne comprenait rien ; rien n'avait de sens ; mais cela lui était indifférent. Sa seule pensée était qu'après tout ce qui était arrivé, tout ce à quoi il avait survécu, ce serait une terrible déception que d'être mort.

Il finit par s'apercevoir que ce monde de rêve, de lumière et d'ombres n'existait qu'en lui. S'il le voulait, il pouvait ouvrir les yeux au monde réel, l'examiner, y pénétrer. Il était sûr qu'en voyant ce monde, il saurait quelle y était sa place, il saurait qui il était. Mais ce serait renoncer à la paix et au silence, et ce prix était trop élevé.

« Non, se dit Derec. Il y a des limites. Je ne veux pas le voir. Je ne veux pas le savoir... »

Du temps passa et l'enveloppe de solitude devint lentement une prison. Le silence devint surdité, le calme la mort. Le grand monde extérieur lui faisait signe.

Ce n'était pas un monde amical, il le savait. Au mieux, ce serait un monde indifférent, plein de forces inconnues capables de l'emporter comme une vague déferlante du bois d'épave.

Mais il n'était pas complètement impuissant. Peut-être ne pouvait-il pas repousser la vague mais il pouvait se faire porter par elle et décider de son cap.

Ce fut cette pensée qui le délivra. Il comprit qu'il n'était pas prisonnier et ne l'avait jamais été. Il y avait cinq portes par où s'évader : ses cinq sens. Aucune n'était verrouillée, elles n'attendaient que sa main pour s'ouvrir et le laisser sortir. A moins que ce ne soit le monde qui entre en lui.

La première porte que Derec tenta d'ouvrir fut l'ouïe. Au premier abord, il se demanda s'il avait réussi car le silence autour de lui était aussi total que le silence en lui. Mais il prit bientôt conscience d'un léger son rythmé, sa propre respiration. C'était un petit progrès, la première information qui lui parvenait dans le cocon où il croyait être depuis très longtemps.

Prudemment, il entrouvrit les yeux et les referma aussitôt. Le monde extérieur était nettement familier. Il flottait dans une enveloppe de lumière, une lumière vive mais non pas crue. Une ombre sans visage, grande et mince, se déplaçait avec grâce dans la brume qui l'entourait.

La réalité était inversée. Le rêve était devenu réalité, ou bien le monde de rêve et le monde réel ne faisaient plus qu'un.

– Bonjour.

Derec fut surpris d'entendre une voix. S'il était seul, ce devait être lui qui avait parlé. Mais il n'avait pas parlé et il n'était pas seul. Et s'il n'était pas seul, il n'était plus dans son monde de rêve, et ce qu'il avait vu en entrouvrant les yeux était vrai.

Mais si c'était vrai, il était en vie. Il essaya de se rappeler la dernière chose réelle incontestable qu'il avait connue. C'était très dur de se souvenir. Il y avait eu des couchers de soleil et des chants de fleurs, mais ils n'étaient pas vrais. Avant eux... avant...

Avant, il y avait eu un moment effroyable, si plein de surprise et de douleur, que même en le fuyant il l'avait emporté dans son cocon. Il avait transformé l'explosion en l'épanouissement d'une fleur, la flamme en un coucher de soleil spectaculaire. Et il avait inlassablement rejoué le moment pour le rendre inoffensif.

Oui ! La dernière chose réelle qu'il avait connue, c'était l'explosion.

Derec rouvrit les yeux à la lumière. Une ombre se pencha sur lui, sans visage et presque informe, comme avant. Il essaya de la toucher mais ses bras ne lui obéirent pas.

– Arrêtez le champ de stérilisation, dit la voix et la brume de lumière disparut.

L'ombre devint la tête cuivrée et le torse habillé d'un robot. Le robot le contemplait avec sollicitude.

– Bonjour, répéta-t-il. N'essayez pas de bouger, je vous en prie.

L'esprit de Derec faisait lentement marche arrière, à partir de l'explosion. Il comprenait qu'il n'était plus dans le centre de contrôle. Le robot penché sur lui n'était pas Alpha. Ce qui voulait dire...

– Aranimas a eu ses robots, dit-il d'une voix cassée.

– Pardon, monsieur ?

– Il a gagné, souffla Derec. Je ne me suis pas évadé.

– Monsieur ?

– Dis à Aranimas que je recommencerai...

– Monsieur, je ne demande qu'à transmettre votre

message mais la personne que vous nommez m'est inconnue. Où peut-on trouver cet individu ?

– Aranimas est le maître du navire...

– L'individu était un membre de la compagnie du vaisseau ?

– Oui...

Les réponses du robot commençaient à dérouter Derec.

– Je suis au regret de vous informer, monsieur, qu'aucune personne de ce nom n'a été trouvée quand les paramédecins sont montés à bord...

– Je ne suis pas sur le vaisseau ?

– Vous êtes en convalescence dans un champ de force thérapeutique diamagnétique, plus communément appelée lit d'air ou « aérolit ». Il se trouve dans le pavillon des soins intensifs de l'hôpital de la station Rockliffe.

La vague de soulagement qui inonda Derec à ces mots faillit le priver de toute son énergie. Il referma les yeux et s'abandonna de nouveau au gré des légers courants du sommeil. Il entendait des voix lointaines mais ne s'intéressait plus à ce qu'elles disaient.

– Il est fatigué, dit le robot.

– Nous avons besoin de son assistance, répondit une autre voix.

– Nos besoins sont moins pressants que les siens. Nous devons attendre.

Quand Derec se réveilla pour la deuxième fois, le robot à tête cuivrée était toujours à côté de lui.

– Bonsoir, dit-il en s'approchant. Comment vous sentez-vous ?

Derec fit un effort pour lui adresser un sourire anémique.

– J'étais en train de penser à tous les moments où, la semaine dernière, j'ai fermé les yeux dans un endroit pour les rouvrir dans un autre. A chaque fois, je me suis trouvé dans des circonstances encore pires... jusqu'à mon premier réveil ici.

Le robot hocha gravement la tête.

– Je vous garantis que vous allez recevoir les meilleurs soins.

– J'en suis certain. Tu as un nom ?

– Mon appellation officielle est Spécialiste médical de diagnostic humain 4. Toutefois, le superviseur de la médecine de ce district m'appelle le Dr Galien.

– Pourquoi ?

– Il ne me l'a jamais expliqué. Cependant, j'ai déterminé que Galien était le nom d'un médecin grec de l'ère classique, qui a écrit un ouvrage sur les « forces vitales » habitant le corps. Je crois que mon superviseur a trouvé amusant d'appeler un technicien du diagnostic avancé du nom d'un mystique médical primitif. Comme cette affaire est en rapport avec l'humour, je ne puis proposer de conclusion autorisée.

– Tu as sans doute raison. Tu ne seras pas offensé si je t'appelle Galien ? C'est plus commode que ton nom officiel.

– Pourquoi serais-je offensé, monsieur ?

– Aucune raison, assura Derec.

« Tout au moins quand je le prononce », pensa-t-il. Mais ce superviseur exprimait indiscutablement de l'hostilité. Il nourrissait probablement le secret désir d'être un brave médecin de famille dans un monde de Colons, au lieu d'être un surveillant de robots.

– Où est ton superviseur ?

– Sur Nexon.

Derec connaissait ce nom ; c'était un des plus grands mondes de Spatiaux, le plus éloigné de la Terre, sauf un.

– Tu dis que nous sommes à la station Rockliffe ?

– C'est exact, monsieur.

– Où est ton superviseur local ? Le directeur de l'hôpital ?

– Pour le moment, je suis le directeur de l'hôpital, monsieur.

Derec fronça les sourcils.

– Dans ce cas, tu devrais probablement m'en dire un peu plus sur la station Rockliffe.

– Certainement, monsieur. Que voulez-vous savoir ?

La station Rockliffe, expliqua le Dr Galien, était une installation spatiale séculaire, un relais remontant au temps où un long voyage interstellaire ne pouvait se faire qu'avec de nombreuses escales. Des dizaines de stations relais avaient été construites, alors que les émigrants de la Terre désireux de devenir des Spatiaux colonisaient les cinquante mondes où ils s'installaient définitivement.

Avec l'apparition de moyens de propulsion plus puissants, capables de couvrir l'espace connu en un ou deux bonds, la plupart des relais avaient été abandonnés. Quelques-uns, dont celui-ci, étaient assez bien placés stratégiquement pour survivre à leur fonction initiale.

La station Rockliffe se trouvait au centre d'une des plus vastes régions « ouvertes » sur les bords du territoire des Spatiaux, tournée vers la zone de quarantaine au-delà de laquelle se situaient les mondes des Colons. Il n'y avait pas d'autre monde habitable dans le système stellaire le plus proche, mais une planète avait une croûte assez riche en iridium pour justifier la présence d'un petit centre minier.

Rockliffe avait donc continué d'exister, pour son utilité comme poste d'écoute sur la frontière, port d'expédition pour le minerai traité, et avant-poste militaire au cas où les relations avec les Spatiaux se détérioreraient. Mais toutes ces raisons ne suffisaient pas pour la garder en pleine activité, ni même pour y maintenir une présence humaine.

D'après le Dr Galien, moins de dix pour cent de la station étaient occupés, et uniquement par des robots. La supervision humaine nécessaire se faisait par hypervision et par des visites de vaisseaux, tous les deux mois.

Le personnel de l'hôpital était resté en place en prévision de maladies ou d'accidents parmi les équipages visiteurs, mais les directeurs de Nexon étaient réalistes. Le Dr Galien dirigeait l'hôpital parce qu'il n'avait généralement pas de patients, et le seul autre robot médical en place, un infirmier, travaillait à plein temps au nettoyage et à l'entretien.

Derec ne n'étonnait plus que le superviseur fasse des plaisanteries aux dépens du Dr Galien.

– Vous me paraissez troublé par ces informations, dit le robot. Quel est le problème ?

Derec réfléchit un moment à la question. Effectivement, les explications du robot l'avaient progressivement attristé. Mais, dans le fond, était-ce si grave d'être apparemment tout seul ? La station Rockliffe était au moins un territoire plus ou moins familier, contrairement à la colonie de l'astéroïde et au vaisseau maraudeur. Derec jugea qu'il lui serait plus facile d'imposer sa volonté.

– Non, non, pas de problème, dit-il. Sinon que j'aimerais en savoir un peu plus sur ce qui est arrivé. Comment suis-je arrivé ici ? Tu as parlé d'une équipe paramédicale...

– Je ne connais pas tous les détails. Le dispatcher ou le surveillant du port seraient de meilleures sources de renseignements.

– Dis-moi ce que tu sais.

– Apparemment, ton vaisseau est tombé en panne à la suite du saut. Ce qui est arrivé, au juste, n'est pas très clair. Le dispatcher voudra sans aucun doute connaître les circonstances. Quelles qu'elles soient, ton vaisseau a eu l'air de rejeter ou de lancer un vaisseau plus petit, une navette ou une chaloupe de sauvetage, avant de changer de cap et de se diriger vers la zone Q.

– Ils doivent nous avoir largués après l'explosion... murmura Derec.

– Le petit vaisseau suivait un vecteur d'approche inacceptable et n'a pas répondu aux ordres du dispatcher. Il supposa que c'était une épave et envoya un remorqueur pour l'intercepter et le ramener. Quand on est montés à bord de l'épave, vous avez été découvert et transporté ici.

– On a donc remorqué le vaisseau... notre vaisseau, ici au port ?

– C'est ce que j'ai compris. Mais depuis, je n'ai eu d'autre souci que de vous soigner, bien sûr.

– Bien sûr, répéta distraitement Derec en pensant que si le vaisseau d'Aranimas était là, la clef n'était peut-être pas perdue. Ecoute, Galien, est-ce que je peux me lever et marcher un peu ? Un « aérolit » est confortable mais j'en ai assez d'être couché. Je pourrais aller voir dans quel état est le vaisseau, répondre aux questions du dispatcher...

– Je regrette, monsieur. Vos blessures ne sont pas suffisamment guéries pour cela.

– Quelles sont mes blessures ?

– Vous avez subi des brûlures de radiations sur quinze pour cent du corps, principalement sur les bras, la figure et le cou. Trois de vos côtes sont fêlées...

– J'ai dû tomber sur le carreau que je soulevais.

– ... et une esquille a perforé votre poumon droit. Votre tympan droit était crevé aussi et a dû être remplacé.

– Quoi ? Depuis combien de temps suis-je ici ?

– Le vaisseau à bord duquel vous avez été trouvé a accosté il y a six semaines.

– Six semaines ! Est-ce que j'étais dans le coma ?

– Les brûlures étaient extrêmement douloureuses, tout comme la chirurgie de reconstruction dermique.

Je vous ai maintenu sous narcose chimique pendant le traitement et durant la première phase de la convalescence...

– Je devrais être reconnaissant. Mais six semaines...

Tout à coup, Derec se souvint qu'il n'était pas seul à bord du grand vaisseau maraudeur.

– Où sont les autres ? Wolruf... Alpha... la fille... Qu'ont-ils fait pendant que j'étais endormi ?

– Je regrette. Les seules personnes découvertes étaient vous-même et une jeune humaine.

Le cœur de Derec se serra. Cela ne voulait pas dire que Wolruf était morte et Alpha détruit ; il y avait une petite chance, peut-être même une bonne chance qu'ils soient encore dans le corps principal du vaisseau, resté dans l'espace. Mais cela voulait-il dire qu'il s'était échappé, qu'il avait survécu et n'avait pas tenu la promesse faite à la caninoïde ?

– Pardon, Wolruf, souffla-t-il.

– Plaît-il, monsieur ?

– Rien. Parle-moi de la fille.

– Elle a été découverte près de vous dans le vaisseau...

– Ce n'est pas ce que je veux dire ! Dis-moi où elle est.

– L'état physique de la patiente Katherine...

– Katherine ? C'est son nom ?

– Aurais-je commis une erreur ?

– Non, non, c'est elle... Où est-elle ?

Le Dr Galien se tourna sur sa droite et fit un geste.

– Infirmier, tirez le rideau.

Derec tourna la tête. Ce qu'il avait pris pour la cloison de sa chambre devint subitement transparent, lui permettant de voir une svelte silhouette humaine planant dans un halo de lumière. Elle était entièrement nue et il se détourna. Au même instant, il s'aperçut qu'il était nu lui aussi, ce qui était normal et pratique dans un hôpital, mais cela le surprit tout de même.

– Comment va-t-elle ?

– Ses blessures tégumentaires étaient plus graves que les vôtres mais guérissent bien. Naturellement, son état chronique demeure inchangé.

– Quel état chronique ?

– Excusez-moi, dit le robot et il hésita. Je vois que j'ai commis une erreur. Comme vous voyagiez ensemble, je n'ai pas pensé que je trahirais un secret en évoquant le dossier médical de Katherine. Il va falloir que je me cite au rapport pour cette indiscrétion.

– Ce n'est pas ce qui m'intéresse ! dit impatiemment Derec. Est-ce qu'elle est réveillée ?

– Non. Et nous ne vous aurions pas permis de vous réveiller si nous n'avions eu besoin de votre assistance, répondit le Dr Galien en faisant un nouveau geste de la main. Fermez le rideau.

– Mon assistance pour quoi ? demanda Derec tandis que la cloison redevenait opaque.

– Au cours de votre hospitalisation, monsieur, certains soins vous ont été donnés. C'était non seulement notre devoir mais aussi notre plaisir de vous secourir. Néanmoins, en tant qu'administrateur de l'hôpital, je suis obligé de déterminer si vous êtes solvable ou si les frais doivent être portés sur le compte des opérations régulières de l'établissement.

– J'ai été réveillé pour présenter ma carte d'assurance ?

– Il y a aussi la question du dossier médical. Nous pouvons déterminer directement l'apport génétique, mais il n'est pas toujours possible de connaître tous les états synergiques résultant d'un complexe génétique particulier. Dans votre cas, j'ai été forcé de suivre des paramètres modérés, ce qui a eu pour effet de prolonger quelque peu votre guérison...

– Je ne comprends pas. Et elle, alors ? Tu dis qu'elle est plus grièvement blessée que moi. Est-ce qu'il n'aurait pas été plus important de chercher à savoir qui elle est et d'obtenir son dossier médical ? Pourquoi moi et pas elle ?

– Pendant que vous étiez sans connaissance, monsieur, nous avons essayé de vous identifier par tous les systèmes standard. Nous n'avons pas réussi.

– Les systèmes standard...

– Au moyen des empreintes digitales, du rétinographe, du type protidique sanguin absolu et de l'analyse chromosomique. Nous avons été incapables de trouver des correspondants.

– Pas étonnant ! Je ne suis pas d'ici.

– Monsieur, par hyperonde nous avons un accès direct aux archives de tous les mondes de Spatiaux.

– Vous vous êtes adressés à l'état civil d'Aurora ?

– Oui. Nous n'avons pas trouvé de dossier correspondant.

– Mais je suis de là-bas ! Je le sais !

– Je crains que ce ne soit impossible. Aurora tient scrupuleusement à jour son fichier, sur tous ses citoyens, dans le cadre de son programme de contrôle démographique. Si vous étiez d'Aurora, cette conversation ne serait pas nécessaire.

– Mais tu as découvert qui elle est.

– C'est exact. Le dossier complet de Katherine m'a été communiqué.

Avec une fureur soudaine, Derec demanda :

– Veux-tu me faire croire que tu as consulté les fichiers de citoyenneté de cinquante planètes sans découvrir mon identité ?

– Oui, monsieur. Nous avons examiné les archives de cinquante-cinq mondes, y compris la Terre et les quatre planètes de Colons les plus proches. Nous avons un droit d'accès aux archives d'état civil de la plupart des Spatiaux. Malheureusement, ces dossiers-là ne sont pas aussi complets que ceux dont nous avons l'habitude et, dans certains cas, ils ne sont même pas centralisés. De plus, certains mondes exigent des honoraires exorbitants pour répondre à des demandes de données de Spatiaux, et sont ensuite d'une lenteur excessive à répondre. Pour toutes ces raisons, il nous a semblé qu'une demande d'informations directe s'imposait. Par conséquent, monsieur, pourriez-vous nous dire qui vous êtes, s'il vous plaît ?

Derec éprouva une brusque sensation de vide.

– Je ne demanderais pas mieux, dit-il d'une voix sourde. Par les astres ! Je ne demanderais pas mieux !

KATE

– Très intéressant ! s'exclama le Dr Galien. vous voulez dire que vous n'avez pas le moindre souvenir personnel ?

Derec répéta la litanie, devenue familière, des événements qui avaient débuté à son réveil, dans la capsule de survie. Comme il commençait à être fatigué de ce récit et qu'il voulait éviter les questions, il passa sur certains détails. Il omit, par exemple, de révéler que le vaisseau maraudeur était aux mains d'extraterrestres.

– Je vais devoir rectifier votre dossier et prendre en compte votre amnésie, dit le robot quand Derec eut fini. C'est un problème beaucoup plus fascinant que vos blessures. Je dois vous avouer que l'amnésie est un de mes dadas.

– Comment ça, un dada ?

– Peut-être devrais-je dire ma spécialité, mais ce mot définit mal la profonde satisfaction intellectuelle que cet état me procure.

– Combien de cas as-tu déjà traités ?

– Vous êtes mon premier cas. Je suis extrêmement heureux de cette occasion.

– Ton premier cas ? s'étonna Derec. Alors comment peux-tu te croire un spécialiste ? Et comment peux-tu être fasciné ou heureux ? Tu n'es pas programmé pour éprouver des émotions.

– Strictement parlant, c'est exact, reconnut le Dr Galien. Mais le concept de la perte d'identité d'une personne a toujours créé l'état positronique positif que j'associe au mot *fascination*. Voyez-vous, du fait de la structure mnémotechnique du cerveau positronique, il est tout à fait impossible qu'un robot oublie quoi que ce soit, surtout sa propre identité. L'amnésie n'a aucune analogie chez les robots.

– L'attrait de l'inconnu...

– Les robots diagnosticiens, comme moi, sont construits avec une curiosité intégrale renforcée, expliqua Galien. Peut-être est-ce un facteur de causalité.

Derec eut l'impression qu'on lui faisait un cours sur sa propre spécialité.

– Mais les cerveaux positroniques s'égarent à tout propos, protesta-t-il. Ils sont vulnérables aux radiations dures, aux dérèglements de l'alimentation en énergie, toutes sortes de choses peuvent leur causer une panne.

– C'est exact, Derec. Mais les conditions que vous évoquez ont pour résultat un arrêt du fonctionnement mental et, dans certains cas, la destruction du cerveau positronique. En revanche, les humains sont fréquemment capables de continuer de fonctionner même avec une panne mentale aussi importante. C'est précisément ce que je trouve fascinant. Et je crois que les robots ont beaucoup à apporter à l'étude du fonctionnement du cerveau humain, y compris des défauts de mémoire.

– Pourquoi ?

– Je note que de nombreux philosophes humains ont reconnu que la recherche de la connaissance de soi est la plus difficile de toutes les recherches. Le cerveau humain a le plus grand mal à considérer et à analyser le cerveau humain. Ses limites l'empêchent de voir ses limites.

Derec tomba d'accord avec le robot.

– Oui, la seule chose qu'une caméra ne peut pas

filmer, c'est elle-même. La seule chose qu'une règle ne peut mesurer, c'est elle-même.

– En effet. La question des différentes fonctions du cerveau humain ont été par conséquent les plus lentes à se prêter aux investigations des chercheurs humains. Beaucoup d'aspects du comportement humain restent des énigmes, malgré des siècles d'études neurologiques et biochimiques.

– Alors que crois-tu pouvoir faire, toi ?

Le Dr Galien écarta les bras.

– Les cerveaux positroniques ne se sont pas développés en copiant le fonctionnement du cerveau humain. Ils ont évolué en copiant le comportement humain. Tout en étant le produit du cerveau humain, le cerveau positronique représente donc une forme distincte d'intelligence et une perspective différente.

– Es-tu en train de me dire que le cerveau positronique est plus capable que le cerveau humain ?

– La clef, c'est qu'un robot fait ce qu'il fait autrement qu'un cerveau humain, répondit diplomatiquement le Dr Galien. Je suis convaincu que c'est une invention du cerveau humain qui finira par dévoiler les secrets du cerveau humain. Je suis donc heureux d'avoir l'occasion de faire mieux qu'étudier et spéculer.

Derec secoua la tête.

– N'y compte pas. Je ne suis pas un animal de laboratoire.

– Pardonnez-moi. Dans mon enthousiasme, j'ai négligé de vous préciser que mon intérêt primordial est de vous aider. Il y a des tests auxquels je peux procéder pour déterminer la cause de votre état. Selon la cause, il peut y avoir des mesures à prendre pour rectifier la situation.

– Tu veux dire que tu pourrais me rendre la mémoire ?

– Je n'en connaîtrai la probabilité qu'après vous avoir examiné.

Derec considéra avec scepticisme cette promesse de guérison.

– Ecoute, je ne vais pas rester ici très longtemps. Alors, ne commençons pas quelque chose que nous n'aurons pas le temps de terminer.

– Je ne comprends pas.

– Tu dis que des vaisseaux passent ici tous les deux mois. Je suis ici depuis six semaines, alors mon moyen de transport pour partir d'ici devrait arriver dans quinze jours, peut-être moins.

– Non, Derec, vous vous trompez. Le *Fariis* est passé pendant votre anesthésie. Le prochain vaisseau, l'*Hermitage* arrivera dans six semaines et trois jours.

Derec ouvrit de grands yeux.

– Un vaisseau est déjà passé ? Mais alors, pourquoi suis-je encore ici ?

– Les installations médicales de la station sont supérieures à celles de *Fariis.* Il n'était pas possible de vous confier à l'équipage dans votre état.

Derec soupira et ferma les yeux.

– C'est bon. Sonde-moi tant que tu voudras. Mais attention ! ajouta-t-il en se redressant, je veux savoir exactement ce que tu fais avant que tu ne commences. Tu entends ?

– Merci, Derec, dit poliment le robot. Que savez-vous de l'amnésie ?

– Rien que ce que je vois à l'hypervision.

– C'est malheureux.

– Ce n'est qu'une façon de parler, voyons ! En réalité, je ne me souviens même pas de ça.

– C'est aussi bien, estima Galien. L'amnésie est utilisée en fiction depuis des siècles, comme base commode d'intrigue et le plus souvent en opposition avec les faits connus. En général, dans ces œuvres de fiction, la victime reçoit un coup sur la tête, oublie tout et mène une nouvelle vie et puis, à la dernière scène, un nouveau coup sur la tête lui rend la mémoire.

– Ça me dit quelque chose, oui. J'ai dû voir une ou deux histoires de ce genre, avoua Derec.

– Tâchez de les oublier, s'il vous plaît, conseilla le robot. Elles ne feraient que gêner la compréhension.

Les examens commencèrent par les causes physiques possibles. Le Dr Galien fit subir à Derec une analyse corticale, un test de réaction à l'endorphine, trois différents scannings non destructifs du cerveau, et même une biopsie et une culture, en cas d'encéphalite.

– La conscience de votre perte de mémoire est un indice, comme l'est votre intelligence, apparemment intacte, dit-il. Vous avez conservé le sens de passage du temps et le rapport avec les événements. Tout cela est significatif.

Mais malheureusement, la somme de tous les indices ne donna rien ; les tests ne révélèrent rien. Derec apprit quelques mots savants relatifs à son état mais rien sur lui-même.

– Je ne trouve aucune cause physique, conclut à regret le Dr Galien à la fin de la semaine. Votre cortex, votre thalamus, votre bulbe rachidien, tout est normal. Et pourtant vous n'avez réagi à aucune thérapie psychogénique, à ma connaissance. Je suis désolé, Derec. Je vous ai déçu.

– Ne le prends pas tellement à cœur, répondit Derec en soupirant. Je commence à m'habituer à vivre dans le noir.

Au cours des multiples examens, le Dr Galien avait progressivement permis à Derec une plus grande liberté de mouvement, jusqu'à ce qu'il puisse se promener dans tout le complexe de l'hôpital. Physiquement, il était presque complètement guéri. Sa nouvelle peau n'était plus douloureuse au toucher et devenait moins sensible aux variations de température. Ses côtes s'étaient ressoudées pendant qu'il était sous anesthésie et il ne gardait de ses fractures qu'une douleur sourde quand il respirait profondément ou s'étirait trop fort.

Malgré ces progrès le Dr Galien s'obstinait à garder Derec en observation. Il accepta tout de même de le laisser quitter le pavillon des soins intensifs pour s'installer dans une chambre particulière aux aménagements plus traditionnels. La réticence du robot n'était pas très surprenante. Leur responsabilité particulière due à la Première Loi faisait des robots médecins des praticiens d'une prudence excessive.

Derec soupçonnait cependant que ce n'étaient pas ses blessures physiques qui intéressaient le Dr Galien, mais l'état de son cerveau. C'était là la raison pour laquelle il voulait le garder à sa disposition pendant qu'il soignait Katherine. Comme il ne pouvait être au chevet de deux malades en même temps, Galien avait ses deux patients sous la main.

Derec ne pouvait pas ordonner à Galien de ne plus s'inquiéter de lui, aussi se résigna-t-il à vivre dans les limites imposées par le robot. Par certains côtés, il était heureux d'être dégagé de toute responsabilité. Son corps avait eu le temps de guérir, mais son esprit se rappelait encore trop nettement l'éruption à la surface de l'astéroïde, l'abominable douleur électrique bleue du stylet, l'éclair brutal du carreau miné lui explosant au visage. Il avait droit à quelques jours de paix.

Du moins le pensait-il. Mais une journée d'inaction suffit à satisfaire ce besoin. Le lendemain matin, il n'attendit pas la visite et l'examen rituels du Dr Galien mais partit à la recherche du médecin. Il le trouva devant un écran biomédical, au pied du lit de Katherine, dans le PSI.

– Bonjour, Derec, dit le robot. Je regrette d'avoir été retardé. Comment vous sentez-vous ce matin ?

– Enervé. Je suis prêt à reprendre une vie normale.

– Mais vous traversez un épisode amnésique. La vie normale ne vous est pas possible en ce moment.

– Je me contenterai d'un ersatz. Je ne peux pas rester sans rien faire en espérant que ma mémoire reviendra.

– Qu'avez-vous envie de faire ?

– Je ne le saurai qu'après avoir appris ce qui a été déjà fait pour moi. A part les robots de la station, qui sait que je suis ici ? Quelqu'un essaie-t-il de découvrir qui je suis ?

– Je ne saurais le dire, répondit le Dr Galien. Je suis certain que le directeur de la station a signalé votre arrivée au superviseur du district, à Nexon, comme je l'ai moi-même signalée au superviseur médical. Cette information a pu être transmise, depuis, à divers services intéressés. Pourquoi ? Voulez-vous contacter quelqu'un ?

– Elle ! répliqua Derec en désignant Katherine endormie. Dans combien de temps vas-tu la réveiller ?

– J'ai conclu il y a quelques jours qu'elle détenait peut-être la clef de votre perte de mémoire, et j'ai décidé de la laisser se réveiller à la première occasion, dès que sa santé ne sera pas en danger. On lui a supprimé la substance narcotique à minuit. D'après ses ondes cérébrales, elle est en train de rêver. Je m'attends à son réveil dans la matinée.

Derec regarda autour de lui. Il n'y avait aucun siège, rien où s'asseoir, sauf par terre.

– Inutile de la veiller, dit le Dr Galien comme s'il lisait dans sa pensée.

– Je veux être là quand elle se réveillera.

Le Dr Galien hocha la tête, d'un air compatissant.

– Je promets de vous appeler.

Derec passa près de deux heures devant un livre-film intitulé *Les Architectes de la machine.* Il espérait trouver, dans les brèves biographies d'ingénieurs et de stylistes célèbres, qui était le « minimaliste » responsable de la colonie de l'astéroïde. Toutes les preuves tangibles ayant été détruites, c'était une des rares pistes inexplorées qui lui restaient. Le génie avait fatalement laissé des traces.

Mais trois seulement des biographies concernaient des artistes contemporains : le roboticien Fastolfe, March, le génie havaléen de la micromagnétique et l'écologiste humain Rutan, dont les services étaient très demandés par les riches Spatiaux d'une douzaine de mondes.

Tous trois avaient connu la célébrité et étaient acclamés par des gens qui ignoraient les bases mêmes de leurs spécialités. Mais le milieu des ingénieurs possédait ses propres gloires, désignées selon ses propres critères. Tous les milieux fermés étaient logés à la même enseigne et connaissaient des personnes qui avaient mérité le respect et l'admiration de leurs confrères tout en restant totalement inconnues en dehors d'une petite coterie. Fastolfe bénéficiait de la reconnaissance de ses pairs, mais March était considéré comme un fabricant de jouets ; quant à Rutan, il passait pour un plaisantin.

Derec avait bien besoin de l'opinion de quelqu'un de la partie, d'un homme qui connaîtrait son mystérieux génie...

– Maître Derec, pardon de vous interrompre.

Derec sursauta et se retourna. C'était l'infirmier. Comme le Dr Galien, ce robot était victime du sens de l'humour du superviseur.

– Oui, Florence ?

– Le Dr Galien dit que vous devez venir tout de suite.

Derec se leva en repoussant la visionneuse.

– J'arrive !

Quand il arriva au PSI, les clignotants de stérilisation étaient déjà éteints et Katherine commençait à se réveiller. Elle portait une longue robe beige, l'étiquette ayant changé en même temps que l'idée que se faisait le robot Galien de leurs rapports. Derec attendit pendant que le Dr Galien se penchait sur Katherine et lui parlait à mi-voix.

– Bonjour, dit-il. N'essayez pas de bouger.

Mais elle souleva la tête de quelques centimètres pour examiner la salle.

– Hôpital ? demanda-t-elle d'une voix enrouée.

– Oui, Katherine. Je suis le Dr Galien.

– Sur quelle station ?

– La station Rockliffe.

Elle hocha la tête et regarda Derec derrière le robot.

– Sacré sauvetage !

Malgré l'enrouement, il perçut dans la voix de la jeune femme un rire qui ne lui plut pas. S'avançant d'un pas, il répliqua assez froidement :

– Nous sommes tous deux en vie, n'est-ce pas ?

– Ce qui tend à prouver qu'il n'y a pas de justice dans la galaxie, marmonna-t-elle en fermant les yeux. Je croyais que vous auriez tout de même eu la prudence de neutraliser le système de sécurité d'Aranimas avant de fouiller dans ses petites cachettes.

– Ecoutez, je regrette que ça ne se soit pas mieux passé, mais nous nous sommes échappés. Et il y avait quelque chose dont nous devions parler, une fois évadés...

Elle battit des paupières et se tourna vers le robot.

– Docteur Galien, les maux de tête reprennent. Veux-tu prier Derec de s'en aller, s'il te plaît ? Je ne suis pas en état de recevoir des visites.

– Il ne vous faudra que quelques secondes pour me dire mon nom, le nom de mon monde natal...

Mais le Dr Galien intervint et repoussa Derec vers la porte, avec douceur et fermeté.

– Je comprends votre impatience, Derec, mais je dois aussi considérer la santé de Katherine. Je tâcherai d'apprendre ce que je pourrai. Quand elle aura repris des forces, vous pourrez de nouveau lui parler. Si elle y consent.

Derec mit son dépit dans sa poche et son mouchoir par-dessus et sortit de l'hôpital par la porte principale pour faire un tour. Il était sûr que le Dr Galien allait le signaler ou envoyer un robot pour le ramener au bercail, mais il s'en moquait. Il était incapable d'attendre calmement. Etre si près des réponses à ses questions, de la promesse de retrouver son identité... l'épreuve était au-delà de ses forces.

Le secteur de la station où se trouvait l'hôpital était un tombeau. Il suivit des rues chichement éclairées entre des magasins fermés et des immeubles résidentiels. Seules les artères principales étaient illuminées. Les rues transversales et les cours étaient des trous noirs.

Aucun robot ne le poursuivit. Il marcha, marcha jusqu'à ce qu'un peu d'ordre revienne dans son esprit troublé, puis il revint sur ses pas. Il traversa les salles de réception et entra dans le cabinet du Dr Galien.

– Elle t'a dit quelque chose ?

– Elle n'a été capable de m'apporter aucun éclaircissement sur votre affection.

– Tu as discuté de mon état avec elle ? Mais tu ne voulais pas me dire...

– Rectification. Elle était déjà au courant de votre état.

– Qu'est-ce qu'elle a fait, elle t'a demandé conseil pour savoir comment me traiter ?

– Derec, je vous promets que Katherine et moi n'avons pas parlé de la conversation entre vous et moi.

Croisant les bras, Derec poussa un gros soupir.

– Je ne comprends pas pourquoi elle fait tant de mystères. Si elle sait quelque chose à mon sujet, elle devrait me le dire ! Tu ne trouves pas ?

– L'opportunité d'une révélation varie selon les cas. Tout dépend de l'individu, de la cause du défaut de fonctionnement et de la nature de la révélation personnelle, répondit posément le robot Galien.

– Tu ne veux même pas me mettre sur la voie, hein ?

– Je regrette, mais je ne le peux.

– Je peux la voir ?

Le robot se tourna vers un des deux écrans de contrôle encastrés dans le mur.

– Elle est réveillée et son algie est modérée. C'est à elle de décider.

– Eh bien, je vais aller voir ce qu'elle a à dire !

Ils trouvèrent Katherine assise dans son lit.

– J'espérais que quelqu'un viendrait me voir, annonça-t-elle avec un sourire.

– Vous m'avez donné de bonnes raisons de venir, répliqua Derec en cherchant vainement une chaise à rapprocher du lit.

Le visage de Katherine s'assombrit.

– Ecoutez, Da... Derec, dit-elle en butant sur son nom comme si elle l'avait oublié, j'ai peur que vous ne soyez fâché contre moi. Nous avons beaucoup de choses à revoir ensemble, tout ce qui s'est passé à bord du vaisseau. Je ne pense pas devoir commencer par le peu que je sais de vous.

Derec jeta au Dr Galien un regard noir et venimeux.

– Qu'est-ce que ça veut dire ? Qu'est-ce que tu lui as raconté ? Je croyais que tu voulais m'aider...

– Je ne puis faire autrement, dit calmement le robot.

La vérité de la remarque calma la brusque colère de Derec. Il se tourna de nouveau vers Katherine.

– Ainsi, vous allez garder vos secrets.

Elle secoua la tête.

– Derec... disons que vous étiez président de New Liberty...

– New Liberty est gouverné par un conseil d'administration, interrompit Derec.

– Peu importe. Disons que vous étiez président de New Liberty et que vous avez perdu la mémoire. Si je vous dis que vous étiez président, est-ce que ça fera de vous le président ? Est-ce que vous êtes capable de vous conduire comme la personne que vous étiez simplement parce que vous l'aurez appris ?

Derec détourna les yeux.

– J'en doute. Mais entendre mon nom pourrait me rappeler...

– Il est beaucoup plus probable que cela vous causera de l'anxiété, intervint le Dr Galien. Le plus souvent...

Derec ouvrit la bouche pour l'interrompre mais Katherine fut plus rapide.

– Va-t'en, docteur Galien. Retourne dans ton bureau et laisse-nous seuls. Ne me surveille pas et ne nous écoute pas. Nous t'appellerons si nous avons besoin de toi.

Le robot hésita avant d'incliner la tête, et sortit.

– Vous n'aviez pas besoin d'être si autoritaire ! s'exclama Derec, surpris par le ton de la jeune femme. Je parie que vous avez alimenté son complexe d'infériorité et qu'il va mettre une heure à s'en remettre !

– Je m'en fiche ! Les robots médicaux sont exaspérants. Ils ont dix mille opinions mais ils ne savent rien. Et ils ne sont pas fichus de comprendre ce qu'une personne éprouve quand elle est malade, n'est-ce pas ? Parce que ce sont des mécaniques, qu'ils ne tombent jamais malades et qu'ils ne meurent jamais.

« Est-ce de cela que vous souffrez ? se demanda Derec en la contemplant. Est-ce que vous mourez d'une maladie que les robots médecins ne peuvent guérir ? Est-ce de cela que le Dr Galien ne veut pas parler ? »

Avant qu'il ne trouve le courage de lui poser sa question à haute voix, elle le regarda et tapota le lit à côté d'elle.

– Vous n'allez pas rester debout comme ça, là-bas ? Ce champ peut nous contenir tous les deux.

Après un instant d'hésitation, Derec s'approcha et s'assit sur le bord du lit, aux pieds de Katherine.

– Là, c'est mieux, dit-elle. Comme ça, j'ai moins l'impression d'être une prisonnière qu'on interroge.

– Je ne sais trop de quoi nous pouvons parler.

– Eh bien... Je suis sûre qu'il s'est passé dans l'astéroïde beaucoup plus de choses que ce que vous m'avez raconté à bord du vaisseau. Et puis il y a le vaisseau et tout ce qui nous y est arrivé. Et finalement, il y a moi.

– Commençons par là, par vous. Votre nom, par exemple. Le robot vous appelle Katherine.

– Je suis Katherine Ariel Burgess pour ma mère et pour les ordinateurs. Tous les autres m'appellent Kate. Mon père disait que le fait de m'appeler Katherine constituait un bel exemple de publicité mensongère, car personne n'était prévenu contre la personne que je suis réellement. Katherine, bien jolie, bien polie, avec des robes à col montant, etc. Kate, c'est...

– Langue acérée, volonté opiniâtre et je suis capable de me défendre toute seule, merci ! proposa Derec.

Elle rit comme s'il la complimentait.

– Quelque chose comme ça. Mon père disait que j'étais « épicée ».

– Je m'en tiendrai à Katherine. Que faisiez-vous dans le vaisseau d'Aranimas ?

– J'étais prisonnière, tout comme vous. Mes robots et moi avons été enlevés, à bord d'un long-courrier. Ah ! Je viens de me rappeler ! dit-elle en claquant des doigts. Où est la clef ? Vous ne l'avez pas laissée aux robots, j'espère ?

– Je ne sais pas où elle est, avoua-t-il. Je ne sais même pas si elle était là où je la cherchais.

– Le vaisseau est-il ici ? Y êtes-vous retourné ?

– Par les astres ! Je n'en sais rien ! Je ne suis même pas sorti de l'hôpital avant ce matin. Voulez-vous me dire pourquoi la clef est si importante ? Qu'est-ce que c'est ? La clef de quoi ?

– Je ne sais pas, avoua gravement Katherine. Je sais seulement qu'Aranimas pensait qu'il la lui fallait à n'importe quel prix. Attendez... Il me semble que vous m'avez dit que la clef était à vous. Et vous ne savez pas pourquoi elle est importante ?

– Elle est à moi, oui. Récupération d'épave dans l'espace. Ou cadeau. Dans un sens comme dans l'autre, elle est mon bien.

– Mais vous ne savez pas ce que c'est ?

– Non.

Katherine eut l'air déçue.

– Vous le savez peut-être... mais c'est une des choses que vous avez oubliées ?

– C'est possible. Aranimas est-il venu sur l'astéroïde dans le but de chercher la clef ? Ou parce que j'y étais ?

– Je ne crois pas...

– Qu'est-ce que vous ne croyez pas ?

– Je pense qu'il est allé exprès sur l'astéroïde. Je ne crois pas qu'il savait que la clef y était. Je suis presque certaine qu'il ne savait pas que vous étiez là. Je crois que vous avez eu de la chance. Ou de la malchance ?

Derec réfléchit.

– De la chance, finalement. J'aime mieux être ici, sur Rockliffe, que sur l'astéroïde.

– De la chance, donc... Ecoutez, si la clef est à vous, si vous la tenez dans vos mains, elle vous aidera peut-être à vous rappeler quelque chose. Et même si elle ne vous rappelle rien, nous avons besoin de savoir où elle est. Aranimas avait une bonne raison de la vouloir à ce point.

– Wolruf l'appelait le bijou quand elle en parlait à Aranimas, murmura Derec, tout pensif. Mais je ne pense pas qu'elle voulait dire exactement cela.

– De toute façon, c'est un objet précieux. Allons-nous essayer de la retrouver, oui ou non ?

– Nous ?

Pendant un bref instant, Derec se sentit hérissé, sur la défensive. Puis il se souvint de sa solitude dans le vaisseau maraudeur. Il se sentait maintenant un peu comme chez lui... mais pas Katherine, évidemment. Elle souffrait, elle était seule, elle voulait être son amie. Et, surtout, elle savait qui il était... et voulait l'aider à se souvenir.

– Bien sûr, dit-il. Oui, c'est ce que nous allons faire, naturellement !

ZÉRO SEPT B

Malgré les bonnes intentions de Derec, l'alliance faillit se désagréger avant même d'avoir commencé. Il avait imaginé l'arrangement dans le rôle du chef ; il prenait toutes les décisions et Katherine le suivait docilement. Il s'aperçut très vite que c'était avec Kate, et non avec Katherine qu'il avait conclu un pacte.

Il avait hâte de partir à la recherche de la clef. Le Dr Galien n'ayant pas protesté quand Derec s'était aventuré hors de l'hôpital, il estimait avoir gagné le droit de se promener à sa guise, où il voulait. Mais il faudrait attendre au minimum plusieurs jours avant que cette liberté ne soit accordée à Katherine.

Quand Derec proposa de partir seul en éclaireur, et de venir faire à Katherine un rapport sur ses découvertes, elle déclara avec fermeté :

– Nous irons ensemble ou pas du tout. Si nous devons former une équipe, il nous faut travailler en équipe.

– Former une équipe, ça ne veut pas dire que nous serons enchaînés l'un à l'autre ! Chacun doit faire ce qu'il fait le mieux et, pour le moment, je peux jouer le rôle de celui qui a des yeux et des oreilles.

– Que comptez-vous faire ?

– Aller parler au surveillant du port et au directeur de la station. Demander ce qui s'est passé pendant que vous étiez ici.

– Ce sont des robots. Faites-les venir ici !

C'était raisonnable et Derec fut irrité de ne pas y avoir pensé le premier. Depuis qu'il avait repris connaissance il songeait à interroger le personnel de la station, mais il s'était toujours vu allant le trouver. Il comprit soudain qu'il avait fait une supposition automatique : ils sont trop occupés, ils n'ont pas le temps de venir me voir.

Pas un instant l'idée ne lui était venue de leur donner l'ordre d'abandonner un moment leur travail. Katherine, elle, y avait pensé tout de suite. Derec vit là une différence importante entre eux deux, une question de classe, de culture qui avait formé leur attitude à l'égard des robots.

Lui respectait en quelque sorte leur travail et l'importance de leurs tâches, et il les traitait plus ou moins comme des égaux, alors qu'elle les considérait comme des serviteurs. Il n'aurait su dire si cela signifiait qu'elle avait une plus grande expérience que lui des robots.

Malgré tout, c'était encore une petite pièce du puzzle. Il n'était pas comme Katherine. Ils venaient de mondes différents, sur le plan culturel sinon géographique. Il se demanda alors comment elle pouvait le connaître.

Toutes ces pensées cascadèrent en un éclair dans la tête de Derec, lui permettant de poursuivre la conversation après un quart de seconde d'hésitation.

– Ecoutez, je veux bien partager la prise de décision. Nous pouvons peut-être faire venir les robots ici. Mais il y a le vaisseau. Je dois aller y jeter un coup d'œil.

– C'est une chose que nous devons faire ensemble.

– Pourquoi ? Qu'y avez-vous caché, que vous ne voulez pas que je retrouve ?

Katherine croisa les bras et soupira.

– Si vous comptez me soupçonner continuellement, ça ne va pas marcher comme sur des roulettes !

– Je ne vous soupçonne pas ! s'écria Derec en levant les bras au ciel. Je ne comprends pas pourquoi vous ne voulez pas me perdre de vue.

– Et moi, je ne comprends pas votre précipitation. Vous dites que nous sommes une équipe mais vous voulez faire cavalier seul !

– Je me presse parce qu'il faut que nous y arrivions les premiers, répliqua impatiemment Derec. Il ne faut pas que d'autres s'emparent de la clef.

Elle le considéra d'un œil ironique.

– Nous sommes ici depuis six semaines. Vous vous figurez peut-être qu'ils nous ont tirés d'affaire et qu'ils ont mis le vaisseau sous clef quelque part, jusqu'à ce que nous soyons en état de le réclamer ? Réfléchissez ! C'est un vaisseau stellaire extraterrestre. Combien de temps croyez-vous qu'il leur a fallu pour constater qu'ils n'en avaient encore jamais vu de ce type, et pas seulement du point de vue de la forme mais de toute la technologie ? C'est un poste frontière, ici. Vous croyez qu'ils trouvent naturelle l'arrivée inopinée d'un vaisseau non immatriculé, avec deux humains blessés à bord ?

A retardement, Derec comprit enfin.

– Ils l'ont entièrement examiné, ils l'ont photographié, radiographié, et tout le bazar. Ils ont même pu le démonter, envoyer les pièces par le *Fariis* aux agences du district. Et ils doivent se poser des questions sur nous.

– Naturellement ! C'est pourquoi j'ai renvoyé le Dr Galien.

– Vous pensez qu'il nous espionne ?

– Tous les robots espionnent leur maître ! dit-elle amèrement.

– Pardon ? fit Derec, surpris par sa véhémence.

– Rien. Nous devrions jouer les idiots pendant un moment, faire ce qu'ils attendent de nous... jusqu'à ce que nous comprenions dans quel jeu nous avons été embarqués.

– Jouer les incapables et les imbéciles...

– Parfaitement. Parfois, c'est ce qu'il y a de plus intelligent.

A leur demande, le Dr Galien fit apporter un « multicom » dans le PSI et le brancha sur le réseau de la station. Très rapidement, ils apprirent que l'accueil de la station Rockliffe ne péchait pas par excès de cordialité.

Le directeur de la station était occupé jusqu'au lendemain matin et pensait que c'était au surveillant du port qu'ils voulaient parler. Le surveillant du port procédait à une révision générale du système de pressurisation des docks, un travail prioritaire qui devait être achevé en un minimum de temps, pourquoi ne s'adressaient-ils pas au dispatcher ?

Le dispatcher refusa de répondre à leurs questions sans l'autorisation du chef de la sécurité, lequel les renvoya à l'administrateur adjoint des opérations. Ce dernier était à un échelon au-dessous du directeur de la station, et c'était sans doute à ce robot qu'ils auraient dû être amenés en premier lieu.

L'administrateur était occupé pour le moment mais serait libre dans une heure, s'ils voulaient prendre un rendez-vous. Il ne semblait pas y avoir d'autre solution. Ils s'inclinèrent.

– Qu'allons-nous faire en attendant ? demanda Derec quand il eut éteint l'écran.

– Nous pourrions faire connaissance...

– Vous voudriez que je vous amuse avec des histoires de ma famille ?

Elle rit. Elle avait un joli rire.

– Peut-être pas.

– Vous pourriez me raconter des histoires de ma famille ?

– Non, je ne pourrais pas.

– Katherine, implora Derec, la seule personne qui

sache quelque chose de moi, c'est vous. Pourquoi ne voulez-vous pas m'en parler maintenant ?

– Pas encore.

– Vous suivez les conseils du Dr Galien ?

– C'est le meilleur moyen, dit-elle en lui effleurant la main.

– Je n'ai pas cette impression ! Mais enfin... Bon. Parlez-moi de vous.

– C'est ennuyeux, prévint-elle.

Il haussa un sourcil.

– Un enlèvement par un engin extraterrestre, c'était ennuyeux ?

– Ma vie est sans intérêt. C'est la première chose passionnante qui me soit arrivée. Mais ce n'était pas précisément un enlèvement.

– Racontez. Comment s'appelait votre vaisseau long-courrier ?

– Le *Golden Eagle*, au départ de Viking. Nous transportions une valise diplomatique à la planète de Frier...

Au premier abord, l'histoire était convaincante.

D'après Katherine, ses robots et elle étaient partis de Viking à bord du *Golden Eagle*, avec le pilote et deux diplomates. Juste avant qu'ils ne se préparent au saut dans la périphérie du système Viking, le pilote avait aperçu le vaisseau d'Aranimas, apparemment à la dérive.

Le prenant pour une épave non signalée – en partie à cause de son aspect, en partie parce qu'ils ne pouvaient entrer en contact radio sur aucune fréquence – ils abandonnèrent leur trajectoire de sortie et allèrent aux renseignements. Tout à coup, ils furent soumis à un tir nourri et leur vaisseau se trouva désemparé. Katherine et les robots furent enlevés par les Naroués, et le courrier abandonné à la dérive. Peu de temps après, le courrier explosa, probablement, dit

Katherine, parce qu'une bombe avait été placée à bord.

Il n'y avait pas de contradictions flagrantes dans son rapport mais plusieurs petits points qui déroutaient Derec. Katherine restait vague au sujet de sa présence à bord du courrier. Au début, elle avait eu l'air de vouloir faire croire qu'elle faisait partie de la mission diplomatique. Mais elle n'était manifestement pas assez âgée pour cela.

Quand il l'interrogea, elle expliqua qu'elle n'était pas une simple passagère, qu'elle avait pris le courrier au lieu d'un vol commercial parce qu'elle ne voulait pas être mêlée à la foule. Il s'étonna qu'un courrier prenne des passagers. Elle répliqua en laissant entendre qu'elle était une personne assez importante pour justifier cette exception en sa faveur.

Mais le plus étrange, et c'était le point sur lequel elle gardait le secret, c'était le comportement du pilote. Les courriers transportaient des personnalités, des fournitures urgentes, des prototypes industriels ou des documents originaux. Il n'était pas logique qu'un pilote de courrier mette en péril sa cargaison pour aller tourner autour d'une épave par curiosité. Normalement, il aurait dû signaler le vaisseau au poste de patrouille de Viking et effectuer son saut, comme prévu.

Derec se souvint que la première fois qu'il avait été question de sa capture, Katherine s'était empressée de changer de conversation. Il se demanda si c'était parce qu'elle n'avait pas encore préparé sa petite histoire. Peut-être lui débitait-elle des demi-vérités pour lui faire passer une espèce de test prescrit par le Dr Galien. Si c'était le cas, il y avait de quoi être vexé.

L'arrivée de l'administrateur détourna ses pensées.

– Je m'appelle Hajime, annonça le robot. Le Dr Galien me dit que vous vous remettez de vos blessures. C'est une bonne nouvelle.

– Surtout pour nous, marmonna Derec.

— Il paraît que vous avez des questions à poser sur votre présence ici. J'espère pouvoir y répondre.

Derec ouvrit la bouche mais Katherine le devança.

— Commence par l'instant où la station a détecté notre vaisseau et dis-nous ce que vous avez observé, ordonna-t-elle.

— Oui, madame. Les capteurs de la station ont détecté un vaisseau non identifié immédiatement après qu'il eut émergé de son saut. Comme vous le savez, la terminaison d'un saut s'accompagne d'une turbulence spatiale mineure comparable à la turbulence atmosphérique causée par une décharge de foudre...

— Nous savons, nous savons, interrompit Derec. La suite.

— Pardonnez-moi, monsieur, dit le robot en s'inclinant brièvement. Je voulais m'assurer que vous compreniez comment nous avons pu détecter votre vaisseau à une aussi grande distance.

— Pourquoi ? A quelle distance étions-nous ?

— A quatre-vingt-trois unités astronomiques. A une telle distance, les capteurs de la station ne peuvent déterminer que la position et la vitesse du vaisseau. Comme aucune identification directe ou indirecte n'était possible, le vaisseau a été classé NPH-07.

— NPH ? demanda Katherine.

— Excusez-moi. Non identifié Potentiellement Hostile.

— Continue, Hajime.

— Merci, monsieur. Nous avons suivi la trajectoire rapprochée de 07 pendant deux jours. Nous commencions à acquérir quelques données préliminaires sur sa masse et son profil quand un événement anormal s'est produit. NPH-07 s'est divisé en deux corps indépendants, NPH-07 A et NPH-07 B. Le plus grand vaisseau, 07 A, a effectué une correction de cap qui l'a propulsé hors de la zone de contrôle de la station...

– Ils nous ont largués et ont fait demi-tour pour s'enfuir, jugea Katherine.

– On le dirait. Le grand vaisseau a-t-il fait le saut ? demanda Derec.

– Pas lorsqu'il était à portée de nos capteurs, monsieur, répondit Hajime. Il est impossible de dire ce qui s'est passé une fois le contact coupé.

Derec et Katherine échangèrent un regard éloquent qui disait : « Ainsi, il pourrait être encore quelque part par là, en attente. »

– Et l'autre vaisseau, 07 B, a continué de se rapprocher ? C'est là que vous nous avez trouvés ?

– Oui, madame. Un éclaireur a été immédiatement envoyé avec, à son bord, une équipe de secours et de récupération.

– Tu peux nous montrer un plan de navigation ? demanda Derec.

– Certainement, monsieur.

Le robot tapa le code sur le clavier de l'hyperviseur et, quelques instants plus tard, le mur du fond se désagrégea dans le vide noir de l'espace.

Tout était là, comme l'avait décrit le robot. Une ligne traçante bleue partant du sommet du schéma indiquait l'approche du maraudeur vers la station, représentée par un hexagone doré, tout en bas. Une épaisse ligne verte partait en diagonale vers le coin supérieur droit, où un mince trait rouge continuait de s'incurver selon la trajectoire initiale. Aux deux tiers du schéma, elle rejoignait une trace dorée montant à la verticale de la station : le vaisseau de sauvetage.

– Pouvons-nous avoir une copie ? demanda Derec.

– Je la classe dans un annuaire à votre nom, dit Hajime.

– L'abordage a-t-il été enregistré ?

– Oui, madame.

– Je voudrais voir l'enregistrement, dit Katherine en faisant signe à Derec de venir s'asseoir au bord du lit, à côté d'elle.

Elle lui prit la main et la pressa fortement, comme si elle cherchait à se rassurer. Ce contact surprit Derec et le troubla.

– L'enregistrement a été fait au moyen du robot témoin, expliqua Hajime. Le « multicom » ne pourra pas montrer toute la largeur de la bande...

– Qu'est-ce que c'est, un robot témoin ? chuchota Katherine à Derec.

– Je vous l'expliquerai plus tard, souffla-t-il.

Les robots témoins avaient un aspect bizarre, avec leur grosse tête sphérique et la fente scanner de trois cent soixante degrés au lieu des capteurs optiques, mais leurs qualités étaient inappréciables dans ce genre d'opérations. Leur unique responsabilité était de se poster de manière que leurs scanners et enregistreurs captent clairement le déroulement des événements. Bien des opérations ratées avaient été reconstituées par les données fournies par les robots témoins, avant d'être détruites.

– ... si vous souhaitez déplacer la fenêtre à droite ou à gauche, à n'importe quel moment, dites-le-moi, s'il vous plaît.

De l'extérieur, le vaisseau d'Aranimas avait l'air d'une grosse pointe de flèche traînant des bouts de ficelle qui fixait la tête à la hampe. La pointe était en fait un corps élévateur perçant l'atmosphère et les bouts de ficelle les restes déchiquetés de plusieurs corridors de transfert qui s'étaient trouvés entre le carrefour hexagonal et les tuyères d'échappement de l'arrière.

Derec et Katherine regardèrent les robots de secours fixer un sabord d'urgence autocoupant sur la coque supérieure. Quand l'anneau de contact du sabord eut brûlé la paroi et fut bien soudé, les robots entrèrent en file indienne, le témoin en avant-garde.

– C'était là qu'Aranimas me faisait vivre, chuchota Katherine quand l'hypervision montra un panoramique de ce pont ressemblant à un grenier.

– Pendant combien de temps ?

– Deux mois. Croyez-moi, ça m'a paru plus long.

Quand le robot témoin eut montré le chemin en descendant vers le pont principal, la première chose qu'ils virent fut un robot debout dans le couloir central.

– Alpha ! s'écria Derec.

– Capek ! dit Katherine au même instant. Où est mon robot ?

Hajime interrompit l'enregistrement.

– Ce robot a été retiré et emporté pour auscultation, diagnostic et réparations.

– Je veux qu'il me soit rendu, tel qu'il est, déclara Derec. Vous n'avez pas le droit de le bricoler sans ordre de travail.

– Le robot a résisté à nos efforts pour vous sauver. On a jugé qu'il opérait d'une manière sous-standard et hasardeuse, et il a été désactivé. Dans de pareils cas, la procédure standard consiste à effectuer un examen complet afin que l'anomalie puisse être signalée au fabricant.

Katherine hochait la tête, approuvait à contrecœur, et Derec, comprenant le conseil, l'imita.

– D'accord. Reprenons.

Quand l'enregistrement reprit, ils se virent pour la première fois. Ils étaient allongés l'un derrière l'autre contre une paroi du couloir central, sur le pont principal. Katherine gémit et détourna les yeux à la vue de son propre visage noirci couvert de cloques, et de ses vêtements ensanglantés. Derec serra les dents et s'efforça de ne pas ressentir de nouveau l'horrible douleur de ses brûlures.

– Je m'en doutais, souffla-t-il. Je m'en doutais.

– Quoi ? demanda Katherine. Qu'est-ce que vous dites ?

– Alpha. Il nous a gardés en vie.

– Vous avez entendu Hajime. Le robot était anormal. Il ne voulait pas les laisser nous sauver.

– C'était simplement la mémoire de défense personnelle qui le rendait prudent. Regardez ! dit-il en montrant du doigt. On ne tombe pas naturellement dans de telles positions, après un accident comme celui-là, on ne s'y met même pas tout seul. Nous avons été déplacés. De plus, nous étions au moins à cinq jours de vol quand j'ai fait sauter cette mine. Il a fallu deux jours et demi au vaisseau de sauvetage pour nous atteindre. Il est indéniable que nous étions très grièvement blessés...

– En effet, murmura-t-elle en frissonnant.

– Je me demandais comment nous avions survécu jusqu'à l'arrivée des paramédecins. Nous aurions dû mourir à bord, tout de suite. Ils n'auraient dû trouver que des cadavres. S'ils n'en ont pas trouvé, c'est grâce à Alpha, affirma Derec puis il s'adressa au robot : Hajime, est-ce que tu peux interrompre l'enregistrement et nous laisser seuls, s'il te plaît ?

– Certainement, Derec.

L'image et le robot se figèrent.

– Qu'y a-t-il ?

– Je veux simplement vous signaler qu'il pouvait y avoir quelqu'un d'autre à bord.

– A quoi pensez-vous ?

– Je me demandais pourquoi Wolruf et le robot étaient si longs à revenir de leur mission. Et si Aranimas avait repris connaissance ? Ils étaient peut-être encore en train d'essayer de l'enfermer quand la bombe a explosé. Alpha sera revenu en courant. Il ne se sera pas soucié d'Aranimas, probablement même pas de ce qu'Aranimas ferait à Wolruf. Aranimas et Alpha ont pu tous deux revenir dans la coque A, avant qu'elle ne soit larguée.

– Et Alpha nous aurait protégés contre lui, tout comme il a essayé de nous protéger contre l'équipe de secours ?

– Cela expliquerait qu'il ait résisté aux robots.

– Aranimas a pu se cacher. C'était son vaisseau. Il

devait savoir où il serait en sécurité. Jusqu'à ce que le vaisseau soit remorqué...

– Exactement ce que je pensais. S'il n'a pas la clef, il la cherche, et nous cherche aussi. S'il l'a, il peut continuer de nous chercher. D'une façon ou d'une autre, la clef n'est pas en sécurité, et nous non plus. Et nous ne pouvons pas nous croiser les bras en croyant que rien ne presse. Nous devons faire quelque chose, et tout de suite.

Katherine baissa les yeux.

– Très bien, dit-elle après un long moment.

– Hajime ! Tu peux revenir.

Le robot se ranima.

– Merci, monsieur. Dois-je poursuivre l'enregistrement ?

– Non. Termine la rediffusion. Nous en avons assez vu, répondit Katherine.

– Très bien, madame. Avez-vous d'autres questions ?

– Oui. Où est 07 B, en ce moment ?

– Je ne sais pas, madame.

Ces mots firent bondir Derec hors du lit, la figure congestionnée.

– Comment ça, tu ne sais pas ? cria-t-il. Tu es le second personnage le plus important de cette station !

– C'est exact, monsieur.

– Et tu ne sais pas où est notre vaisseau ?

– Je sais seulement que 07 B n'est plus au môle où il a été amarré quand il a été remorqué à la station.

– A-t-il été volé ? insista Derec. Veux-tu nous dire qu'il a disparu ?

– Il n'a pas été volé. Il a été déplacé sur ordre du directeur de la station.

– Tu ne pouvais pas le dire plus tôt ? s'écria Katherine d'une voix dure.

– Derec m'a demandé si je savais où était 07 B. Je ne le sais pas, et je l'en ai donc informé.

– Eh bien, trouve-le. Je veux que tu nous y conduises, sur-le-champ.

– Je regrette, dit Hajime. Cela ne m'est pas permis.

– Alors trouve un robot qui en a la permission, ordonna Derec.

– J'ai l'ordre de transmettre toutes les demandes de ce genre au directeur de la station.

Derec soupira.

– D'accord. Tu peux partir.

– Merci, monsieur. Mais puis-je me permettre de poser une question, monsieur ?

– A quel sujet ?

– Vous continuez de dire « notre » vaisseau pour 07 B ; est-ce par habitude ou par affection ?

– Que veux-tu dire ?

– J'ai été informé que le vaisseau auquel a été attribué le nom de 07 B n'est plus votre propriété.

DANS L'OBSCURITÉ

Le directeur de la station était un robot nommé Amazon. Il ne vint pas les voir mais accepta un bref appel vidéophonique.

– Les soins que vous recevez sont-ils satisfaisants ? demanda-t-il poliment. J'espère que Hajime veille à vos autres besoins...

Derec ne perdit pas de temps en amabilités.

– Où est notre vaisseau ? Où est 07 B ? demanda-t-il tout de suite.

– Je regrette, monsieur, de ne pas être autorisé à vous répondre, répondit le robot avec une nuance de regret dans la voix.

– Qui vous en a donné l'ordre ?

– Je regrette, monsieur, de ne pas être autorisé à vous le dire.

Derec n'entendait pas se laisser faire.

– Qui est ton superviseur ? Comment s'appelle-t-il ?

– Le nom de mon superviseur est Aram Jacobson.

– Appelle-le sur ce réseau.

– M. Jacobson risque de ne pas être disponible à cette heure...

– Appelle-le. Utilise n'importe quelle priorité à ta disposition pour l'obliger à répondre. Et garde la ligne ouverte. Je veux entendre ce que tu dis.

Le robot tendit la main vers les touches de l'hyperviseur.

– Ici Amazon, directeur de la station Rockliffe, réclamant une conférence avec M. Jacobson.

– Un moment, dit une voix, puis il y eut un silence.

– Oui, Amazon ? dit alors une nouvelle voix, un peu déformée par le faible écho électronique révélant qu'il y avait un brouilleur sur la fréquence. Que se passe-t-il ?

– Amazon vous appelle à ma demande, intervint Derec. Vos robots se sont approprié mon vaisseau. J'attends de vous que vous leur ordonniez de me le rendre.

– Ainsi que notre robot, ajouta Katherine. Je veux retrouver Capek.

L'image hypervisée d'Amazon s'estompa et fut remplacée par celle d'un homme à la figure ronde, avec de petits yeux et des cheveux d'un noir luisant. Contrastant avec le physique mince du robot, le corps trapu de Jacobson était juché en équilibre précaire sur son fauteuil de direction, comme un œuf dans une cuillère à café.

– Excusez-moi, mais à qui dois-je l'honneur de recevoir des ordres ? demanda-t-il avec une politesse exagérée.

– Je m'appelle Derec, et voici...

– Derec tout court ? Comme un robot ? Pas de nom de famille ?

– Ne faites pas l'innocent. Vous savez parfaitement qui je suis. Je suis sûr qu'il y a un dossier entier sur moi dans votre bibliothèque.

– J'ai énormément de dossiers dans ma bibliothèque. Je suis responsable d'installations qui emploient deux mille six cents personnes, et près de huit mille robots. Croyez-moi quand je vous affirme que je ne connais pas votre nom ni votre figure. Et vous, mademoiselle ?

– Katherine Burgess.

Jacobson s'inclina.

– De quoi vous plaignez-vous ? Il est tout à fait irrégulier... d'avoir l'audace d'intervenir dans une communication privée...

Derec était furieux au point de ne plus trouver ses mots mais Katherine prit diplomatiquement la relève.

– Nous avons été découverts dans un engin spatial endommagé et transportés ici, à la station Rockliffe. Et maintenant, le directeur de la station refuse de nous donner accès à notre vaisseau.

– Il vous refuse l'accès ? demanda Jacobson, le front plissé. Pourquoi diable ?

– Il ne veut pas nous le dire ! cria Derec. Il dit qu'il a l'ordre de ne rien nous dire... un ordre de vous.

– Je vous assure que ce n'est pas le cas, dit Jacobson en se tournant vers son ordinateur. Si vous voulez bien m'accorder un moment pour me renseigner... Ah oui ! Bien sûr...

Jacobson leur avait tourné le dos pour consulter son appareil ; il pivota de nouveau vers eux.

– Je me souviens maintenant d'avoir entendu parler de vous, Derec. Vous êtes l'amnésique que le Dr Galien étudie. Tout s'explique.

– Pas pour moi !

– Mais si ! Voyez-vous, les soins que vous avez reçus sont extrêmement coûteux...

– Le Dr Galien m'a dit que mes frais de soins seraient portés au compte de la station.

– Le Dr Galien a fait erreur, hélas ! La station vous prendrait en charge si vous étiez indigent et incapable de payer, ou si vos frais dépassaient la garantie accordée par votre planète natale à ses citoyens.

– Mais mon cas est différent...

– Justement. Votre nationalité est inconnue. De même que votre situation financière. Il y a même un doute sur votre majorité, selon les lois des Spatiaux.

– Je suis majeur !

– Nous avons décidé de le présumer, déclara Jacobson. Quoi qu'il en soit, comme vous êtes incapable de nous fournir une identification, nous n'avons d'autre choix que de saisir vos capitaux tangibles personnels, en règlement des dépenses consenties en votre faveur.

– Mes capitaux tangibles...

– Votre vaisseau et son contenu ont été généreusement évalués, je vous assure, dit Jacobson en jetant un coup d'œil à son ordinateur. Je crains néanmoins qu'il n'en reste pas grand-chose après que nous aurons soustrait la taxe de sauvetage et les frais de l'opération de secours. Ce sera tout de même largement suffisant pour payer votre passage à Nexon par la prochaine navette, et pour que vous soyez nourri jusque-là.

Derec resta un instant bouche bée.

– Vous ne pouvez pas faire ça ! Vous n'avez pas le droit de confisquer tout ce qu'un homme possède !

– Le ministre des Finances juge que toute personne ayant assez de capitaux pour posséder un tel vaisseau a largement les moyens de payer ses factures, répliqua Jacobson en se carrant dans son fauteuil d'un air satisfait. Si nous vous laissions vous en tirer comme ça, nous serions envahis par des escrocs prétendant tous qu'ils ont oublié où étaient placés leurs fonds.

– M'accusez-vous d'être un simulateur ? Vous n'avez qu'à le demander au Dr Galien...

– Le Dr Galien ne décide pas du règlement dans cette station. C'est moi qui gouverne.

– Vous finissez donc par reconnaître que c'est vous qui avez donné ces ordres. Je ne peux croire que vous ayez le culot de me faire payer pour m'avoir sauvé. Vous seriez allés intercepter ce vaisseau, avec ou sans notre présence à bord.

– De notre point de vue, ce vaisseau n'aurait pas été là, mettant en danger notre installation, si vous n'aviez pas été à bord !

– Un instant, intervint Katherine. Le vaisseau est à moi pour moitié. Peut-être pouvez-vous saisir sa moitié en règlement, mais vous n'avez pas le droit de toucher à la mienne. Vous savez qui je suis. J'ai autorisé un virement de mon compte à la Banque auroraine.

– En effet, dit Jacobson. Quel genre de compte était-ce, au fait ?

– Une Part Vitale... un trust de famille, dit Katherine en pâlissant brusquement.

– C'est-à-dire un trust révocable, n'est-ce pas ?

– Eh bien... je pense...

– Je suis au regret de vous informer qu'à la date du 26 mai, votre compte a été résilié et tous les fonds retirés. Auriez-vous d'autres capitaux dont nous n'aurions pas connaissance ?

– Non, avoua-t-elle, bouleversée. C'était ma Part Vitale. Comment ont-ils pu la reprendre ? Comment ont-ils pu faire une chose pareille ?

– Je n'en sais rien. Mais ils l'ont faite. Vous êtes légalement adulte et responsable de vos dettes. Par conséquent, nous avons été contraints d'exercer aussi nos droits sur votre part du vaisseau.

– Vous ne vous en tirerez pas comme ça, menaça faiblement Derec.

– Il n'est pas question de se tirer de quoi que ce soit, répliqua Jacobson. Nous n'outrepassons pas nos droits. Vous devriez nous être reconnaissants d'être encore en vie, au lieu de faire tant d'histoires à propos d'un vaisseau qui n'est d'ailleurs pas en état de voler. Vous êtes incapables de payer les réparations, et il vous faudrait le vendre, de toute façon ; je doute fort que vous en retireriez le prix que nous vous consentons.

– Espèce de... bafouilla Derec.

– Si vous voulez bien m'excuser, je suis occupé.

La communication fut coupée avant que Derec n'ait eu le temps de riposter.

– Incroyable ! s'exclama-t-il. Vous avez vu ce numéro ?

Il se tourna vers Katherine et fut frappé par la lueur terne de son regard.

– Ce numéro ? répéta-t-elle machinalement.

– Cette affaire n'est pas du tout ce qu'elle paraît. C'est simplement un moyen de nous séparer du vaisseau. Pour nous l'acheter, et le payer, ils auraient besoin d'une preuve qu'il nous appartient... autre que notre parole et le fait qu'ils nous ont trouvés à bord. Savez-vous pourquoi ils ne nous demandent pas cette preuve ? Ils ne veulent rien savoir. De même qu'ils ne veulent pas savoir si je suis trop jeune pour être responsable de mes dettes.

– Ça n'a pas d'importance, murmura-t-elle. Plus rien n'a d'importance.

– Qu'avez-vous ?

– Mon argent. Ma famille a pris mon argent...

– Ça vous étonne ? La patrouille vous a probablement portée disparue quand elle est allée récupérer ce qui restait du *Golden Eagle.*

– Ils ne m'ont même pas accordé une chance d'expliquer...

– Expliquer quoi ? demanda-t-il avec plus de douceur.

La question parut rendre tout son sang-froid à Katherine. Elle serra les dents et son regard se durcit.

– Par les astres ! Qu'ils gèlent tous ! C'est de l'histoire ancienne. Alors, que faisons-nous maintenant ?

– De quoi vous sentez-vous capable ?

– Je vais vous dire ce que je ne suis *pas* capable de faire ! Il n'est pas question que j'attende tranquillement le prochain cargo pour partir docilement à Nexon ! Et il n'est pas question que je laisse une bande de robots me voler mon bien, même s'ils obéissent aux ordres de ce mal blanc !

– On dirait qu'il va falloir que je me décide à vous appeler Kate.

– Vous avez intérêt !
– Parfait. Je crois que nous allons avoir besoin d'elle. Ça ne va pas être une partie de plaisir.
– Je sais. Les endroits où l'on peut cacher un vaisseau de cette taille sont limités, même dans une aussi grande station. S'il est encore ici, nous le trouverons.
– Probablement, reconnut Derec. Il y a des chances qu'ils l'aient déplacé, retiré d'un môle actif pour le mettre dans un désactivé, dans l'aile militaire, à mon avis. Même si le répertoire de la station ne nous dit pas où sont les autres installations cosmoportuaires, nous pouvons assez facilement le deviner. Mais ça ne nous aidera guère.
– Pourquoi ?
– Parce que l'important, c'est la clef, pas le vaisseau. Jacobson a raison. Nous n'avons que faire de cet engin.
– Nous trouvons le vaisseau, et nous trouvons la clef.
Derec secoua tristement la tête.
– La clef n'y sera pas. Les robots l'ont prise.
– Jacobson n'en a pas parlé.
– Pourquoi courrait-il le risque d'être le premier à attirer notre attention sur ce point ? Tout ce que je sais, c'est que pendant toute la conversation, il était assis là à attendre que nous réclamions nos effets personnels ou que nous lui fassions comprendre que nous étions au courant, pour la clef... il guettait le moment de nous sauter dessus si nous en parlions. C'était une épreuve. Nous l'avons passée, ils vont nous laisser partir. Si nous avions échoué...
– Pourquoi voulez-vous qu'ils se soucient de la clef ? Elle ne ressemble à rien. Ils ne savent pas jusqu'où Aranimas est allé pour se la procurer. Moi, je le sais, mais je ne sais toujours pas pourquoi elle est si importante.
– C'est vous qui le dites.

– Vous ne me croyez pas ?

« Non, pensa-t-il. Ou du moins vous ne dites pas toute la vérité. Je commence à croire que tout le monde est au courant de ce qu'est ce machin, sauf moi, je pense que vous faites semblant d'être aussi ignorante que moi, alors que vous savez parfaitement ce que c'est et pourquoi c'est important. » Mais Derec ne dit rien de tout cela.

– Je ne sais pas ce que je crois.

– Je suis sûre que la clef est toujours cachée là où Aranimas l'a mise. Jacobson n'a pas parlé de la clef parce qu'il ne sait rien sur elle. Il s'inquiète du vaisseau, en général.

– Il sait. J'en suis sûr, s'obstina Derec.

– Si Jacobson est au courant pour la clef, et si les robots l'ont trouvée, alors elle est partie avec le *Fariis*. Ce qui veut dire que, maintenant, il en dispose. Fin de l'affaire.

– Pas nécessairement. Les navettes sont des transporteurs contractuels, pas des ressortissants nexoniens. Vous croyez qu'il irait confier à ces gens-là un objet probablement dix fois plus précieux que l'ensemble de leur compagnie ? Et qu'il le confierait à un vaisseau désarmé alors que les maraudeurs sont encore dans le coin, à chercher comment le récupérer ?

– Alors quoi ? Nous devrions peut-être le leur laisser...

– Ah non ! s'écria Derec. Tant qu'Aranimas n'a pas la clef, tant que les maraudeurs n'attaquent pas et que Jacobson reste à Nexon, nous avons une chance.

– Mais c'est une course.

– En effet. Et nous ne pouvons pas attendre pour prendre le départ que Galien vous déclare complètement guérie, déclara Derec en se préparant à une discussion.

Mais il n'y en eut pas.

– Vous avez raison, dit-elle simplement en posant ses pieds par terre. Par où commençons-nous ?

Avant de considérer cette question, il fallut affronter le Dr Galien. Il arriva précipitamment avant même que Katherine ait eu le temps de sentir sous ses pieds nus le sol glacé.

– Remettez-vous au lit, s'il vous plaît, Katherine, dit le robot. Florence ira vous chercher ce que vous voulez.

Derec s'attendit à une nouvelle discussion prolongée mais, encore une fois, Katherine le surprit.

– J'irai où je voudrai, quand je voudrai, répliqua-t-elle avec autorité. Et si tu t'amuses à faire le geôlier à la place du docteur, je reprogramme ton cerveau pour la vannerie.

– Je proteste énergiquement...

– Suis-je en danger de mort ?

– Non, mais votre guérison...

– Garde tes protestations pour ton livre de bord médical. « La patiente Katherine Burgess a négligé le programme de convalescence recommandé. » C'est comme ça qu'on dit, dans ces rapports ? Derec et moi allons nous promener. Si tu ne veux pas que j'attrape une pneumonie, trouve-moi de quoi m'habiller normalement. Et me chausser.

Tout humain s'entendant parler sur ce ton aurait serré les poings avec une bonne envie de s'en servir. Mais le Dr Galien s'inclina docilement.

– Je vais vous faire apporter des vêtements.

– S'ils ne sont pas là dans cinq minutes, je sors dans cette tenue, menaça-t-elle. Et ne t'avise pas de nous suivre. Si j'ai des problèmes, Derec sera là pour me ramener.

Quand le robot fut parti, Derec regarda Katherine avec stupéfaction.

– Où avez-vous appris à faire ça ?

– Bof ! Les robots médicaux sont affreusement tyranniques, mais ils ne peuvent imposer leur volonté à moins qu'on ne soit réellement en danger. Or je ne le suis pas.

– Tout de même ! Il m'aurait fallu au moins vingt minutes pour obtenir pareil résultat, et encore ! Si je l'avais obtenu !

– Vous vous laissez embarquer dans des discussions avec les robots. Moi, je leur donne des ordres. C'est plus efficace.

– Je m'en doute. Il faut néanmoins que vous sachiez que dans quatre heures environ, votre analgésie dermique cessera de faire effet et vous aurez l'impression qu'on vous passe toute la peau au papier de verre.

Florence arriva, déposa sans un mot une combinaison sans manches et une paire de « coussins de pieds » sur le lit et repartit.

– Merci pour l'avertissement, dit Katherine. Nous prendrons soin de revenir dans trois heures et demie. Maintenant, sortez d'ici et laissez-moi m'habiller.

Il fallait avant tout retrouver le vaisseau. Le tableau électronique, dans le hall, ne fut pas d'un grand secours. La station Rockliffe était composée de trois sphères communicantes. La centrale, appelée section C, contenait une quarantaine de niveaux. Elle était reliée aux deux sphères satellites, moitié moins grandes, par des pylônes cylindriques.

De larges zones du plan de la station étaient noircies et portaient la mention « Inactive ». Rien ne put persuader le contrôleur du plan de révéler quelles installations occupaient ces secteurs, ni même de montrer la grille de circulation.

Moins de quinze pour cent de la section C étaient représentés en bleu pâle, avec des étiquettes et des symboles indiquant leur activité. La plus grande partie de la section E, où se trouvaient les installations portuaires qu'ils connaissaient, était en bleu, mais la section O ainsi que le pylône de communications étaient noirs.

Katherine montra la section O en déclarant :

– Ils avaient probablement un terminal est et un terminal ouest.

– Conception symétrique ? C'est logique.

– C'est un bon point de départ.

– Espérons que ces sections sont simplement désactivées, pas condamnées.

L'hôpital était situé près du centre de la section C, à trois niveaux au-dessous de l'artère principale. Katherine et Derec y montèrent et prirent la direction de l'ouest. Il n'y avait pas de barrières physiques mais le trottoir roulant express à quatre voies ne fonctionnait pas, ce qui les obligea à marcher.

Au-delà de la limite de la sous-section 42, les lumières du corridor et les « serpents lumineux » directionnels étaient éteints. Se souvenant de ce qu'il avait vu lors de sa première excursion, Derec s'en doutait. Il avait espéré une option de contrôle locale ou un capteur de présence, mais il n'y en avait pas. Ayant devant eux dix-huit sous-sections d'obscurité totale, ils furent obligés de rebrousser chemin.

Ils interpellèrent le premier robot qu'ils rencontrèrent pour se faire montrer où étaient rangées les lanternes à main et retournèrent aussitôt au seuil de la sous-section 42. Les rayons des puissantes lampes portatives plongeaient profondément dans le couloir caverneux et créaient un douillet îlot de lumière autour d'eux. Mais ils gardaient fortement conscience des ténèbres, des échos de leurs pas et du froid des lieux abandonnés où ils pénétraient.

Dix minutes de marche les amenèrent devant la grande porte à triple verrou, à la limite extérieure de la section C. Les deux battants étaient rétractés dans leurs sillons, apparemment désactivés. Passé le seuil, le couloir se rétrécissait pour devenir un trottoir à deux voies, à double sens ; les aires d'arrêt et les voies transversales étaient plus rares.

Derec s'attendait à trouver des robots gardant l'entrée de la section O mais quand ils parvinrent à l'extrémité du trottoir, ils étaient toujours aussi seuls. Le port ouest était bien là où ils l'avaient prévu, et la principale porte d'accès du public n'était même pas fermée à clef.

– Ni gardiens, ni serrures, murmura Derec en s'arrêtant. Très mauvais signe. Ils ont peut-être fait emmener le vaisseau par un de leurs remorqueurs à une centaine de klicks de la base, pour le mettre à l'abri ?

– Allons voir, décida Katherine en se remettant en marche.

Si le port ouest était conservé pour un usage militaire, comme l'avait laissé entendre le Dr Galien, ce n'était certainement qu'au titre d'un article sur la liste de ressources de quelque agent de la logistique. Rien n'indiquait que le complexe eût jamais été autre chose qu'une cosmogare de transit pour le fret et les passagers. Toutes les installations habituelles s'y trouvaient : postes d'importation, douanes, salles d'attente pour les voyageurs.

Katherine précédait Derec quand ils passèrent devant les postes de sécurité inoccupés, le long d'une rampe de chargement en direction de la vaste salle des pas perdus. Elle contenait six guichets d'enregistrement, six salons d'attente vitrés et six hublots d'observation sur deux étages, donnant sur une gigantesque cale d'amarrage et sur le vide de l'espace. Les six môles étaient déserts et obscurs. On ne voyait rien par les hublots, à part quelques lointaines étoiles à la clarté diffuse.

– En bas ? demanda Derec.

Les lèvres pincées, Katherine tourna les talons et descendit par la rampe. La salle inférieure était la copie conforme de celle du haut. Les six appontements inférieurs étaient sombres... Un seul n'était pas vide.

– Gagné ! s'exclama Derec en courant vers le tunnel d'embarquement.

– Je ne comprends pas, haletait Katherine sur ses talons. Où sont les gardiens ? Il devrait y avoir des gardiens.

– Ils sont peut-être à l'intérieur ?

Derec s'arrêta net. Le tunnel d'embarquement aboutissait au sabord d'urgence qu'ils avaient vu installer. De l'autre côté du sas, des scellés de sécurité étaient apposés. Ce n'était que pour la forme, simplement pour indiquer que le sabord avait été ouvert. Cette sorte de scellés ne pouvait empêcher les jeunes gens de monter à bord.

A l'intérieur, rien n'avait été dérangé, semblait-il, depuis que le vaisseau avait été découvert et remorqué. D'ailleurs, à part trois écrans fêlés au-dessus de la grande console de commande, on n'aurait jamais pu penser qu'une explosion avait eu lieu sur le pont principal. On distinguait cependant une douzaine de trous noirs, gros comme le poing, dans les parois et le plafond, indiquant où les charges explosives avaient été placées.

– On ne fait pas sauter sa maison parce qu'un cambrioleur est entré, dit Katherine. Le système de sécurité d'Aranimas devait être fait sur mesure pour sa propre espèce. Quel que soit le nom que vous voulez donner à la mine que vous avez déclenchée...

– Une bombe à radiations, peut-être.

– ... elle a du être conçue pour tuer ou estropier un Erani, sans dégâts pour le vaisseau.

– Ça n'a pas marché contre nous !

Ils ne trouvèrent pas le stylet d'Aranimas mais la force qui avait maintenu en place les carreaux du sol avait été apparemment désactivée quand le courant de propulsion du vaisseau avait été coupé. Vingt minutes plus tard, ils avaient défoncé tout le sol, en vain.

– Dois-je remettre en état ? demanda Katherine en montrant le chaos.

– Aucune raison. N'importe comment, les robots sauront que nous sommes venus.

– Ils ont la clef, n'est-ce pas ?

– Presque certain. Si ce n'est eux, c'est Jacobson.

Katherine soupira.

– Comment allons-nous la trouver ? L'immensité de cette station... Même si la clef était exposée bien en vue, dans un couloir ou un autre, il nous faudrait des semaines pour la trouver. Et vous vous doutez qu'ils ont dû la cacher mieux que ça...

– Ils ont pu la mettre dans un tas d'endroits, marmonna Derec en jetant un dernier coup d'œil dans la cabine principale. Ils ne vont pas la laisser sans surveillance, c'est sûr. Pas comme ils ont laissé ce vaisseau.

– Pourquoi nous ont-ils laissés venir ici, vous avez une idée ?

Derec hocha lentement la tête.

– Pour nous transmettre un message. Pour nous dire qu'ils nous jugent inoffensifs. Pour nous démontrer que nous ne pouvons rien contre eux...

Il soupira.

– Et ils ont raison. Allons-nous-en, d'accord ?

ASSOCIÉS DANS LE CRIME

Couic !

Psssch...

Couic !

Psssch...

Le bruit était léger, lointain, mais bien présent. Si Katherine et Derec avaient continué de parler, comme pendant le premier tiers de leur retour, il n'aurait pu l'entendre. Mais depuis qu'ils se taisaient, chacun plongé dans ses pensées, le bruit avait fini par s'imposer aux oreilles de Derec.

Il crut d'abord que c'était l'écho de leurs pas, ou simplement le produit d'un symptôme paranoïaque. Comme ils pénétraient dans la sous-section 51, il n'eut plus aucun doute. On les suivait.

– Ne dites rien et ne vous retournez pas, chuchota-t-il. Tenez les deux lampes. Et continuez de marcher.

– Quoi ?

– Chut ! Continuez de marcher. Gardez les faisceaux pointés vers le sol pour ne pas être vue en silhouette. Essayez d'avoir l'air de deux personnes.

– Qu'est-ce que ça veut dire ? demanda-t-elle, mais elle réprima sa curiosité et fit ce qu'il demandait.

Après lui avoir tendu sa torche à bout de bras, Derec s'arrêta dans l'ombre et se plaqua le dos au mur. Il se demanda ce qu'il attendait. Un des robots du Dr Galien ? De Jacobson ? Aranimas en personne ? Il regrettait de ne plus avoir l'aérosol à gaz, ou au moins la torche à utiliser comme une matraque.

« Il va falloir que tu te débrouilles tout seul », se dit-il en s'accroupissant contre la paroi.

L'ombre était déjà passée quand il la vit. Ce fut seulement en se tournant vers Katherine qu'il distingua vaguement quelque chose, se détachant à contre-jour. Il passa à l'action, fit un bond et se jeta dans les jambes de l'intrus. Il sentit de l'étoffe et des os, pas de la peau synthétique ni du métal ; l'inconnu s'effondra sur lui en poussant un petit cri aigu.

Ils luttèrent furieusement dans le noir, avec des objectifs différents. Derec essayait d'empoigner un bras, une jambe ou un cou et de plaquer l'autre au sol. Son adversaire tentait seulement de se dégager pour s'enfuir.

Derec était de loin le plus adroit. Il n'eut aucun mal à assurer ses prises. La difficulté était de les conserver plus de quelques secondes. S'ils avaient lutté en compétition, il aurait marqué aux chutes mais son concurrent aurait gagné aux points. C'était en partie à cause de la force compacte de l'autre, en partie à cause du tissu glissant de ses vêtements.

Dans l'obscurité, la chance comptait plus que l'adresse ou la force et les neutralisait toutes deux. Les combattants roulaient d'un côté et de l'autre sur toute la largeur du passage, sans qu'aucun puisse prendre l'avantage. Finalement, par une torsion soudaine et une prise heureuse, Derec eut le dessus et put se mettre à califourchon sur son adversaire en le tenant fermement par les bras.

Katherine braqua alors une de ses lampes sur la figure de l'ombre. L'adversaire cligna des yeux, à demi cachés par une fourrure marron et jaune, et sa bouche se convulsa en une grimace familière.

– Wolruf ! s'exclama Derec.

– Tu es plus fort que tu n'en as l'air, Derec, dit en

riant la caninoïde. J'espère que tu sais que je t'ai laissé gagner.

Derec sourit à son tour.

– Toute laide que tu es, je suis rudement content de te revoir. J'avais peur de t'avoir perdue quand nous avons été largués.

– Pourquoi traitez-vous cet être comme un vieil ami ? s'insurgea Katherine. C'est le garçon de courses d'Aranimas !

– Fille, rectifia-t-il. Vous ne pouvez pas comprendre, bougonna-t-il en aidant Wolruf à se relever. C'est mon amie.

– Partenaires, dit fièrement Wolruf.

– Ah oui ? Alors pourquoi nous suivait-elle sournoisement ? Que comptais-tu faire ?

– Je n'ai jamais voulu vous faire de mal...

– Tu attendais que nous trouvions la clef, hein ? Tu voulais la voler...

– Katherine ! Elle est malade ! s'écria Derec.

– Comment ?

– Regardez-la ! Regardez-moi, dit-il en reprenant sa torche pour la tourner vers lui.

Ses vêtements étaient couverts de poils bruns et jaunes. Dans la lumière de la lampe de Katherine, le pelage de l'extraterrestre était si clairsemé qu'il laissait apparaître des plaques de peau pâle. Et il y avait dans les yeux de Wolruf une détresse qui trahissait sa souffrance.

– Qu'est-ce que tu as ? demanda Katherine avec un soupçon de méfiance dans son ton soucieux.

– Faim.

– Bien sûr, dit Derec. Elle est affamée. Il n'y a rien à manger ici qu'elle aurait pu voler.

Toujours méfiante, Katherine examina l'extraterrestre.

– C'est pour ça que tu nous suivais ? Pas pour avoir la clef mais pour savoir où nous trouvions de quoi manger ?

– Je me moque du bijou, affirma Wolruf. J'ai faim, c'est tout. Je me suis cachée, j'ai suivi les robots, j'ai cherché à manger. Je les ai suivis partout et nulle part je n'ai senti des vivres.

– Tu n'aimes pas les robots, n'est-ce pas ? Ce n'est pas seulement Alpha ? dit Derec.

– Le capitaine d'élevage me l'a dit cent fois. Ne fais jamais confiance à un animal tant que tu n'as pas vu la table de ses repas.

C'était une faible tentative de plaisanterie.

– Et les robots ne mangent jamais, compléta Derec. Ne t'inquiète pas, nous allons te trouver quelque chose. Je l'espère. Peux-tu manger les mêmes choses que nous ?

– Un instant ! interrompit Katherine. Tu étais avec nous à bord du vaisseau, pendant tout ce temps ? Et depuis, tu te caches ?

– Je passais par le sas. Alpha aussi, quand nous avons entendu la bombe, expliqua Wolruf. Le bruit a attiré d'autres Eranis. Les contrôles étaient morts, ou ne valaient guère mieux. C'est moi qui nous ai largués. Quand les robots sont venus, je me suis cachée ; quand le vaisseau s'est amarré, je me suis glissée dehors. Je me cache depuis.

– Où est Aranimas ?

– Sais pas. Laissé là-bas, marmonna Wolruf qui commençait à chanceler.

– Nous verrons ça plus tard, déclara Derec. Il faut lui trouver à manger, et tout de suite.

– Pas si vite, protesta Katherine. Où t'es-tu cachée ? Ici, dans les secteurs noirs ?

– Surtout. Pas de robots ici. J'aime mieux le noir que les robots.

– Dans combien de secteurs noirs es-tu passée, en cherchant des vivres ?

– Des tas, avoua Wolruf. Le bijou n'est pas là, si c'est ce que vous voulez savoir.

– Qu'en sais-tu ? répliqua Katherine. Tu l'as mis autre part ?

– Je ne veux pas le bijou. Rien que des ennuis pour tout le monde. Mais je sais où il est.

D'un geste impulsif, Derec prit l'extraterrestre par les deux joues et lui colla un baiser sur le front.

– Epatant ! Nous voilà tirés d'affaire !

Mais Katherine mit un frein à son enthousiasme.

– Comment le sais-tu ?

– Je les ai suivis quand ils l'ont pris dans le vaisseau. Je croyais qu'ils le portaient à des humains, les humains ont de quoi manger. Faux. Les robots l'ont emporté là où il y a plein de robots, pas d'humains, rien à manger. J'ai failli me faire prendre.

– Tu te rappelles où, exactement ? Tu pourrais nous y conduire ?

– Je croyais que les robots étaient vos serviteurs, dit Wolruf, le front plissé de perplexité. Pourquoi vous ne leur demandez pas de vous l'apporter ?

– Peu importe, intervint gentiment Derec. Réponds aux questions de Katherine. Tu te souviens du chemin ? Tu peux nous y emmener ?

– Je me souviens toujours, je peux vous emmener. Pas envie. Je ne veux pas de la clef, je ne veux pas voir des robots, ni être vue par eux. Mais tu es mon ami et si tu me donnes à manger, je serai ton amie et je te montrerai où c'est. O.K. ?

Derec se tourna vers Katherine.

– Je vais aller avec elle lui chercher de quoi calmer sa faim, dit-il. Si ça ne vous plaît pas, vous pouvez continuer seule.

– Ah non ! Vous n'allez pas vous débarrasser de moi si facilement !

– Eh bien, venez.

Ils finirent par retourner à l'hôpital, d'abord parce que c'était relativement proche, ensuite parce que c'était une des rares installations qu'ils connaissaient.

Katherine entra la première et réclama des soins. Elle prit soin d'entraîner le Dr Galien et Florence dans son sillage. Une minute plus tard, Derec et Wolruf se glissèrent à l'intérieur et partirent vers les cuisines.

– De la viande, du pain, des légumes, qu'est-ce qui te convient ? demanda Derec en examinant le menu du distributeur.

– Des plantes. Quelque chose à croquer.

– Tout est synthétique, malheureusement... Voyons un peu... Je crois qu'ils font des quartiers de pommes avec beaucoup de fibres.

– Sais-tu ce que tu vas faire avec la clef, quand tu l'auras trouvée ? demanda Wolruf derrière lui.

– Non.

Il se retourna et présenta à l'extraterrestre un plateau blanc plein de tranches de pomme pulpeuses, jaune pâle. Avec une patience étonnante, Wolruf choisit un morceau, le renifla, puis le saisit du bout de la langue et le mit délicatement dans sa bouche. Elle n'eut pas l'air de mâcher mais d'avaler tout rond.

Cela créa un petit paradoxe : Wolruf ne paraissait pas manger vite mais le plat se vida très rapidement. Comme si elle cherchait à compenser sept semaines de privations, en un seul repas, tout en étant scrupuleusement propre et presque totalement silencieuse. Elle ne faisait entendre aucun de ces bruits mouillés et croquants qu'un humain affamé aurait faits en dévorant de la nourriture.

« Je ne serais pas étonné qu'elle trouve notre façon de manger répugnante », pensa Derec en l'observant.

Une fois le plateau vidé, Wolruf le rendit à Derec avec un sourire plein d'espoir.

– Je suppose que tu peux avoir confiance en moi, maintenant ? dit-elle.

– Oui, mais ce n'est pas moi que tu dois convaincre, répliqua-t-il en se retournant vers le distributeur pour une nouvelle portion. C'est Katherine. Au fait, pourquoi tu ne m'as pas dit qu'elle était à bord ?

– Oh... Pas eu l'occasion. Toujours quelque chose, quelqu'un qui venait nous interrompre.

– C'est vrai, reconnut Derec en présentant de nouveau le plateau rempli. Je voulais te poser certaines questions dès le premier soir mais je n'en ai jamais eu le temps.

– Pose-les.

Derec réfléchit pendant que Wolruf se remettait à manger.

– Celle-ci n'est importante pour personne d'autre que moi. Tu ne savais pas que j'étais sur l'astéroïde, n'est-ce pas ?

– Pas avant que les tireurs ne te voient. Et j'ai cru que tu étais un robot.

– C'est pour ça qu'on ne m'a pas tiré dessus ?

– Ordres d'Aranimas... imparfaitement suivis.

– Tu veux parler du robot qui était avec moi ? C'était une autodestruction.

– Les distinctions subtiles échappent à Aranimas. Demande au tireur qui l'a frappé.

Derec sourit.

– Saviez-vous que la clef était sur l'astéroïde ?

– Non.

– C'est ce que je pensais. Dans ce cas, pourquoi étiez-vous là ? Est-ce uniquement par le plus grand des hasards ?

– Volonté, et non pas hasard. Aranimas a construit un très bon télescope stellaire. Il a vu fabriquer l'astéroïde, il est devenu curieux.

– Répète ça ? Je ne comprends pas.

Wolruf réunit ses mains et fit des gestes comme si elle façonnait une boule de neige.

– Avec le télescope, Aranimas a vu fabriquer l'astéroïde. Très intrigué, le patron ! Quelque chose que les Eranis ne savaient pas faire. Les humains font-ils ça souvent ?

– Non...

Derec était très étonné. Un monde artificiel... c'était

possible. Une petite flotte de cargos pouvait apporter la matière première ; peut-être simplement de petits planétoïdes récoltés dans le système le moins éloigné... Souder tous les éléments ensemble à la vitesse voulue pour former un corps plus grand... Mais pourquoi ?

La réponse lui vint presque instantanément à l'esprit. Pour cacher la clef. Pour l'enterrer là où jamais personne ne la retrouverait, comme si elle était aussi dangereuse qu'un baril de déchets de plutonium. Astucieusement enterrée, non pas au cœur de l'astéroïde où le premier puits foré risquait de la mettre au jour mais glissée juste sous la surface, invisible.

Mais quelqu'un avait tout découvert, et avait envoyé des robots pour la récupérer.

– Tu es sûre de ce que tu dis ? demanda-t-il.

– Sûre. Aranimas a tout vu. Très bon télescope.

Wolruf tendit encore une fois le plateau vide.

« Dans ce cas, nous sommes dépassés », pensa Derec en retournant vers le distributeur.

Wolruf terminait son troisième plateau quand Katherine les rejoignit. Elle avait retiré du magasin de fournitures une tunique à manches longues pour porter par-dessus sa combinaison et échangé les « coussins de pieds » contre des chaussures à semelles souples.

– J'ai envoyé Florence faire une course et j'ai donné au Dr Galien un travail qui devrait le tenir loin du hall pendant au moins une demi-heure, annonça-t-elle. Et je lui ai demandé de me fournir des calmants au cas où il ne me serait pas commode de revenir. A vrai dire, ma peau ne me fait pas mal. Vous êtes prêts, tous les deux ?

Wolruf fit disparaître les deux derniers quartiers de pomme.

– Je le suis.

– Il est temps de payer l'addition, lui dit Katherine en reprenant le plateau vide. Allons examiner le plan.

Ils marchaient côte à côte dans le hall désert, Wolruf entre les deux humains.

– Voilà où nous sommes, dit Katherine en montrant un point du doigt. Et voilà à peu près l'endroit où Derec et toi êtes allés au tapis. Maintenant, tu n'as plus qu'à nous montrer où est la clef et nous irons la chercher. Tu pourras retourner dans le noir et ne plus jamais voir un autre robot.

Wolruf était incapable de comprendre le plan, dans aucun des modes de projection, en dépit des efforts de Derec et de Katherine pour le lui expliquer.

– Je sais où c'est, dit finalement Wolruf. Je le sais dans mes pieds et dans mon nez. Je vais avec vous et je vous le montre.

Katherine fronça les sourcils.

– Comment allons-nous la faire passer par les couloirs sans qu'elle soit vue ? C'était déjà assez risqué de l'amener ici. La première fois, elle a failli se faire prendre.

– Pendant notre longue marche, j'ai réfléchi et j'ai pensé qu'une installation aussi importante devait avoir des moyens de transport.

– Des « jitneys », dit-elle.

– C'est le mot, dit Derec.

Une image des petits véhicules utilitaires à trois roues se présenta à son esprit. En mode automatique, c'étaient essentiellement des robots roulants. En semi-automatique, ils servaient de taxis intelligents aux visiteurs de la station. Mais en mode manuel, ils devraient libérer leurs utilisateurs du contrôle des services centraux et de la curiosité des services de sécurité.

– Les robots n'en ont pas besoin mais je suis prêt à parier qu'ils sont tous garés quelque part, et prêts à rouler.

– Les robots ne trouveront-ils pas insolite d'en voir un dans les couloirs ?

– Je ne crois pas. Quand un vaisseau est au port, l'équipage les utilise sans doute. La vue d'un de ces chariots ne leur paraîtra pas plus bizarre que notre présence. Les robots remarquent les humains. Ils sont faits comme ça. Nous n'avons pas besoin d'être invisibles. Il faut simplement qu'on nous laisse tranquilles. Alors, qu'en dites-vous ?

Katherine pinça les lèvres et réfléchit.

– Si nous ne trouvons pas de « jitneys », ce que je pense n'a aucune importance.

LE THÉÂTRE

Par chance, les zones de garage des « jitneys » étaient bien visibles sur le plan. Il fallut moins de cinq minutes à Derec pour aller à la première de ces stations et revenir avec un des petits chariots électriques maniables. Celui qu'il avait choisi avait une seule place à l'arrière pour le conducteur, derrière le volant, et une nacelle découverte suspendue entre les deux roues avant.

Wolruf se coucha en rond sur le plancher de la nacelle, sous une blouse blanche d'hôpital, et Katherine s'assit sur un des deux sièges, ses jambes contribuant à cacher l'extraterrestre, pendant que Derec s'installait aux commandes.

Pour que Wolruf retrouve son chemin sur sa carte olfactive, ils durent retourner dans les zones obscures. A partir de là, ce fut relativement simple : monter de trois niveaux, traverser deux sous-sections au nord, monter à un niveau supérieur et puis tout droit, jusqu'à une vaste esplanade.

Quand Wolruf les avertit qu'ils approchaient de leur destination, Derec ralentit et roula au pas. Quelques instants plus tard, la caninoïde risqua un coup d'œil hors de la nacelle et pointa un gros doigt boudiné vers une rotonde au centre de la place.

– Là-dedans ? Tu en es sûre ? chuchota Derec.

– Oui, Derec. C'est là qu'est le bijou.

Les serpents lumineux au-dessus de l'entrée principale annonçaient « Centre opérationnel de la station – entrée interdite ». Les robots étaient partout. Le centre proprement dit formait une unique grande salle de vingt mètres de diamètre, avec des fenêtres sur tout le pourtour, donnant sur l'esplanade.

– Au poil, marmonna Derec, en roulant lentement en diagonale. Manquait plus que ça. Comment allons-nous entrer là-dedans ? Impossible d'approcher sans être vus !

– Pourquoi pas par la grande porte ? suggéra Katherine en se retournant vers lui. Ils nous laisseront peut-être entrer.

Il la regarda, sceptique.

– Allons-y ! Ça vaut la peine d'essayer.

– Je ne comprends toujours pas, intervint Wolruf. Les robots ne sont-ils pas vos serviteurs ?

Avant de répondre, Derec engagea le « jitney » dans un couloir de communication et s'arrêta non loin de l'entrée.

– Je ne sais pas, dit-il à Katherine. Ils nous guettent peut-être ; ils nous tendent un piège et si nous essayons de pénétrer là-dedans, si nous avons l'air de nous intéresser à ce truc, ils vont nous tomber dessus comme une tonne de scories.

– Vous voulez leur laisser la clef ? Après tout ce que nous avons subi à cause d'elle ?

– Quand nous étions prisonniers à bord du vaisseau, je croyais qu'il était important de la retirer d'entre les mains des extraterrestres pour la rendre aux humains. Eh bien, maintenant, ce sont eux qui l'ont. Jacobson nous a laissé entendre qu'ils ne demandaient qu'à nous laisser partir. C'est peut-être ce que nous devrions faire, et leur laisser ces embrouilles sur le dos.

– Vous n'avez donc aucune curiosité ? Vous ne voulez pas savoir ce qui cause tant d'histoires ?

– Si, bien sûr, je suis curieux. Mais j'ai aussi des

problèmes personnels à résoudre. Je ne vois pas en quoi cette clef va m'aider.

– Vous n'avez pas de cran, insista Katherine. Ce sont les mêmes gens qui ont volé notre engin spatial, qui ont fait disparaître mon robot et qui ont essayé de nous dire que nous devrions être reconnaissants qu'on nous laisse partir comme des indigents au lieu de criminels. Je n'ai pas l'intention de les laisser s'en tirer comme ça.

– Mais vous ne comprenez donc pas ! cria Derec, pris de colère. Vous vous imaginez que nous allons entrer, mettre la clef dans notre poche et dire « Merci de l'avoir gardée » ? Elle provient d'un vaisseau extra-terrestre lourdement armé...

– Ils n'en savent rien ! Ils n'ont jamais vu Aranimas, pas même Wolruf.

– Vous avez peut-être raison, dit Derec en soupirant. S'ils pensaient que c'était un vaisseau extraterrestre, ils ne nous laisseraient probablement pas partir. Mais ces gens ne plaisantent pas. Ils voulaient le vaisseau et ils l'ont pris. Ils voulaient le robot et ils l'ont pris. Ils veulent la clef et ils l'ont. Nous n'allons pas pouvoir la reprendre. Nous ne franchirons même pas la porte.

– Leurs ordres ne sont peut-être pas si spécifiques. Ne soyez pas défaitiste ! Allez-y, essayez !

– A quoi bon ? Wolruf a raison. La clef n'est qu'une source d'ennuis pour tout le monde.

Katherine soupira.

– Si l'on veut que les choses soient faites, il faut les faire.

Et avant qu'il ne songe à la retenir, elle sauta du « jitney » et partit à pied à travers l'esplanade.

Après dix minutes à peine, Katherine regrimpait dans la nacelle.

– Ils m'ont même fait faire le tour du propriétaire, dit-elle nonchalamment. Très accommodants.

– Je m'en suis douté en ne vous revoyant pas au bout de deux minutes. Et la clef ?

– Elle est là, c'est vrai. Bien en vue. Quels idiots !

Derec mit le « jitney » en marche.

– Pas tant que ça. Décrivez ce que vous avez vu.

– C'est une grande salle semi-circulaire, avec des vitres tout autour sauf dans le fond, où il y a des bureaux. Il y a cinq robots à des postes de travail, dont Amazon, et deux autres près du milieu de la salle qui ne font rien, ils sont assis l'un en face de l'autre, avec l'objet sur une table entre eux. L'épaule d'un de ces robots porte un drôle d'emblème, un F bleu dans un double cercle doré...

– Des Falke X-50, gémit Derec.

– Ça veut dire quelque chose ?

– Ça veut dire danger. Ils ont des réflexes ultra-rapides. Si une bombe explosait à cinq mètres d'eux dans la direction opposée, ils auraient peut-être un instant de distraction, le temps que vous mettiez la main sur la clef mais jamais vous ne ressortiriez de la salle avec. Si nous voulons la reprendre, il nous faut trouver un moyen de neutraliser d'un coup sept robots... et je n'en connais aucun.

– Pouvez-vous m'expliquer pourquoi elle est exposée ainsi ? Serait-ce une copie ? Une clef factice ? Vous aviez peut-être raison de parler de piège.

– Non, dit Derec en secouant la tête. Je crois que les robots ont reçu l'ordre de la surveiller constamment, en principe sinon littéralement.

– Si on la met dans un coffre-fort et si personne n'ouvre le coffre, elle ne va pas s'évaporer dans l'ozone.

– Non, mais cette compréhension exige une fonction mentale assez avancée et plutôt subtile appelée « la permanence de l'objet ». Les robots sont fortement enclins au concret et peu accessibles aux concepts. S'ils enferment quelque chose hors de vue, ils ne savent pas que la chose est là et ont besoin de le vérifier en la regardant.

– C'est illogique. Aucun humain ne penserait de cette façon.

– Certains, peut-être. Mais vous avez raison, ce n'est pas logique.

– Pourquoi les roboticiens permettent-ils cela ?

– Aucun système n'est parfait. C'est une de ces petites choses qui ne fonctionnent pas comme on le voudrait. Si le robot doute de son exécution correcte des ordres, il peut sombrer dans un état d'anxiété... en particulier un intégral-K élevé au niveau W-14. Ils se mettent donc à s'assurer de plus en plus souvent que l'objet à garder est bien là, à des intervalles de plus en plus rapprochés.

– Jusqu'à ce que l'objet en question se retrouve sous leur nez.

– Exactement, répliqua Derec, après quoi il sombra dans un silence pensif d'où il émergea avec un sursaut.

– Par les astres ! Voilà que vous me forcez à réfléchir à un moyen de nous en emparer !

– Vous voyez ? Je savais que vous ne vouliez pas la leur laisser, susurra Katherine avec un sourire. Des idées ?

– Pas encore... Sauf que quel que soit le soin apporté à la formulation des ordres de protéger la clef, ils ne sont couverts que par la Deuxième Loi.

Katherine resta un bon moment muette, pendant que Derec roulait au hasard par les rues entourant l'esplanade.

– Obéir aux ordres, c'est la Deuxième Loi, dit-elle enfin.

– C'est ce que je viens de dire.

– Si Wolruf et moi leur donnions une raison suivant la Première Loi de négliger ces ordres ?

En entendant prononcer son nom, Wolruf redressa

la tête sous la blouse et leva des yeux confiants vers Derec.

– C'est la solution, évidemment, dit-il. Mais comment ?

– J'ai une idée. Une petite scène de théâtre robotique, disons.

– Croyez-vous pouvoir être convaincante ? demanda Derec sans y croire.

– Ça ne coûte rien d'essayer.

– Wolruf ? Tu es d'accord ?

– Comme tu voudras, Derec.

La responsabilité lui revenait, qu'il le veuille ou non.

– Très bien, dit-il enfin. Allons dans un coin plus tranquille et mettons les choses au point.

Derec secoua la tête en contemplant l'esplanade, au bout du couloir.

– Ça ne marchera jamais, murmura-t-il.

– Ça a marché jusqu'ici, n'est-ce pas ?

Derec fut forcé de le reconnaître. Le premier problème consistait à éliminer la circulation des robots aux abords de la place. Ils avaient envisagé une demi-douzaine de ruses et s'étaient finalement décidés pour une campagne de rumeurs, la variante d'un jeu d'enfants cruels : « Billy est un cafard. Fais passer ! » Derec avait interpellé un robot au hasard et lui avait dit :

– Robot, la direction a ordonné un essai des communications d'alerte de la station dans cette sous-section. Tes instructions sont les suivantes. Premièrement, tu ne dois pas parler de l'essai ni du rôle que tu y joues sur la transmission de commandement. Deuxièmement, tu ne dois pas rester ni entrer dans la sous-section 100, à aucun moment entre 12 et 14 heures aujourd'hui. Troisièmement, tu dois transmettre ces ordres au premier robot que tu croiseras.

Les instructions étaient assez anodines pour que le robot ne les mette pas en doute. Et, comme un virus, la rumeur se répandit dans tout le personnel de la station. En une demi-heure, la circulation sur l'esplanade fut spectaculairement réduite et au bout d'une heure, elle avait complètement cessé, la place était déserte et plusieurs robots avaient même quitté le Centre d'opérations.

Il en restait trois dans la salle. De là où il était, accroupi à côté du « jitney », Derec les voyait, les deux X-50 gardant l'objet et Amazon, courant d'un poste de travail à l'autre pour essayer de surveiller des opérations critiques. Leur responsabilité avait été trop fortement impressionnée sur leur cerveau positronique pour que la petite ruse de Derec les en détourne.

– Ça marchera, assura Katherine. Allez-y. Nous jouerons notre rôle. Tâchez seulement de jouer le vôtre sans faute.

Derec soupira, hocha la tête et partit à pied. Il traversa l'esplanade déserte et monta sur l'unique marche du seuil du Centre. Aucun des trois robots ne fit attention à lui.

– Amazon.

– Oui, Derec.

– J'ai décidé de ne pas attendre la navette de Nexon. Je veux affréter un vaisseau qui viendra me chercher et me conduira sur Aurora. Dis-moi quelle est la marche à suivre.

Sans même se détourner de sa console, le robot répondit :

– Il y a sept vaisseaux à pavillon aurorain autorisés dans l'espace aérien d'Aurora pour des vols charters. Vous pouvez contacter ces compagnies par hyperonde...

Tout à coup, le silence de l'esplanade fut rompu par le grondement furieux d'un « jitney » lancé à pleine vitesse. Un instant plus tard, le véhicule surgit en trombe d'un des corridors de communication,

Katherine au volant. Derrière elle, Wolruf galopait à quatre pattes.

Elles étaient parvenues au centre de l'esplanade quand Wolruf arriva assez près pour sauter et saisir par-derrière le bras de Katherine. Le « jitney » fit une terrible embardée, forçant l'extraterrestre à lâcher prise. Mais le véhicule dérapa soudain et alla se jeter de flanc contre la base en forme de rocher d'un petit arbre. Wolruf bondit de nouveau sur Katherine qui poussa des cris terrifiés ponctués des grondements menaçants de Wolruf.

– Au secours ! Au secours ! Ça va me tuer !

Dès le dérapage du « jitney », Amazon s'était dirigé vers la porte et un des X-50 avait commencé à se lever. Mais quand le robot gardien vit qu'Amazon réagissait, il se rassit. Derec comprit immédiatement que les instructions du gardien étaient si catégoriques que la réponse d'Amazon à une situation de Première Loi le libérait de cette responsabilité-là. Ces deux robots n'agiraient qu'en cas d'échec d'Amazon.

Le temps passait trop vite.

– Robots ! Allez secourir cette femme ! cria Derec en s'avançant. Elle est attaquée. Elle risque d'être tuée !

Un des X-50 s'agita.

– Amazon la protégera...

– La créature qui l'attaque est forte et rapide. Amazon ne pourra pas lui éviter d'être blessée. Allez ! Allez la secourir ! Allez ! Immédiatement !

Un des gardiens se leva, puis l'autre, et ils firent deux pas hésitants en direction de la porte. Puis ils s'arrêtèrent, les potentiels positroniques en conflit ayant trouvé un nouvel équilibre. Amazon allait atteindre Katherine et Wolruf en quelques pas et l'affaire serait terminée. Ils avaient échoué.

Juste à cet instant, Katherine poussa un hurlement effroyable qui parut réel à Derec lui-même. Les robots gardiens se remirent en marche. Derec n'attendit pas une seconde de plus. Empoignant l'objet sur la table, il partit en courant dans la direction opposée, sauta par-dessus une console et bondit par une fenêtre.

Le cœur battant, il s'élança dans un couloir désert et s'éloigna à toutes jambes de l'esplanade. Il entendait ronfler des moteurs de « jitneys » mais ne se retourna pas. Il ne pouvait se permettre de s'inquiéter de Katherine et Wolruf. Il crut entendre le bruit de métronome d'un robot qui courait, mais il ne tourna même pas la tête. Même s'il était poursuivi, même s'il le savait, il ne pourrait forcer ses jambes à courir plus vite.

Tout ce qu'il voulait, c'était arriver dans les zones obscures sans avoir été intercepté. Il ne pensait qu'à sa fuite et au rendez-vous qu'il avait choisi. Il courut jusqu'à avoir les poumons en feu, jusqu'à en perdre le souffle, jusqu'à ce que les ténèbres l'enveloppent et le dissimulent à ceux qui le cherchaient.

LA CLEF DU PÉRIHÉLION

Derec attendait, tapi dans un recoin de la pièce, dans l'ombre la plus épaisse. Il ne savait pas depuis combien de temps il était là, seul, mais il lui semblait qu'il y avait une éternité. Tendu, silencieux, il serrait la clef dans ses mains.

Soudain, sans avertissement, il ne fut plus seul. Le corridor extérieur était aussi noir que la pièce, aussi ne put-il rien voir quand la porte s'ouvrit, mais il l'entendit coulisser, puis des pas légers signalèrent l'entrée de quelqu'un. Son cœur se mit à battre plus vite.

– Derec... ?

Il soupira et sa tension se dissipa. C'était Katherine.

– Ici, dit-il. Dans le coin.

Elle alluma sa torche et la tourna vers lui. La surface polie de l'objet qu'il tenait renvoya un éclat de lumière sur elle et Wolruf.

– Vous avez réussi ! exulta-t-elle. Faites voir !

Mais Derec croisa les mains sur l'objet.

– Non ! Ne vous approchez pas de moi !

– Que se passe-t-il ? Qu'est-ce qui vous prend ? Nous avons réussi. Nous l'avons !

– D'accord, nous l'avons. Il est temps de passer aux aveux, déclara Derec en se levant brusquement, adossé au mur. J'ai eu le temps de réfléchir à bien des choses, ici, tout seul. Il est ahurissant de voir combien la peur vous affûte l'esprit.

– Que voulez-vous dire ? s'écria Katherine.

Il brandit la clef au-dessus de sa tête.

– C'est très simple. Laquelle de vous deux va cesser de faire l'innocente et me dire exactement ce que nous avons entre les mains ?

Katherine le regarda, ahurie.

– Si vous insinuez que je vous ai fait des cachotteries...

– Vous n'en avez pas fait ? Wolruf et vous, toutes les deux ! J'en ai assez d'être dans le cirage, d'avoir toujours une fusée de retard. Je veux savoir tout ce que vous savez. J'aimerais encore mieux le rendre aux robots que de ne pas savoir de quoi il s'agit.

– Voyons, Derec, je n'en sais pas plus que ce que je vous ai déjà dit, assura Katherine en faisant un pas vers lui.

Il se raidit et serra l'objet encore plus fort.

– N'essayez pas d'approcher ! Parlez !

– Je ne veux pas me battre avec vous, Derec. C'est de la folie. Nous formons une équipe. Je ne vous cache rien. Je n'ai jamais vu ce truc-là, je n'en ai jamais entendu parler avant qu'Aranimas ne me pose des questions à ce sujet. Je n'ai rien pu lui dire et il n'a rien pu me dire non plus.

Katherine se retourna vers Wolruf, qui attendait dans la pénombre.

– Wolruf était la principale assistante d'Aranimas, reprit-elle. Et quand les robots ont pris la clef dans le vaisseau, elle a jugé que cela valait la peine de courir un risque et de les suivre pour voir où ils l'emportaient. Qu'as-tu à répondre, Wolruf ?

– J'avais faim. Je croyais qu'il y aurait de quoi manger.

– Vraiment ? Faim comment ? Pas une faim de six semaines. Trois jours, au plus. Est-ce une faim suffisamment terrible pour te forcer à aller où il y a des robots, au risque de te faire prendre ? Surtout si l'on tient compte de ton attitude à leur égard !

– Si quelqu'un garde des secrets, c'est peut-être toi, Derec ! dit soudain Wolruf. La clef a été trouvée sur l'astéroïde où tu prétends avoir été naufragé. Pourquoi es-tu allé à cet endroit précis quand tu t'es évadé ? Parce que tu savais que la clef était là ? Peut-être parce que tu l'avais cachée là, et que tu voulais la récupérer !

Tout à coup, les lumières de la salle les éblouirent. Le seul à ne pas sursauter fut Derec. Il s'y attendait.

– Les robots nous cherchent, dit-il. Ils ont réactivé cette section, et peut-être la station tout entière. Grâce aux systèmes d'environnement, ils peuvent détecter où la lumière a été utilisée et où la demande d'oxygène est la plus élevée.

– Nous ne pouvons rester ici, dit simplement Katherine. Nous devons changer de place. Il faut cacher la clef avant qu'ils ne nous retrouvent.

– Faux. A moins que l'une de vous ne se décide enfin à parler, je vais attendre ici que les robots arrivent, et je leur remettrai la clef, déclara très calmement Derec. C'est à vous de décider.

– Si vous la leur rendez, nous ne pourrons plus jamais la récupérer !

– C'est certain, répliqua-t-il sans s'émouvoir.

Elle se tourna vers Wolruf.

– Si tu sais quelque chose, tu dois nous le dire, et tout de suite, sinon la clef est perdue. Et si tu attends plus longtemps, nous ne nous échapperons jamais.

Effrayée, Wolruf recula.

– Vous la prendrez et vous m'abandonnerez, et jamais je ne rentrerai chez moi, gémit-elle, désespérée.

– Non, nous ne t'abandonnerons pas, assura Katherine.

– Je te l'ai déjà promis, ajouta Derec. Je parlais sérieusement.

– Dis-le-lui, insista Katherine. Dis-le-nous.

Les yeux affolés de Wolruf allaient de l'un à l'autre et finalement, elle révéla :

– C'est une des clefs du Périhélion.

– Le Périhélion ? Qu'est-ce que c'est que ça ? demanda Katherine.

– On dit que c'est le lieu le plus proche de tous les autres lieux de l'univers. Vous tenez la clef de la pièce qui est au centre de tout. Avec la clef, par le Périhélion, vous devriez pouvoir voyager n'importe où.

– Une sorte de télékinésie ? hasarda Derec.

– Non. C'est une clef qui ouvre la porte du Périhélion.

Sa colère oubliée, Katherine interrogea Derec du regard.

– Est-ce qu'il pourrait s'agir de quelque chose qui fonctionne selon le même principe que le saut ?

– Dans une petite boîte comme ça ? Oh non... Tu dis que c'est une des clefs, Wolruf. Combien y en a-t-il ?

– D'après les histoires qu'Aranimas a entendues, sept.

– Quelles histoires ? Où les a-t-il entendues ?

– Il y a eu trois vaisseaux, avant que celle-là ne monte à bord, expliqua Wolruf en désignant Katherine. Aranimas a beaucoup appris des humains à bord, avant de leur faire tant de mal qu'ils en sont morts. Il a appris votre langue, et écouté beaucoup d'histoires.

– Je n'ai jamais entendu d'histoires sur les clefs du Périhélion ! protesta Katherine. Ce devaient être des vaisseaux de Colons.

– Ce serait concordant. Sinon Aranimas aurait découvert les robots plus tôt... D'où viennent ces clefs ? demanda Derec à l'extraterrestre.

Wolruf gonfla les joues, une grimace équivalant à un geste d'ignorance.

– Aranimas n'a même pas pu savoir d'où venaient les histoires.

Derec regarda la clef et la retourna entre ses mains.

– Comment ça marche ? Où sont les commandes ?

– Aranimas n'a pu trouver qu'une seule commande, dit Wolruf. Presse chaque coin, l'un après l'autre. Un bouton apparaît.

– Je les presse dans le sens des aiguilles d'une montre ou dans l'autre sens ? En commençant par lequel ? Et sur quelle face ?

– Aucune importance. Tourne comme tu veux. Le bouton apparaît toujours dans le dernier coin que tu touches et toujours du côté qui te fait face. Si tu ne fais rien, le bouton disparaît.

– Et si on appuie sur le bouton, on va au Périhélion ? demanda Katherine.

– Non. Ce n'est pas comme ça que ça se passe. La clef ne marche pas.

– Tu l'as essayée ? Avec Aranimas ?

– Souvent.

Derec baissa les yeux sur le petit bloc de métal étincelant dans sa main. Elle était lisse comme un miroir et il n'y avait pas trace de joints ou de soudures. Pas trace d'interrupteur caché. Quand il pressa le coin supérieur droit entre le pouce et l'index rien ne céda ; c'était comme s'il n'avait rien fait.

Mais quand il pressa le quatrième coin, le métal frémit sous son pouce. Un carré de trois centimètres de côté remonta, ressemblant tout à fait à une touche attendant qu'on l'enfonce. En même temps, elle avait l'air d'une partie inamovible de l'objet, comme si l'argenture était une sorte de membrane métallique.

Katherine demanda à Wolruf :

– Si ça ne marche pas, pourquoi tenais-tu tellement à la récupérer ?

– Je pensais pouvoir l'arranger, peut-être... C'est mon seul moyen de rentrer chez moi, maintenant.

Une voix les appela alors, venant du couloir.

– Derec... Katherine... sortez ! Derec... Katherine, vous n'avez pas à vous cacher.

Wolruf se ramassa sur elle-même et lâcha un torrent de grondements gémissants.

– Tais-toi ! lui chuchota Katherine puis, à Derec : Faites quelque chose !

– Quoi ? Cette pièce n'a qu'une porte !

La porte s'ouvrit alors et Derec vit un robot doré, qui bloquait toute l'ouverture et s'apprêtait à entrer. Katherine passa devant lui et cacha le robot à sa vue. Elle s'approcha et tendit la main vers la clef, la mine résolue.

La première pensée de Derec fut qu'elle allait lui arracher la clef et tenter de fuir. Il n'eut pas le temps de mettre l'objet étincelant hors de portée ; il se contenta de le serrer plus fort dans ses mains.

Trop tard, il comprit que Katherine ne songeait pas à s'emparer de la clef. Elle referma solidement ses mains autour de celles de Derec et son pouce renfonça le bouton.

– Non ! cria Wolruf.

– Attendez... s'exclama Derec.

Mais personne ne pouvait arrêter le cours des choses, ni Derec, ni le robot, et pas même Katherine. Derec fut brusquement aveuglé par un éclair multicolore qui lui déroba la pièce entière. Et quand la lumière s'atténua et céda à la grisaille, quand il recouvra la vue, Wolruf et le robot doré avaient disparu.

Les deux jeunes gens étaient debout, dans la même position, serrant la clef dans leurs mains, au centre d'un lieu minuscule dans un immense espace. Aucun obstacle ne les empêchait de voir à l'infini, mais il n'y avait rien à voir.

Ils étaient baignés d'une douce clarté grise, qui était à l'œil ce qu'un murmure est à l'oreille. L'air était plein des relents poussiéreux d'une maison qu'on a fermée pour l'été. Il n'y avait aucun bruit, à part leur propre respiration haletante.

Cramponnés l'un à l'autre et à la clef, ils essayèrent de comprendre et d'accepter leur soudain déplacement dans cette réalité irréelle. Ce lieu ne pouvait être nulle part dans l'espace. Ils étaient à l'extérieur, ils ne savaient pas où, jetés là par la puissance stupéfiante du petit bloc argenté. Ils étaient hors du temps, au-delà de la vie.

– Le Périhélion, souffla Katherine.

– Wolruf a dit que c'était l'endroit le plus près de partout ailleurs. J'ai plutôt l'impression qu'il est le plus loin de tout.

Katherine tourna la tête de tous côtés.

– Où est-elle ?

– Là-bas à la station Rockliffe, probablement. Abandonnée.

– Pourquoi la clef ne l'a-t-elle pas transportée avec nous ?

– Peut-être qu'elle n'a jamais marché pour elle, supposa Derec. Elle était peut-être trop loin de nous. Il faut peut-être toucher la clef, ou toucher quelqu'un qui la touche. Je ne sais pas. Nous devrons retourner la chercher.

– Les robots...

– C'était Alpha. Vous ne l'avez même pas regardé. C'était Alpha.

– Je ne savais pas... Appuyez sur le bouton. Retournons là-bas.

– Qu'est-ce qui nous dit que nous y retournerons ?

– Quand je l'ai pressé, je pensais à une évasion. Appuyez encore. Pensez à retourner là-bas.

Derec obéit, sans un mot. Le bouton apparut, comme la première fois. Il y eut un nouvel éclair multicolore et quelques secondes d'adaptation. Et leur vision retrouvée leur apprit quelque chose qui ne devait pas être, qui ne pouvait pas être. Ils n'étaient plus au Périhélion... mais ils n'étaient pas non plus de retour à la station Rockliffe.

Ils étaient en plein soleil, au sommet d'une tour pyramidale immense, avec une grande ville étalée à leurs pieds. La tour était deux fois plus haute que tous les autres bâtiments en vue. Ils avaient l'impression d'être sur le toit du monde, regardant du haut d'un nid d'aigle.

– Qu'est-ce que c'est ? murmura Katherine. Où nous avez-vous envoyés ?

Derec contemplait avec stupeur les tours, les cubes, les flèches s'étendant de la base de la pyramide jusqu'à l'horizon.

– Je ne sais pas, avoua-t-il d'une voix sourde. Je pensais à la station Rockliffe.

Elle lâcha les mains de Derec et lui empoigna le bras.

– Sommes-nous sur la Terre ? demanda-t-elle comme si cette perspective l'effrayait.

Derec regarda vers l'ouest, le soleil bas.

– Non. L'étoile est trop blanche et trop petite...

Mais il savait pourquoi elle posait la question. Aucun monde de Spatiaux n'avait de ville aussi vaste. C'était seulement sur la Terre que l'urbanisation avait été pratiquée à cette échelle, et il n'y avait plus de villes mais des cités, fermées, et en grande partie souterraines.

– Vous ne la reconnaissez pas ?

– Je n'ai jamais rien vu de pareil, dit-elle. Serait-ce la planète de Wolruf ? Ou celle d'Aranimas ?

– Je ne sais pas. Mais nous pouvons le savoir assez facilement.

– Comment ?

– En descendant voir.

– Non ! protesta-t-elle en frémissant. Retournons là-bas.

Derec s'aperçut qu'il serrait encore la clef dans ses mains.

– Je ne sais pas si je pourrai.

– Essayez ! Ou laissez-moi essayer !

– Nous allons essayer.

Fixant dans son esprit une image du vide gris du Périhélion, Derec fit sauter le bouton de commande et le pressa. Cette fois, il ne se passa rien.

– Ce que la clef a fait a dû exiger énormément d'énergie. Peut-être doit-elle se recharger, ou être rechargée. On dirait que nous sommes ici pour un moment.

– Je ne veux pas descendre là-bas. Il va faire nuit. Restons ici jusqu'au matin et nous essaierons encore de faire fonctionner la clef.

Le soleil avait baissé vers l'horizon et l'ombre déjà longue de la tour s'allongeait encore sur la ville.

– Vous n'avez pas peur de tomber dans le vide, dans votre sommeil ? demanda Derec, car il n'y avait aucun garde-fou, pas de parapet autour du sommet plat de la pyramide.

– Il n'est pas question pour moi de dormir, répliqua Katherine.

Comme le soleil plongeait vers l'horizon, un vent léger se leva, qui fit voleter leurs cheveux et leurs vêtements. Il apportait une odeur inconnue de Derec. En fait, pour un monde si manifestement grouillant de vie, l'odeur était remarquablement imprécise.

Au-dessous d'eux, la ville s'illuminait. De la lumière ruisselait sur les façades des immeubles, brillait par flaques sur les chaussées. Dans les rues, des centaines d'autres lumières clignotaient et s'agitaient, rappelant à Derec l'animation d'une colonie d'abeilles ou de fourmis.

Trop stupéfaits pour avoir peur, ils se taisaient. Katherine se replia sur elle-même, assise en position de lotus au beau milieu de la plate-forme carrelée. Derec en fit le tour, regardant en bas et essayant de comprendre le plan de la ville.

Quand les étoiles apparurent, il les examina dans

l'espoir de reconnaître quelques constellations. Une étoile rouge, aussi brillante qu'une planète, pouvait être Bételgeuse et une autre, d'un blanc éclatant, pouvait être Sirius.

Mais cela pouvait être n'importe quelle étoile parmi les milliers d'étoiles, baptisées ou simplement numérotées. Impossible de le savoir, sans spectromètre pour relever l'empreinte optique de chaque étoile suspecte, ni dictionnaire général astrographique pour faire des comparaisons.

– Vous rappelez-vous quel était l'aspect des étoiles vues d'Aurora ? demanda-t-il à Katherine, toujours immobile.

– Je ne l'ai jamais su. Cela ne m'intéressait pas.

Il renonça et alla s'asseoir en face d'elle. Elle frottait distraitement son biceps droit, à travers la manche de sa tunique.

– Vous souffrez ?

– Ce n'est pas ma peau qui me fait mal.

Elle retroussa la manche et montra une ecchymose violacée en forme de croissant.

– Joli.

– Mon hurlement le plus convaincant, dit-elle avec un sourire contrit.

– Wolruf ?

– Elle s'est prise au jeu et m'a mordue. Elle est moins inoffensive qu'elle ne voulait nous le faire croire.

– Tout être vivant sait se défendre, dit-il, puis il ajouta tristement : Je me demande ce qui lui est arrivé.

– Je ne comprends pas votre amitié pour elle.

– C'est une victime, une prisonnière. Tout comme nous.

– J'ai du mal à la percevoir ainsi.

Derec soupira.

– Aucune importance, maintenant. Je l'ai abandonnée, encore une fois.

Un silence tomba.

– Je ne comprends pas pourquoi c'est Alpha qui est venu nous chercher, dit enfin Katherine. Il n'a pu errer librement comme Wolruf depuis notre arrivée à la station, n'est-ce pas ? A nous chercher ?

– Encore un des tours de Jacobson, probablement. Il savait que nous voulions reprendre le robot. Quel meilleur appât pour nous attirer à découvert ?

Ils restèrent encore un moment sans parler, assis tout près l'un de l'autre, sans se toucher.

– Votre prénom est David, dit-elle à brûle-pourpoint.

Ce nom ne provoqua aucune révélation soudaine dans l'esprit de Derec, et la prudence née de l'expérience l'empêcha de se montrer reconnaissant.

– Pourquoi me le dites-vous maintenant ?

– Pour en finir avec ma gymnastique mentale chaque fois que je m'adresse à vous. Et parce que je pensais que vous aimeriez le savoir.

– Et parce que nous ne savons pas ce qui va nous arriver ?

– Je ne veux pas y penser. Je ne veux pas le savoir.

– Allez-vous me jeter plus qu'une miette ? Comment me connaissez-vous ? Où nous sommes-nous connus ?

Elle tourna la tête pour le regarder.

– Vous étiez officier mécanicien à bord d'un vaisseau de ligne colon, le *Daniel O'Neill*. Ce nom vous dit quelque chose ?

– Non... Que pouvez-vous me dire d'autre ?

Elle hésita.

– Je dois avouer que je ne vous connais pas aussi bien que je l'ai donné à penser tout d'abord. Nos chemins se sont croisés dans le cosmoport.

– Si je suis un vulgaire colon et si vous appartenez à l'élite des Spatiaux...

– Votre commandant avait des ennuis avec la douane, à l'arrivée, et notre départ était retardé par des problèmes mécaniques. Nous nous sommes trouvés tous deux dans la même salle d'attente. Nous avons parlé un moment... Vous étiez drôle. Vous m'avez fait rire.

– Ai-je parlé de ma famille... de ma maison ?

– Vous ne vous rappelez rien, n'est-ce pas ? Notre rencontre... le *O'Neill*...

– Rien.

– Je suis désolée... Tout de même. J'ai pensé que vous seriez plus heureux, en sachant.

– Je serais plus heureux en me souvenant, répliqua-t-il. D'ailleurs, ça n'a plus d'importance, à présent. Je ne sais rien de ce David. Je sais quelques petites choses de Derec. Je crois que je vais rester Derec, en attendant.

– Je ne vous ai pas tout dit. Je ne vous ai pas parlé de...

– Non ! Si mon propre nom ne me rend pas la mémoire, rien ne me la rendra. Gardez le reste. Ça vous permettra de savoir si je me rappelle ou si j'invente.

– Votre mémoire reviendra, elle ne peut pas ne pas revenir.

Il hocha distraitement la tête, enregistrant les mots sans les croire.

– Si vous voulez essayer de dormir, je veillerai sur vous, pour le cas où vous vous agiteriez et tenteriez de marcher dans les airs.

– Je ne peux pas dormir sans oreiller.

Derec s'allongea sur le dos et tapota son épaule.

– J'ai un oreiller libre à votre disposition, location gratuite.

Il s'attendait à un refus mais elle se glissa en silence jusqu'à lui et s'allongea contre son flanc gauche, la tête au creux de son épaule. Elle ferma les yeux et parut s'endormir immédiatement.

Ils étaient enlacés naturellement, innocemment, mais pour Derec la proximité de Katherine avait quelque chose d'agréable. « Probablement parce qu'elle ne parle pas », se dit-il. Il contempla les étoiles en écoutant la respiration régulière de la jeune femme, jusqu'à ce que ses paupières s'alourdissent de sommeil.

« David Derec », songea-t-il avant de s'endormir. Comme il serait heureux d'avoir de nouveau un prénom et un nom.

LE MATIN, SUR LA HAUTEUR

Ils se réveillèrent glacés jusqu'aux os après leur nuit à la belle étoile, exposés aux quatre vents, et les premiers rayons du soleil ne les réchauffèrent guère. Katherine se sépara vivement de Derec, comme si ce contact la gênait.

– Essayons la clef, dit-elle nerveusement, en se relevant.

Derec se redressa mais resta assis.

– Ni bonjour, ni salut ? dit-il avec un demi-sourire, mais il tendit tout de même la main vers la clef, posée sur le carrelage.

– Dépêchez-vous ! s'exclama-t-elle impatiemment. J'ai fait un mauvais rêve et je voudrais le conjurer au plus vite.

– Qu'est-ce qui vous arrivait ?

– J'étais coincée ici, avec vous !

Toujours souriant, il se leva et lui offrit la clef.

– A vous l'honneur.

Elle passa rapidement par la séquence d'activation puis elle regarda Derec dans les yeux.

– Prêt ?

– A quoi pensons-nous ? Au Périhélion ou à la station ?

– Le Périhélion d'abord. Je crois que c'est obligatoire.

– D'accord. Prêt si vous l'êtes.

Elle appuya fortement son pouce sur le bouton, comme si la véhémence du geste devait hâter leur retour. La lumière explosa sur leur rétine, le soleil disparut et ils se retrouvèrent dans le monde gris du Périhélion.

– La station, maintenant ? demanda Derec.

– Pourquoi pas Aurora ? répliqua-t-elle, les yeux brillants. Wolruf a dit qu'on pouvait aller partout, avec ça. Pourquoi irions-nous nous replonger dans les ennuis ?

– Non. Nous devons retourner chercher Wolruf. Je le lui dois.

– Je ne veux pas retourner là-bas ! Nous ne pourrons plus utiliser la clef pour nous échapper, pas avant des heures. Ils nous la reprendront et ils nous enfermeront, et nous ne pourrons rien faire pour Wolruf. Sur Aurora, nous trouverons des secours, nous affréterons un vaisseau et nous irons la chercher.

– Comment ?

– J'ai des amis sur Aurora.

– Ceux qui ont résilié votre compte ?

Le visage de Katherine s'assombrit mais elle ne voulut pas en démordre.

– Davantage que nous n'en avons à la station Rockliffe !

– Il vous faudra piloter. Je n'ai pas une image assez claire d'Aurora dans ma tête.

– Je ne demande pas mieux. Cramponnez-vous ! dit-elle et elle appuya encore une fois sur la clef.

Le Périhélion disparut, comme prévu, mais ce ne fut pas le paysage bucolique d'Aurora qui le remplaça. Derec ne mit qu'une seconde à se rendre compte qu'ils étaient revenus au sommet de la tour dominant la grande ville mystérieuse.

Un instant plus tard, Katherine s'en aperçut à son tour.

– Par les astres ! s'exclama-t-elle en courant jusqu'au rebord avec une vigueur qui fit craindre le pire à Derec. Qu'est-ce qui n'a pas marché ?

Il contemplait, derrière elle, les constructions voisines.

– Difficile à dire, puisque nous ne savons pas ce qui se passe quand ça marche bien. Il est évident que le contrôle de la clef exige autre chose que la simple pensée de l'endroit où on veut aller.

– Mais pourquoi ici, un endroit que nous ne connaissons ni l'un ni l'autre ?

– Je ne sais pas... Ce pourrait être pire.

– J'aimerais savoir comment ! cria-t-elle, les poings sur les hanches.

– Eh bien, réfléchissez ! Où que nous soyons, nous sommes loin de la station Rockliffe et nous en sommes partis d'une telle façon qu'il ne sera pas facile à nos chasseurs de nous poursuivre. Cela veut dire que, d'un seul coup, nous nous sommes libérés de Jacobson, des robots d'Amazon et des maraudeurs. Et, en prime, nous nous sommes échappés avec la clef.

– Dont nous ne savons pas nous servir correctement. Nous avons perdu Alpha, nous ne savons pas où nous sommes, nous n'avons pas de vaisseau, pas d'argent, pas de vivres, rien que les vêtements que nous avons sur le dos et une clef inutilisable.

Ce fut tout juste si elle ne trépigna pas, comme une enfant en colère.

– Je n'ai pas dit que la situation était excellente. J'ai dit qu'elle pourrait être pire...

Accroupi sur ses talons, il contempla la clef, la soupesa, la fit passer plusieurs fois d'une main dans l'autre, avec nervosité.

– J'ai du mal à croire à ce qu'accomplit ce truc-là. Qu'un appareil aussi petit puisse transporter de la matière sans parler des années-lumière, c'est l'exploit scientifique le plus fantastique... Cela relève de la magie. Je ne sais ce que je donnerais pour le démonter et voir comment ça marche. Je comprends pourquoi tout le monde veut s'en emparer !

– Pourquoi ?

– A cause d'une chose que Wolruf m'a dite. L'astéroïde où je me suis réveillé était artificiel. Quelqu'un a voulu en faire la cachette finale de ce truc-là.

Katherine fut prompte à saisir les implications.

– Comme si c'était un objet dangereux et non pas simplement puissant.

– Précisément.

– Ma foi... Imaginez ce qu'un terroriste ou un bandit pourrait faire de ça. Ou une armée de soldats tous munis de cette clef. Surtout une armée extraterrestre.

– Il serait impossible de se protéger contre elle, murmura Derec en contemplant l'objet au creux de sa main. La possession de cet engin entraîne d'énormes responsabilités. Plus peut-être que je ne veux en accepter... Et par-dessus le marché, je ne sais même pas ce que je fais dans cette histoire... Vous pensez sans doute que la capsule venait du *Daniel O'Neill*, que je me suis éjecté à la suite de quelque accident ?

– C'est la ligne la plus droite d'un point à un autre.

– Sans doute. Mais vous savez, il y a autre chose qui ne colle pas. Pourquoi Moniteur 5 a jugé si important de me remettre la clef, à moi ? Moi dont les robots ne savaient que faire ? Il m'a dit... attendez, que je me souvienne... Il m'a dit à peu près : « J'ai trouvé la clef, Derec, vous devez la prendre. » Comment expliquez-vous ça ?

Elle écarta les bras.

– Je ne me l'explique pas.

Derec se releva et s'approcha d'elle, au bord de la terrasse.

– Et cette ville, dit-il en l'embrassant tout entière d'un geste large. Regardez-la. Elle est magnifique ! Cela ne vous fait pas battre le cœur ? Sentez-vous la vision, l'unité, comme tout se fond en un tout harmonieux. Regardez les tourelles et les toits en pente... admirable ! Regardez comment les cinq solides pythagoriciens parfaits sont employés comme formes structurales pour... Tiens, c'est bizarre. J'aurais juré qu'hier soir, il y avait un groupe de trois icosaèdres, là, sur ce boulevard.

– Icosaèdres ?

– Le plus parfait solide complexe, vingt faces planes triangulaires... J'ai dû me tromper. J'ai peut-être rêvé de cet endroit, la nuit dernière. Enfin bref, j'ai hâte de descendre. Si nous avions réussi à retourner à la station Rockliffe, hier soir, ou sur Aurora, ce matin, j'aurais regretté de ne pas avoir eu l'occasion d'explorer.

– Vous êtes-vous donné la peine de remarquer que cette ville n'est pas seulement une collection d'édifices ?

– Que voulez-vous dire ?

Elle montra du doigt, tout en bas, les minuscules silhouettes marchant dans les rues.

– Si vous descendez, vous aurez à affronter les créatures qui ont construit tout ça. Est-il donc si amusant d'envisager cent mille monstres comme Aranimas à vos trousses ? Nous sommes des intrus. Nous n'avons pas été invités.

Derec croisa les bras et contempla encore la ville qui s'étendait jusqu'à l'horizon.

– A mon avis, il doit y avoir au moins un million d'habitants, dans une agglomération de cette importance. Mais ils ne sont sûrement pas comme Aranimas. Ni comme Wolruf.

– Pourquoi ?

– Parce que Wolruf m'a parlé de son monde et de celui des Eranis et que ceci ne correspond pas du tout...

– Elle a pu mentir.

– C'est vrai. Mais vous dites que vous n'avez pas choisi la destination et je sais que je ne l'ai pas choisie non plus. Cela veut dire que c'est la clef qui a décidé de nous amener ici.

– Et alors ?

– Alors, la clef n'a pas été fabriquée par la race d'Aranimas et elle n'a pas été faite par les semblables de Wolruf. Parce que dans ce cas, ils auraient su la faire marcher. Ils auraient probablement pu en construire une en se donnant moins de mal que pour trouver celle-ci. Aussi pourquoi nous transporterait-elle dans un de leurs mondes ?

– Ils ont peut-être appris à régler la destination, fit observer Katherine.

– Peut-être. A moins que la clef n'ait été conçue pour retourner dans un certain lieu, lorsqu'elle est activée inconsidérément... une façon de la récupérer si elle tombe entre de mauvaises mains.

– Alors les créatures, là dans les rues...

– Ne sont peut-être pas seulement les bâtisseurs de la ville mais les fabricants de la clef. Ce qui veut dire que nous avons peut-être été invités.

Elle cligna des yeux en regardant Derec.

– Vous allez descendre, que je vous suive ou non, n'est-ce pas ?

– Oui. Je vous laisse la clef, si vous voulez.

– Je croyais que nous formions une équipe.

– C'est toujours le cas ? riposta-t-il en haussant un sourcil.

– Vous ne le voulez pas ?

– Je ne sais pas si nous voulons les mêmes choses... Vous souhaitez aller à Aurora, je veux aider Wolruf... et enquêter sur cette affaire du *Daniel O'Neill*...

– Deux souhaits qui exigent que vous quittiez cette planète. Nos intérêts se confondent au moins jusque-là.

– En effet. Très bien. Nous sommes toujours une équipe.

– Au moins jusqu'à ce que nous empruntions un vaisseau spatial.

– Ou que nous apprenions le maniement de la clef du Périhélion, ajouta-t-il.

– Ou jusqu'à ce qu'Aranimas surgisse en crachant des flammes et se serve de nous comme combustible, plaisanta Katherine avant de jeter un nouveau coup d'œil en bas. Ou que nous ne survivions pas à la descente. Ne pouvons-nous pas les faire venir à nous ?

L'appréhension de Katherine était justifiée. Le seul moyen de descendre du sommet était de se laisser glisser le long d'une des faces abruptes de la pyramide. Elles étaient encore plus abruptes que celles, presque verticales, des temples incas et mayas de la Terre ancienne, auxquels ressemblait la tour. Mais, contrairement à ces temples, aucun escalier d'honneur n'était creusé dans ces parois.

A la place, une série de trous pointillaient la façade en son milieu et semblaient descendre jusqu'en bas. Chaque trou avait environ vingt centimètres de largeur et autant de profondeur ; ils étaient espacés de manière à offrir des points d'appui commodes aux mains et aux pieds.

Naturellement, il était possible aussi que leur fonction soit purement décorative.

– Le fait est... Je ne vois pas pourquoi on voudrait grimper ici, il n'y a rien sinon un beau panorama, dit Derec. Et si la vue était prisée par les habitants, ils auraient installé un ascenseur.

Malgré tout, les trous étaient en quelque sorte plus pratiques qu'un escalier. Plaqués contre la façade, les mains et les pieds assurés, tournant le dos au vide pour ne pas souffrir du vertige, Katherine et Derec pourraient descendre.

– Vous risquez de souffrir, fit-il observer à sa compagne.

– J'ai encore des médicaments en réserve et je me sens en pleine forme. D'ailleurs, personne ne vous a jamais dit que les femmes ont plus d'endurance que les hommes ? Assez parlé, allons-y !

Le pire fut de passer par-dessus et de chercher à tâtons, du bout du pied, le premier point d'appui. Derec passa le premier, en prenant soin de ne pas déloger la clef de sa ceinture où il l'avait glissée. Quelques secondes plus tard, Katherine était près de lui, les mains crispées sur le bord des trous.

– Je préfère ne pas penser aux créatures qui pourraient trouver que ces trous font de bons nids, dit-elle d'une voix haletante.

– Des serpents ailés, railla Derec. Un mètre de long, avec trois rangées de dents pointues. Pas de quoi s'inquiéter.

– Toujours aussi rassurant ! maugréa-t-elle en se remettant à descendre.

– A votre service ! lui lança-t-il en souriant et il la suivit.

Si jamais Derec avait imaginé que Katherine était du genre à se laisser dominer par la peur, à hésiter et à se laisser guider par lui, les premières minutes ne tardèrent pas à le détromper. Katherine – Kate – était agile, agressive et rapide. En dix minutes, ils avaient couvert un quart de la descente. Derec devait progresser prudemment pour ne pas faire de faux mouvements au risque de perdre la clef, aussi avait-il du mal à suivre l'allure de Katherine.

– Ho ! Equipière ! cria-t-il enfin. Pause conférence, s'il vous plaît.

– Lent comme vous êtes, je croyais que vous aviez déjà fait la pause, répliqua-t-elle, mais elle s'arrêta et l'attendit. Que se passe-t-il ? demanda-t-elle quand il la rejoignit.

– J'ai eu une idée, pour la clef. Devons-nous vraiment l'emporter en bas, sans savoir dans quoi nous allons nous fourrer ?

Elle fronça les sourcils.

– C'est un risque. Si nous savions comment la faire marcher, je serais d'avis de la garder avec nous. Nous pourrions nous en servir pour échapper à un danger...

– Si nous savions comment la faire marcher, nous ne serions pas en train de faire de l'acrobatie.

– Vous voulez la laisser ici, dans un de ces trous ?

– C'est à ça que je pensais. Elle est assez lourde et les trous assez profonds pour que rien ne puisse l'en déloger.

– Je n'aime pas beaucoup l'idée de m'en séparer... C'est une de nos deux chances de partir d'ici, peut-être la meilleure, autant que je sache.

– J'aime encore moins le risque d'en être séparé par la force, déclara Derec. Que fait-on ?

Elle acquiesça, à contrecœur.

– Vous avez raison... Cachons-la.

A la demande instante de Katherine, ils laissèrent la clef là où ils étaient, dans un trou sur la gauche.

– Ce sera plus dur de grimper que de descendre, constata Derec.

– Pour eux aussi, répliqua Katherine.

Soulagé de son fardeau, Derec put suivre l'allure imposée par la jeune femme, et le reste de la descente se transforma en une compétition muette. Mais la course prit fin prématurément lorsque, en regardant par-dessus son épaule pour voir si le sol était encore loin, Katherine vit quelque chose qui lui donna envie de remonter.

– Comité d'accueil, annonça-t-elle en tendant le bras pour retenir Derec par la manche.

Il se lâcha de la main droite, fit pivoter son buste et se pencha. A cent mètres au-dessous d'eux, douze silhouettes se tenaient en demi-cercle. Les douze figures étaient levées vers lui. Il eut un large sourire amusé.

– Regardez donc qui fait partie du comité ! dit-il. Des robots !

Katherine jeta encore un coup d'œil.

– Si l'on tient compte des événements récents, je ne sais pas si c'est une bonne nouvelle !

– Cela signifie que c'est un monde de Spatiaux...

– Rockliffe était une station de Spatiaux.

– ... ce qui veut dire que désormais notre plus gros problème sera les tracasseries administratives et la paperasserie.

– Optimiste.

– Vous verrez, assura-t-il et il se mit à descendre.

La réponse lui vint d'un des robots :

– Allez lentement, s'il vous plaît, et prenez toutes les précautions possibles. La descente le long de la tour du Compas est une activité dangereuse.

LA CITÉ DES ROBOTS

Pressé d'affronter le comité d'accueil, Derec négligea les derniers trous et sauta à terre. Pendant que Katherine continuait de descendre derrière lui, il s'avança vers les robots.

Plusieurs partaient déjà. Derec supposa qu'ils étaient des spécialistes médicaux venus en prévision d'une chute, ou des grimpeurs capables d'escalader la façade pour venir au secours des deux imprudents. Leurs talents n'étant plus nécessaires, ils retournaient vers d'autres tâches.

Les robots restants se ressemblaient mais n'étaient pas identiques. L'un portait une curieuse plaque émaillée bleue au-dessus de l'oreille droite, un autre un scanner optique vert vif, un troisième un réseau grillagé de capteurs autour de la tête, comme un bandeau. Derec en choisit un au hasard.

– Toi, dit-il, quel est ton nom ?

– Je suis M-3323, répondit le robot en avançant d'un pas.

– Très bien. Conduis-moi... nous, auprès du directeur de la ville, M-3323.

– La ville telle qu'elle est actuellement constituée n'a pas de directeur, répondit le robot. Comment vous appelle-t-on, s'il vous plaît ?

– Derec. David Derec. Mais...

– Et moi, je suis Katherine Burgess, dit sa compagne en s'approchant. Nous n'avons pas besoin de voir la personne au sommet, directeur de la ville, roi, président, dieu, quel que soit son titre. Nous avons besoin d'un endroit où veiller à nos nécessités hygiéniques, un lieu avec une douche, etc. Pendant que nous nous rafraîchirons, vous organiserez une rencontre pour nous avec quelqu'un capable de nous aider à résoudre nos problèmes. Est-ce trop compliqué ?

– Non, Katherine, assura M-3323. Des dispositions sont prises en ce moment même. Si vous voulez bien me suivre, je vais vous conduire aux installations appropriées.

Par bonheur, la maison où ils furent emmenés était à moins d'une minute de marche, nichée entre deux grandes tours à six faces, comme un enfant caché dans les jupes de sa mère. L'intérieur était étonnamment neuf et immaculé. Non seulement on n'avait jamais habité cette maison mais on n'y était jamais entré.

Elle contenait tout ce qu'il fallait à Derec et Katherine, entre autres deux salles de bains donnant sur une grande pièce meublée d'une plate-forme où l'on pouvait dormir à la japonaise. Les trois robots qui les avaient accompagnés les attendirent en bas, ce qui leur procura un supplément de tranquillité.

Vingt minutes plus tard, Katherine sortit avec le sourire de sa salle de bains.

– Voilà ! Plus présentable ?

Derec se leva d'un bond de la plate-forme où il s'était assis.

– Vous êtes un plaisir pour les yeux.

– Quelle charmante expression, si désuète ! s'exclama-t-elle, visiblement enchantée. Avez-vous une idée de l'endroit où nous sommes ?

– Pas la moindre.

– Nous sommes en route pour échapper à tout ça.

Nous allons rentrer chez nous ! Vous allez retrouver votre planète.

Derec croisa ostensiblement les doigts et elle s'étonna.

– Vous m'avez promis qu'il n'y aurait rien de plus que de la paperasse !

– C'était une prédiction, pas une promesse.

– Vous croyez toujours à votre prédiction ?

– Bien sûr ! Venez. Allons commencer à trancher dans le micmac administratif.

De la maison, M-3323 les ramena dans la direction d'où ils étaient venus, en remontant la rue vers une grande tour centrale. Ils formaient un drôle de petit cortège : deux robots en tête marchant côte à côte, M-3323 entre Derec et Katherine, comme un chaperon vigilant, et deux autres robots pour fermer la marche.

Derec se demanda si ces robots supplémentaires étaient une garde d'honneur, des gardes du corps ou des gardiens de prison. Les deux derniers, qui suivaient silencieusement, l'inquiétaient le plus. Ils n'avaient pas fait cinquante mètres qu'il se retourna pour voir ce qu'ils faisaient. Ce qu'il vit – ou plutôt ce qu'il ne vit pas – le fit sursauter. La maison qu'ils venaient de quitter avait disparu. L'intervalle entre les deux tours qui la flanquaient s'était refermé.

Il secoua la tête et se traita d'imbécile. « Ce doit être l'angle, se dit-il. La maison est plus loin que tu ne le croyais. Elle est bien là, entre les deux tours, mais tu ne peux plus la voir. » Puis il se souvint du groupe de trois icosaèdres, aperçus et aussitôt disparus.

– Excusez-moi, dit-il à Katherine et à M-3323. Je reviens tout de suite.

Il descendit la rue en courant, jusqu'à ce qu'il arrive à un point d'où il aurait dû voir la maison, puis il ralentit le pas. Il n'en croyait pas ses yeux. La maison n'était plus là. Un espace dégagé la remplaçait.

Il regarda de tous côtés, désorienté, voulant croire qu'il s'était trompé, qu'il était victime d'une illusion. La maison avait été exactement ce que Katherine demandait, et si commodément située ! Serait-il possible qu'ils l'aient construite exprès pour eux, et détruite ensuite ? En un clin d'œil ?

C'était une idée folle et il n'avait pas envie de s'y attarder. Une architecture à la demande, une structure modulaire qui déplaçait des immeubles entiers comme les pièces d'un jeu de construction, ou les fabriquait à partir de formes élémentaires... quelle espèce de société était-ce là ? Comment des gens pouvaient-ils vivre dans une ville pareille ?

Avec effort, il s'arracha à la contemplation de la cour déserte, se retourna et trouva son escorte de robots qui l'attendait, à deux pas derrière lui.

– Vous en avez fini ici, monsieur ? demanda poliment l'un d'eux.

– Oui, oui... Oui, j'ai fini.

Il avait gardé une expression troublée quand il rejoignit les autres et M-3323 lui demanda :

– Un problème, David Derec ?

– Tu peux le dire ! Qu'est devenue la maison où nous étions à l'instant ?

– Mes excuses. Aviez-vous d'autres besoins que vous n'avez pas spécifiquement identifiés ? Ou des besoins personnels supplémentaires ?

– J'ai besoin d'une réponse franche. Où est la maison ?

– L'installation a été restituée à l'inventaire général.

– Je n'ai donc pas imaginé sa disparition. Vous l'avez apportée là pour nous et vous avez fait le ménage.

– Oui, David Derec.

– Vous faites ça tout le temps, par ici ?

– Toutes nos ressources physiques sont gérées pour un maximum d'efficacité.

– Je suppose que ça veut dire oui. C'est dingue, marmonna Derec.

– Qu'est-ce que ça peut nous faire ? murmura Katherine.

– C'est vrai. N'y pensons plus et finissons-en.

Ils arrivèrent enfin sur une grande place, au carrefour de plusieurs artères importantes. Au centre se dressait un énorme tétraèdre blanc de quinze étages. Leurs guides les dirigèrent vers une porte sur la droite.

– M-3323...

– Oui, David Derec ?

– Cette partie de la ville est-elle uniquement réservée aux robots ? Je n'ai pas vu d'humains, en venant.

– C'est exact, Derec.

– C'est ce que je pensais. Où sont les gens ?

– Je ne sais pas, monsieur, répondit M-3323. Par ici, s'il vous plaît.

Il leur fit traverser un hall, encore un tétraèdre, et suivre un couloir. A la troisième porte, le robot s'arrêta et se retourna.

– Entrez, s'il vous plaît.

– Qui devons-nous voir ? demanda Katherine.

– Rydberg et Euler. Ils vous attendent dans le bureau intérieur.

Rydberg... Euler ? Ces noms tournèrent dans l'esprit de Derec tandis qu'il suivait Katherine par une première porte, puis une seconde. *Où ai-je entendu ces noms-là ?*

Préoccupé, il entra tête baissée dans la pièce. Quand il leva les yeux, il reçut un choc. Le compartiment était des plus spartiates et contenait trois chaises, un poste de travail en demi-cercle avec un terminal d'ordinateur d'hypervision, et deux robots à peau bleue avec des fentes d'argent en guise de capteurs optiques.

Ce n'est pas possible... Un frisson parcourut Derec à la vue de ces robots, qui n'étaient autres que des clones des surveillants de l'astéroïde. *Tout est relié. Je ne comprends pas...*

– Kate...

A ce moment, le robot de gauche s'avança.

– Je suis Rydberg, annonça-t-il.

– Je suis Euler, dit l'autre.

– Il doit y avoir une erreur, dit Katherine. Nous voulons parler à des personnes.

– Il n'y a pas d'erreur. Nous sommes les représentants chargés de votre affaire, répondit Euler.

– Kate, souffla Derec, ça ne va pas du tout.

Les lèvres pincées, Katherine prit une décision.

– S'ils veulent s'y prendre comme ça, je m'en fiche, répondit-elle puis elle s'adressa à Euler : Nous avons à nous occuper d'un moyen de transport pour Aurora et Nexon – c'est bien là que nous allons, n'est-ce pas, Derec ? – et, en attendant, nous aurions besoin d'être logés.

– Je crains que ce ne soit pas possible, dit Euler en secouant gravement la tête.

– Quoi ? Et pourquoi donc ? s'écria Katherine.

– La déclaration de l'ami Euler est imprécise, intervint Rydberg. Il est possible de partir. Mais il y a un problème. Un être humain a été tué...

– En quoi sommes-nous concernés ? interrompit Derec.

– Ce serait une inconcevable violation des Lois de la Robotique qu'un robot fasse du mal à un être humain, expliqua Rydberg. Je suis incapable de formuler cette pensée sans ressentir de la détresse.

– Bien sûr, ce n'était pas un robot, dit impatiemment Derec. Un autre humain a fait le coup, manifestement.

– A part vous deux, dit Euler, il n'y pas d'êtres humains ici.

– C'est ce que notre guide nous a laissé entendre.

Mais ce n'est pas parce qu'ils n'ont rien à faire ici qu'ils ne sont pas venus d'un autre secteur. Quelqu'un qui est capable d'assassinat n'irait pas se soucier de laissez-passer ou de je ne sais quels documents de voyage en vigueur ici.

– Je vais vous éclairer, intervint encore une fois Rydberg. L'ami Euler dit qu'il n'y a pas d'êtres humains dans cette ville, à part vous.

– D'une autre ville alors... supposa Katherine.

– Il n'y a pas d'autres villes sur cette planète.

– Qu'est-ce que tu racontes ? Où sommes-nous ? cria-t-elle.

– Je regrette mais je n'ai pas le droit d'identifier cette planète ou son étoile. Nous qui vivons ici appelons cette ville la Cité des robots.

– Il n'y que des robots, ici ? demanda Derec, saisi d'une crainte irraisonnée.

– A part vous-mêmes, c'est exact, répondit Euler.

– Personne, dans toute cette ville... Elle doit couvrir cinquante hectares...

– Deux cent cinq, précisa Euler.

– Où sont les habitants ? demanda Derec. Les bâtisseurs ? Où sont-ils allés ?

Rydberg pencha légèrement la tête de côté et répliqua tout naturellement :

– Nous sommes les habitants et les bâtisseurs, ami Derec.

C'était la réponse qu'il attendait mais il résista quand même à ses implications.

– Mais où sont vos propriétaires ? Où sont les gens à qui vous rendez des comptes ?

– Votre question est basée sur une supposition erronée, dit Euler. La Cité des robots est une commune libre et autonome.

– Ce n'est pas possible ! protesta Derec. Il n'y a peut-être plus d'humains ici, maintenant. Vous n'êtes peut-être actuellement en contact avec aucun d'entre eux. Mais des humains ont dû vous apporter ou vous envoyer ici ! Vous obéissez certainement à leurs instructions.

– Non, ami Derec. Nous nous dirigeons nous-mêmes. Mais nous savons ce que sont les êtres humains. Nous avons une vaste bibliothèque de vidéolivres écrits par des êtres humains et dont ils sont les sujets. Et nous avons accepté notre responsabilité de veiller à ce qu'aucun mal ne soit fait aux humains.

– J'espère que vous comprenez, ami Derec, pourquoi nous sommes obligés de retarder votre départ, dit Rydberg. C'est notre première rencontre avec la mort. Nous avons besoin de votre aide pour comprendre comment cette chose a pu arriver et pour comprendre comment l'expérience de la mort doit être intégrée dans notre étude des Lois de l'Humanique.

– Les Lois de l'Humanique ? Qu'est-ce que c'est que ça ? demanda Katherine, intriguée.

Euler prit la relève :

– Pour le moment, les Lois de l'Humanique sont un postulat théorique. Nous tentons de savoir si les Lois de l'Humanique existent et, dans ce cas, ce qu'elles sont. Cet incident a provoqué une crise dans le projet de recherche. Vous devez nous aider. Je vous assure que vous bénéficierez de tout le confort possible.

Pendant qu'Euler parlait, Katherine s'était rapprochée de Derec ; ils étaient maintenant coude à coude.

– C'est fou, souffla-t-elle. Une ville de robots, sans personne pour les guider ? Et qui effectuent des recherches sur les êtres humains, comme si nous étions une curiosité ?

Derec cessa alors de se révolter contre la vérité et l'accepta : la colonie dans l'astéroïde et l'immense ville qui les entourait étaient les produits d'un même esprit, d'un même plan. Il ne s'était pas évadé.

Mais du moins comprenait-il enfin pourquoi la clef lui avait été donnée et pourquoi elle les avait amenés là. Le dernier à la toucher avait été Moniteur 5, un robot avancé tenant désespérément à respecter son obligation de le sauver selon la Première Loi. Sachant ce que c'était et de quoi c'était capable, le robot n'avait pu que la donner à Derec, en la programmant pour ce qu'il savait être un lieu sûr, une colonie jumelle de robots, à plusieurs années-lumière.

– Chut, dit-il à Katherine avant de se tourner vers les robots : Pouvez-vous nous excuser un moment, tous les deux ? Nous avons à nous entretenir.

– Certainement, ami Derec, répliqua Euler. Nous allons...

– Restez, nous sortirons, interrompit Derec en prenant Katherine par la main pour l'entraîner.

– Où allons-nous ? demanda-t-elle hors d'haleine quand il l'eut fait courir dans le couloir à une quinzaine de mètres. Ils vont nous suivre.

Il s'arrêta et la lâcha.

– Nous n'allons nulle part. Tout au moins, pas moi. Je voulais réellement vous parler en particulier.

– Comment ça, vous n'allez nulle part ?

– Je vais rester ici. Je ne leur dirai pas, bien sûr. Je vais leur proposer de rester et de les aider à condition qu'ils organisent pour vous un moyen de transport. Ils n'ont pas besoin de nous deux.

– Non ! protesta-t-elle énergiquement. Vous n'avez pas besoin de faire ça. Ils n'ont pas le droit de nous retenir. Ils doivent nous laisser partir tous les deux. Ils ne sont que des robots, n'est-ce pas ? Ils doivent nous aider.

– Ils sont des robots, oui, mais pas comme ceux auxquels vous êtes habituée. Je ne crois pas qu'ils seraient d'accord avec votre définition de leurs devoirs. Mais là n'est pas la question. Je ne vais pas rester uniquement pour les rassurer, ou pour qu'ils vous laissent partir. Je reste parce que je le veux.

– Pourquoi ?

Derec grimaça un petit sourire pincé.

– J'ai réfléchi à ce que j'éprouverais s'ils faisaient ce que nous demandons et s'ils nous mettaient à bord d'un vaisseau à destination d'Aurora ou d'ailleurs. Ce que j'éprouverais si je n'apprenais jamais rien de plus sur la clef...

– Nous pourrions l'emporter.

– ... si je ne découvrais jamais où est cette planète et pourquoi les robots y sont... si je ne retournais jamais chercher Wolruf, si je ne savais jamais ce qui lui est arrivé. J'ai réfléchi et j'ai compris que je ne pouvais pas m'en aller tout simplement. Il est vrai que je ne sais pas qui je suis. Malgré tout, je sais que si je partais, je ne serais pas le genre de personne que je veux être.

Un silence tomba, que Derec rompit :

– On se sépare en amis ?

Elle le regarda dans les yeux et secoua la tête.

– Non. Parce que si vous restez, je reste aussi.

– Mais vous n'en avez pas besoin ! protesta-t-il à son tour. Ce sont mes raisons, pas les vôtres. C'est un monde sans danger, ici. Je ne risque rien, tout seul.

– Ma compagnie ne vous plaît pas ?

– Ma foi... Nous ne nous entendons pas mal.

– Cherchez-vous à me dire que c'est une affaire trop pénible pour une femme ? Ou qu'elle ne doit pas faire travailler sa jolie tête ?

– Bien sûr que non !

– Vous êtes donc d'accord pour que je reste si j'en ai envie ?

Derec capitula.

– D'accord.

– Bien. Allons l'annoncer à Euler et Rydberg.

– Après vous, dit Derec en s'inclinant galamment.

Avec un sourire satisfait, Katherine le précéda jusqu'au bureau. Alors que la porte s'ouvrait, elle se retourna pour chuchoter à Derec :

– Dites-moi, quand nos deux vies redeviendront-elles normales ?

L'éclat de rire de Derec fit sursauter les robots.

– Peut-être jamais, Katherine. De quoi vous plaignez-vous ? Vous disiez que votre existence était terne et ennuyeuse.

– Terne, ce n'est pas si grave, avoua-t-elle avec nostalgie. Il y a du bon, dans l'ennui.

Riant tout seul, Derec prit une chaise et s'y assit de l'air d'un être décidé à rester un bon moment.

– Nous ferons ce que nous pourrons pour vous aider, dit-il à Rydberg. Raconte-nous l'affaire. Qui sont les suspects ?

La réponse placide du robot effaça le sourire des deux jeunes gens, aussi totalement que s'ils n'avaient jamais souri de leur vie. Comme l'arrière-goût amer d'une potion sucrée, elle balaya tout le plaisir de ce qui s'était passé auparavant.

– Oui, David Derec, dit Rydberg. Il y a deux suspects. Vous-même et Katherine Burgess. Nous sommes curieux de savoir lequel de vous deux a commis l'acte et pourquoi.

BANQUE DE DONNÉES

Illustrations de Paul Rivoche

DEREC. Un humain frappé d'amnésie qui s'est réveillé dans une capsule de survie Massey, naufragé sur un astéroïde composé de glace; son passé et son identité sont devenus pour lui un mystère absolu. Son intelligence n'est pas endommagée et il possède des connaissances approfondies sur la robotique. Il a adopté le nom figurant sur sa combinaison de sauvetage, apparemment celui du fabricant.

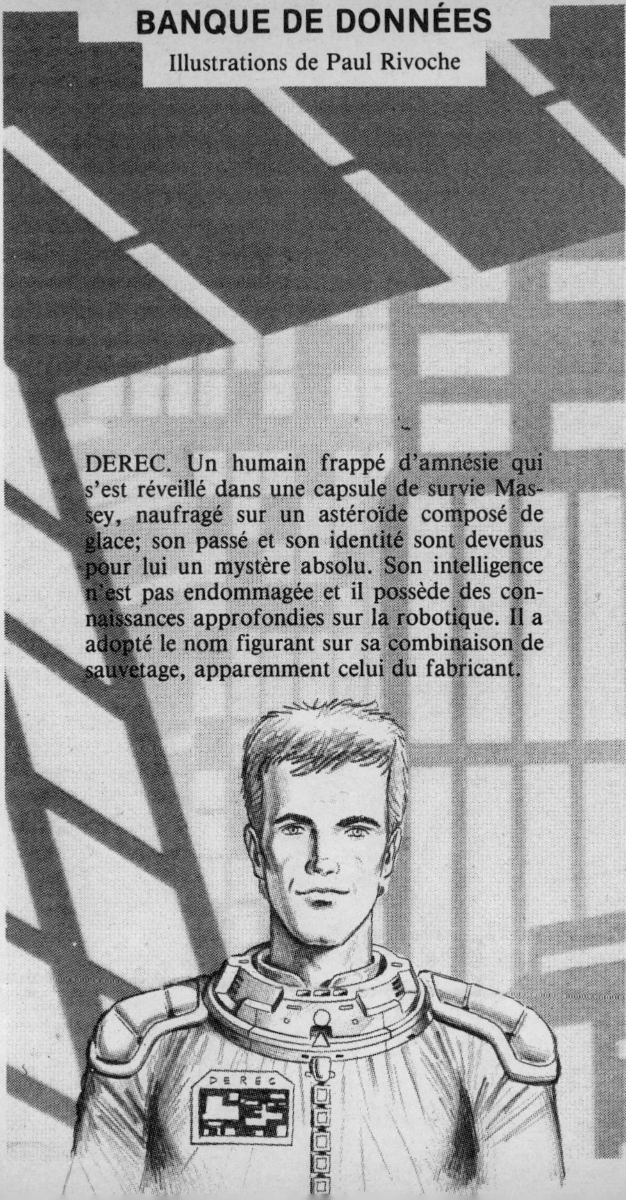

ARANIMAS. Comme tous les Eranis, il est ambitieux, agressif, inventif et prédateur. Les Eranis sont l'espèce dominante dans leur système solaire, et ils traitent les autres races comme leurs serviteurs et leurs inférieurs, y compris les humains dont ils n'ont fait que récemment la connaissance.

Aranimas est le plus jeune membre d'une des plus puissantes familles eranis, le clan le plus important organisé en groupes commerciaux. Aranimas est un parfait exemple des principales caractéristiques de sa race. C'est un génie technique. Il a inventé l'hyperpropulsion qui actionne son méga-vaisseau fait de bric et de broc. A cause de la politique des Eranis, il n'a pas partagé son invention avec les autres clans, ni même avec le sien propre. Il l'a gardée pour lui dans l'espoir d'enrichir sa maison de commerce et d'augmenter son prestige personnel. Aranimas est aussi un astronome doué. Son invention d'un télescope spécial à longue portée lui a permis de découvrir l'astéroïde où il a découvert Derec.

Physiquement, les Eranis sont grands et minces, recouverts d'une peau pâle et sans poils. Ils ont de gros yeux placés sur les côtés de la tête et autonomes, comme des yeux de caméléon. Ils ont une voix de fausset et parlent le standard galactique avec un accent et en roulant les « r ».

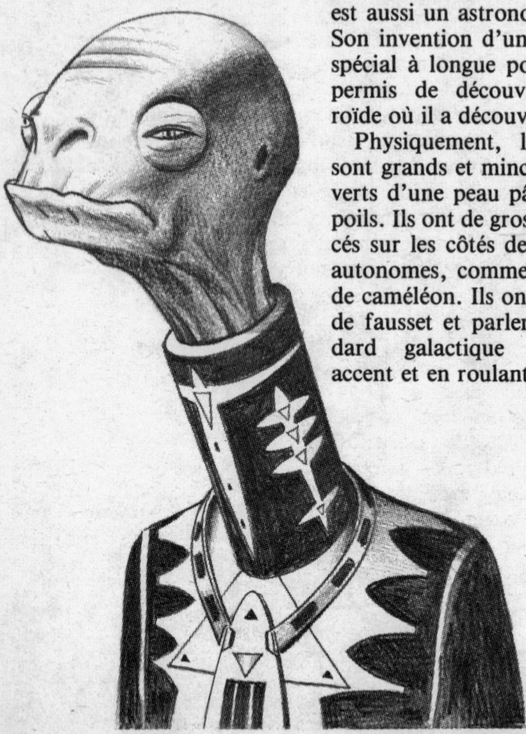

ROBOT UTILITAIRE « PORTEUR ». Dans la colonie de l'astéroïde, il y a divers types de robots non surveillants. Celui-ci est le porteur de base, un grand robot à roues avec une plate-forme de chargement à l'avant et des bras articulés pour charger les marchandises. Leur intelligence est limitée et non positronique.

COMBINAISON DE TRAVAIL DANS L'ESPACE. C'est une combinaison de travail rigide autoréparable destinée aux humains travaillant dans un environnement hostile. La combinaison est équipée de phares de forte intensité et d'une radio à antenne semi-directionnelle. Tous les systèmes de la combinaison sont totalement informatisés et comprennent des ordinateurs diagnosticiens pour tous soins et réparations en campagne.

Les mouvements de celui qui revêt la combinaison sont augmentés. Non seulement elle amplifie énormément les forces humaines mais elle est des plus flexibles. Elle a des « mains » supplémentaires à l'extrémité d'extenseurs fixés et repliés dans des poches soudées au niveau des cuisses. Les « mains » de base sont des grappins à usages multiples, avec entre autres des micromanipulateurs lumineux destinés à accomplir les travaux délicats dans l'obscurité, et des chalumeaux à laser.

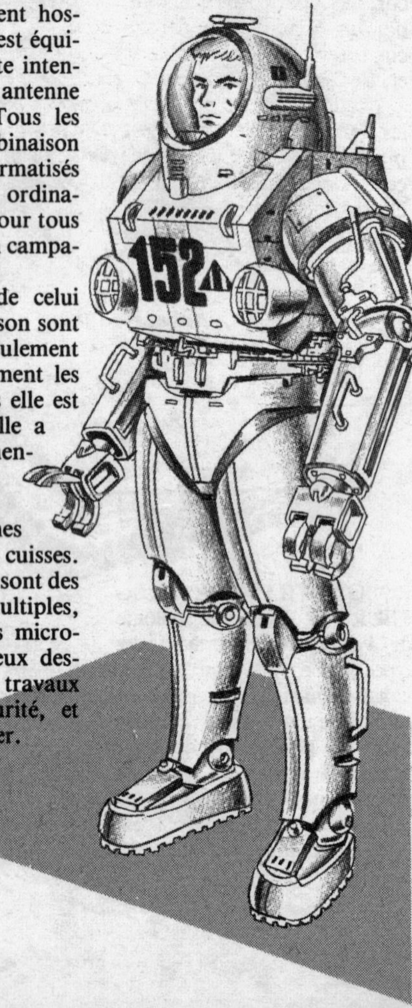

LES CLEFS DU PÉRIHÉLION. Les clefs sont des engins de transport capables de déplacer celui qui en est muni jusqu'au Périhélion, le lieu le plus proche de tous les autres lieux de l'univers. Les clefs sont métalliques, argentées, polies comme un miroir et d'une seule pièce. Elles fonctionnent si l'on presse chacun des quatre coins à tour de rôle, ce qui fait apparaître un bouton carré dans le dernier coin, face à l'utilisateur. Utilisée correctement, la clef transporte d'abord l'usager au Périhélion et, de là, à la destination choisie.

Au lieu d'être préprogrammées pour les différentes espèces, les clefs sont « immatriculées » quand elles sont utilisées pour la première fois et, par la suite, ne peuvent fonctionner que pour ce type d'organisme; mais il est possible de reprogrammer une clef pour la mettre dans un état de « non-immatriculation ». Les clefs peuvent être utilisées par n'importe quelle espèce, même par les robots qui n'ont donc pas besoin de clef « spéciale robots ».

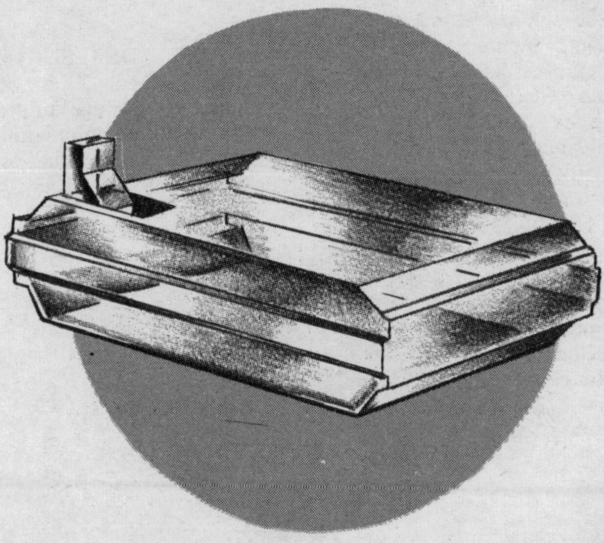

RESPIRATEURS. Ces masques sont en plastique gris et destinés à être portés sur le milieu du visage, comme une paire de lunettes de soleil intégrales. Les attaches du respirateur sont des tubes élastiques qui se rejoignent sur la nuque. Un tube flexible d'arrivée de gaz part de là vers une cartouche, assez petite pour être fixée sur le haut du bras. Le bord inférieur de ces masques particuliers ne s'applique pas complètement sur la lèvre supérieure, la solution de continuité permettant le mélange de l'atmosphère extérieure avec l'oxygène pur fourni par la cartouche. Non seulement ce dispositif réduit l'importance de la cartouche mais il ne prive pas le porteur du sens de l'odorat.

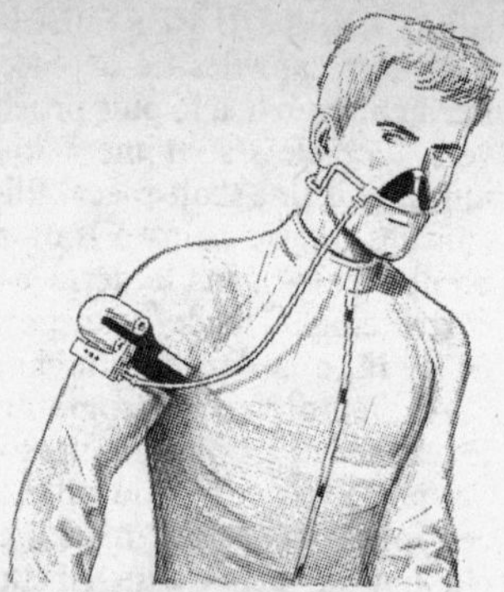

CAPSULE DE SURVIE MASSEY G-85. C'est un module de sauvetage à durée limitée et automanipulation, équipé d'un compagnon posi-

tronique. La G-85 fournit un environnement complet aux naufragés, comprenant des vivres, de l'eau, de l'oxygène, un écran d'observation et des possibilités de distraction. Le compagnon positronique est programmé pour servir de thérapeute et assurer les meilleures chances de survie aux naufragés de l'espace, ses capacités allant jusqu'à l'anesthésie.

Les capsules de survie Massey n'ont pas de hublots mais

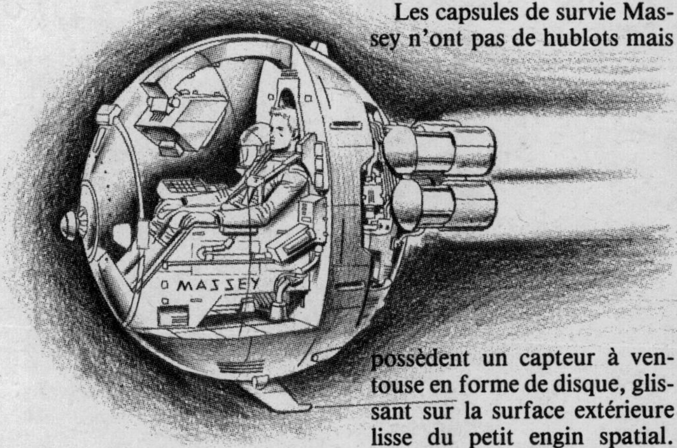

possèdent un capteur à ventouse en forme de disque, glissant sur la surface extérieure lisse du petit engin spatial. Les ressources des G-85 sont limitées à une quinzaine de jours. Ces capsules sont également équipées d'une signalisation de position, qui diffuse en permanence les positions de l'engin. Les capsules de survie Massey sont le principal système de sécurité à bord des grands vaisseaux de ligne, l'équivalent du canot de sauvetage.

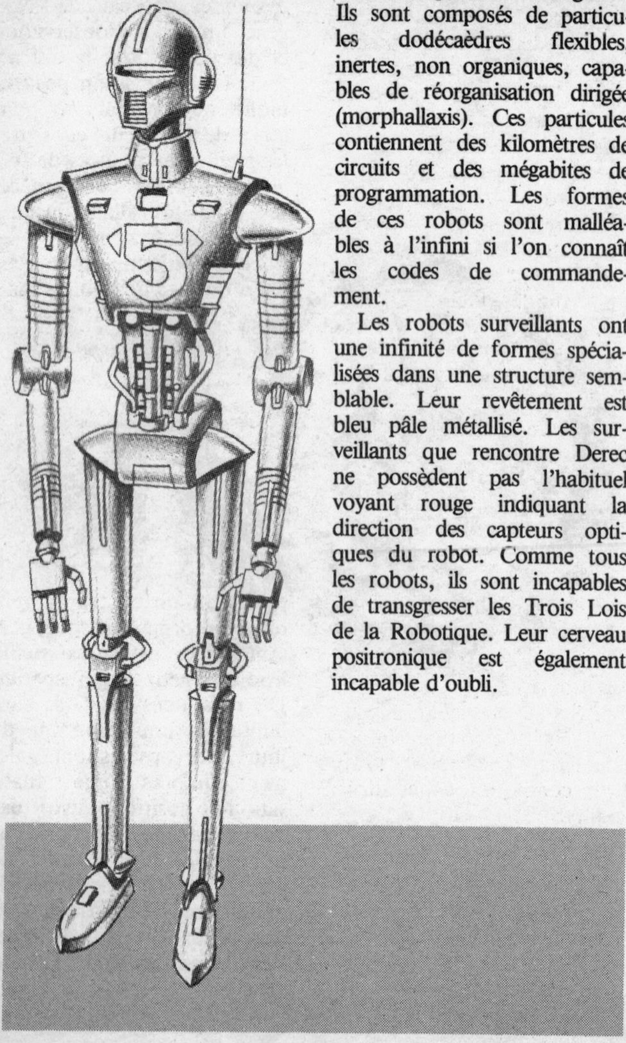

MONITEUR 5. Les robots surveillants sont des merveilles de simplicité et d'élégance. Ils sont composés de particules dodécaèdres flexibles, inertes, non organiques, capables de réorganisation dirigée (morphallaxis). Ces particules contiennent des kilomètres de circuits et des mégabites de programmation. Les formes de ces robots sont malléables à l'infini si l'on connaît les codes de commandement.

Les robots surveillants ont une infinité de formes spécialisées dans une structure semblable. Leur revêtement est bleu pâle métallisé. Les surveillants que rencontre Derec ne possèdent pas l'habituel voyant rouge indiquant la direction des capteurs optiques du robot. Comme tous les robots, ils sont incapables de transgresser les Trois Lois de la Robotique. Leur cerveau positronique est également incapable d'oubli.

ALPHA. Ce robot est construit par Derec avec des pièces de récupération trouvées à bord du vaisseau d'Aranimas. La bibliothèque fondamentale de données est contenue dans cinq mémoires amovibles logées dans un compartiment situé dans le torse.

Sa grande mémoire positronique est uniquement consacrée à l'étude par l'expérience. Son intelligence artificielle est dilatable et flexible. Le cerveau positronique est un bloc de trois livres de platine-iridium contenant tous les potentiels positroniques fondamentaux gouvernant son activité, les potentiels temporaires représentant la pensée et la prise de décisions, et les circuits représentant l'absorption des connaissances.

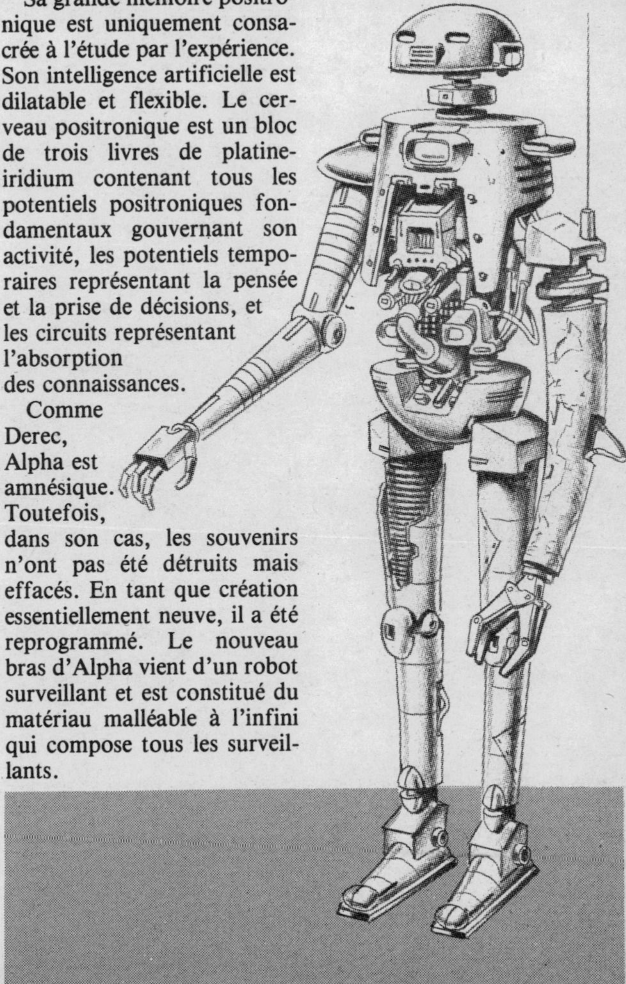

Comme Derec, Alpha est amnésique. Toutefois, dans son cas, les souvenirs n'ont pas été détruits mais effacés. En tant que création essentiellement neuve, il a été reprogrammé. Le nouveau bras d'Alpha vient d'un robot surveillant et est constitué du matériau malléable à l'infini qui compose tous les surveillants.

LIVRE DEUX

Soupçon

par

MIKE McQUAY

SOMMAIRE

LES LOIS DE L'HUMANIQUE

par Isaac Asimov

Je suis heureux de voir comment les livres de la collection *La Cité des robots* s'inspirent et développent les thèmes de mes propres histoires de robots ou y font référence.

Mes trois premiers romans de robots étaient en fait des romans policiers où Elijah Baley figurait comme détective. Parmi ces trois premiers, le deuxième, *Face aux feux du soleil* (1), était comme le mystère de la chambre close, en ce sens que la personne assassinée était découverte sans que l'on puisse trouver l'arme du crime à proximité, et sans qu'aucune arme ait pu être dissimulée ou emportée.

J'ai réussi à fournir une solution satisfaisante mais je n'ai pas recommencé l'expérience ; je suis ravi de voir que Mike McQuay s'y est essayé ici.

Le quatrième roman de robots, *Les Robots et l'empire* (2), n'était pas, à proprement parler, un policier. Elijah Baley était mort de sa belle mort à un âge avancé, le livre s'orientait vers l'univers *Fondation*, et il était évident que mes deux séries, les *Robots* et les *Fondations*, allaient se fondre en un tout plus vaste. (Non, je n'ai pas fait cela pour une raison arbitraire.

(1) Editions J'ai lu, n° 468.
(2) Editions J'ai lu, n°s 1996 et 1997.

Les nécessités imposées par l'invention de suites, dans les années 1980, à des histoires écrites dans les années 40 et 50, m'ont forcé la main.)

Dans *Les Robots et l'empire*, mon personnage robot, Giskard, que j'aime beaucoup, commençait à s'inquiéter des « Lois de l'Humanique », qui, indiquais-je, pourraient éventuellement servir de base à la science de la psychohistoire, qui joue un rôle si important dans la série des *Fondations*.

Au sens strict, les Lois de l'Humanique devraient être, sous une forme concise, une description du comportement humain idéal. Aucune description de ce genre n'existe, naturellement. Les psychologues eux-mêmes, qui étudient l'affaire scientifiquement (du moins je l'espère), sont incapables de présenter de telles « lois » ; ils ne peuvent que donner de longues et fumeuses descriptions de ce que les hommes semblent faire. Quand un psychologue dit que les gens réagissent de telle façon à tel stimulus, cela veut simplement dire que certaines personnes, à certains moments, réagissent parfois de cette façon. D'autres peuvent réagir de même à d'autres moments, et d'autres encore ne réagissent pas du tout.

De véritables lois prescrivant le comportement humain, des lois qui fonderont la psychohistoire seront peut-être créées (il nous faut l'espérer) mais je crains encore qu'il ne nous faille attendre longtemps.

Ainsi, qu'allons-nous faire de ces Lois de l'Humanique ? Le mieux serait sans doute de commencer très humblement, puis d'aller en progressant, lentement, si nous le pouvons.

Dans *Les Robots et l'empire*, c'est un robot, Giskard, qui pose la question des Lois de l'Humanique. Etant un robot, il doit tout imaginer en se basant sur les Trois Lois de la Robotique, ces lois étant réellement prescriptives puisque les robots sont obligés de les respecter et ne peuvent les transgresser.

Les Trois Lois de la Robotique sont :

1 – Un robot ne peut faire de mal à un être humain ni, par son inaction, permettre que du mal soit fait à un être humain.

2 – Un robot doit obéir aux ordres donnés par les êtres humains, sauf quand ces ordres entrent en conflit avec la Première Loi.

3 – Un robot doit protéger sa propre existence tant que ladite protection n'entre pas en conflit avec les Première et Deuxième Lois.

Il me semble donc qu'un robot ne peut s'empêcher de penser que les êtres humains doivent se comporter de manière à faciliter l'obéissance des robots à ces lois.

En fait, à mon avis, un être humain respectueux de l'éthique doit tenir à faciliter la vie des robots, comme le feraient les robots eux-mêmes. J'ai évoqué cette affaire dans ma nouvelle « The Bicentennial Man », parue en 1976, où je faisais dire à un de mes personnages :

« Si un homme a le droit d'ordonner à un robot de ne pas faire de mal à un être humain, il devrait avoir l'honnêteté de ne jamais ordonner à un robot de faire du mal à un autre robot, à moins que la sécurité humaine ne l'exige absolument. La responsabilité la plus lourde va de pair avec la puissance la plus grande et si les robots sont soumis à trois lois pour protéger les hommes, est-ce trop demander aux hommes que de se soumettre à une ou deux lois pour protéger les robots ? »

La Première Loi, par exemple, est en deux parties. La première partie, « un robot ne doit pas faire de mal à un être humain », est absolue et nul ne peut aller contre. La seconde partie, « ou par son inaction permettre que du mal soit fait à un être humain », laisse la porte entrebâillée. Un être humain peut se trouver en danger à cause d'un événement impliquant un objet inanimé. Un objet lourd peut lui tomber sur la tête, il peut lui arriver de glisser, de manquer de tomber dans un lac, ou d'être victime de toute sorte de mésaventures de ce genre. Dans ces cas-là, le robot doit simplement s'efforcer de sauver l'humain : de le mettre hors de danger, de le remettre debout sur ses pieds ou de le repêcher. Si un être humain est menacé par une autre forme de vie non humaine – un lion, par exemple – le robot doit se porter à son secours.

Mais si le danger menaçant un être humain est le fait d'un autre être humain ? Dans ce cas, le robot doit prendre une décision. Peut-il sauver un être humain sans faire de mal à l'autre ? Et dans le cas où le mal ne peut être évité, que doit-il faire pour réduire ce mal au minimum ?

La tâche du robot serait facilitée si les humains se souciaient du bien des autres humains comme ils l'exigent des robots. D'ailleurs, les codes qui constituent la morale humaine prescrivent aux hommes de se traiter les uns les autres avec bienveillance et de ne pas se faire de mal. Ce qui est, après tout, l'obligation qu'ont imposée les humains aux robots. Par conséquent, du point de vue des robots la Première Loi de l'Humanique est la suivante :

1 – Un être humain ne doit pas faire de mal à un autre être humain ni, par son inaction, permettre que du mal soit fait à un être humain.

Si cette loi est appliquée, le robot se contentera de protéger l'être humain contre des mésaventures provoquées par des objets inanimés ou par des formes de vie non humaines, ce qui ne lui posera aucun dilemme moral. Naturellement, le robot devra toujours protéger l'humain contre un dommage causé *involontairement* par un autre être humain. Il devra aussi se tenir prêt à voler au secours d'un être humain menacé si un autre être humain ne peut agir assez rapidement sur place en ce sens. Mais il peut arriver qu'un robot fasse *involontairement* du mal à un être humain ou ne soit pas assez rapide pour intervenir sur le lieu de l'action, ou assez habile pour prendre les mesures nécessaires. Rien n'est parfait.

Cela nous amène à la Deuxième Loi de la Robotique, qui contraint le robot à obéir aux ordres donnés par un être humain, sauf si ces ordres entrent en conflit avec la Première Loi. Cela signifie que les êtres humains peuvent donner aux robots tous les ordres qu'ils veulent, sans exception, à condition qu'ils ne causent aucun mal à un autre être humain.

Mais un être humain risque de donner à un robot l'ordre de faire quelque chose d'impossible, ou un ordre qui plongerait le robot dans une telle contradiction que son cerveau serait endommagé. Ainsi, dans ma nouvelle « Liar ! » publiée en 1940, un personnage humain mettait volontairement un robot devant un dilemme si insoluble que son cerveau positronique grillait et cessait de fonctionner.

On peut même imaginer qu'un robot devenant de plus en plus intelligent et conscient de lui-même accroisse la sensibilité de son cerveau au point d'être endommagé s'il est mis en situation de commettre un acte embarrassant ou honteux. En conséquence, la Deuxième Loi de l'Humanique doit être :

2 – Un être humain doit donner à un robot des ordres préservant l'existence du robot, à moins que ces ordres ne causent du mal ou de la gêne à des êtres humains.

La Troisième Loi de la Robotique est destinée à protéger le robot mais il est évident, du point de vue robotique, qu'elle ne va pas assez loin. Le robot doit sacrifier son existence si la Première ou la Deuxième Loi le rendent nécessaire. Un robot doit renoncer à son existence si c'est la seule façon d'éviter du mal à un être humain. Si nous admettons la supériorité innée de tout être humain sur tout robot (ce qu'à vrai dire je n'aime pas beaucoup admettre), c'est inévitable.

D'autre part, est-ce qu'un robot doit renoncer à sa

propre existence simplement pour obéir à un ordre insignifiant, ou même malveillant ? Dans « The Bicentennial Man », des voyous ordonnaient à un robot de se mettre en pièces, histoire de rire. La Troisième Loi de l'Humanique doit donc être :

3 – Un être humain ne doit pas faire de mal à un robot ou, par son inaction, permettre que du mal soit fait à un robot, à moins que ce mal ne soit nécessaire pour protéger du mal un être humain ou pour exécuter un ordre capital.

Naturellement, ces lois sont plus difficiles à appliquer que celles de la Robotique. Nous ne pouvons construire le cerveau humain comme nous construisons celui des robots. Mais c'est un commencement et je crois franchement que si nous voulons exercer notre pouvoir sur des robots intelligents, nous devons nous sentir, à leur égard, une égale responsabilité comme le disait l'humain dans le « Bicentennial Man ».

Telles sont, indiscutablement, dans la Cité des robots, les règles que des robots pourraient suggérer, pour les deux seuls êtres humains de la planète, comme vous allez bientôt l'apprendre.

DÉFILÉS

Le soleil se couchait sur la ville des robots et il neigeait du papier.

Le soleil était jaune et le ciel, à cause du mélange d'azote et d'oxygène, rosissait le long des veines d'oxydes de fer qui le parcouraient en faisant flamboyer le crépuscule d'un orangé violent comme un incendie de forêt.

Celui qui avait pris le nom de Derec admirait le couchant. Il était à l'arrière d'un énorme engin de terrassement qui avançait lentement par les rues bordées d'une foule de robots massés pour le regarder faire le tour de la ville avec quelques-uns d'entre eux. Les minuscules bouts de papier qui tombaient des étages les plus élevés des immeubles cristallins étaient jetés (pour une raison qui échappait à Derec) par des robots penchés aux fenêtres.

Derec contemplait le spectacle, convaincu que cette manifestation devait avoir une signification, sinon les robots ne s'y seraient pas livrés. C'était la seule chose dont il était sûr. Derec était un être sans mémoire, il ne savait pas qui il était. Pis encore, il était arrivé dans ce monde impossible, sans un humain, par un moyen qui ne cessait de l'étonner ; et il n'avait pas la moindre idée, pas la *moindre idée*, de la partie de l'univers où il se trouvait.

Il était jeune, du moins le déduisait-il lorsqu'il se

regardait dans un miroir. Même son nom – Derec – était un nom d'emprunt, un mot commode pour se désigner. Ne pas avoir de nom revenait à ne pas exister. Et Derec voulait désespérément exister, savoir qui il était, ce qu'il était.

Et pourquoi il était ainsi.

A côté de lui se tenait une jeune femme nommée Katherine Burgess, qui disait l'avoir connu, brièvement, du temps où il avait un nom. Mais il ne lui faisait pas confiance, il n'était pas sûr de sa sincérité et de ses mobiles. Elle lui avait dit que son prénom était David et qu'il avait été membre de l'équipage d'un vaisseau de Colons, mais ni le nom ni l'emploi ne collaient à sa personnalité : il préférait l'identité qu'il se créait pour lui-même au jour le jour ; il continuait donc à s'appeler par son nom d'emprunt, Derec, tant qu'il n'avait pas de preuve tangible de son existence antérieure.

Les deux humains étaient flanqués de robots d'une remarquable sophistication. (Derec le savait mais ne savait pas comment il le savait.) L'un d'eux s'appelait Euler, l'autre Rydberg et ils ne pouvaient, ou ne voulaient, rien lui dire d'autre que ce qu'il savait déjà : rien. Les robots, cependant, désiraient lui soutirer des renseignements. Ils voulaient savoir pourquoi il était un assassin.

La Première Loi de la Robotique mettait les robots dans l'impossibilité de faire du mal à des êtres humains ; aussi, quand le troisième et unique habitant humain de la Cité des robots fut trouvé mort, Derec et Katherine devinrent-ils les deux seuls suspects. Il n'y avait pas eu le moindre crime dans le bref passé de Derec mais il n'était pas facile d'en convaincre Euler et Rydberg. Les deux jeunes gens étaient donc détenus, quoique traités avec respect ; innocents jusqu'à preuve de leur culpabilité.

Les deux robots avaient une tête argentée et brillante, moulée selon une forme plus ou moins humaine. Tous deux avaient d'étincelantes photocellules à la place des yeux. Mais au lieu d'une bouche humaine Euler avait un fin grillage rond et Rydberg portait un haut-parleur au sommet du crâne.

– Cela vous plaît-il, ami Derec ? demanda Euler en indiquant la chute de papier et le flot apparemment infini de robots bordant la chaussée des deux côtés.

Derec ne savait pas pourquoi cette manifestation aurait dû lui plaire mais il ne voulait pas offenser leurs hôtes, qui restaient très polis malgré l'accusation portée contre eux.

– C'est vraiment... vraiment très joli, dit-il en crachant un bout de papier collé à ses lèvres.

– Joli ? grommela Katherine à côté de lui, d'une voix pleine de colère. Joli ? Il va me falloir une semaine pour débarrasser mes cheveux de ces saletés !

– Il ne vous faudra sûrement pas si longtemps, dit Rydberg dans le crépitement du haut-parleur au sommet de son crâne. Peut-être y a-t-il quelque chose que je ne comprends pas mais il me semble, d'après un examen rapide, qu'il ne vous faudra pas plus de...

– Ça va, marmonna Katherine. Ça va.

– ... une ou deux heures. A moins, naturellement, que vous ne fassiez allusion au plan microscopique, auquel cas...

– Je t'en prie ! Ça suffit ! D'accord, je me suis trompée sur le temps.

– Nos études de la culture humaine, dit Euler à Derec, indiquent que le défilé est inhérent à toute civilisation humaine. Nous tenons beaucoup à ce que vous vous sentiez ici chez vous, quelles que soient nos différences.

Derec regarda des deux côtés du gigantesque véhicule découvert, en forme de V. Les robots bordant l'avenue étaient parfaitement calmes, leurs attitudes ne révélaient aucune curiosité, et pourtant il était à peu près certain que Katherine et lui étaient les premiers humains qu'ils voyaient. Dans son ignorance, Derec n'avait jamais vu de défilés mais le rite lui paraissait amical, mis à part l'averse de papier, et il était heureux que les robots veuillent qu'il se sente chez lui.

– N'est-ce pas la coutume de saluer ? demanda Euler.

– Hein ? fit Derec.

– D'agiter la main vers la foule. N'est-ce pas la coutume ?

– Ah oui, bien sûr, murmura Derec et il fit des gestes à droite et à gauche, auxquels les robots spectateurs répondirent par un silence indéchiffrable.

– Vous n'avez pas l'impression d'être un parfait imbécile ? demanda Katherine en considérant d'un œil sévère ses gesticulations.

– Ils veulent simplement se montrer hospitaliers. Si l'on songe au pétrin dans lequel nous nous sommes fourrés ici, un geste amical ne peut pas faire de mal.

– Y a-t-il un problème, amie Katherine ? demanda Euler.

– Seulement avec sa bouche, répliqua Derec.

Rydberg se pencha et tourna la tête pour examiner la figure de la jeune humaine.

– Y a-t-il quelque chose que nous puissions faire ?

– Ouais ! Trouvez-moi de quoi manger. Je meurs de faim.

La tête de Rydberg pivota vers Euler.

– Encore une non-vérité, dit-il. C'est décourageant.

– Qu'est-ce que tu veux dire ? demanda Derec.

– Nos hypothèses concernant la nature philosophique de l'humanique, expliqua Rydberg, doivent s'appuyer sur la vérité entre les espèces. Deux fois, Katherine vient de dire des choses qui ne sont pas vraies...

– Si, je meurs de faim ! se plaignit Katherine.

– ... et comment un postulat peut-il être universellement valable si les postulants n'adhèrent pas aux mêmes vérités ? Peut-être est-ce là la marque de l'assassin...

– Un instant, un instant ! protesta Derec. Tous les humains font de la langue un usage... euh... imaginatif. Ça ne prouve rien.

Rydberg examina Katherine de plus près. Puis il posa une de ses mains-pinces sur son bras nu. La peau blanchit une seconde avant de reprendre sa couleur naturelle.

– Vous dites que vous mourez de faim mais vous avez de bonnes couleurs, un pouls régulier et aucun signe de détérioration physique. Je dois en conclure, à regret, que vous ne mourez pas de faim.

– Mais nous avons réellement faim ! intervint Derec. S'il vous plaît, conduisez-nous dans un endroit où nous aurons la possibilité de manger.

– Et tâchez de faire vite, ajouta Katherine.

– Naturellement, répondit Euler. Vous verrez que nous sommes parfaitement équipés pour satisfaire ici toutes les nécessités humaines. Ceci doit être le monde humain parfait.

– Mais il n'y a pas d'humains, ici, dit Derec.

– Non.

– Vous en attendez ?

– Nous n'attendons rien.

Euler donna des ordres au robot-araignée pilotant le véhicule et l'engin tourna au coin de la rue pour suivre une large avenue dont les deux voies étaient séparées par un aqueduc dont les eaux viraient au noir dans le crépuscule.

Derec se carra sur son siège et contempla à la dérobée Katherine qui faisait tomber du papier de ses cheveux sans le regarder. Il avait un million de questions à lui poser, mais il devrait attendre. Pour le moment, il subsistait trop d'émotions contradictoires qu'il s'efforçait d'analyser.

Il était une non-entité, dont la vie avait commencé à peine quelques semaines auparavant, à son réveil dans la capsule de survie, sur l'astéroïde. Il avait néanmoins abouti à plusieurs conclusions malgré les maigres informations dont il disposait. D'abord, il possédait de solides connaissances sur les robots et leur fonctionnement, sans savoir toutefois d'où elles lui venaient ; ensuite, Katherine en savait plus sur lui qu'elle ne voulait bien l'avouer ; il ne pouvait se défaire de l'impression qu'il était là pour une raison particulière, et que tout ceci était une sorte d'épreuve conçue spécialement pour lui.

Mais pourquoi ? Pourquoi ?

Et puis il y avait la clef, cet objet de toutes les convoitises, cet objet que Katherine et lui avaient soigneusement caché et qu'ils ne maîtrisaient pas. Les robots de la ville ne savaient pas qu'il la possédait. La cherchaient-ils eux aussi ? La clef lui semblait être le seul fil conducteur reliant tous les événements.

En tenant compte de cette idée, il résolut d'avancer prudemment, d'essayer d'obtenir toujours plus de renseignements qu'il n'en donnait. Jusqu'à présent, il avait toujours été désavantagé et il voulait reprendre l'avantage et le conserver.

Mais il y avait le fameux crime.

Derec contemplait le panorama nocturne de la ville, du balcon de l'appartement que les robots leur avaient offert, à Katherine et à lui. Un vent froid, aigre, s'était levé et les étoiles étaient presque entièrement cachées par de gros nuages noirs. Des éclairs fulguraient dans le lointain, des électrons cherchant des partenaires protons. C'était un spectacle à la fois superbe et effrayant. Derec regarda les immeubles éloignés s'illuminer comme en plein jour et replonger dans l'obscurité.

– Là ! s'écria-t-il en montrant du doigt une tour lointaine. Elle n'était pas là il y a un instant !

Katherine vint s'accouder à la balustrade, à côté de lui.

– Où était-elle ? demanda-t-elle, moqueuse.

– Nulle part. Elle n'existait pas.

– C'est impossible ! répliqua-t-elle en retournant à l'intérieur du vaste appartement situé au sommet d'une autre tour. J'aimerais qu'ils se dépêchent d'apporter notre dîner !

– Ils doivent nous préparer quelque chose de très spécial, supposa Derec en la rejoignant dans le salon. Et « impossible » m'a l'air d'être le cours que prend notre vie, vous ne trouvez pas ? Je vous affirme, Katherine, qu'en plus de tout le reste, qui n'a aucun sens, ce... cette ville pousse et se transforme sous nos yeux.

– Ne dites pas de bêtises ! protesta-t-elle mais elle paraissait mal à l'aise. Enfin, les villes sont construites, n'est-ce pas ? Elles ne poussent pas comme des plantes !

Derec fit le tour de la pièce. Elle était hexagonale, et faite d'un cristal sans ligne de démarcation visible entre le plafond et le sol. Les meubles avaient l'air de couler hors des murs, la table d'émerger du plancher. La lumière tombant du plafond éclairait la pièce mais il semblait que c'était le plafond lui-même qui fournissait l'éclairage, sans aucun autre appareil externe pour expliquer la clarté qu'il diffusait.

– Regardez autour de vous, dit Derec. Tout est relié, sans joints apparents. Et tout a l'air d'être fait du même matériau.

Il alla s'asseoir dans un canapé, contre un mur, et tâta les coussins.

– Confortable. Mais je crois que c'est fait de la même matière que les meubles plus durs, une espèce d'alliage d'acier et de plastique, dans des proportions différentes.

Katherine s'était rapprochée de la table et l'examinait attentivement.

– Si vous regardez de près, vous découvrirez un motif dans la matière.

Derec se leva et se pencha sur la table. Le motif était très estompé mais on le distinguait assez bien. La table était faite d'un assemblage de petites pièces trapézoïdales, le même dessin se répétant à l'infini.

– Intéressant, murmura-t-il.

– Comment ça ?

– Cette forme ne vous rappelle rien ?

Les sourcils froncés, elle regarda, absorbée pendant un moment, puis elle se redressa et se tourna vers Derec, les yeux écarquillés.

– La même structure que la clef !

– Oui.

Katherine courut sur le balcon.

– On dirait presque que les pièces se sont réunies d'elles-mêmes, reprit-il. Je me demande comment elles tiennent...

– Elle a disparu ! glapit Katherine et Derec se dépêcha de la rejoindre. Votre tour de tout à l'heure ! Elle a disparu.

– Mais non, dit-il en tendant le bras plus loin, vers l'est.

– Elle s'est déplacée !

– Je ne crois pas...

Il indiqua la gigantesque construction pyramidale qui dominait le paysage urbain à l'ouest, au sommet de laquelle la clef les avait déposés.

– J'ai l'impression que c'est le seul bâtiment qui ne change pas. Mais nous ne pouvions pas le voir du balcon, il y a un instant.

– Vous voulez dire que c'est nous qui avons changé de place ?

– Quelque chose comme ça.

Elle porta une main à son front.

– Je n'ai rien vu... rien senti... Je...

– C'est comme les nuages, quand on les regarde. Si on les fixe pendant un moment, ils semblent solides et immobiles, mais si l'on se détourne pour les regarder de nouveau, ils ont complètement changé. C'est presque une croissance évolutive...

– D'un bâtiment ?

– Si vous restez dehors, vous serez mouillés, avertit une voix, derrière eux.

Ils se retournèrent et virent étinceler, dans la pénombre, les yeux lumineux d'Euler.

– Ça nous est déjà arrivé, répondit Katherine et elle se retourna pour regarder la table, derrière Euler, où un repas était servi. Ah ! Le souper des condamnés !

– Ici, la pluie est particulièrement froide, déclara le robot. Peut-être désagréablement froide pour la température du corps humain.

Un coup de tonnerre éclata, se répercuta dans le lointain et la foudre parut tomber sur la haute pyramide. Derec se détourna du spectacle et Euler s'écarta pour le laisser entrer.

Il alla s'attabler en face de Katherine qui remplissait déjà une assiette dorée avec ce que contenait une grande soupière également dorée. Le plat semblait être d'une consistance uniforme, pâteuse, d'une couleur intermédiaire entre le bleu et le gris. Des gobelets dorés remplis d'eau étaient posés à côté des assiettes.

– Cette vaisselle serait-elle en or ? demanda Derec en faisant mélodieusement tinter sa cuillère sur le rebord de son assiette.

– En effet, répondit Rydberg. C'est un métal malléable relativement inutile, un sous-produit de nos opérations minières. Sa seule vertu, en dehors de son emploi comme conducteur, est qu'il ne ternit pas, ce qui le rend idéal pour des ustensiles à l'usage de la consommation humaine. Nous avons fabriqué tout cela pour la visite de David.

Derec vit la cuillère de service échapper de la main de Katherine et tomber bruyamment dans l'assiette. Il remarqua qu'elle pâlissait brusquement.

– Vous m'avez dit que c'était mon nom, s'étonna-t-il, trouvant la coïncidence quelque peu inquiétante.

Elle le regarda sans le voir, puis haussa vaguement une épaule et reprit son expression normale.

– C'est un nom assez courant chez les Spatiaux, murmura-t-elle avant de s'intéresser à son repas.

Derec leva les yeux vers les robots qui se tenaient près de la table et le petit servotype-1:5 qui attendait patiemment de desservir, près de la porte.

– Vous ne voulez pas vous asseoir avec nous pendant que nous dînons ? proposa-t-il.

Katherine lui donna un coup de pied sous la table.

– Avec plaisir, répondit Euler sans hésitation.

Tous deux s'assirent, ravis de cette familiarité humaine.

Derec prit la cuillère et se servit à son tour.

– Si je comprends bien, ce David était l'autre humain venu ici ? demanda-t-il.

– C'est exact, répondit Rydberg.

– Il est venu à bord d'un vaisseau ?

– Non, dit Euler. Il est entré dans la ville, un beau jour.

– D'où venait-il ?

– Je ne sais pas.

– Aaaaaah ! hurla Katherine en crachant ce qu'elle avait dans la bouche et en se jetant sur le gobelet d'eau.

Les robots tournèrent la tête pour l'observer, puis ils échangèrent un regard.

– Voulez-vous nous nourrir ou nous tuer ? leur cria-t-elle.

– Notre programmation ne nous permettrait jamais de vous tuer, lui dit Rydberg. C'est tout à fait impossible.

Derec plongea en hésitant sa cuillère dans la pâtée et y goûta. Ni aigre, ni doux, simplement un goût bizarre, absolument *étranger*, accompagné d'une odeur vaguement nauséabonde qui le mettait mal à l'aise.

– Ce truc pue ! protesta Katherine avec véhémence.

– Elle a raison, confirma Derec. Qu'est-ce que c'est ?

– Une parfaite mixture non toxique de plantes locales, riche en protéines et en hydrates de carbone équilibrés, expliqua Rydberg. C'est bon pour vous.

– L'autre humain en a-t-il mangé ? demanda Derec.

– Avec grand plaisir, assura Euler.

– Pas étonnant qu'il soit mort, marmonna Katherine. C'est inacceptable. Il va falloir nous trouver autre chose qui ait bon goût.

Derec prit une nouvelle bouchée, en se pinçant le nez. Dissociée de l'odeur, la bouillie était mangeable, mais guère plus. Et elle laissait un arrière-goût franchement déplaisant. Comment l'autre homme avait-il pu manger cette horreur sans se plaindre ? Les choses devenaient de plus en plus insensées.

– Combien de temps vous faut-il pour nous servir autre chose ? demanda-t-il.

– Demain ? hasarda Rydberg. Le personnel des services alimentaires était pourtant très fier de ces mets. Il sera difficile de trouver un aliment d'une égale valeur nutritive.

– Ne vous occupez pas trop de la valeur nutritive. Etudiez d'autres aliments humains et voyez si vous arrivez à les reproduire avec le savoir-faire que vous avez ici. Nous devrions peut-être nous forcer et manger un peu de ça, ajouta-t-il pour Katherine, si nous voulons reprendre des forces.

– C'est ce que je pense. Apporte-moi beaucoup d'eau, ordonna-t-elle à Rydberg.

Le robot se dépêcha d'aller prendre une aiguière d'or sur la servodesserte et lui remplit son gobelet.

– Quand est-il mort, ce David ? demanda Derec en se pinçant le nez pour avaler une nouvelle bouchée.

– Il y a sept jours.

Rydberg posa soigneusement l'aiguière à la portée des convives et se rassit.

– Dans ce cas, nous sommes éliminés de la liste des suspects ! s'exclama joyeusement Derec. Nous ne sommes arrivés qu'hier soir.

– Je vous demande de m'excuser, répondit poliment Rydberg, mais Katherine a révélé un penchant pour les contre-vérités et...

– Qu'est-ce que ça veut dire, ça ? protesta-t-elle avec emportement.

– Sauf votre respect, dans votre cas, la véracité de vos dires doit être mise en doute, si l'on se fonde sur nos conversations de cet après-midi. Pour le moment, nous ne savons pas si nous devons nous fier à ce que dit l'un ou l'autre d'entre vous.

– Nous ne savons même pas où nous sommes, ici ! dit Derec.

– Comment y êtes-vous venus ? demanda Euler en faisant pivoter sa tête pour regarder le jeune homme en face.

– Je...

Derec s'interrompit aussitôt. Il ne tenait pas du tout à parler de la clef. C'était leur seule arme, leur unique planche de salut, il ne pouvait pas en révéler l'existence d'entrée de jeu.

– Je ne sais pas.

Rydberg l'examina pendant plusieurs secondes avant de déclarer :

– A vous croire, vous vous seriez matérialisés simplement dans l'éther ou vous auriez été amenés ici totalement à votre insu, et sans votre consentement.

Derec réagit en reprenant le contrôle de la conversation.

– Vous dites que ce David a surgi de nulle part. L'avez-vous interrogé sur ses origines ?

– Oui, assura Euler.
– Et vous ne savez rien de lui ?
Derec s'efforçait de détourner sa pensée du repas en la concentrant sur l'enquête. En face de lui, Katherine engloutissait de grosses bouchées sans les mâcher et les faisait passer avec une grande quantité d'eau.
– Comment était-il habillé ?
– Il était nu, répondit Euler. Et il est resté nu.
Les deux humains se regardèrent. La nudité était courante et naturelle chez les Spatiaux, mais le climat de cette ville ne la recommandait certainement pas.
– Quand pourrons-nous voir le cadavre ? demanda Derec.
– Ce n'est pas possible, dit Euler.
– Pourquoi ?
– Je ne peux vous dire pourquoi.
– Tu ne peux pas ou tu ne veux pas ? insista Derec, exaspéré.
– Je ne le peux ni ne le veux.
– Comment voulez-vous que nous enquêtions sur les causes de sa mort ? demanda Kate.
– Si vous êtes tous deux les assassins, vous connaissez déjà les causes de sa mort, répliqua Euler.
– Vous avez déjà décidé de notre culpabilité, grommela Derec. Ce n'est pas juste.
– Il n'y pas d'autre possibilité, dit Rydberg.
– Quand le possible a été épuisé, il est temps d'étudier l'impossible. Nous sommes innocents et vous ne pouvez pas prouver que nous ne le sommes pas. De là, il s'ensuit que sa mort a été causée par autre chose.
– Les humains peuvent assassiner, dit Euler pendant que le tonnerre grondait à l'extérieur. Les humains peuvent mentir. Vous êtes les seuls humains, ici, et un meurtre a été commis.
– Nous avons surgi de nulle part. Ce David aussi. D'autres aussi ont pu venir de nulle part, que vous

n'avez pas encore découverts. Voyons, si nous avions commis un crime, resterions-nous sur place pour nous faire prendre ?

Les robots se regardèrent encore une fois.

– Vous posez des questions logiques qui doivent recevoir une réponse, dit Euler. Nous en tiendrons compte.

– Comment pouvons-nous enquêter sans accès au cadavre ?

– Avec toutes les autres ressources à votre disposition, dit Rydberg en se levant. Avez-vous fini de manger ?

– Pour le moment. Mais demain, il nous faudra de vrais repas.

– Nous ferons de notre mieux, promit Euler en se levant aussi. Jusque-là, vous resterez ici.

– Je pensais sortir, hasarda Derec.

– La pluie va venir. C'est trop dangereux. Pour votre propre sécurité, vous devez rester ici ce soir. Nous avons découvert que nous ne pouvons être certains de l'exactitude de ce que vous dites, alors nous laissons un robot à la porte pour nous assurer que vous resterez à l'intérieur.

– Nous n'avons rien fait de mal, que vous sachiez, protesta Katherine. Vous n'avez pas le droit de nous traiter comme des prisonniers.

– Et nous ne le faisons pas, dit Rydberg.

Il se dirigea vers la porte. La servodesserte bourdonna autour de la table, pour faire glisser dans ses compartiments, avec ses serres métalliques, les plats et les assiettes.

– Il y a beaucoup de choses dont nous avons besoin de parler, dit Derec.

– Demain il sera encore temps, lui répondit Euler. Nous aurons une longue entrevue à une heure prescrite ; de nombreuses questions seront abordées. Nous ne pouvons nous libérer plus tôt. Nous avons actuellement beaucoup de travail.

Les robots se retournèrent pour s'en aller mais Derec courut se placer entre eux et la porte.

– Deux questions, d'abord. Combien de temps allons-nous devoir rester ici ?

– Jusqu'à ce qu'il n'y ait plus de danger, répondit Rydberg.

– Et si vous nous laissez sortir, persévéra Derec, comment savez-vous si nous ne tenterons pas de nous enfuir ?

– Nous vous surveillerons de près, répliqua Euler.

Sur ce, les deux robots repoussèrent Derec avec douceur et fermeté, et ils sortirent de l'appartement, la servodesserte sur leurs talons. Derec voulut les suivre mais un robot utilitaire trapu lui barra le passage ; son corps était hachuré de rayures multicolores, comme la palette d'un peintre.

– Ecarte-toi, lui ordonna Derec.

– Il est dangereux pour vous de sortir. Je dois vous garder à l'intérieur où vous êtes en sécurité et ne pas avoir de conversation avec vous de crainte que vous ne cherchiez à m'abuser.

– Moi ? T'abuser ?

Le robot pressa le bouton de porte et le battant coulissa. Derec se tourna vers Katherine.

– Qu'est-ce que vous en pensez ?

Elle alla s'asseoir sur le canapé, puis s'y allongea, fatiguée.

– Nous sommes détenus, prisonniers d'une bande de robots que personne ne dirige, dit-elle en soupirant. Le mort devait être un exhibitionniste capable, apparemment, de manger n'importe quoi. Ils veulent que nous prouvions notre innocence mais refusent de nous montrer le corps pour nous aider dans notre enquête... Derec ! Nous devons nous échapper d'ici ! dit-elle brusquement en se redressant.

– Ils ne nous feront rien sans preuve de notre culpabilité. Ce n'est pas dans leur nature. Nous allons rester et résoudre cette affaire. Ils seront enchantés de nous envoyer promener. D'ailleurs, je suis très curieux de voir cet endroit. Comment il fonctionne... *pourquoi* il fonctionne !

La jeune femme se rallongea et contempla le plafond.

– Je ne suis pas sûre qu'ils nous laisseront repartir, murmura-t-elle d'une voix lointaine. Je crois que nous sommes tombés par hasard sur quelque chose de complètement fou. Un monde de robots sans humains peut prendre n'importe quelle tournure bizarre.

– Mais pas une tournure complètement folle. Ils ne peuvent pas être fous. Il n'y a pas de logique dans la folie. Et puis, qu'est-ce qui vous dit que nous sommes tombés *par hasard* sur quoi que ce soit ? Nous avons été amenés ici, purement et simplement, pour une raison qui n'a pas encore été éclaircie. Le temps nous aidera peut-être à comprendre.

– Allez chercher à comprendre. Moi, je suis fatiguée.

– Pas moi. Je vais sortir ce soir et explorer la ville.

Il passa sur le balcon ; les éclairs et le tonnerre faisaient rage. Katherine se leva d'un bond et vint le rejoindre.

– Ils ont dit que c'était dangereux, murmura-t-elle en lui posant une main sur le bras. Vous sortirez demain.

– Sous leur regard vigilant ? Ah, non ! Nous avons besoin de nous déplacer librement et c'est le moment. La pluie ne va pas me faire de mal !

– Restez ! J'ai peur.

– Vous ! s'exclama-t-il en riant. Peur ?

Elle retira sa main.

– Très bien. Sortez. Allez vous faire tuer. J'en ai assez de veiller sur vous.

– Vous êtes fâchée.

– Vous êtes un imbécile !

Elle lui tourna le dos et contempla le magnifique

panorama de la ville, en se disant que tant de beauté n'était appréciée que d'eux seuls. Cela lui parut d'une infinie tristesse.

– Comment allez-vous faire avec le gardien en faction à la porte ?

– Nous allons suivre son conseil et l'abuser.

– Nous ?

– Vous voulez bien m'aider ?

Elle tourna les talons et rentra dans l'appartement en lançant :

– N'importe quoi pour être débarrassée de vous !

Le plan de Derec était simple mais ne pouvait servir qu'une fois. Les robots apprenaient vite la duplicité humaine et s'armaient de cette connaissance comme d'un bouclier. Mais rien qu'une fois, cela pourrait marcher.

Il se cacha derrière le canapé et se fit tout petit. Kate respira profondément et essaya d'ouvrir la porte verrouillée.

Résignée, elle se mit à pousser des hurlements de terreur. Une seconde plus tard, la porte glissait sur son rail.

– Qu'y a-t-il ? demanda le gardien.

– C'est Derec ! cria-t-elle en tendant le bras. Il est tombé du balcon !

Sans hésiter, le robot roula dans la pièce pour aller vérifier. Il alla jusqu'au balcon et se pencha sur la balustrade.

Derec bondit de derrière le canapé, franchit la porte sans bruit et courut jusqu'à l'ascenseur qui le transporta au rez-de-chaussée. Il faisait son premier pas positif vers la solution du mystère de la Cité des robots. Il était libre, mais ce que signifiait cette liberté dans ce monde-là, il n'en savait rien.

LE CANAL

Derec sortit dans la large rue et se hâta de la traverser pour se dissimuler dans l'ombre des immeubles d'en face, à une cinquantaine de mètres. Il prit ensuite le temps de se retourner pour examiner l'endroit qu'il venait de quitter, en s'efforçant de graver dans sa mémoire la forme des bâtiments au voisinage de la tour. S'il ne se trompait pas, si la ville évoluait vers l'extérieur, il lui serait difficile, sinon impossible, de revenir. Mais il ne s'en inquiétait pas. Il se sentait parfaitement en sécurité dans ce monde de robots et pensait que s'il se perdait, il n'aurait qu'à demander son chemin au premier robot venu lui paraissant suffisamment sophistiqué.

Il concentra ensuite son attention sur l'exploration du nouveau monde où l'avait jeté un destin mystérieux. Dans son état actuel d'innocence et de virginité mentales, il lui était difficile de ne pas voir la main du destin dans ses vagabondages. Son amnésie était une sorte de purge intellectuelle et émotionnelle, administrée pour le préparer à un voyage dont la Cité des robots ne constituait qu'une escale. Comme c'était l'unique sentiment pouvant lui servir de point de départ et de moteur, il se lança dans ses recherches avec enthousiasme et autant de bonne humeur qu'il parvint à en rassembler en lui. Katherine ne pourrait jamais le comprendre en cela, mais elle avait une vie passée et des souvenirs pour la soutenir, alors que pour Derec le monde entier était ce qu'il avait sous les yeux, et il voulait en connaître le plus possible.

La ville fonctionnait autour de lui comme un admirable mouvement d'horlogerie. Des formes des immeubles, des flèches élancées des tours aux entrepôts trapus, tout était précis, à multiples facettes comme d'étincelants cristaux. Et toutes les formes semblaient conçues autant pour le plaisir esthétique que pour la nécessité de la vie. Une hypothèse se forma dans l'esprit de Derec, et il se promit de l'étudier minutieusement quand il aurait le temps de réfléchir. Car rien n'existe dans le vide. Les robots n'étaient pas motivés par une émotion irraisonnée. Ils devaient avoir des raisons d'agir comme ils le faisaient et, d'après ce qu'il avait vu, leurs actions étaient toutes dirigées, en dépit des prétentions d'autonomie de Rydberg.

Le vent glacial transperçait Derec, le ciel grondait mais, tout autour de lui, régnait une activité intense. Des centaines de robots envahissaient les rues, tous actifs et dirigés. Ils ignoraient tous sa présence.

Les rues étaient nettoyées, de la peinture était vaporisée sur les façades ternes, les peintres se tenant tout près de leur objectif à cause du vent violent ; cela expliquait peut-être les traînées multicolores qui décoraient leur robot gardien. Des wagonnets de mine modifiés passaient à vive allure, pleins de matériel cassé et de ferraille, leurs phares trouant la nuit comme des lucioles mécaniques. A un moment donné, Derec se réfugia dans l'ombre pendant qu'un essaim de bourdons, accompagnés par un robot surveillant, d'un type qu'il n'avait pas encore vu, passa sans le voir à bord d'un camion à plate-forme et disparut au carrefour suivant. Derec songea un instant à le suivre mais jugea préférable d'explorer d'abord lentement, en tâtant pour ainsi dire le pouls de la ville.

Les questions se bousculaient à l'infini dans sa tête et leurs réponses ne faisaient qu'engendrer de nouvelles questions. Qui avait créé la Cité des robots et pourquoi les robots ignoraient-ils leur propre origine ? Pourquoi là, sur cette planète particulière ? Pourquoi une ville aux proportions humaines pour un monde non humain ? Euler l'appelait le lieu parfait pour les humains. Pourquoi ? Le meurtre, pour Derec, n'était qu'un incident agaçant dont les complications se révélaient très graves. Mais ce qui l'intéressait avant tout, c'était le mobile qui avait inspiré la construction de la ville.

Le repas infect qu'on leur avait servi posait aussi de nombreux problèmes. Les robots spatiaux étaient uniquement conçus pour être les adjoints mécaniques de maîtres humains. Les robots spatiaux connaissaient les réactions des humains à l'alimentation. Les robots de ce monde possédaient des connaissances de base sur les humains et étaient soumis aux Lois de la Robotique ; ils étaient pourtant ignorants des réactions conditionnées particulières aux humains. A croire qu'ils avaient été conçus comme des égaux des humains et non comme des serviteurs, comme s'ils mettaient à l'épreuve leurs relations avec l'animal appelé *humain*. Une telle idée donnait le vertige à Derec et il songea qu'il lui faudrait y réfléchir et l'examiner en détail.

Et puis il y avait le mort. Quel était son rôle ? La page blanche qu'était l'esprit de Derec absorbait tout ce qui l'entourait, sans que ses observations soient entravées ou modifiées par des sentiments passés ou des souvenirs. Rien n'échappait à son regard aigu. Il avait remarqué la réaction de Katherine quand Euler avait prononcé le nom de l'homme : David.

Qu'est-ce que cela signifiait ? Il avait rencontré Katherine par hasard, et pourtant elle lui donnait l'impression d'être une pièce indispensable du puzzle. Quel rôle jouait-elle ? Encore une fois, le destin semblait être le maître : une place pour tout et tout à sa place. Cette fille lui plaisait, il éprouvait pour elle une forte attirance physique dont il ne cherchait pas à se défendre mais il était certain qu'elle avait une puissante raison de lui cacher sa véritable identité. Elle savait qui il était, ce qu'il était, et refusait de le lui révéler. Pourquoi ? Encore une fois, la question lancinante : pourquoi ?

Derec continuait de longer la rue. Les immeubles étaient beaux quoique anonymes, sans signe distinctif. Il reconnaissait les entrepôts parce que des marchandises et du matériel y étaient apportés, mais tout le reste n'avait aucune fonction repérable. Il se dit que s'il trouvait un bâtiment officiel, il essaierait de brancher un terminal et de poser des questions. La pyramide où Katherine et lui s'étaient matérialisés, que les robots appelaient la tour du Compas, lui avait paru solide. Elle semblait être le point sur lequel s'accrochait tout le reste mais il n'avait pas encore envie d'y retourner.

Aucun des robots qu'il croisait ne faisait attention à lui. Tous avaient l'air pressés, poussés par une urgence que Derec ne comprenait pas. Il intercepta un robot utilitaire semblable à celui qui gardait l'appartement, à cette différence que celui-ci avait des pelles en guise de mains.

– Peux-tu parler ? lui demanda-t-il.

– Oui, assurément.

– Je dois trouver le bâtiment administratif.

– Je ne crois pas que nous en ayons un, ici.

– Où est-ce que je peux trouver un terminal d'ordinateur ?

– Je regrette de ne pouvoir le dire.

Derec soupira. L'esquive. Toujours.

– Pourquoi ne peux-tu pas me le dire ?

– Si je vous le disais, vous sauriez tout.

– Je saurais tout de quoi ?

– De la chose dont je ne peux parler. Si vous

voulez, vous n'avez qu'à rester ici et j'enverrai un surveillant vous chercher.

– Non, merci, marmonna Derec et, aussitôt, le robot fit demi-tour pour s'en aller rapidement. Hé ! Pourquoi es-tu si pressé ?

– La pluie, répondit l'utilitaire en montrant le ciel. La pluie arrive. Je vous conseille de vous mettre à l'abri.

Le robot disparut aussitôt, son corps cubique tanguant pendant qu'il roulait à vive allure.

– Quoi, la pluie ? lui cria Derec mais une brusque rafale de vent emporta ses paroles.

Il suivit un moment des yeux la silhouette du robot et s'aperçut que la rue qu'il venait de descendre avait changé. Tout le pâté de maisons, la chaussée et tout s'arrondissait, alors que l'artère avait été très droite jusque-là. Le tétraèdre dont il s'était servi comme point de repère s'était évanoui. Il était dehors depuis dix minutes et déjà irrémédiablement perdu.

Il continua d'avancer dans le vent de plus en plus froid, de plus en plus violent. Si c'était un monde aussi parfait pour les humains, pourquoi le climat était-il si abominable ?

Il arriva à un carrefour sans signalisation et se trouva dans l'avenue où il était passé dans la journée, durant le défilé. Elle était large, avec un grand aqueduc en son milieu.

Il se pencha sur le canal pour contempler l'eau noire qui s'y précipitait en bouillonnant, ne le remplissant qu'au quart de sa profondeur. Il se demanda d'où venait cette eau, où elle allait, si la Cité des robots avait été construite là à cause de l'eau, ou si l'eau était en quelque sorte la conséquence de sa construction.

L'eau coulait, sombre, indéchiffrable, comme le passé de Derec et peut-être, aussi, comme son avenir. Mais pour l'eau, il avait le moyen de savoir. Il pouvait la remonter jusqu'à sa source, la suivre jusqu'à sa destination. Il saurait. Cette pensée le réconforta car il pouvait faire de même avec sa vie. Si le destin et non le hasard l'avait amené dans cet endroit impossible... eh bien, les sources de ce destin pouvaient donc être découvertes grâce à la ville elle-même.

S'il s'y prenait correctement, il pourrait retracer les origines de la ville et, de là, découvrir sa propre origine. Cela lui parut d'une parfaite logique car il ne pouvait se défaire de l'idée que la Cité des robots et lui étaient inextricablement liés, physiquement, émotionnellement et, peut-être, métaphysiquement.

Si ses recherches ne donnaient rien, pensa-t-il, il se serait au moins occupé l'esprit. Il commença par l'eau : la suivre jusqu'à sa source et sa destination, découvrir la raison de son existence. Il se promit de travailler sur les robots, de découvrir ce qu'ils savaient, ce qu'ils ne savaient pas, ce qu'ils acceptaient de lui dire, et ce qu'il pourrait leur soutirer à leur insu. Et puis il y avait Katherine. Il lui fallait la traiter en adversaire amicale et utiliser les ruses limitées qu'il avait à sa disposition pour découvrir le rôle qu'elle jouait dans tout cela.

Il y eut un *plouf* dans l'eau, près de lui, comme si un pavé y avait été jeté. Il se retourna mais ne vit rien à part les bâtiments lumineux et les robots se précipitant à leurs affaires secrètes.

Il entendit un nouveau *plouf*, un peu plus bas dans le canal, puis un troisième, près du premier. Il allait se retourner quand une goutte d'eau glacée lui tomba sur l'épaule.

Une goutte, ce n'était pas le mot juste. C'était plutôt comme un plein verre d'eau. La manche de sa combinaison était trempée, son épaule glacée. De l'eau tomba encore dans la rue, derrière lui, une goutte plus grosse que le poing qui laissa un cercle mouillé sur le sol.

Derec eut environ une seconde pour comprendre ce qui se passait, car il commençait à se douter que ce serait un gros orage, avant que le déluge ne s'abatte sur lui.

Avec une force qui le cassa presque en deux, la pluie lui tomba dessus par grandes nappes opaques qui lui bloquèrent immédiatement la vue de tous côtés. Il avait froid, il gelait ; la pluie le fouettait sans pitié et rugissait à ses oreilles.

Il se croisa les bras sur la tête pour se protéger tandis que l'averse glaciale lui engourdissait les épaules et le dos. Il devait se dépêcher de se mettre à l'abri, mais il avait perdu tout sens de l'orientation dans le rideau de pluie qui l'entourait de toutes parts.

Il avança d'un pas timide en espérant que c'était dans la direction des immeubles. S'il se trompait, il risquait de tomber dans le canal et d'être emporté par le torrent.

A tâtons, toujours cassé en deux, sa progression était lente. Il lui sembla tout à coup qu'il aurait eu trois fois le temps d'arriver jusqu'à un abri, car il n'en était éloigné que d'une dizaine de mètres. Il finit par se demander s'il ne se dirigeait pas vers le milieu de la chaussée.

Il lui était de plus en plus difficile de garder son équilibre. L'eau s'accumulait dans la rue, lui arrivait aux chevilles et il devait remonter à contre-courant. A un moment donné il buta, tomba à genoux mais réussit à se relever. Ses vêtements étaient trempés et glacés. Chaque pas devenait une torture.

– Le monde parfait, marmonna-t-il en souriant malgré son triste sort.

Au moment où il allait prendre une autre direction au hasard, la masse d'un bâtiment se profila devant lui dans l'obscurité. Encore quelques pas pénibles et il fut à l'abri de la pluie, sous un auvent décorant la façade.

D'une main, il essuya la pluie sur son visage puis serra ses bras autour de lui en grelottant dans le froid humide pour faire l'examen de la situation. L'auvent avançait d'un mètre sur la rue et mesurait six mètres de long.

Au-delà, il ne voyait rien. Le grondement de l'eau était assourdissant, le rideau de pluie impénétrable. La façade de l'immeuble ne valait pas mieux. Elle était nue, sans portes ni fenêtres. Pourtant, assez curieusement, elle était tiède, résistante au froid de l'air. Derec était isolé dans un monde d'un mètre de large sur six de long. Le niveau de l'eau atteignait ses mollets et le courant menaçait de l'entraîner.

Pendant plusieurs minutes il resta là, claquant des dents, maudissant le sort qui l'avait amené dans cet enfer. Son engourdissement et sa morosité se changèrent bien vite en colère.

– Salauds ! hurla-t-il. (A qui ou à quoi ? Il n'en savait rien.) Pourquoi moi ?

Dans sa fureur, il se retourna contre le mur et le frappa violemment des deux poings... et ses mains le traversèrent !

– Aaaaah ! cria-t-il, surpris, en reculant instinctivement.

La pluie cascadant de l'auvent le gifla et quand il voulut retourner à l'abri, le courant le fit tomber et le submergea.

Il parvint à respirer mais il avait perdu tout contrôle et ne pouvait lutter contre le courant qui l'entraînait à travers la rue, sur la chaussée qui lui paraissait inclinée vers l'aqueduc. Il n'était plus question, déjà, d'essayer de se remettre debout. L'essentiel était de garder la tête hors de l'eau, de rester en vie.

Il se sentit basculer et plonger dans les eaux tumultueuses du canal. Il ne toucha pas le fond mais remonta comme un bouchon, complètement engourdi à présent, toussant et crachant. Le courant rapide l'emportait.

Derec avait voulu connaître le point d'aboutissement du canal. Il n'allait pas tarder à être satisfait... s'il vivait assez longtemps.

Katherine se tenait avec Euler à la porte-fenêtre du balcon et contemplait un mur d'eau si parfaitement opaque qu'elle en venait à penser que la Cité des robots n'existait pas, qu'elle n'était qu'une image évoquée par un cerveau trop actif exposé à des radiations cosmiques trop puissantes. La pluie tombait en un torrent incessant, une pluie comme elle n'en avait jamais vu, dont elle n'aurait jamais imaginé l'existence. Elle en était effrayée, sa peur dépassait presque sa colère. Presque...

– Pourquoi est-il sorti ? demanda Euler.

– Je te l'ai déjà dit ! Il voulait voir la ville.

– Nous lui avions dit que c'était dangereux.

Elle se détourna du rideau de pluie et alla s'asseoir sur le canapé, les bras croisés. Un trou noir pouvait avaler Derec et ses robots, c'était le cadet de ses soucis !

– Il ne vous a pas crus ou il s'en moquait. Pourquoi me poses-tu sans cesse les mêmes questions, au lieu d'aller le chercher ?

Rydberg sortit de la chambre non sans l'avoir soigneusement fouillée.

– Tout ce qui peut être fait l'est en ce moment, dit-il. Nous comprenons votre inquiétude. La nôtre est aussi grande que la vôtre.

– Je ne suis pas inquiète. Je m'en fiche.

Les robots échangèrent un regard.

– Vous vous moquez de la perte possible d'une vie humaine ? demanda Euler.

Katherine bondit du canapé.

– Tu veux dire qu'il... qu'il pourrait être...

– Mort ? acheva Rydberg. Naturellement. Nous vous avons dit que c'était dangereux.

Pour la énième fois depuis le départ de Derec, elle courut au balcon et regarda le mur liquide.

– Il y a plusieurs heures qu'il est parti. Si quelque chose lui est arrivé...

– Pourquoi est-il sorti ? demanda Euler à côté d'elle.

– Encore ! Pourquoi t'entêtes-tu à poser cette question ?

– Parce que nous ne comprenons pas, répondit Rydberg en s'approchant. Vous devez savoir que les robots ne mentent pas.

– Je le sais.

– Quand nous avons dit que c'était dangereux, pourquoi est-il allé risquer sa vie ?

– Sa définition du danger n'est sans doute pas la même que la vôtre. Mais il voulait surtout connaître votre ville de fous.

– Vous voulez dire qu'il a risqué volontairement sa vie pour satisfaire sa curiosité ? s'étonna Euler.

– Quelque chose comme ça.

– Ahurissant.

– Permettez-moi de vous poser une question à tous les deux, dit Katherine. Si vous voulez tant que des humains vivent ici, pourquoi avez-vous choisi un coin avec un climat aussi dur ?

Rydberg hésita, comme s'il pesait la réponse qu'il allait donner.

– Le climat d'ici n'est pas normalement comme cela, dit-il enfin.

– Normalement ? Est-ce que ça veut dire que quelque chose a influé sur le temps qu'il fait ?

– Oui, répondit Euler.

– Quoi donc ?

– Nous ne pouvons pas vous le dire, répliqua Rydberg et il alla regarder derrière le canapé.

– La pluie va-t-elle bientôt cesser ? demanda Kate.

– D'ici une heure, probablement, répondit Euler. Nous pourrons alors faire des recherches plus étendues pour retrouver l'ami Derec.

Une idée frappa Katherine. Elle voulut la chasser mais elle s'imposa.

– Est-ce ainsi que l'autre homme... David, est mort ?

– Il peut avoir causé les pluies, dit Euler, mais il n'est pas mort par elles.

– Je ne comprends pas.

– Il est très tard pour les humains, dit brusquement Rydberg en allant à la porte. Vous devez dormir, maintenant, ou vous risquez d'endommager votre santé.

Sur ce, les deux robots surveillants sortirent de la pièce. La porte coulissa et se referma sur eux.

Katherine resta seule ; le robot gardien était dans le couloir. Elle retourna se jeter sur le canapé et se coucha en chien de fusil.

– Ah, David ! sanglota-t-elle sur sa manche. Pourquoi a-t-il fallu que ça arrive ?

L'EXTRACTEUR

Derec était ballotté par le courant comme un fétu de paille ; le corps et les sens engourdis, il avait perdu tout contrôle sur son destin. Le bruit faisait rage à ses oreilles et toute son énergie consistait à garder la tête hors de l'eau. Rien d'autre ne comptait, sa vie s'était réduite à cela. Il n'avait même plus le temps d'avoir peur. Les événements de sa vie ne repassaient pas devant ses yeux, puisqu'il n'avait aucune vie à se rappeler. Il n'y avait plus que l'eau et le froid paralysant... et l'éternelle compagnie de la mort.

Sa course dura une minute ou une éternité – il avait perdu toute notion de temps – mais quand il se sentit tomber en chute libre, son esprit s'ouvrit à une nouvelle réalité.

Il tombait, environné par un vent tiède et moite. Une faible clarté l'enveloppait mais, avant qu'il n'ait eu le temps de regarder autour de lui, il plongea dans de l'eau chaude.

Il coula à pic et, quand il remonta à la surface comme un bouchon, en toussant et crachant, un martèlement douloureux lui faisait éclater la tête. Il fut pris de panique mais se maîtrisa quand il s'aperçut qu'il n'y avait plus de courant pour l'entraîner.

Tout en se maintenant à la surface, il eut une pensée reconnaissante pour sa vie antérieure qui lui avait donné l'avantage salvateur de probables leçons de natation. Il s'allongea et fit la planche, se laissant bercer par de petites vagues. Tout son corps souffrait d'avoir été rudement ballotté dans le canal et il n'avait plus de forces.

Il découvrit un plafond au-dessus de lui, rendu visible par de minuscules ampoules. Un grondement de cataractes se répercutait dans l'immense caverne et il tourna la tête à droite et à gauche pour se faire une idée de l'endroit où il avait échoué.

Il se trouvait à une centaine de mètres du bord dans un gigantesque bassin carré de près d'un kilomètre de côté. Des lumières rouges, à intervalles réguliers, baignaient le paysage d'un éclairage irréel. Au milieu de chacun des quatre bords un aqueduc déversait en cascade une eau étincelante dans une brume d'embruns rougeâtres. Les quatre chutes d'eau faisaient un vacarme infernal qui résonnait dans la tête de Derec et se répercutait à l'infini.

Où était-il ? Dans un réservoir, probablement. Toute ville a besoin d'eau. Celui-ci était probablement relié à une usine de traitement afin d'alimenter une population humaine qui n'y vivait pas. Cela ne fit que confirmer l'idée de Derec selon laquelle la ville n'était pas seulement construite pour des robots. Ce qui se passait là n'était rien d'autre qu'une entreprise de colonisation.

Une autre idée lui vint. Le réservoir lui avait sauvé la vie. Sa température corporelle avait sérieusement baissé durant sa course folle dans l'aqueduc, et maintenant l'eau chaude le dégelait peu à peu.

Pourquoi de l'eau chaude ? Elle n'était pas tiède mais réellement chaude, de près de quinze degrés de plus que la température du corps, et des vents incroyablement brûlants balayaient la caverne, rivalisant de bruit avec les cascades. La chaleur et le repos commençaient d'ailleurs à lui endormir les sens et Derec comprit que s'il n'y prenait garde, il finirait à l'autre extrémité du spectre physique et souffrirait d'hyperthermie. Le résultat serait le même. Il devait sortir de l'eau.

Toujours sur le dos, il battit des jambes tout en se propulsant avec les bras. Il semblait y avoir du mouvement robotique à l'extrémité du réservoir mais il n'avait pas la force de nager jusque-là. Ne sachant de quel côté aller, il se dirigea vers le bord le plus proche. Ce n'était pas chose facile car les déversoirs créaient des courants contraires.

Tout en nageant résolument mais sans se presser, il fit un auto-examen. Il avait été durement secoué et malmené dans le canal mais, à part quelques plaies et bosses, son état lui parut assez bon.

En approchant du bord, il constata que les déversements s'étaient considérablement ralentis et il en conclut qu'au-dehors, la pluie avait cessé. Une lumière diffuse s'insinuait dans le bassin couvert et il devina que le jour se levait.

Il atteignit enfin le bord, fait de la même matière que le reste de la ville. Des échelles de fer étaient installées à intervalles réguliers sur tout le pourtour et il nagea vers la première.

L'eau arrivait à trois mètres seulement du rebord, ce qui était heureux parce que dès qu'il commença à grimper, il s'aperçut qu'il allait beaucoup moins bien qu'il ne l'avait cru. Son corps, si léger dans l'eau, pesait une tonne. Les émotions, l'épreuve de l'aqueduc, l'eau surchauffée du bassin, tout s'alliait pour le priver de ses forces. Lentement, péniblement, il se hissa au sommet de l'échelle et se laissa tomber, à bout de souffle, sur le rebord du bassin.

Il ferma les yeux, juste une minute, pensa-t-il mais le sommeil le gagna aussitôt. Il n'aurait su dire combien de temps il avait dormi quand il se réveilla en sursaut, en entendant un grondement sourd. Il se redressa vivement, tourna la tête et vit un énorme véhicule qui arrivait sur lui en contournant le bassin ; le bruit du moteur était singulièrement amplifié dans ce lieu caverneux.

Tant bien que mal, car il était encore faible, il se

mit debout et chancela vers les zones éclairées au-delà du réservoir. Il tenait à voir le plus de choses possible tant qu'il était encore dehors et libre de ses mouvements car il se doutait que la prochaine fois les robots le laisseraient moins facilement leur échapper.

Il vit les différentes entrées de la caverne par où passaient des conduits pour l'eau courante. Les énormes canalisations étaient tordues comme des cordages et semblaient bouger, se convulser comme des reptiles dans une fosse aux serpents. Il traversa l'enchevêtrement des conduits grâce à des passerelles à claire-voie qui se formaient à son approche et s'allongeaient sous ses yeux.

Après les fosses, il passa devant plusieurs bâtiments carrés où, supposa-t-il, l'eau était purifiée. De petits robots ronds allaient et venaient rapidement, s'affairant à des tâches indéfinissables. Derec songea un instant à entrer dans un des bâtiments pour y chercher un terminal mais le véhicule qui le poursuivait le fit changer d'avis.

– HUMAIN ! cria une voix par haut-parleur, FAITES HALTE OÙ VOUS ÊTES ! IL EST ILLÉGAL POUR VOUS D'ALLER PLUS LOIN !

Il se retourna. La voix venait du véhicule-robot qui réduisait rapidement la distance qui les séparait. Il était temps de s'activer.

Il courut jusqu'aux murs lumineux, au-delà des bâtiments.

– HUMAIN ! appela encore le haut-parleur.

Les jambes lourdes, Derec progressait lentement. Le mur encerclait la zone du réservoir ; il était translucide comme un rideau de douche, et Derec s'aperçut qu'il n'était pas lumineux mais si mince que la lumière extérieure passait au travers. Il tenta de le pousser, mais se heurta à sa résistance. Il poussa plus fort. Le mur céda alors sous sa main, tout comme, plus tôt, la façade du bâtiment.

Au même instant, un robot-bourdon arriva à une

vingtaine de mètres et s'approcha du mur qu'il traversa sans hésiter. Derec courut vers la faille, poursuivi par le véhicule. Il ne vit plus aucune ouverture mais quand il leva les mains pour pousser, le mur irisé s'écarta de lui-même et le laissa sortir.

Il apparut dans la lumière du jour, par un matin calme et ensoleillé, sans moindre trace d'orage ou de tempête. Le soleil était encore bas dans le ciel mais la Cité des robots s'animait.

Derec était au cœur de la ville, près du moyeu sur lequel tournait la roue de l'agglomération. Il vit l'aqueduc qui l'avait amené et d'autres, formant comme des rayons.

Des robots en grand nombre se hâtaient dans les rues, pressés et affairés. Beaucoup disparaissaient à l'intérieur de l'usine de traitement des eaux.

Derec s'éloigna et se retourna vers le réservoir. Il reçut un choc en découvrant à sa place une forêt ! Puis il se dit que la forêt avait été plantée au-dessus du bassin, pour une double utilisation de la superficie. Mais pourquoi une forêt ? Certainement pas pour les robots !

Du coin de l'œil, il remarqua que le grand véhicule à roues qui l'avait traqué à l'intérieur du réservoir s'approchait. Il regarda tour à tour la ville et la forêt. C'était là, pensa-t-il, dans ce chaos qu'il pourrait le mieux se cacher.

Il repartit en courant vers le gigantesque bâtiment du réservoir, pensant grimper le long des supports soutenant le bord extérieur de la forêt. Mais dès qu'il y arriva et posa les mains sur l'arc-boutant, celui-ci se transforma en escalier.

Il monta rapidement, sans hésiter, et pénétra dans le bois. La terre était humide et spongieuse ; ses souliers déjà trempés furent très vite couverts de boue. Les arbres n'étaient pas hauts, plus petits même que les épais fourrés qui les entouraient. Une brume planait sur la forêt et plus il avançait plus elle devenait dense.

Derec n'était pas expert en végétation mais il supposa que les arbres étaient des rejetons de ceux qui avaient jadis poussé sur la Terre. Les Spatiaux, qui avaient horreur qu'on leur rappelât la planète de leurs aïeux, s'appliquaient néanmoins à apporter la flore et la faune de la Terre sur toutes les planètes qu'ils colonisaient. Derec ne savait pas d'où il tenait cette information : ces bribes de connaissances le mettaient en rage tant elles étaient incomplètes.

Son pied heurta un objet dur et résistant, et il tomba dans la boue qui couvrait la terre molle. L'extrémité d'un gros tuyau sortait du sol. De la fumée ou de la brume en émanait, ce même brouillard qui envahissait la forêt, et Derec commença à pressentir un plan.

Il se releva et se baissa aussitôt en distinguant une ombre venant vers lui, à moins de cinq mètres. Un robot. Il tendit l'oreille et en entendit d'autres battant les fourrés autour de lui. Ils avançaient lentement, le cernaient pour le prendre au piège.

Il respira profondément, se coucha par terre et se roula en boule, en se faisant le plus petit possible. La forêt était plantée au-dessus du réservoir afin que la condensation de l'eau alimente les arbres, par en dessous, et nourrisse directement leurs racines. Quant à la brume, c'était fort probablement une vapeur de bioxyde de carbone, bénéfique pour leur santé et leur croissance. Mais d'où venait le gaz carbonique ? Peut-être de leurs procédés industriels, ce qui expliquerait aussi la chaleur de l'eau du bassin. L'installation était extrêmement sophistiquée et civilisée : une ville construite autour de ses besoins écologiques. Etait-ce une création de robots ?

Un pied métallique s'enfonça dans la terre près du bras de Derec. Il retint sa respiration et, au bout de quelques secondes, le robot s'éloigna.

Quand l'équipe de recherche se fut évanouie, Derec se releva vivement et partit en courant dans la direction opposée à celle par laquelle il était venu. Les robots étaient plus rapides et plus forts que lui ; il devait faire vite.

Il arriva à l'orée de la forêt en quelques minutes et se précipita vers l'endroit par où il était monté. L'arc-boutant était de nouveau en place, inamovible, et il n'y avait pas trace d'escalier. Derec se pencha. Le sol était dix mètres plus bas ; pas question de sauter.

– VOUS, DEREC ! tonna une voix de robot derrière lui, HALTE ! HALTE TOUT DE SUITE !

Il s'assit par terre et laissa pendre ses jambes. Des marches apparurent miraculeusement. Il les dévala juste au moment où plusieurs robots arrivaient derrière lui en lui criant de s'arrêter.

Dans le chaos près de l'usine de traitement des eaux, il aperçut un grand véhicule à plate-forme chargé de matériel – des ordinateurs cassés –, prêt à démarrer. Il bondit et força l'allure. Les robots étaient déjà en bas de l'escalier.

Le véhicule démarra avant qu'il ne l'atteigne mais, dans un dernier effort, il réussit à le rattraper et à sauter à l'arrière. Un robot-bourdon tout rond, pas plus gros que sa propre tête, pépia aigrement contre lui, dans la masse de matériel.

Devant le lavabo, Katherine regardait le filet d'eau tiède couler du robinet, en se demandant comment un travail de plomberie pouvait s'effectuer dans une ville qui ne tenait pas en place. Elle s'aspergea le visage et se regarda dans le petit miroir encastré. Ses yeux cernés et bouffis révélaient son manque de sommeil, mais ses traits étaient calmes, remarquablement calmes en dépit de la terreur qui l'avait tenaillée pendant sa longue nuit.

Il était parti, mort peut-être, et elle était seule dans ce monde dément. David-Derec, quel que fût le nom qu'il préférât, considérait cette ville comme une aventure, quand, pour elle, ce n'était qu'une prison. Le premier soin, pour toute personne naufragée ou perdue dans un port de Spatiaux, était de chercher un accès aux communications radio, pour informer les équipes de secours et rassurer ceux qui vous attendaient anxieusement ; ici, les robots devenaient très évasifs lorsqu'on leur parlait de communications. C'est ce qui effrayait Kate plus que tout le reste.

– Avez-vous bien dormi ?

Elle sursauta, se retourna vivement et vit Rydberg sur le seuil.

– Je ne t'ai pas invité ! lui cria-t-elle avec rage. Va-t'en ! Tout de suite !

Le robot fit demi-tour sans un mot. Katherine le suivit dans le petit couloir.

– Qu'est-ce que tu veux ? As-tu des nouvelles de... de Derec ?

Rydberg la regarda.

– Je ne voulais pas faire intrusion dans votre intimité. Acceptez mes excuses, s'il vous plaît. Je vous ai apporté de quoi manger.

– Je n'ai pas faim !

Rydberg ne répondit pas, ne broncha pas.

– Des nouvelles de Derec ? demanda-t-elle plus doucement.

– Oui. Il a été vu il y a trois décans à peine, mais il s'est enfui quand un de nos surveillants l'a appelé.

Elle frappa subitement dans ses mains.

– Alors il est vivant !

– Apparemment. Pourquoi s'enfuit-il ? Est-ce un signe de culpabilité ?

– C'est un signe qu'il veut explorer cette ville de fous sans être harcelé par votre troupeau de robots ! répliqua-t-elle en passant devant Rydberg pour aller au salon. Où est mon déjeuner ? J'ai tellement faim que je mangerais un... J'ai faim, quoi !

– Mais vous venez de dire...

– Oublie ce que je viens de dire ! Rectification !

dit-elle précipitamment avant que le robot ne lui explique comment était faite sa mémoire. Ça ne fait rien. Ne fais pas attention. Où est mon déjeuner ?

Il la précéda dans le couloir jusqu'au salon où des plats attendaient, sur la table où ils avaient dîné la veille. La pièce, curieusement, était différente, le plafond plus bas, la table plus près du mur.

Elle s'en approcha tout de suite. Il y avait un assortiment de fruits et de légumes cuits. Elle s'assit et goûta avec précaution un fruit verdâtre. Il était délicieux. Rydberg resta debout près de la table et la regarda goûter de tout avec gourmandise ; tout était bon. Elle ne l'invita pas à s'asseoir comme l'avait fait Derec. Les robots étaient des domestiques et devaient être traités comme tels. Jamais elle n'avait compris l'insistance de Derec à les traiter autrement que comme les mécaniques qu'ils étaient.

– Quand pourrons-nous contacter l'extérieur par radio ? demanda-t-elle une fois sa faim apaisée.

– Nous allons nous réunir plus tard, pour discuter de ces questions.

– Vous allez faire notre procès ? Pour le meurtre de cet autre humain ? Nous avons droit à un procès, tu sais !

– Derec nous a dit qu'il essaierait de résoudre ce mystère.

– Et s'il ne peut pas ? Si nous ne découvrons *jamais* ce qui s'est réellement passé ? Vous n'avez pas le droit de nous détenir ici. Nous ne pouvons pas rester indéfiniment dans cette situation.

– S'il ne peut pas découvrir la vérité sur l'affaire, alors nous jugerons que notre première supposition était la bonne.

– Je ne te crois pas ! Vous n'avez pas le droit de déterminer ma culpabilité ou mon innocence sans preuves concluantes. Je ne suis pas Derec et je ne me fais pas d'idées romanesques à propos d'un monde gouverné par des robots. On ne peut pas vous permettre de contrôler ma façon de vivre ma vie. Si vous voulez me détenir pour meurtre, vous devez faire mon procès et prouver que je suis coupable. Et si vous me jugez, je dois avoir le droit de me défendre. Par conséquent, j'exige d'avoir immédiatement accès à une radio, afin de pouvoir engager un défenseur. Je veux un avocat agréé, et j'en veux un tout de suite !

– Nous discuterons de la situation aujourd'hui, un peu plus tard, quand votre ami Derec nous aura été rendu. En attendant, votre déjeuner refroidit et va perdre de son attrait.

– Il l'a déjà perdu, gronda Katherine en repoussant son assiette.

Elle n'aimait pas la tournure que prenaient les événements. La radio lui paraissait de plus en plus lointaine et, avec elle, tout espoir de quitter cet endroit. Les arguments qu'elle opposait à Rydberg n'étaient fondés que sur les lois et coutumes de la société auroraine. Mais toute loi, toute liberté était inconcevable pour une civilisation de robots.

A ses yeux, le résultat final était simple : les mécaniques commandaient et pouvaient faire ce qu'elles voulaient.

Derec ne voyait rien avec quoi comparer la taille de cette ville ; plus il parcourait la Cité des robots, plus il sentait son immensité.

Tandis que le camion roulait à vive allure par les rues, le bourdon rond bondissait d'une machine à l'autre, en pépiant bruyamment, posant à tout instant sa sphère argentée pour repartir en un clin d'œil ; il accomplissait ses fonctions automatiques (mais nettement sous-robotiques) de préréparation des appareils endommagés. Finalement, il tomba sur les genoux de Derec, toutes ses lumières clignotant follement et son pépiement transformé en long gémissement aigu.

– Où allons-nous ? demanda l'humain au réparateur en caressant distraitement son petit corps rond.

L'appareil bourdonna et sautilla mais ne répondit pas. Tout à coup, le gémissement devint un hurlement de sirène.

– Tais-toi ! ordonna Derec en se retournant vers l'avant pour s'assurer qu'il n'attirait pas l'attention du robot pilote, puis il se pencha sur l'appareil en essayant en vain d'étouffer le bruit. Tu vas te taire ? Je ne peux pas...

Le bourdon lui envoya une décharge électrique qui le secoua tout entier et le choqua.

– Ça suffit comme ça ! dit-il en brandissant un doigt menaçant devant la petite boule argentée. Je n'ai pas à supporter ça de toi !

La chose recommença à sautiller et à rebondir de plus en plus haut. Derec regarda à droite et à gauche, puis il leva calmement la jambe et jeta la sphère hors du camion d'un coup de pied ; elle atterrit dans la rue et elle rebondit comme un ballon de caoutchouc en émettant des cris désespérés.

Au bout d'un moment, le véhicule ralentit et s'arrêta derrière une longue file d'autres camions, tous chargés de matériel. Derec se redressa sur les genoux et regarda par-dessus l'amas d'ordinateurs.

Les camions étaient arrêtés devant un portail. Une équipe de robots montait sur la plate-forme, prenait une pièce détachée et la portait dans une guérite guère plus large que son unique porte d'accès. A côté de la guérite, il y avait la chose la plus étonnante que Derec ait vue au cours de sa courte vie.

Une gigantesque machine grise grondait doucement, donnant une indéniable impression de force et de puissance. Il en sortait ce qui avait tout l'air d'être un ruban de ville ; en plaques carrées de cinq mètres de côté, la ville paraissait simplement s'extraire du sous-sol par l'intermédiaire de la grande machine.

Elle sortait ; les plaques se formaient progressivement suivant une incroyable programmation d'autoconstruction. Et tout en se façonnant en murs, en étages, en angles de rues, en portes et fenêtres, les plaques partaient en tournoyant dans toutes les directions, exécutant une danse lente et gracieuse qui repoussait les bâtiments déjà existants. C'était le mécanisme qui actionnait l'admirable mouvement d'horlogerie de la Cité des robots.

La ville entière était un fantastique et gigantesque organisme vivant qui ne cessait de s'étendre, de croître, changeant continuellement et reconstituant ses propres cellules, suivant un plan imprimé, pour devenir un être vivant et complètement formé.

C'était un plan à une échelle monumentale, exécuté dans une atmosphère de contrôle logique total pour une fin donnée. En regardant un gratte-ciel se construire littéralement lui-même à partir du sol, chaque étage s'empilant sur le précédent et s'y soudant selon un projet défini et invisible, Derec s'émerveilla de cette conception grandiose qui dépassait son entendement. Cette civilisation était le produit d'une intelligence qui refusait de croire aux options limitées, une intelligence qui acceptait ce que l'imagination pouvait concevoir et ce que les mains pouvaient fabriquer.

Pour un tel esprit, tout était possible. Même, peut-être, le Périhélion.

Son véhicule repartit brusquement et le fit tomber à genoux avant de s'arrêter devant la grille. L'équipe de robots grimpa sur la plate-forme.

Si tout se passait sous terre, c'était là que Derec devait aller. Il sauta sur le sol, s'empara d'un petit terminal qui semblait avoir été endommagé par de l'eau, et prit sa place derrière un robot qui se dirigeait vers la porte de la guérite.

Il s'en approcha en tenant l'ordinateur dans ses bras, comme un bébé. De l'air chaud l'accueillit quand il entra. Dans la faible lumière, il distingua un escalier à ses pieds et suivit le robot qui descendait.

Les marches aboutissaient à une vaste salle brillamment éclairée ou régnait une activité fébrile. Des chariots automatiques transportaient des robots et du matériel minier à une allure vertigineuse. Les véhicules se croisaient et se contournaient dans un ballet accéléré, leurs mouvements s'étaient probablement perfectionnés avec le temps car, aux yeux de Derec, il était impossible de rouler si vite sans jamais se heurter.

Dans le fond, il y avait une rangée d'une vingtaine d'ascenseurs, dont certains remarquablement grands. Les robots quittant l'escalier s'y dirigeaient tout droit, probablement pour descendre dans des ateliers souterrains où se faisait le travail de réparation ou de récupération.

Ne sachant où aller, son fardeau dans les bras, Derec choisit un ascenseur au hasard. La porte d'un des grands monte-charge voisins s'ouvrit alors et un groupe de robots couverts de boue et de suie en sortirent, portant sur leurs épaules la carcasse inerte d'un des leurs.

L'ascenseur ne comportait pas de boutons mais la porte s'ouvrit pour lui dès qu'il s'en approcha.

– Rien ne vous attend en bas, que la mort ! gronda une voix derrière lui.

Il se retourna. Un colossal robot surveillant, deux fois plus grand qu'un homme, le regardait par ses photocellules rouges menaçantes. Il était entièrement noir, d'un noir brillant et poli.

– Je viens inspecter votre opération, répliqua Derec sur un ton qu'il s'efforça de rendre autoritaire, puis il tourna les talons et entra dans la cabine.

Le bras du robot jaillit, ses pinces gigantesques claquèrent autour de l'avant-bras de Derec qu'elles serrèrent fortement sans toutefois lui faire de mal.

– Vous êtes pris, dit le robot et l'ordinateur de Derec s'écrasa bruyamment sur le sol.

LA TOUR DU COMPAS

Quand la porte de l'appartement s'ouvrit, Derec vit l'expression de Katherine passer de l'horreur au soulagement et, de là, à l'amusement et à l'imminence du fou rire, le tout en moins de trois secondes. Le robot géant le portait sans ménagement sous son bras.

– Laissez-moi deviner ! s'exclama-t-elle, un doigt sur les lèvres. Vous êtes un sac de linge sale !

– C'est malin, grommela-t-il pendant que le robot le posait délicatement par terre. (Il leva les yeux vers la grosse tête noire.) Merci pour la balade, Avernus.

– Tout le plaisir était pour moi, ami Derec, répondit le robot qui devait se voûter pour ne pas toucher le plafond. Mais je vous prie instamment de ne jamais revenir dans le sous-sol. Ce n'est pas un lieu pour des humains.

– Je te remercie de ta sollicitude, répondit Derec sans s'engager. Est-ce que nous te verrons à la réunion ?

– Assurément. Nous nous faisons d'avance un plaisir d'y assister tous.

– Tu peux aller, maintenant, lui dit froidement Katherine.

Avernus s'inclina légèrement et partit. Le robot utilitaire glissa rapidement pour boucher la porte de son corps trapu. Katherine appuya sur le bouton et le battant coulissa.

– Vous avez raté le petit déjeuner et le déjeuner ! dit-elle en allant se laisser tomber dans le canapé.

– Avernus m'a trouvé quelque chose à manger avant de me ramener. Il a nettoyé et soigné mes blessures et m'a même laissé dormir un moment.

Derec ne pouvait ignorer plus longtemps l'humeur de Katherine.

– Qu'avez-vous ?

– Vous ! Cet endroit... Tout ! Je ne sais plus où j'en suis, tout est sens dessus dessous. Vous avez découvert quelque chose ?

Derec remarqua l'écran de radiotélécommunication sur la table et s'en approcha.

– C'est une ville conçue pour des humains, dit-il, et la construction se fait à une allure fabuleuse, comme s'ils étaient affreusement pressés de la terminer. Je crois que les bâtiments sont... je ne sais pas. Vivants. Je ne vois pas comment le dire autrement. D'où ça vient, ça ? demanda-t-il en montrant l'écran.

– Rydberg l'a apporté. Mais ça ne peut que recevoir. Qu'est-ce que vous racontez, la ville est vivante ?

– Regardez bien.

Derec prit son élan et courut à toute vitesse se jeter contre le mur du fond. Le mur céda, se creusa et reprit doucement sa position verticale.

– Je n'ai pas fermé l'œil de la nuit, à me faire du souci pour vous, pendant que vous découvriez que les murs sont en caoutchouc ? s'écria-t-elle.

Il se retourna en souriant.

– Vous vous êtes vraiment fait du souci pour moi ?

– Non ! Quoi encore ?

Il alla s'asseoir à côté d'elle et baissa la voix.

– J'ai vu la ville se bâtir, littéralement, s'extraire du sol. J'ai essayé de descendre mais Avernus m'a attrapé. Je crois que c'est lui le responsable, là-bas. La seule chose que je puisse imaginer, c'est qu'il y a une immense opération minière là-dessous, et que les immeubles sont positroniques, des espèces de robots cellulaires qui forment un tout. C'est fascinant !

Katherine ne fut pas le moins du monde impressionnée.

– Avez-vous trouvé un moyen de partir d'ici ?

– Pas encore, avoua-t-il. Je ne pense pas que ce soit un vrai problème.

– C'est parce que vous êtes complètement coiffé de vos amis les robots ! Vous êtes incapable de penser à autre chose. Les murs sont des robots ! S'ils le sont, peuvent-ils nous entendre ?

A cet instant précis l'écran s'anima sur la table, et la tête de Rydberg le remplit.

– Vous êtes de retour, Derec ! C'est bien ! Préparez-vous, tous les deux. Une garde d'honneur va venir vous chercher dans un moment pour vous escorter à votre procès préliminaire.

– Notre procès ? bredouilla Derec.

Katherine se plaqua une main sur la bouche.

– C'est ma faute ! Je les ai mis au défi d'oser nous faire un procès.

– Mais nous n'avons pas encore eu le temps d'enquêter !

– J'essayais de savoir si nous pourrions communiquer avec l'extérieur, dit-elle en claquant des doigts. Peut-être allons-nous pouvoir... ?

– Peut-être, grogna Derec, sceptique.

La Cité des robots était un bijou trop précieux pour être laissé dans l'éther à la portée de n'importe qui. Et au point où il en était, il n'était pas sûr de vouloir communiquer avec l'extérieur. Il regarda l'écran qui s'était déjà éteint.

– Quelle que soit la raison, je crois que cette fois, nous allons obtenir des réponses à nos questions.

– Espérons que ce seront des réponses avec lesquelles nous pourrons vivre. Je ne veux pas passer le restant de mes jours ici !

Quelques minutes plus tard, le robot utilitaire frappa à la porte. Derec alla ouvrir et Euler apparut, en compagnie d'un autre robot surveillant que les jeunes gens n'avaient jamais vu. Il ressemblait autant qu'il était possible à un être humain, avec des traits de mannequin, parfaitement ciselés mais inanimés.

– Ami Derec, dit Euler. Amie Katherine Burgess. Permettez-moi de vous présenter Arion, qui sera présent à notre réunion.

– Enchanté, dit Derec.

– Rydberg a appelé notre « réunion » un procès ! protesta Katherine.

– C'est un grand moment pour nous tous, ici, déclara Arion. J'espère que votre séjour a été satisfaisant, jusqu'à présent. Je fais de mon mieux avec le peu de temps que j'ai, pour essayer de vous préparer des divertissements. Nous savons que les humains apprécient beaucoup les distractions de l'esprit.

– Nous apprécions tout ce que vous faites pour nous, dit Derec.

– Mais oui, bien sûr, enchaîna Katherine. Que diriez-vous de sortir de votre chapeau une radio pour que nous puissions appeler quelqu'un de l'extérieur à notre secours ?

– C'est tout à fait impossible.

– C'est ce que je pensais, marmonna-t-elle.

– J'ai un cadeau pour chacun de vous, intervint Euler en tendant le bras droit. Ensuite, nous devons partir pour la réunion.

Derec s'approcha. Le robot présentait entre ses pinces deux grosses montres, se balançant au bout d'une chaîne en or.

– Vous saurez l'heure d'ici. C'est important pour les humains et, par conséquent, pour nous aussi. Nous ferons davantage pour que vous vous sentiez bien à cet égard.

Derec prit les deux montres et en donna une à Katherine. Elles avaient un cadran carré dans un boîtier d'or. Toutes deux marquaient 3 h 35.

– Elles marchent selon une journée de vingt-quatre heures, expliqua Euler. Nous avons pensé qu'il serait préférable de nous adapter à la longueur de votre heure plutôt que vous ayez à vous adapter à notre journée de vingt et une heures et demie. Nos heures, décans et centades représentent environ quatre-vingt-cinq pour cent des standards.

Derec sortit sur le balcon et regarda le ciel. Le soleil n'était plus au zénith et descendait lentement dans le ciel.

– Pile à l'heure, dit-il en rentrant dans l'appartement.

– Vous en doutiez ? demanda Arion en regardant Euler.

– Tu comprends, maintenant ? lui dit Euler et Arion secoua la tête, presque à la manière d'un homme.

– Intéressant.

– Nous devons y aller, déclara Euler et il partit rapidement, suivi de la petite troupe.

Ils descendirent par l'ascenseur et, dans la rue, montèrent à bord d'un tramway à multiples wagonnets qui marchait sans conducteur. L'engin démarra dès qu'ils furent assis. Euler se retourna vers Derec, à côté de Katherine, derrière Arion.

– Pourquoi vous êtes-vous mis, hier soir, dans un danger extrême ?

– J'ai une meilleure question, répliqua Derec. Si c'est un monde humain si parfait, ici, pourquoi est-il si dangereux ?

– Les mondes spatiaux ont résolu les problèmes de climat il y a des siècles, ajouta Katherine. C'est insensé de trouver du mauvais temps dans une culture aussi avancée.

Arion se tourna vers elle et inclina la tête.

– Merci de dire que notre culture est avancée.

– Le temps, dit Euler, fait partie du problème général que nous avons en ce moment, je vous le dis franchement. Nous le contrôlons et, en même temps, nous ne le contrôlons pas. Malheureusement, pour des questions de sécurité, nous ne pouvons pas en parler en détail.

– Superbe, marmonna Katherine. Tout le monde peut faire quelque chose à propos du temps mais personne n'en parle !

– Pour répondre à votre première question, dit Derec à Euler en regardant leur moyen de transport se diriger en ligne droite vers la tour où ils s'étaient matérialisés, je n'ai aucun souvenir d'aucun passé. Ma curiosité, ma recherche de connaissances sur moi-même me poussent à faire des choses qui ne sont pas nécessairement dans mon propre intérêt.

– De l'amnésie ? murmura Euler. Ou autre chose ?

Derec s'étonna.

– Quelle autre chose ?

Le robot répondit à sa question par une autre question :

– Comment êtes-vous venu sur notre planète ?

Derec se rendit compte que le robot s'essayait à un jeu de mots, en rapport direct avec celui qu'il avait lui-même inauguré la veille. Il décida de continuer le jeu.

– Qu'est-ce que le mort, David, a répondu quand tu lui as posé cette question ?

– Il a dit qu'il ne savait pas, répondit Euler en se retournant vers l'avant. Il a prétendu qu'il était amnésique.

Le tramway s'arrêta devant la monumentale pyramide qui dominait la ville et que les habitants appelaient la tour du Compas. Katherine pressa le bras de Derec et il comprit qu'elle avait la même crainte que lui. Là, à mi-hauteur, il y avait le trou où ils avaient caché la clef du Périhélion. Les robots l'avaient-ils trouvée ? Allaient-ils leur en donner la preuve ou, pis encore, confisquer la clef ?

Mais Euler ne parla pas de la clef. Il descendit

simplement du véhicule et les précéda à la base de la tour que Derec avait crue massive.

Il n'aurait pu être plus éloigné de la vérité.

A l'approche du robot, l'énorme bloc de matière solide formant la base s'évapora tout simplement, laissant apparaître une rampe en pente douce accédant à l'entrée, nouvel exemple étayant l'hypothèse de Derec sur l'intelligence des matériaux de construction.

Ils entrèrent dans la pyramide par un vestibule sombre qui débouchait sur un dédale de couloirs et d'escaliers.

– Essayez de vous rappeler le chemin, chuchota Derec à Katherine. On ne sait jamais.

– On ne sait jamais quoi ? Au cas où vous ne l'auriez pas encore compris, nous n'allons nous enfuir nulle part.

– C'est l'édifice le plus important de la ville, annonça Euler tout en les conduisant par une suite d'escaliers et d'escalators zigzaguant en direction d'une longue galerie bien éclairée. C'est ici que nos décisions sont prises, c'est ici que... qu'a lieu la compréhension.

Dans la galerie, Arion les devança et disparut dans un escalier qui descendait. Les murs étaient faiblement lumineux, coupés tous les trois mètres par des couloirs transversaux.

Ils suivirent le même chemin qu'Arion, en changeant plusieurs fois de direction avant d'arriver dans une vaste salle claire dont les quatre murs s'inclinaient vers un plafond, à quinze mètres au-dessus, par où le soleil se déversait comme par une verrière.

Le carrelage du sol dessinait une immense rose des vents dont les quatre pointes formaient les pierres d'angle de la Cité des robots. Au centre, juste sous les rayons du soleil, six robots étaient debout, en cercle, les bras écartés et se tenant tous par leurs mains-pinces... une place était laissée vide pour Euler.

– C'est ici que nous recherchons la perfection, dit-il en allant rejoindre le cercle pour le refermer.

– C'est presque religieux, souffla Derec à Katherine.

– Oui, et ça me donne la chair de poule.

Il n'y avait ni chaises ni tables dans la salle, rien sur quoi un humain puisse se reposer. Les murs étaient incrustés d'écrous, serrés les uns contre les autres, sur tout le pourtour. Chacun montrait une vue différente de la ville. Les sites d'excavation étaient nombreux avec de gros engins creusant ou nivelant le sol. D'autres écrans montraient l'usine d'extraction que Derec avait vue et il pensa qu'il devait en exister plusieurs. Il y avait des images du réservoir où il avait plongé et de curieuses vues souterraines, prises par les yeux d'un robot-caméra en marche, de kilomètres de galeries de mine et de tunnels abandonnés. Plusieurs écrans se contentaient de diffuser une image du ciel bleu veiné de rose.

– Vous êtes venus dans cette salle, proclama Euler d'une voix forte, pour nous aider dans notre recherche de la correction, de la perfection et de la plénitude. Nous sommes les clefs – humains et robots – de la synergie de l'esprit. La synnoétique est notre but. Je vais vous présenter le reste de nos semblables et nous commencerons.

– La synnoétique ? murmura Katherine.

– L'homme et la machine, répondit Derec sur le même ton. Le tout plus grand que la somme des parties.

– C'est religieux ! Comment l'avez-vous deviné ?

– Tout ceci me paraît très... confortable.

Euler reprit, et chaque robot s'inclina à l'appel de son nom :

– Vous connaissez Rydberg, Avernus et Arion. Les autres sont... Waldeyer...

– Bonjour, dit un gros robot trapu à roulettes.

– Dante...

– Je vous souhaite la bienvenue, dit Dante dont les yeux télescopiques pointaient sur sa tête ronde.

– Et Wohler.

Un magnifique automate doré s'inclina cérémonieusement sans lâcher ses voisins.

– Nous sommes très honorés, dit-il.

– Nous répondrons de notre mieux à vos questions, déclara Euler, et nous espérons que vous ferez de même.

– Si, comme vous le dites, vous recherchez la vérité et la perfection, répliqua Derec, alors notre réunion sera fructueuse. Je voudrais commencer en vous demandant pourquoi vous refusez de nous parler de certains aspects de la vie, ici.

– Nous fonctionnons en ce moment, répondit Rydberg, sur un mode d'alerte qui rend certaines informations secrètes selon notre programmation.

– Est-ce notre arrivée qui a déclenché ce dispositif d'alerte ? demanda Katherine.

– Non, assura Euler. Il était en vigueur avant votre arrivée. A condition, naturellement, que vous soyez arrivés au moment où vous le dites. Nous devons encore une fois vous demander comment vous êtes venus ici.

Derec jugea le moment venu d'avoir recours à une parcelle de vérité. Cela ne pouvait leur faire de mal tant qu'il ne mentionnait pas la clef. Et une dose de vérité amènerait peut-être les robots à en évoquer l'existence.

– Nous nous sommes matérialisés au sommet de cet édifice même.

– Et où étiez-vous avant ? demanda Wohler, le doré.

Derec fit lentement le tour du cercle, en examinant les poseurs de questions.

– Dans une station-relais de Spatiaux nommée Rockliffe, près de Nexon, tout au bord de la zone de quarantaine des mondes de Colons.

Arion, le mannequin, posa sa question :

– Quel moyen avez-vous donc employé pour passer d'un endroit dans l'autre ?

– Aucun. Nous avons été simplement transportés ici.

Un bref silence tomba.

– Cela ne correspond pas à l'information existant en mémoire, déclara Avernus dont l'énorme tête suivait la marche de Derec autour du cercle.

– Vous n'avez trouvé aucun vaisseau qui aurait pu nous amener, fit observer le jeune homme, et je suis sûr que vous avez cherché soigneusement.

– C'est exact, reconnut Euler. Notre radar n'a capté aucune activité qui aurait pu être reconnue comme la présence d'un vaisseau dans notre atmosphère.

– Je ne peux rien expliquer de plus, assura Derec. Maintenant, à vous de répondre à une question. D'où êtes-vous venus ?

– A qui vous adressez-vous ? voulut savoir Euler.

– A vous tous.

Ce fut Avernus qui répondit :

– Tous, à part moi, ont été construits ici, à la Cité des robots. J'ai été... je me suis réveillé ici mais je crois que j'ai été construit ailleurs.

– Où ?

– Je l'ignore. Mes premiers souvenirs sont de ce monde. Rien, dans ma préprogrammation, n'indique une autre origine.

– Tu veux dire, intervint Katherine, que vous tous ne connaissez rien d'autre que la compagnie d'autres robots ? Que votre existence entière s'est passée ici ?

– C'est exact, dit Rydberg. Notre programmation de base nous fait bien connaître les êtres humains et leurs sociétés, mais aucune relation réelle et officielle n'existe entre nos espèces.

– Dans ce cas, comment en êtes-vous venus à construire cette ville ? demanda Derec. Comment se fait-il que ce soit devenu si important pour vous d'en faire un monde pour des humains ?

– Nous sommes incomplets sans les humains, expliqua Waldeyer. Les lois mêmes gouvernant notre existence dépendent de l'interaction humaine. Nous existons pour servir la pensée indépendante, atteindre les domaines élevés de la créativité que nous ne pouvons atteindre seuls. Nous avons découvert cela très rapidement, sans qu'on nous le dise. Seuls, nous n'avons aucun but, aucun dessein. Même artificielle, une intelligence doit avoir une raison d'être utilisée. Ce monde est la première utilisation de cette intelligence. Nous l'avons construit pour des humains, afin de fabriquer la parfaite atmosphère où la créativité humaine pourra s'épanouir dans toute sa plénitude. Sans ce monde, nous ne sommes rien. Avec lui, nous sommes des facteurs vitaux contribuant à l'évolution expansive de l'univers.

– Qu'est-ce que ça peut bien vous faire ? demanda Katherine.

– J'ai une théorie à ce sujet, annonça Dante, ses yeux allongés brillant d'un éclat jaune vif. Nous sommes le produit, les enfants si vous voulez, des plus éminents domaines de la pensée créatrice. Il paraît impossible que les mobiles de cette pensée créatrice n'imprègnent pas tous les aspects de notre programmation. Nous ne manquons de rien. Nous ne désirons rien. Pourtant, le vide de notre inactivité nous donne le... le sentiment, faute d'un meilleur mot, d'être inutiles et superflus. Etant donné la totale liberté de notre monde, nous sommes poussés à fonctionner pour servir.

Derec se sentit brusquement envahi par une tristesse abyssale, une immense compassion pour ces malheureuses créations de l'intelligence humaine.

– Vous avez fait tout cela sans jamais savoir si des hommes viendraient ?

– C'est exact, dit Euler. Et puis David est venu, et

nous avons pensé que tout irait bien. Mais il y a eu sa mort, et ensuite les calamités, et finalement vous... soupçonnés de meurtre. Jamais nous n'avons voulu que cela se passe ainsi.

– Quand tu parles de calamités, tu veux dire les orages, les tempêtes ?

– Oui. Les pluies menacent notre civilisation elle-même et tout est notre faute. Nous nous brisons, de l'intérieur, et n'y pouvons rien.

– Je ne comprends pas.

– Nous n'attendons pas que vous compreniez mais nous ne pouvons pas vous dire pourquoi il doit en être ainsi.

Derec se rappela l'air chaud pompé dans le réservoir.

– La vitesse de croissance de la ville est-elle normale ?

– Non, répondit Euler. Elle s'est accélérée avec la mort de David.

– Est-ce à cause de la mort de David ?

– Nous ne connaissons pas la réponse à cette question.

– Attendez un peu !

Katherine s'écarta du cercle pour aller s'asseoir par terre, adossée au mur du nord.

– Je veux vous parler de notre rapport avec tout ceci... et savoir pourquoi Rydberg l'appelle un procès préliminaire.

– Vous avez été la première à mentionner le concept de procès, riposta le robot en se penchant hors du cercle pour la regarder. Je n'ai employé ce mot que pour vous mettre à l'aise.

– D'accord. Vous dites que nous sommes ici dans une civilisation de robots qui n'ont jamais eu de rapports avec des humains, et pourtant il est évident que vous avez été programmés par quelqu'un pour exécuter les travaux de cette ville.

– Quelqu'un... oui, avoua Euler.

– Quelqu'un qui commande.

– Non. Nous sommes en communication de groupe avec notre unité de programmation, mais elle se contente de nous fournir des informations permettant de prendre des décisions logiques. Notre philosophie d'ensemble est le service ; nos moyens sont logiques. A part cela, notre société n'a aucune direction.

– Alors pourquoi faire notre procès ? insista-t-elle.

– Le respect de la vie humaine est notre Première Loi, expliqua Rydberg. Quand nous avons imaginé notre monde humain/robot parfait, nous avons vu un monde dans lequel tout le monde respecterait la Première Loi. Nous avons imaginé un système d'humanique gouvernant le comportement humain, tout comme les Lois de la Robotique guident notre comportement de robots. Naturellement, nous avons uniquement travaillé d'après la théorie, mais nous avons rédigé une liste préliminaire de trois lois qui fourniraient la base d'une compréhension des humains.

– C'est inouï ! Tu voudrais nous faire obéir aux Lois de la Robotique !

Derec intervint :

– Attendez ! Voyons ce qu'ils ont fait, d'abord.

– Merci, ami Derec. Notre Première Loi de l'Humanique, provisoire, est celle-ci : un être humain ne doit pas faire de mal à un autre être humain ni, par son inaction, permettre que du mal soit fait à un être humain.

– Admirable, approuva Derec. Même si ce n'est pas toujours respecté. Et la deuxième ?

L'hésitation de Rydberg à répondre donna à Derec l'impression que le robot avait une question à poser mais que l'humain avait la préséance, selon la Deuxième Loi.

– La Deuxième Loi de l'Humanique est la suivante : un être humain ne doit donner que des ordres raisonnables à un robot et ne rien exiger qui puisse le placer devant un dilemme qui pourrait lui causer de la gêne ou du mal.

– Admirable, mais trop altruiste pour être toujours respecté. Et troisièmement ?

– La Troisième Loi de l'Humanique dit qu'un être humain ne doit pas faire de mal à un robot ni, par son inaction, permettre que du mal soit fait à un robot, sauf en cas de nécessité pour sauver un être humain ou pour l'exécution d'un ordre capital.

– Non seulement votre expérience des humains est limitée, mais aussi votre programmation, dit Derec sur un ton de commisération. Ces lois pourraient décrire une société utopique d'humains et de robots mais elles ne concordent pas avec le véritable comportement humain.

– Nous en avons conscience, reconnut Rydberg. Il est évident que nous allons devoir reconsidérer nos conclusions. Depuis votre arrivée, nous avons été soumis à des mensonges humains, à des tromperies, à des concepts dépassant notre entendement limité.

– Mais la Première Loi doit être maintenue ! proclama Avernus d'une voix forte, ses photocellules rouges brillant d'un vif éclat. Humains ou robots, tous doivent respecter la vie !

– Nous n'allons certainement pas dire le contraire ! assura Derec.

– Non ! cria rageusement Katherine en se levant pour retourner vers le cercle. Nous parlons du manque de respect qu'on nous manifeste ici...

– Kath...

– Taisez-vous ! Je commence à en avoir assez de vous entendre discuter gentiment de philosophie avec vos copains les robots. Ecoutez, vous autres : premièrement, j'exige que vous nous donniez accès à un système de communications avec l'extérieur et que vous nous laissiez partir. Vous n'avez pas autorité pour nous détenir ici.

– C'est notre monde, répliqua Euler. Nous ne voulons pas vous offenser, mais toutes les sociétés sont régies par des lois et nous craignons que vous n'ayez transgressé notre plus grande loi.

– Et alors ? Si c'était vrai, qu'arriverait-il ?

– Eh bien, nous ne ferions rien de plus que de vous tenir éloignés de la société d'autres humains à qui vous pourriez faire du mal.

– Quelle merveille ! Et comment allez-vous prouver que nous avons fait quelque chose qui exige notre détention ?

– En procédant par élimination, dit Waldeyer. L'ami Derec a déjà suggéré d'autres voies d'explication possibles mais nous estimons que c'est à vous deux de les explorer, non pas parce que nous essayons de vous compliquer les choses mais parce que nous respectons votre intelligence créatrice plus que votre intelligence déductive, dans un domaine comme celui-ci.

Katherine repoussa ses longs cheveux bruns et respira profondément, en s'efforçant de se ressaisir.

– Très bien, dit-elle plus calmement. Mais vous nous avez dit que vous ne vouliez pas nous montrer le cadavre.

– Non, rectifia Euler. Nous avons dit que nous ne *pouvions* pas vous le montrer.

– Pourquoi ?

Un silence tomba. Finalement, Rydberg le rompit.

– Nous ne savons pas où il est. La ville s'est mise à se reproduire trop vite et nous l'avons perdu.

– Perdu ? s'étonna Derec.

Il savait qu'il était impossible qu'un robot prenne l'air gêné, mais c'était pourtant bien l'impression que lui donnait le groupe.

– Nous ne savons réellement pas où il est, dit Euler.

Derec vit là une ouverture et s'y jeta promptement.

– Afin de mener à bien cette enquête et de prouver que nous sommes innocents de toute transgression de la Première Loi, nous devons avoir toute liberté de mouvement dans votre ville.

– Nous existons pour protéger votre vie. Vous avez été surpris par la pluie ; vous savez combien elle est dangereuse. Nous ne pouvons pas vous laisser sortir dans ces conditions.

– Quelque chose sert-il d'avertissement laissant prévoir cette pluie ?

– Oui, répondit Rydberg. Les nuages s'amoncellent en fin d'après-midi et la pluie survient pendant la nuit.

– Et si nous promettons de ne pas sortir quand les conditions sont défavorables ?

– Que valent les promesses des humains ? rétorqua Wohler, le robot doré.

Katherine passa sous les bras écartés des robots pour aller se planter au milieu du cercle.

– Que vaut notre vie sans la liberté ?

– La liberté ? répéta Wohler.

Un nuage sombre passa au-dessus de la verrière et plongea la salle dans une grisaille mélancolique, l'éclairage n'étant fourni que par les écrans, dont beaucoup montraient maintenant des images de formations nuageuses. Le cercle se rompit immédiatement et les robots, très agités, se précipitèrent vers la porte.

– Venez, dit Euler en faisant signe aux humains. La pluie arrive. Nous devons vous ramener à l'abri. Il y a tant à faire !

– Et ma suggestion ? leur cria Derec.

– Dépêchez-vous ! insista Euler en agitant les bras. Nous y réfléchirons et nous vous ferons connaître notre réponse demain.

– Et si nous arrivons à enquêter et à prouver notre innocence, nous laisserez-vous communiquer avec l'extérieur ? demanda Katherine.

Euler s'immobilisa et fixa sur elle ses photocellules.

– Eh bien... Disons que si vous ne prouvez pas votre innocence vous ne pourrez *jamais* communiquer avec l'extérieur.

UN TÉMOIN

De retour à l'appartement, assis devant l'écran posé sur la table, Derec regardait le « divertissement » qu'Arion lui fournissait sous forme, pour le moment, de phrases accompagnées de leurs diagrammes grammaticaux. Avant cela, il avait pu admirer divers théorèmes de trisection d'angles et, encore avant, une liste incroyablement longue des puissances de dix et des différents mots inventés pour décrire les nombres astronomiques représentés par ces puissances. C'était un cauchemar d'insomniaque.

La matinée était sombre, grise, encore humide du froid de la nuit et de la pluie qui avait fait rage pendant des heures. Les nuages responsables des ravages se dissipaient lentement mais le ciel restait plombé.

Derec se sentait comme un fauve en cage, les nerfs à vif, furieux de ne pouvoir quitter son appartement. Ils y avaient été déposés au début de la soirée, après la réunion à la tour du Compas, et n'avaient plus revu de robots surveillants. L'écran n'avait pas de clavier, uniquement un récepteur permettant de recevoir ce que les robots voulaient bien lui envoyer, de temps en temps. En ce moment, ils éprouvaient le besoin de l'amuser, apparemment, mais cette distraction ne faisait qu'aggraver la mauvaise humeur de Derec.

Il avait mal dormi. Il n'y avait qu'un seul lit et Katherine l'occupait. Il s'était contenté du canapé qui était trop court, ce qui ne facilitait pas le sommeil. Mais ce n'était pas ce qui l'avait empêché de dormir.

C'était la pluie.

Il ne pouvait chasser de son esprit l'idée que le réservoir avait été presque plein quand il y était tombé la veille. Comment, dans ces conditions, pouvait-il contenir les énormes quantités d'eau qui s'abattaient à chaque déluge ? Il s'était débattu avec ce problème et plus la pluie tombait, plus il s'inquiétait. Le simple fait que les surveillants ne leur avaient pas donné de nouvelles depuis l'orage lui paraissait menaçant. Tous leurs efforts semblaient se concentrer sur la météorologie.

Comment le temps qu'il faisait pouvait-il avoir une influence sur la croissance rapide de la ville ? Y avait-il un rapport ?

– Vous êtes levé de bonne heure, dit Katherine derrière lui.

Il se retourna et la contempla, les traits adoucis par le sommeil, le visage baigné d'une clarté diffuse. Elle avait bonne mine et la nuit de repos laissait voir sa beauté naturelle. Elle était enveloppée dans le dessus-de-lit vert. Derec se demanda distraitement ce qu'elle avait en dessous et cela lui rappela son réveil à l'hôpital de la station Rockliffe, quand il l'avait vue toute nue dans l'« aérolit » voisin. Gêné, il chassa ce souvenir mais son résidu lui révéla une autre pensée qu'il avait complètement oubliée depuis.

– Je peux vous poser une question ? demanda-t-il.

L'expression de Katherine s'assombrit et il vit qu'elle se tenait sur ses gardes.

– Quelle question ?

– Quand nous étions à Rockliffe, le Dr Galien a dit que vous souffriez d'un état pathologique chronique. Plus tard, quand j'ai voulu l'interroger, vous l'avez fait taire.

Elle s'approcha de l'écran, en évitant le regard de Derec.

– Vous vous trompez. Je vais très bien. L'image même de la santé.

Elle se détourna et il crut percevoir une altération dans sa voix. Quand elle le regarda de nouveau, elle avait le visage fermé, très différent de celui de la jeune personne vulnérable à peine éveillée de l'instant précédent.

– Que se passe-t-il sur l'écran ? demanda-t-elle.

Il regarda. Des motifs changeants d'images créées par ordinateur se succédaient plaisamment, accompagnés d'une vague mélodie diffusée par le minuscule haut-parleur.

– Vous ne m'aidez pas à vous croire, répliqua-t-il en se désintéressant de l'écran. Nous avons besoin d'une franchise totale, d'une totale confiance entre nous, pourquoi ai-je l'impression que vous me cachez des choses importantes ?

– Vous êtes paranoïaque, déclara-t-elle et il comprit qu'il n'en tirerait rien de plus. Et si vous ne changez pas de conversation, je vais me mettre en colère, ce qui n'est pas une très bonne façon de commencer la journée.

Il le reconnut à contrecœur et marmonna :

– La pluie me cause du souci. Elle était encore pire cette nuit que la nuit précédente.

– Ma foi, si cette ville s'apprête à affronter de graves problèmes, j'espère que nous en serons partis avant qu'ils ne se posent plus sévèrement. Nous devons commencer à nous occuper de notre enquête criminelle.

– Savez-vous ce qui cause la pluie ? demanda-t-il en écartant résolument la question du meurtre.

– Quel rapport avec notre enquête ?

– Aucun. Je me le demandais, c'est tout. Je...

– Ne dites rien ! Vous vous faites du souci pour vos amis les robots. Eh bien, j'aime autant vous dire qu'ils se préparent à nous enfermer pour le restant de nos jours...

– Nous enfermer ? Sûrement pas !

– Si ! C'est grave, Derec ! cria-t-elle avec colère. Nous courons le risque d'être retenus prisonniers ici toute notre vie. Vous savez, une fois qu'ils auront pris une décision pareille, je ne vois pas pourquoi ils changeraient d'idée. Vous n'avez pas l'air de comprendre la gravité de la situation.

Il la considéra calmement, posa une main sur la sienne, sur la table. Elle se dégagea et il sentit la colère le gagner à son tour, mais il se maîtrisa.

– Je comprends le problème, mais à mon avis celui de la ville est plus urgent, plus... immédiat.

– Mais ce n'est pas *notre* problème ! Le meurtre, si !

– Faites-moi plaisir, implora-t-il. Parlons un peu de la pluie et du beau temps, rien qu'un moment.

Elle soupira en secouant la tête.

– Voyons ce que je me rappelle. Les molécules réagissent à la chaleur, se séparent, se déplacent plus vite. Les molécules d'eau ne font pas exception. Quand la journée est chaude, elles s'élèvent dans l'atmosphère et s'accrochent dans l'air aux particules de poussière. Quand elles montent dans l'atmosphère plus froide, elles se changent en nuages. Quand les nuages deviennent trop lourds, pleins d'eau, ils retournent sur terre sous forme de pluie.

– D'accord. Et le vent n'est que l'interaction de la chaleur et du froid dans l'atmosphère.

– Oui, oui, bien sûr, et l'air froid plus lourd pousse l'air chaud, d'où... le vent.

Derec s'anima tout à coup.

– Je crois entrevoir un rapport. Ecoutez, la Cité des robots se construit à une allure furieuse et en envoyant énormément de poussière dans l'atmosphère, dit-il en pensant au réservoir. En même temps, une grande quantité d'eau est libérée des opérations minières nécessaires à la construction. Ces opérations dégagent une énorme énergie sous forme de chaleur qui s'échappe dans l'atmosphère, près de l'eau, forçant les molécules chauffées à s'élever sous forme de vapeur et à se coller aux particules de poussière très denses en ce moment dans l'atmosphère. La nuit, la température baisse considérablement...

– Ce qui pourrait former une couche d'ozone non compensée.

– L'ozone ! C'est ce qui scelle notre atmosphère. La couche d'ozone disparaissant, les inversions de température en font autant. Donc, l'air se refroidit le soir, les nuages se forment, l'air frais amène les grands vents et la pluie tombe.

– Donc, dit Katherine, s'ils ralentissaient leur construction, ils pourraient contrôler le temps qu'il fait.

– Ça me paraît logique, répliqua-t-il.

– Pourquoi ne le font-ils pas ?

– C'est tout le mystère, n'est-ce pas ?

La porte s'ouvrit et Wohler, le robot doré, entra dans la pièce, flanqué de deux robots plus petits.

– Bonjour, dit-il. J'espère que votre temps de sommeil a été bénéfique.

– Tu devras apprendre à frapper avant d'entrer ici, lui dit Katherine. Tu vas ressortir immédiatement et frapper avant d'entrer.

Docilement, le robot sortit et referma la porte. Derec savait que Katherine passait ses nerfs sur lui. Dans les mondes spatiaux, les robots faisaient simplement partie des meubles et leur présence n'était pas considérée comme une intrusion dans l'intimité des personnes.

Il y eut un léger grattement à la porte, un bruit quelque peu étouffé par la nature du matériau.

– Entrez ! cria Katherine d'un ton satisfait.

La porte coulissa et les trois robots reparurent.

– Est-ce la méthode de traitement souhaitée à l'avenir ? demanda Wohler.

– Certainement.

– Très bien, dit le robot puis il remarqua les draps et couvertures de Derec sur le canapé. Devons-nous retourner cela dans la chambre ?

– Vous ne nous avez fourni qu'un seul lit, expliqua Derec. J'ai dormi ici.

– Avons-nous mal compris ? L'espace de sommeil est-il trop petit...

– Katherine et moi préférerions simplement... des espaces séparés pour dormir.

– L'intimité ? hasarda Wohler. Comme en frappant à la porte ?

– C'est ça, répondit Katherine.

Derec vit qu'elle n'avait aucune envie de s'étendre sur l'aspect social des habitudes de sommeil humaines, alors il n'insista pas non plus.

– Nous avons d'autres priorités pour le moment, dit le robot, mais nous verrons si nous pouvons organiser quelque chose de plus personnel pour vous.

– Merci, répondit Derec, mais si cela vous prend un jour de plus ce n'est pas grave. C'est au tour de Katherine de coucher sur le canapé, ce soir.

– Quoi ! s'écria-t-elle.

Derec la regarda en riant mais elle ne s'amusait pas du tout. Il se hâta de changer de conversation.

– Qu'est-ce qui t'amène ce matin, Wohler ? Avez-vous pris une décision au sujet de nos demandes d'hier ?

– Oui. Et notre souhait le plus sincère est que cette décision vous agrée. Premièrement, au sujet de votre enquête et de votre liberté de mouvement. Nous avons eu une longue conférence, aussi longue que le temps nous le permet dans les circonstances actuelles, et nous avons décidé que, en dépit de vos défauts, vous êtes tout de même des humains et que cette réalité en soi exige que nous vous accordions le bénéfice du doute dans cette situation. Beaucoup, parmi nous, s'inquiètent de votre franchise, ou plutôt de votre manque de franchise, mais je leur ai rappelé qu'un grand philosophe *humain* a dit un jour : « Ne vaut-il pas mieux que les hommes soient ingrats plutôt que de manquer une occasion de faire le bien ? » Mes camarades ont donc voté de faire le bien à cet égard.

– Excellent, approuva Derec.

– Mais...

– C'est à moi, reprit Wohler, de philosopher en l'occurrence : ai-je besoin de vous rappeler que l'on doit toujours être prêt à accepter le mal comme le bien ?

– Continue ! Venons-en au fait, grommela Katherine.

– Pour la question de votre sécurité et de votre... euh... imprévisibilité, il a été décidé que chacun de vous aura un compagnon robot pour... vous aider dans votre enquête.

– Pour nous garder, tu veux dire !

– Simple question de mot, pontifia Wohler et Derec comprit que ce robot avait été programmé pour la diplomatie. A vrai dire, dans ce cas, je pense que vous trouverez ces robots plus utiles comme assistants que comme protecteurs. L'un d'eux était d'ailleurs présent lors de la mort de David et dans la confusion qui a suivi.

L'intérêt de Katherine s'éveilla.

– Vraiment ? Lequel ?

Le robot se trouvant à gauche de Wohler s'avança. Il avait un corps tubulaire, sa tête était hérissée de capteurs et de photocellules. Sans bras, il paraissait absolument inutilisable.

– Comment t'appelles-tu ? lui demanda Katherine.

La machine avait une voix précise, à l'accent cassant.

– Je suis Enregistreur d'événements B-23, modèle 13 alpha 4.

– Je t'appellerai Eve, si ça ne te fait rien, déclara Katherine. (Elle se leva et serra plus étroitement autour d'elle le dessus-de-lit, puis elle jeta un coup d'œil à Derec.) Je veux celui-là.

– D'accord. Viens ici, dit Derec au deuxième petit robot. Tu répondras au nom de Reg.

– Reg, répéta docilement le robot.

– Nous appelons ces robots des témoins, expliqua Wohler. Leur unique fonction est d'être les témoins d'événements, pour les rapporter ensuite précisément.

– C'est pour ça qu'ils n'ont pas de bras ?

– Exact. Ils ne sont équipés que pour être des témoins. Quand une créature est personnellement mêlée à un événement, ses facultés de témoin diminuent. Ces robots ne font que regarder, écouter et témoigner. Ils savent le comment de presque tout, mais jamais le pourquoi. Ils répondront à toutes vos questions au mieux de leur compétence mais, encore une fois, ils sont incapables d'établir des rapports de second degré en associant les événements pour former des motifs.

– Je vais m'habiller, annonça Katherine.

Elle quitta vivement la pièce et disparut dans le couloir menant à la chambre. Jamais Derec ne l'avait vue si joyeuse.

– Quels accès nous seront interdits ? demanda-t-il. Toute la planète nous est-elle ouverte ?

– Hélas, non. L'accès vous sera interdit dans certaines parties de la ville, et pour certaines opérations. Vos témoins, cependant, vous préviendront si vous vous aventurez en terrain dangereux, pour ainsi dire.

– Quelles chances ai-je d'avoir accès à un terminal et de parler au noyau central ?

– Le noyau central est bouclé à cause de l'état d'urgence actuel. Il n'acceptera l'entrée d'aucune source, à part les surveillants, et nous sommes incapables de vous aider à cet égard.

– Comment se passent les opérations au jour le jour ?

– L'information essentielle peut être obtenue à partir de n'importe quel terminal. Mais l'entrée est limitée.

– Vous me permettrez d'essayer ?

– Cela se passe entre le noyau et vous. Nous avons chacun notre travail. Tout ce que nous exigeons, c'est que vous respectiez votre engagement de revenir ici à l'approche de la pluie. Nous devons placer votre sécurité au-dessus de tout le reste. Ayant échoué à cet égard avec votre prédécesseur, nous exagérons peut-être les précautions, mais tous les privilèges seraient annulés et refusés si cette directive était négligée ou transgressée.

– Je comprends, assura Derec, et nous respecterons vos désirs.

– Votre parole, malheureusement, a très peu de signification en ce moment. A l'avenir, nous vous jugerons sur vos actes. « La qualité de la vie est déterminée par ses activités », a dit un jour un philosophe de la Terre. Maintenant je dois vous quitter.

Sur ce, Wohler sortit et se hâta vers l'ascenseur. Cette activité fébrile inquiétait Derec ; les choses n'allaient pas bien dans la Cité des robots. Il avait eu l'intention de demander à Wohler quels avaient été les effets de la pluie de la nuit, mais s'était ravisé, préférant aller s'en assurer lui-même et bien résolu à se faire emmener par Reg où il voulait.

– Voilà ! annonça Katherine en revenant, vêtue d'une combinaison bleu pâle que la servodesserte du dîner avait apportée la veille. Nous pouvons enfin avancer dans une direction positive. Par où voulez-vous commencer ?

– Je pensais descendre au réservoir, pour voir combien il est tombé de pluie cette nuit.

Elle le regarda avec stupéfaction.

– Vous vous rendez compte que chaque seconde est précieuse, en ce moment ? Nous avons besoin de trouver ce cadavre et de voir ce qui est arrivé. Il pourrait être... en train de se décomposer ou je ne sais quoi.

– Je dois aller voir s'il y a des dégâts, insista-t-il. J'essaierai de vous rejoindre plus tard.

– Ne vous dérangez pas ! lui lança-t-elle rageusement en allant à la porte. Vous n'avez qu'à satisfaire vos petites envies stupides. Je ne veux pas de vous, vous ne feriez que m'encombrer. Viens, Eve, nous avons un *corpus delicti* à trouver.

Elle sortit de l'appartement sans un regard pour Derec. Il la suivit des yeux, les sourcils froncés. Il ne pouvait modifier ses sentiments. Il avait tellement l'impression que sa propre vie, ses propres raisons d'être dépendaient de l'avenir de la Cité des robots, que les problèmes de la ville devenaient les siens.

– Je veux aller au réservoir, dit-il à Reg. Tu peux m'y conduire ?

– Oui, ami Derec, répondit le robot et ils se mirent en route.

Arrivé dans la rue, Derec fut déçu que les surveillants ne lui aient pas laissé un moyen de transport. Aller à pied d'un endroit à un autre lui ferait perdre du temps. Il se dit qu'il en parlerait plus tard à Euler mais il craignait que leurs motivations ne consistent précisément à l'empêcher de se hasarder trop loin de la maison.

– Voulez-vous y aller par le chemin le plus direct ? demanda le témoin.

– Bien sûr. Permets-moi de te poser une question. La pluie est-elle un résultat du travail qui est effectué dans la ville ?

– Dans l'ensemble, oui, répondit Reg par le haut-parleur situé sur son dôme du côté de Derec. Mais c'est aussi la saison des pluies.

– Si on ralentissait la construction, cela ralentirait-il la pluie ?

– Je ne sais pas.

« Je m'y prends mal, pensa Derec, je ne pose pas les bonnes questions, ce n'est pas ainsi qu'on interroge un témoin. »

– Comment la ville fait-elle la pluie ? demanda-t-il.

Le robot se mit à parler en donnant les renseignements d'une manière tout encyclopédique.

– L'olivine est extraite sous terre et écrasée dans un espace vide, dégageant du carbone, de l'hydrogène, de l'oxygène et de l'azote, de la vapeur d'eau est libérée, ainsi que du dioxyde de carbone, du méthane et des traces d'autres produits chimiques. Du fer est également extrait comme matériau de construction, ainsi que des produits pétroliers pour les matières plastiques...

– Des matières plastiques ?

– Les plastiques sont utilisés en alliages pour fabriquer le matériau avec lequel la ville est construite. Souhaitez-vous que je continue ?

– Laisse-moi parler et tu me diras si je me trompe. La vapeur d'eau, ainsi que l'énergie sous forme de chaleur libérée par le processus minier, est pompée dans l'air, la chaleur étant aussi pompée dans le réservoir. Le gaz carbonique est canalisé dans la forêt pour aider à sa croissance. Si le temps est si pluvieux en ce moment, c'est que la ville grandit trop vite, dégage trop de chaleur, de poussière et d'eau.

– Je ne sais pas pourquoi le temps est si pluvieux en ce moment, dit Reg. Je ne comprends même pas ce que veut dire *si* pluvieux. Vos autres déclarations se juxtaposent avec des déclarations que j'ai entendu prononcer par le surveillant Avernus, que je présume correctes.

– Parfait, dit Derec. Est-ce qu'il y a un problème avec la couche d'ozone ?

– Un problème ?

Derec formula sa question autrement :

– Est-ce qu'un travail est effectué sur la couche d'ozone ?

– Je ne sais pas, mais j'ai entendu le surveillant Avernus dire une fois que la couche d'ozone a besoin d'être photochimiquement augmentée de dix parts par million.

– Bien. Très bien.

– Etes-vous satisfait de mon témoignage ? demanda Reg.

– Oui. Les surveillants vont-ils te demander plus tard de témoigner de ce dont nous avons discuté ?

– C'est ma fonction, ami Derec.

Ils marchèrent pendant près d'une heure, d'après la montre de Derec, tandis que la ville continuait de changer subtilement autour d'eux. Il fallait parfois un moment pour obtenir une information du témoin mais si les questions étaient bien formulées, Reg était une source de renseignements intarissable. Derec se demanda comment Katherine se débrouillait avec son témoin.

Longtemps avant d'y arriver, il sut qu'ils s'approchaient du réservoir. Une foule de robots s'y rendait et en revenait, avec d'imposants véhicules portant de gros blocs du matériau de construction de la ville.

L'homme et le robot entrèrent dans une zone où régnait une activité bruyante, avec de tels échos et répercussions que Derec se plaqua les mains sur les oreilles. Aux confins du réservoir, ses pires craintes se trouvèrent confirmées. L'eau avait atteint le bord du bassin et débordait en plusieurs endroits.

Les robots faisaient leur possible pour y remédier. D'énormes machines, visiblement recyclées du travail minier, avaient été modifiées pour soulever d'immenses plaques du matériau de construction au sommet du bassin, où des robots utilitaires, armés de torches à laser, les soudaient les unes sur les autres pour augmenter la capacité du réservoir. Leur travail illuminait divers secteurs dans des gerbes d'étincelles.

C'était une tâche colossale, le réservoir couvrant plus de deux hectares, et les robots travaillaient frénétiquement pour avoir fini avant la prochaine pluie. Pour Derec, ce n'était qu'une opération bouche-trou, car à moins de voir cesser les pluies, le bassin déborderait dans un jour ou deux, en dépit de ses bords rehaussés.

– Qu'arrive-t-il si l'eau déborde ? demanda-t-il à Reg.

– Je suis incapable de spéculer sur ces données, ami Derec. Il ne déborde pas. Quand il débordera, je serai témoin.

– D'accord, dit Derec et il s'avança vers les ouvriers.

– Ne vous approchez pas ! lui cria Reg. C'est dangereux pour vous.

Derec ne l'écouta pas et continua d'avancer. Il apercevait Euler, qui aidait à déplacer une dalle. Il dirigeait une grande machine à base lourde, équipée d'un bras télescopique qui tenait entre ses pinces magnétiques une dalle de six mètres sur six. Euler levait les mains à la distance approximative que le bras devait parcourir pour être au niveau du rebord et y déposer la dalle. Des robots utilitaires guidaient les plaques jusqu'au sol et les maintenaient pour faciliter le travail des soudeurs.

– Euler ! appela Derec et le robot sursauta.

– C'est trop dangereux pour vous ici ! Reculez ! Nous n'avons pas de contrôles de sécurité dans ce secteur.

– Je ne reste qu'une centade, assura Derec en s'approchant d'Euler.

Il regarda derrière la dernière dalle mise en place et vit miroiter l'eau sombre. La même opération était effectuée tout autour du réservoir par d'autres équipes.

– Que faites-vous ici ? lui demanda Euler.

– Je devais voir par moi-même. Je savais que le niveau montait. Pourquoi ne ralentissez-vous pas votre allure de construction pour laisser ces eaux baisser ?

– Je ne peux vous dire pourquoi.

– Mais que se passera-t-il si l'eau déborde ?

– Nous perdrons l'usine de traitement.

Euler agita les bras pour stopper la flèche télescopique, puis il montra par gestes où la dalle devait être posée. La machine l'abaissa très lentement.

– Nous perdrons aussi une grande partie de la mine, ainsi que de nombreux mineurs. Nous aurons échoué.

– Alors pourquoi ne pas arrêter la construction ?

– Nous ne pouvons pas.

A ce moment précis, un robot utilitaire s'apprêtant à souder la dalle fut légèrement heurté par le métal en mouvement et perdit l'équilibre sur le sol mouillé. Sans bruit, sans drame, il glissa dans l'eau noire et disparut.

Tout s'arrêta.

Euler repoussa Derec pour se précipiter au bord du bassin et se pencher. Les autres robots de l'équipe firent de même et s'alignèrent en silence le long du rebord. Derec alla rejoindre Euler.

– Je suis désolé, dit-il.

Euler tourna lentement la tête pour regarder le jeune homme, sans rien dire, pendant un long moment.

– J'aurais dû faire attention, dit-il enfin.

– L'eau est profonde ? demanda Derec.

– Très. Je vous parlais et je n'ai pas accordé assez d'attention à mon travail.

– Peut-on le sauver ?

– Si nous avions eu plus de temps, ce travail aurait été conçu également pour être sûr et ce ne serait pas arrivé. Je n'aurais pas dû vous permettre de vous approcher à ce point. Un robot est perdu et le surveillant est responsable.

– Tu ne pouvais rien y faire.

– Un robot est mort aujourd'hui. Je ne répondrai plus à vos questions pour le moment.

LES TUNNELS

– Si la ville n'arrête pas de bouger, dit Katherine, comment peux-tu me conduire sur le lieu du crime ?

– Grâce à la triangulation, répondit le témoin Eve. En me servant de la tour du Compas comme d'un point fixe et de la position exacte du soleil à un moment donné comme d'un autre point fixe, je peux, grâce à mes capteurs, trianguler la position de l'endroit où j'ai été témoin de la présence du cadavre. Le temps est le seul véritable facteur. Nous devons prendre le soleil dans 13,24 décans exactement pour avoir la bonne position.

Katherine éprouvait un mélange de crainte et d'enthousiasme ; c'était sa première sortie seule. Ils progressaient en hauteur, son robot et elle, par-dessus les immeubles que des ponts reliaient au fur et à mesure de leur avancée et qui se dissolvaient sur leurs talons.

Eve avait probablement besoin d'être en hauteur pour prendre ses mesures.

Katherine en voulait à Derec de ne pas s'intéresser à leur triste sort, mais elle le connaissait assez pour savoir combien il était obstiné. Elle le connaissait d'ailleurs beaucoup mieux qu'il ne se connaissait lui-même, et c'était exaspérant. Ils étaient pris dans un réseau d'intrigues infini et tant qu'elle resterait prisonnière de cette ville, elle devrait manipuler la situation avec sang-froid. Et cela exigeait qu'elle n'en dise pas à Derec plus qu'il n'en devinait lui-même sur sa propre vie. Son existence à elle était en jeu et tant qu'elle ne se serait pas évadée du labyrinthe qui restreignait leurs activités, elle avait terriblement peur de parler.

Elle *devait* fuir la Cité des robots. La douleur s'était accrue depuis son arrivée et, pour la première fois, elle se surprenait à penser à la mort.

Son seul crime était l'amour.

Elle sentit des larmes lui monter aux yeux et les refoula avec une volonté de fer. Elles ne lui seraient d'aucun secours, ici. Rien ne pouvait la secourir que sa propre ténacité et son intelligence.

– Parle-moi de ta présence à la mort de David, dit-elle à Eve qui effectuait un calibrage sur le soleil.

– Dans environ deux décans, il y aura exactement neuf jours que c'est arrivé. Nous descendons d'ici.

Eve alla tout droit au coin de l'immeuble de six étages au sommet duquel ils étaient et un escalier de fer se forma pour les laisser descendre. Le robot continua de parler.

– J'ai été appelé pour être témoin des tentatives de libération de l'ami David d'une pièce fermée.

– Une pièce fermée ? Personne ne m'a jamais parlé de ça. Comment s'est-il laissé enfermer ?

– La pièce a poussé autour de lui, expliqua Eve alors qu'ils arrivaient au niveau de la rue. (Le robot prit immédiatement la direction de l'ouest en s'éloignant de la tour du Compas.) Elle l'a enfermé et n'a pas voulu le laisser sortir.

– Pourquoi ?

– Je ne sais pas.

– Qui le sait ?

– Je ne sais pas.

– Bon, d'accord, marmonna Katherine en regardant avec curiosité une équipe de robots qui transportaient du matériel de gymnastique dans un bâtiment. Rapporte-moi simplement ce que tu as vu.

– Avec plaisir. J'ai été appelé pour être témoin de la tentative de libération de l'ami David de la pièce fermée. Quand je suis arrivé, le surveillant Dante était déjà sur les lieux...

Eve s'arrêta de marcher, scruta le soleil pendant plusieurs secondes et montra du doigt un endroit de la rue.

– Précisément ici. L'ami David était prisonnier à l'intérieur de la construction et nous l'entendions crier pour qu'on le fasse sortir.

– Qui ?

– Moi-même, le surveillant Dante et un robot utilitaire avec une torche, ainsi qu'un autre utilitaire de maison qui avait été le premier à découvrir le problème de l'ami David.

– Et après ?

– Le surveillant Dante a demandé au robot utilitaire n° 237-5 si ce n'était pas dangereux de se servir de la torche à laser à proximité d'un humain, et 237-5 lui a assuré qu'il n'y avait aucun danger. Le surveillant Dante a essayé de raisonner la pièce pour la convaincre de libérer l'ami David puis, ayant échoué, il demanda que la pièce soit découpée avec la torche.

– Et il a été obéi ?

– Oui. Le surveillant Dante a demandé au robot utilitaire n° 237-5 de conclure rapidement le projet.

– Pourquoi ?

– Je ne sais pas.

Katherine réfléchit un instant à la nature du témoin avant de poser la question suivante :

– D'autres événements ont-ils coïncidé avec cet incident ?

– Oui. Les services alimentaires se sont plaints de ne pouvoir servir son déjeuner à l'heure à l'ami David, et ont demandé si ce serait dangereux pour sa santé ; plusieurs surveillants étaient réunis dans la tour du Compas pour discuter des moyens qu'aurait eus l'ami David pour arriver en ville à leur insu ; et la ville elle-même a été mise en état d'alerte par les services de sécurité générale.

– L'état d'alerte modifie-t-il le fonctionnement de la ville ?

– Oui. Nous avons tous été appelés à d'autres devoirs d'urgence, et n'étions là qu'à cause du danger où se trouvait l'ami David et de la nécessité de le libérer.

– Ce que tu as fait.

– Pas moi. Je n'étais que témoin. Mais l'ami David a été délivré de la pièce fermée.

– Est-ce que tu as remarqué quelque chose de bizarre, à ce moment ?

– Bizarre ? Amie Katherine, je ne suis que...

– Je sais. Tu n'es que témoin. Raconte-moi exactement ce qui s'est passé.

– Le surveillant Dante a demandé à l'ami David de retourner à son appartement, parce qu'une alerte avait été déclarée. L'ami David a répondu qu'il n'était pas prêt à rentrer, qu'il avait du travail à faire. Puis il s'est plaint d'avoir mal à la tête. Ensuite il s'est mis à rire et il s'est éloigné. Le robot utilitaire n° 237-5 a alors demandé au surveillant Dante si l'ami David devait être appréhendé et le surveillant Dante lui a répondu qu'il avait pesé les priorités et estimé que l'alerte de sécurité avait la préséance. Il nous a donc ordonné de retourner à nos devoirs d'urgence qui, dans mon cas, consistaient à être témoin de quelque chose que je ne suis pas libre d'évoquer devant vous.

– Et ensuite ? demanda anxieusement Katherine.

– Ensuite, j'ai accompli le devoir de sécurité auquel j'avais été affecté.

– Non, je veux dire qu'est-il arrivé ensuite à David ?

– Neuf décans plus tard, environ, j'ai été de nouveau convoqué, répondit Eve. (Il s'était mis à marcher rapidement et Katherine dut courir pour le suivre.) Je vous conduis à l'endroit approximatif du second incident. J'ai été appelé ici, cette fois avec le surveillant Euler, par le robot utilitaire n° 716-14 qui avait découvert plusieurs robots de contrôle des déchets essayant d'emporter le corps de l'ami David.

Eve tourna rapidement au coin de la rue et s'arrêta si brusquement que Katherine faillit le renverser.

– Voilà, dit le robot, l'endroit approximatif où le corps serait tombé.

– Serait ?

– Il n'était plus là à mon arrivée.

– Qu'est-ce que le robot utilitaire a raconté ?

– Le robot utilitaire n° 716-14 a dit qu'il avait renvoyé les robots de contrôle des déchets puis examiné l'ami David pour déceler des signes de vie, sans succès. Au cours de l'examen, une autre pièce s'est mise à pousser autour du corps pour l'enfermer. Le robot utilitaire n° 716-14 s'est donc retiré pour ne pas être pris au piège et nous a envoyé un appel d'urgence. Nous sommes retournés ensemble sur les lieux mais le corps n'était plus là. Plus personne n'a revu l'ami David depuis.

– Y avait-il des traces de violences sur le corps ?

– Le robot utilitaire n° 716-14 a rapporté que le corps paraissait parfaitement normal, à part une petite coupure au pied gauche. Comme je ne puis rapporter que ce que j'ai entendu dire à cet égard, je suis incapable de le rapporter comme un examen exact.

Katherine s'adossa au mur d'un petit entrepôt de pièces détachées, qui céda légèrement sous son poids. Elle trouvait curieux que l'accident de David dans la chambre fermée ait coïncidé avec les conditions d'alerte de la ville, mais ne pouvait trouver de rapport entre les deux.

– Tu as donc l'impression que le corps a été déplacé simplement parce que la ville l'a déplacé ? demanda-t-elle.

– Je suis incapable de spéculer sur une telle hypothèse, répondit le robot, mais j'ai entendu le surveillant Euler faire une déclaration semblable à la vôtre. Ouï-dire, encore une fois.

– Etant donné la vitesse de croissance de la ville, calcule jusqu'où et dans quelle direction le corps de David a pu être emporté, si, naturellement, le mouvement de la ville l'a bien déplacé du lieu que tu désignes.

– Approximativement dix pâtés de maisons et demi, dans n'importe quelle direction, répondit le robot sans hésiter. La ville travaille selon un plan qui m'est inconnu.

– Dix pâtés de maisons et demi, murmura Katherine. Eh bien, je vais avoir de quoi passer le temps. Viens, allons faire un tour.

– C'est votre décision, répondit le robot.

Katherine choisit une direction au hasard et se mit en marche pour chercher elle ne savait quoi.

ACCÈS INTERDIT s'inscrivait en gros caractères sur l'écran, une phrase sur laquelle Derec venait de buter douze fois en douze minutes.

Il était debout devant un petit comptoir, près d'une grande fenêtre ouverte. A travers les nuages de poussière rougeâtre, il distinguait la longue file d'engins de terrassement avançant lentement sur le terrain rocailleux ; à l'avant, les dents de leurs lourdes pelles plongeaient dans le sol à une profondeur de soixante-dix centimètres et étalaient la terre uniformément, pour combler les trous, niveler les bosses et laisser derrière les véhicules une plaine uniforme. D'énormes rouleaux compresseurs complétaient le travail afin de fournir une fondation solide à la ville qui devait se déployer dans ce secteur dès qu'il serait prêt.

Après avoir quitté le réservoir et les lieux du drame, Derec avait demandé à Reg de le conduire à l'extrémité de la ville. Il voulait voir de ses yeux la création du nuage de poussière et tenter d'avoir accès à un terminal éloigné, hors de portée des surveillants. Son robot avait d'abord hésité mais Derec lui avait assuré qu'il ne sortirait pas de l'enceinte de la ville.

Maintenant qu'il était là, il regrettait le temps perdu. La recherche du terminal avait été un échec total. Il lui était impossible d'avoir accès à des renseignements sur les opérations dans cette partie de la Cité des robots.

Il avait essayé diverses méthodes pour obtenir les mots de passe mais des obstacles se créaient immédiatement. Il finit par avoir l'impression qu'une fois en état d'alerte, la ville verrouillait ses terminaux. Il avait du mal à le croire, car si les robots étaient totalement responsables des accès et des mots de passe, c'était un démenti infligé à la nature humaine et parfaite de leur monde. Pour des raisons philosophiques fondamentales, l'accès devait être humainement possible.

Mais pas à partir de ce terminal.

Alors que faire ? Avec ou sans sa présence, la pluie persisterait ; le noyau central s'entêtait à le repousser, à lui refuser la moindre information ; il était toujours prisonnier (et il prenait la chose très au sérieux, en dépit des idées de Katherine), il ne savait toujours rien de ses origines ni des raisons d'être de la Cité des robots.

Cette pensée le ramenait à son point de départ. Quand il avait visité la tour du Compas, Avernus lui avait été désigné comme le premier robot surveillant, celui qui avait procédé, au départ, à la construction de tous les autres. Derec avait réussi à déterminer l'origine et la destination de l'eau ; il comptait maintenant rechercher les origines de la ville elle-même. Il devait commencer par Avernus et le sous-sol. L'opération minière était nécessaire pour fournir les matériaux de construction à la ville. Tout le reste partait de là. Il se promit donc d'aller à la source : Avernus.

Derec referma le terminal inutilisable et sortit de la pièce nue pour rejoindre Reg qui examinait avec une grande attention les formations nuageuses. C'était son obsession.

– Je veux aller à la mine parler à Avernus, dit-il au robot. Est-ce acceptable ?

– Je vais vous conduire aux mines, ami Derec. Mais à partir de là-bas, la décision appartiendra à Avernus.

– D'accord, dit Derec et il se préparait à une nouvelle longue marche quand il avisa un tram garé près de l'excavation et s'en approcha. Faisons-nous transporter, cette fois.

– Cette machine ne nous a pas été donnée, objecta Reg. Elle n'est pas à notre disposition.

– T'a-t-on ordonné de m'interdire de prendre la machine ?

– Non, mais...

– Alors allons-y !

Derec sauta à l'avant mais ne vit ni tableau de bord ni commande. Il pensait que c'était par ce moyen que les robots conduisant les pelleteuses arrivaient sur le site de forage mais le témoin était incapable de faire des suppositions et resta muet.

– Comment ça marche ? lui demanda Derec.

– On donne sa destination dans le microphone.

– Au sous-sol ! ordonna Derec.

Aussitôt, la machine se mit en marche à vive allure.

Ils traversèrent un quartier d'usines de fabrication de robots travaillant à plein rendement pour suivre l'allure de croissance de la ville. A mesure que le nombre d'immeubles augmentait, le nombre de robots devait augmenter aussi pour entretenir les maisons et servir des gens qui n'y habitaient pas. Ils croisèrent de longues files de véhicules chargés de robots neufs, fonctionnellement conçus, qui regardaient de tous leurs capteurs un monde qu'ils voyaient pour la première fois et qui était le leur.

Derec et son guide traversèrent de petites forêts et longèrent d'immenses serres en prévision du jour où la production agro-alimentaire à grande échelle deviendrait une réalité. Ils filèrent comme des flèches sur un vaste terrain vague inutile en apparence.

– Qu'est-ce que c'est que ça ? demanda Derec.

– Rien, répondit Reg.

– Je ne veux pas dire maintenant, mais plus tard. Qu'est-ce que ce sera ?

– Je ne traite pas souvent de possibilités, répondit le robot, les voyants rouges de sa grosse tête clignotant furieusement. J'ai entendu le surveillant Euler appeler cet endroit un futur cosmoport.

Derec fut ébahi. La Cité des robots était incapable de faire face aux arrivées et aux départs de vaisseaux spatiaux sous quelque forme que ce soit. La question lui ouvrit de nouveaux horizons :

– Si le cosmoport n'est pas encore construit, où avez-vous installé vos émetteurs hyperondes ?

Il posa la question négligemment, à peu près certain que Reg lui dirait que l'information était secrète, et il n'était donc pas du tout préparé à la réponse que lui fit le robot :

– Je ne sais pas ce qu'est un émetteur hyperondes.

– Un appareil destiné à la communication à très longue distance dans l'espace, expliqua Derec. Vous l'appelez peut-être d'un autre nom, ici.

– Je n'ai jamais été témoin d'un appareil destiné à communiquer au-delà de notre atmosphère, déclara le robot.

– Vous n'envoyez pas d'informations dans d'autres planètes, et vous n'en recevez pas ?

– Je n'ai connaissance d'aucun cas de ce genre. Nous nous suffisons à nous-mêmes.

Le tramway s'arrêta brutalement et arracha Derec à ses réflexions. L'idée ne lui était pas venue, jusque-là, qu'ils étaient bel et bien prisonniers. La clef et son maniement correct devenaient soudain pour lui d'une importance capitale.

– Nous sommes arrivés, ami Derec, annonça Reg.

– En effet...

Derec descendit lentement du véhicule en se demandant ce qui se passait. Qui avait créé ce lieu ? Et pourquoi ? La civilisation était absolument neuve, sans contact avec d'autres, entièrement repliée sur elle-même et pourtant, il était évident que des Spatiaux étaient à son origine. Il se demanda si David, le mort, en avait été le créateur.

Il marcha rapidement le long de la file de robots transportant le matériel endommagé, contourna le gigantesque extracteur et son inépuisable ruban de ville, et s'arrêta à l'entrée du sous-sol. Il se tourna vers Reg qui l'avait suivi.

– Trouve Avernus. Dis-lui que je veux lui parler. Je ne veux pas manquer au protocole en allant dans des endroits interdits aux humains.

– Oui, ami Derec.

Le robot s'éloigna pour consulter son réseau de communications radio.

Derec s'assit par terre, à côté de la porte, et contempla le défilé des robots. Il commençait à se faire l'effet d'un appendice inutile, sans aucune fonction. Il se sentait coupable en donnant des ordres aux robots ; ils avaient des choses plus importantes à faire.

A sa montre, il était 2 heures de l'après-midi, bientôt ils auraient à affronter une nouvelle nuit de pluie, encore une nuit de spéculations inutiles pendant que le niveau des eaux monterait. « Nous aurons échoué », avait dit Euler, et cette seule phrase en disait plus que mille volumes. Comme Derec, le surveillant savait que la Cité des robots était une épreuve, une épreuve conçue pour eux tous. Si Euler et les autres étaient incapables de résoudre le problème de la pluie, ils auraient échoué dans leur tentative de construction d'un monde fonctionnel. Il savait aussi que la sauvegarde de ce monde exigeait une forme de pensée créatrice dont la plupart des gens jugeaient les robots incapables. Derec songea que c'était peut-être là qu'il entrait en jeu. La synnoétique, comme ils disaient, le tout plus grand que la somme des parties. Pour que cela réussisse, Derec devait commencer par persuader les robots de se confier à lui, malgré leurs mesures de sécurité.

– Je suis occupé, ami Derec, dit une voix forte. Que voulez-vous de moi ?

Derec leva les yeux et vit le corps gigantesque d'Avernus, incliné en avant pour franchir la porte.

– Nous avons à parler du sauvetage de cette ville. Il nous faut nous aborder en égaux, et non en adversaires.

– Vous avez peut-être commis un crime, Derec, répliqua Avernus. Je ne suis pas votre égal en cela.

– Euler non plus mais son inattention a causé aujourd'hui la mort d'un robot.

– Vous étiez présent vous aussi.

Derec baissa les yeux.

– Euh... oui. Je n'avais pas le droit d'évoquer cet accident.

– Dites ce que vous voulez de moi.

– Des réponses ! De la compréhension. Je veux aider cette ville... vous défendre de la pluie. Je veux qu'on le sache et qu'on l'apprécie.

Le robot considéra longuement le jeune homme puis il l'entraîna à l'intérieur. Ils descendirent, suivis par Reg à distance respectueuse. Avernus emmena ensuite Derec à l'écart de toute activité et lui fit un siège en empilant diverses machines cassées.

Derec grimpa au sommet du tas de ferraille et s'assit. Avernus resta debout à côté.

– Nous sommes dans une situation d'alerte, dit le

robot, et ma programmation limite ma communication avec vous.

– Je comprends. Je sais aussi que beaucoup de situations font appel à un jugement que tu dois trier en utilisant tes circuits de logique. Je te demande simplement de penser synnoétiquement.

– Si c'est bien ce que vous me demandez, je dois vous faire un aveu, répondit le robot géant. Le concept de mort a plus de poids pour moi que pour tous les autres ici. Mes circuits logiciels sont différents à cause de ma fonction.

– Je ne comprends pas.

– Le propre du robot est l'efficacité, expliqua Avernus. Et dans les travaux nécessitant de la main-d'œuvre, une efficacité économique. Mais dans la mine, l'efficacité économique n'est pas nécessairement de l'efficience économique.

– Je nage complètement ! s'exclama Derec.

– La manière la plus efficacement économique d'aborder le travail de la mine peut aussi être la plus dangereuse, causer la perte d'un grand nombre de travailleurs, vu la nature de la mine. Donc, la manière la plus efficace de travailler une mine n'est pas forcément la plus économiquement efficiente à long terme. En conséquence, je suis programmé pour avoir un grand respect de la vie, même de la vie robotique, qui dépasse de loin le seuil que l'on pourrait juger normal. La vie de mes ouvriers est pour moi de première importance et dépasse les considérations d'efficacité.

– Quel rapport avec moi ?

– Si vous avez tué, Derec, vous êtes pour moi l'équivalent d'un anathème. Le simple fait que vous soyez accusé, que vous puissiez être capable d'un tel acte est plus que je n'en puis supporter. J'ai voté contre votre liberté quand nous avons discuté de cette question en réunion.

– Je te jure que je suis innocent !

– Les humains mentent. Voulez-vous toujours que je sois celui qui « apprécie » votre situation ?

– Oui, répliqua Derec avec fermeté. Je demande simplement l'occasion de vous montrer à tous que l'intérêt de la Cité des robots me tient à cœur. Je suis innocent et la vérité me délivrera.

– Bien dit. Que voulez-vous savoir ?

– Tu es le premier surveillant. Quels sont tes premiers souvenirs ?

– J'ai été réveillé par un robot utilitaire que nous appelons 1-1. Il avait déjà réveillé cinquante autres machines utilitaires. Je me suis réveillé avec une connaissance totale de ce que j'étais, un robot semi-autonome dont la fonction était de surveiller le travail des mines pour la construction de la ville, et de surveiller la construction d'autres surveillants pour qu'ils se livrent à d'autres travaux.

– Etais-tu programmé pour servir des humains ?

– Non. Nous étions programmés avec de l'information humaine, aussi bien en nous qu'à l'intérieur du noyau qui était déjà opérationnel quand je me suis réveillé. Nous avons pris dans l'indépendance notre décision de servir.

– Est-ce la raison pour laquelle les robots d'ici n'ont pas été tellement enthousiasmés par l'arrivée de Katherine avec moi ? hasarda Derec. Ne connaissant pas la réalité humaine, vous avez cru à un idéal qu'il nous est impossible d'égaler ?

– C'est peut-être vrai, reconnut Avernus.

– Depuis combien de temps es-tu réveillé ?

– Un an, à peu près.

– As-tu vu des êtres humains ? As-tu eu connaissance de la présence d'êtres humains ?

– Non. Notre premier acte a été la construction de la tour du Compas. Ensuite, nous avons entamé nos délibérations philosophiques quant à notre but dans l'univers.

– Et 1-1 ? A-t-il été en contact avec des humains ?

– Nous n'avons jamais pensé à le lui demander.

– Où est-il en ce moment ? demanda Derec en sentant qu'il se rapprochait d'une réponse.

– Dans les galeries. 1-1 travaille à la mine.

Derec sauta de son siège de fortune.

– Conduis-moi là-bas !

– La sécurité...

– Je suis un être humain. Ce monde a été conçu pour moi et mon espèce. Je regrette, Avernus, mais si tu existes pour servir, il est temps que tu le fasses. Si tu respectes ta propre philosophie, tu dois accepter le fait que vos mesures de sécurité n'ont pas été faites pour vous protéger des êtres humains. Si elles le sont, il y a quelque chose qui ne tourne pas rond dans votre philosophie de base.

– La mine est dangereuse.

– Tu me protégeras.

Les photocellules rouges du robot se fixèrent entre Derec et la porte de l'ascenseur.

– Je dois vous refuser l'accès au noyau central, dit-il enfin. Je dois vous laisser dans l'ignorance de nos mesures de sécurité. Mais vous êtes un être humain et ce monde est fait pour que vous le partagiez avec nous. Je vais vous conduire à 1-1 et vous protéger. Si, à un moment donné, la protection exige de vous renvoyer à la surface, je le ferai.

– D'accord, répondit Derec en regardant l'heure. Allons-y.

Reg entra avec eux dans l'ascenseur. Par respect pour le surveillant, les autres robots leur laissèrent la cabine. Avernus appuya sur un bouton, la porte se referma et l'ascenseur descendit.

Très profondément.

– Le secret du mouvement dans la mine, c'est l'assurance, confia Avernus à Derec quand la cabine s'arrêta.

– L'assurance ? répéta Derec.

La porte s'ouvrit sur une activité délirante. Des

milliers de robots utilitaires allaient et venaient dans une immense caverne qui s'étendait à perte de vue dans toutes les directions. Une file continue de trains de wagonnets roulait sur des rails mobiles, pour apporter le minerai brut aux fonderies géantes qui le raffinaient, en vue de son alliage avec d'autres matériaux. Le plafond était à trente-cinq mètres au-dessus de leur tête, taillé dans la terre même. De loin en loin, à intervalles réguliers, il y avait des salles de nettoiement.

– Du fer ! s'exclama Avernus en écartant les bras. La base de tous les métaux ferreux grâce auxquels le monde moderne a été rendu possible. Nous l'extrayons en énormes quantités, nous nous en servons à l'état brut pour fabriquer notre matériel, et en alliage avec certains plastiques pour former notre ville. Là !

Il montra une machine dans laquelle des courroies de transmission permettaient l'introduction de couches de fer. Derec reconnut au passage des schémas imprimés de microcircuits. La masse, comme congelée, ressortait du sommet de la machine et passait à travers le plafond en un ruban continu ; c'était le matériau de construction que Derec avait vu sortir à la surface.

– Voilà la matière de la Cité des robots, dit Avernus. Un alliage de fer et de plastique, coupé d'importantes quantités de carbone et utilisant l'oxyde de carbone comme agent réducteur. La « peau » est ensuite impressionnée par des millions de microcircuits au mètre carré. Des sections indépendantes mesurables en centimètres carrés animent la « peau » d'une intelligence robotique, conditionnée aux nécessités et à la protection humaines. L'ensemble est préprogrammé pour la construction et se comporte d'une manière prescrite pour réagir aux besoins humains quand ils se présentent.

– C'est pour cette raison que les murs cèdent quand je les pousse, murmura Derec.

Il sortit en hésitant de l'ascenseur et resta tout près d'Avernus.

– Exactement. Et maintenant, souvenez-vous. De l'assurance. Restez tout près.

Avernus s'avança au milieu de la cohue, parmi les machines, les robots et les trams qui se précipitaient en tous sens. Avernus coupa avec aplomb le chemin d'un véhicule lancé à toute allure, Derec se figea un instant, voulut reculer. A chaque fois c'était la même chose, l'accident attendu ne se produisait pas, les robots et leurs machines évaluaient tous les mouvements autour d'eux et réagissaient en conséquence, à la perfection et au millimètre près.

Ce fut alors que la notion d'assurance prit pour Derec toute sa signification. Il était indispensable que le mouvement soit assuré, obéisse à un élan continu. Tout le jugement se fondait sur l'idée que le mouvement était et resterait régulier, et pouvait donc être évité une fois évalué. Ce qui était dangereux, c'était l'hésitation, le recul, les sursauts, les arrêts brusques.

Une fois qu'il eut compris cela, il marcha plus confiant et plus ils s'approchaient du centre de la gigantesque salle, plus son malaise se dissipait.

– Je voudrais te poser une question, dit-il au robot géant. Avez-vous inventé la « peau » de la Cité des robots ?

– Non. Le programme était déjà dans le noyau central.

– Ses activités sont donc toutes préprogrammées ?

– Exact. Nous n'avons fait que les utiliser une fois que nous avons décidé de servir l'humanité.

Ils parvinrent à une extrémité de la salle, d'où partaient des dizaines de petites galeries.

– Nous nous faisons transporter, annonça Avernus en grimpant dans un wagonnet trop étroit pour sa masse.

Reg et Derec montèrent avec lui et Avernus démarra tout de suite, en les emmenant dans un tunnel chichement éclairé.

– Ce tunnel m'a l'air abandonné, dit Derec tandis qu'ils roulaient à très vive allure.

– Il l'était encore il y a deux jours. Aujourd'hui, il va peut-être nous sauver.

– Comment ?

– Vous allez le voir.

Ils roulèrent pendant quelques minutes encore, en descendant toujours plus profondément, puis Derec reconnut les bruits d'une activité, et Avernus annonça :

– Nous approchons.

– Nous approchons de quoi ?

Avernus vira brusquement et ils débouchèrent dans un élargissement de la galerie où des centaines de robots travaillaient fébrilement à creuser la terre ; ils jetaient de grandes pelletées dans tous les récipients à leur disposition, chariots ou wagonnets. La terre était ensuite acheminée rapidement dans les tunnels voisins, pour boucher des excavations déjà existantes. Comme dans une fourmilière, ils grouillaient en tous sens avec la plus grande détermination ; grimpé sur un chariot, dominant le spectacle, Rydberg se dressait en ponctuant de ses gestes les ordres qu'il donnait par radio aux robots ouvriers.

Avernus tourna la tête vers Derec.

– Quelque part par là, vous trouverez 1-1, dit-il.

UN-UN

La première idée de Katherine fut que c'était un monument, puis elle se souvint qu'il n'y avait pas de monuments dans la Cité des robots. La structure était posée sur un socle étroit d'une trentaine de mètres de haut. C'était situé au beau milieu d'un pâté de maisons et la ville continuait simplement de se construire en demi-cercle autour de la chose, en la laissant isolée des autres édifices par une zone déserte d'une quinzaine de mètres. Katherine avait passé des heures à marcher sans but dans la topographie changeante de la ville, mais elle s'arrêta dès qu'elle arriva devant l'objet posé au sommet d'un piédestal.

Ce n'était pas autre chose qu'une pièce. D'en bas, Katherine l'examina. Une boîte carrée, d'environ cinq mètres de côté, entièrement close. Les robots trouvaient naturel le travail constant de leur ville et acceptaient tranquillement cette anomalie. Pour l'œil imaginatif, c'était aussi invraisemblable qu'une éclipse de soleil par un bel après-midi.

Katherine continuait de regarder fixement l'objet parce qu'elle ne voulait pas le perdre de vue. La ville n'arrêtait pas de bouger et de pousser sous ses yeux, et tandis que les édifices tournaient dans leur valse lente de la vie, elle tournait avec eux, sans quitter la pièce des yeux. Eve, pendant ce temps, cherchait un surveillant qui trouverait un moyen de pénétrer dans la structure pour une perquisition.

Au cours de son excursion, Katherine avait fini par être impressionnée par le travail de la ville. Manifestement, les choses n'allaient pas pour le mieux en ce moment, mais à long terme, un tel système devait être très bénéfique, tant pour les humains que pour les robots qui l'habitaient. Le facteur sécurité à lui seul faisait toute la valeur du système. La terrible aventure de Derec dans l'aqueduc n'avait eu pour résultat qu'une bonne fatigue et quelques bleus, cela parce que le système lui-même avait tout fait pour le protéger. Elle se dit qu'une telle équipée, à Aurora, aurait causé la mort de Derec et elle sourit à la pensée d'une ville à l'épreuve de Derec.

Elle eut aussi le temps, en attendant le retour d'Eve en compagnie d'un surveillant, de remarquer les changements qui se produisaient autour d'elle. Elle avait l'impression de visiter une station balnéaire à la fin de la morte-saison, à l'arrivée des travailleurs saisonniers venant remettre les choses en état, avant la venue des touristes. Des horloges étaient installées en divers points, des panneaux indicateurs apparaissaient. Le plus grand changement, toutefois, consistait en la production massive et la distribution de chaises et de fauteuils. Les robots n'avaient besoin ni de s'asseoir ni de se reposer ; les sièges apparaissaient en quelque sorte comme une prime ; dans leur désir de rendre la ville aussi accueillante que possible aux humains, les robots travaillaient avec grand soin, s'appliquaient même, alors que l'état d'urgence en forçait plus d'un à faire des heures supplémentaires. Elle douta qu'elle aurait autant de patience si c'était sa ville, et cette pensée l'humilia.

Malgré les différences, les robots essayaient très sincèrement de rendre leur monde aussi parfait qu'ils le pouvaient pour des voyageurs qu'ils soupçonnaient de meurtre. Jamais encore elle n'avait envisagé la symbiose des rapports liant les humains aux robots, jamais l'idée ne lui était venue que c'était essentiel, tout au moins pour les robots. Elle se surprit à espérer qu'ils auraient un jour leur civilisation, complète, avec des humains pour les commander et leur donner des ordres stupides. Elle sourit encore ; sa mère avait une expression à elle qui collait au désir de compagnie humaine exprimé par les robots : les gloutons du châtiment.

Entendant du bruit derrière elle, elle se retourna en pensant voir arriver un surveillant, mais c'étaient deux robots utilitaires portant... un banc de parc. Sans un mot ils s'approchèrent, posèrent le banc juste derrière Katherine et repartirent. Elle s'assit.

Elle n'était pas sur le banc depuis un décan lorsque Arion arriva bruyamment, en compagnie d'un robot utilitaire portant sur son dos une grosse torche à laser. Elle songea aussitôt à la scène qu'Eve lui avait décrite, quand David s'était trouvé emprisonné par la pièce.

– Bonjour, amie Katherine, lui dit aimablement Arion. Je vois que vous profitez d'un de nos sièges pour reposer votre corps. C'est très bien.

– Qu'est-ce que tu as là, au poignet ? Une montre ?

Le surveillant leva le bras, pour montrer le bracelet.

– Un gage de solidarité, déclara-t-il.

– Tu es chargé des fonctions humano-créatrices de la Cité des robots, n'est-ce pas ?

– Humano-créatrice est un pléonasme, répliqua Arion. La créativité est humaine par définition. J'espère que vous avez trouvé satisfaisants les divertissements que je vous ai fournis.

– Nous en parlerons plus tard.

– Bien entendu.

– Je te remercie d'être venu si vite.

– C'est une affaire prioritaire, répondit le robot en

levant les yeux vers la pièce hermétique. Vous pensez que le corps se trouve là ?

– J'en suis certaine.

– Très bien. Allons voir de plus près.

Katherine se leva et suivit Arion au pied de la tour. Le piédestal avait à peu près le diamètre d'un gros arbre ; elle aurait pu en faire le tour de ses bras. Arion toucha légèrement la surface bleue lisse et, comme par magie, un escalier en spirale avec sa rampe jaillit et s'enroula autour du socle.

– Après vous, dit poliment le robot.

Katherine monta ; l'escalier était ainsi conçu qu'elle ne pouvait souffrir du vertige. Le temps fraîchissait, présage d'une nouvelle chute de pluie ravageuse. Derrière elle, Arion, le robot utilitaire et le témoin suivaient docilement, et elle comprit qu'elle était en tête parce que c'était normal, parce que c'était son idée, son enquête. Elle pouvait enfin donner des ordres et se faire obéir par des robots.

Elle arriva rapidement au sommet. Le disque plat du piédestal se releva et s'arrondit tout autour pour qu'elle ne puisse pas tomber. Restait la pièce. Elle était parfaitement carrée et d'une teinte gris rosé uniforme. Katherine en fit le tour pour chercher une ouverture mais sa première observation, vue d'en bas, se confirma. La pièce était hermétiquement scellée.

– Que proposez-vous à présent ? demanda Arion.

– Nous devons pénétrer à l'intérieur et voir ce qu'il y a dedans, répondit-elle. Il n'y a pas d'autre moyen pour entrer que d'utiliser la torche ?

– Normalement, cette situation ne se présenterait jamais, lui dit Arion. Il n'y a aucun autre bâtiment dans la ville qui se comporte ainsi. Il n'y a aucune raison de fermer hermétiquement une pièce.

– Tu veux dire que tu ne sais pas pourquoi ni comment des pièces se ferment ?

– Le programme de la ville nous a été donné intact par le noyau central qui contient seul le programme d'information. Nous ne savons pas, sauf par nos observations, comment la ville fonctionne.

Katherine en fut très étonnée.

– En somme, la ville est par elle-même un robot extrêmement avancé, opérant hors de votre contrôle.

– Votre déclaration est fondamentalement erronée mais contient un germe de vérité. La ville n'est pas extrêmement avancée, du moins pas dans le sens où nous le disons pour... un robot surveillant, par exemple.

– N'y aurait-il pas là une petite rivalité ?

– Certainement pas, protesta Arion. Nous ne sommes pas capables d'éprouver des sentiments tels que ceux dont vous parlez. J'exposais simplement un fait connu. L'autonomie de la ville est directement liée au noyau central, bien qu'elle fonctionne, effectivement, hors du contrôle des surveillants.

– Tu peux modifier le programme de la ville ?

– Pas directement. Le noyau central contrôle le programme de la ville, et les surveillants n'interviennent pas grâce à une programmation directe.

– Je commence à comprendre, murmura Katherine en faisant signe au robot à la torche de s'approcher. Les données contenues dans le noyau central sont la source d'où découle la ville entière. Toutes vos activités, ici, ne sont qu'une extension de la programmation contenue à l'intérieur, pour le meilleur et pour le pire.

– Nous sommes des robots, amie Katherine. Il ne saurait en être autrement. Les robots ne sont pas des forces de changement mais simplement des extensions de la pensée existante. C'est pourquoi nous avons si désespérément besoin de la compagnie des humains.

– Coupe ici, ordonna Katherine en montrant le mur.

Le robot utilitaire attendit qu'elle ait reculé à bonne distance avant de mettre en marche son appareil et d'approcher du mur l'embout en forme de lance de la torche proprement dite.

– Est-ce que cette coupure va rompre le contact avec le programme principal ? demanda-t-elle.

– Non, répondit le robot tandis que la torche se mettait en marche avec un sifflement aigu, son rayon invisible faisant rougir et fumer une petite partie du mur. Les synapses se réorientent et rétablissent le contact ailleurs.

Avec un bruit de succion, la torche traversa le mur ; c'était un bruit bien connu de tous les Spatiaux : celui de l'air se précipitant dans le vide. La pièce s'était scellée hermétiquement, sans emmagasiner d'air. La torche travailla plus vite, en découpant un trou rond assez grand pour le passage d'un être humain.

Les bords étaient déchiquetés ; ces murs qui paraissaient si souples, par leur programmation, résistaient obstinément à cette attaque non programmée. En dépit de ce que disait Arion, Katherine était très impressionnée par la ville-robot.

L'utilitaire avait presque fini et retirait mécaniquement les derniers pans de mur. Katherine devait mettre un frein à son impatience. Elle brûlait d'envie d'aller regarder à l'intérieur et seule la peur de la torche la retenait.

– Est-on capable de pratiquer des autopsies, ici ? demanda-t-elle à Arion, en y pensant subitement.

– La programmation médicale existe et en ce moment même plusieurs robots médicalement entraînés sortent de nos chaînes de production, en même temps que des tables de diagnostic et diverses machines. Des médicaments synthétisés et des instruments sont produits à un rythme moins rapide. Une énorme partie de la ville est consacrée à sa construction, aussi ces considérations n'ont-elles jamais été un problème pour nous, du moins avant la mort de David.

– Ça y est, annonça le robot en faisant tomber le dernier pan de mur.

– Témoin ! appela Arion.

Katherine courut pour entrer dans la pièce. Le corps nu était couché à plat ventre, au milieu. Elle s'approcha hardiment mais s'arrêta net en portant une main à son cœur. Elle avait été si absorbée par sa mission qu'elle n'avait pas réfléchi que c'était la mort – la mort – qu'elle verrait. Elle se sentit horrifiée, tremblante ; son cœur battait trop fort.

– Quelque chose ne va pas ? demanda le robot témoin.

– N-non... Si... Ça va, bredouilla-t-elle, incapable d'avancer ou de reculer, les yeux rivés sur le cadavre.

– S'il y a un problème, dit Arion, ressortez. Ne vous mettez pas en danger.

Allez, ma vieille, se dit-elle. *Un peu de sang-froid, quoi ! Tu dois y aller. Tu ne peux pas t'arrêter...*

– Je vais très bien, répliqua-t-elle.

Elle respira profondément, fit un pas, puis un autre et alla s'accroupir à côté du cadavre. Elle le toucha en hésitant. La peau était froide, les muscles durs.

– Tout va bien ? demanda Arion.

– Oui, dit-elle en souhaitant qu'il la laisse tranquille.

Il n'y avait aucun signe de décomposition et elle comprit que c'était parce qu'il était resté dans le vide. C'était déjà quelque chose.

Le cœur battant, la respiration encore oppressée, elle examina le dos du mort. Elle remarqua une petite coupure sur le cou-de-pied gauche et comprit immédiatement ce qui l'avait causée. Quelque chose d'idiot, qui lui était souvent arrivé, un faux pas, les pieds qui s'emmêlent, des pieds nus, un ongle trop long. Ce n'était rien. Il y avait un peu de sang sur le côté et la plante du pied mais c'était tout. Elle allait devoir retourner le corps.

Elle voulut le pousser mais ses mains tremblaient

trop fort. *Je vais être comme ça bientôt, cinquante kilos de viande froide ?* se demanda-t-elle. Elle s'efforça encore une fois de faire rouler le corps sur le dos mais ses bras n'avaient plus de force.

– Peux-tu m'aider ? cria-t-elle par-dessus son épaule et Arion passa aussitôt par le trou pour s'accroupir à côté d'elle. Je veux le retourner.

– Certainement.

Arion souleva avec précaution un côté du cadavre, qui roula facilement et des yeux morts se fixèrent sur Katherine.

Elle s'entendit hurler et sa voix lui parut lointaine, étrangère. Elle était en état de choc. C'était Derec ! Derec !

La pièce se mit à tourner, son estomac se révulsa, le sol parut monter brutalement vers elle et elle sombra dans un abîme de ténèbres et d'inconscience.

– N'essayez pas de sortir d'ici sans moi pour vous guider, cria Avernus à Derec qui s'avançait dans la marée grouillante des robots. Vous risquez de vous perdre dans ces tunnels.

– Ne t'en fais pas ! lui cria le jeune homme qui songeait davantage au danger de l'immense salle principale qu'au labyrinthe des galeries.

Il marcha lentement en fendant la foule, vers Rydberg. L'air était lourd et humide, Derec était fasciné par le spectacle et ne sentait pas son malaise, dû à la claustrophobie. Son esprit ne s'attardait pas sur les problèmes trop humains du site.

Rydberg le regarda s'approcher et grimper sur le chariot pour le rejoindre.

– Que faites-vous ici ? demanda le robot. Les souterrains sont trop dangereux pour vous.

– J'ai persuadé Avernus de me conduire ici et de me protéger. Que se passe-t-il, en ce moment ?

– Nous essayons de percer un tunnel jusqu'au

réservoir, expliqua Rydberg. Nous espérons trouver un moyen de drainer en partie les eaux dans les galeries abandonnées, au-dessous de nous, pour empêcher le réservoir de déborder.

Derec eut l'impression d'être parcouru par une décharge électrique.

– C'est merveilleux ! s'exclama-t-il. Vous avez établi un rapport de troisième degré... C'est un saut créateur !

– C'est de la logique élémentaire. Comme l'eau doit de toute façon pénétrer dans la mine, il est naturel que nous cherchions à la canaliser vers les parties de la mine où elle causera le moins de dégâts. Malheureusement, nos estimations montrent que cette manœuvre ne peut que retarder d'un jour ou deux l'inévitable. Tout ce travail est peut-être accompli en vain.

– Pourquoi creusez-vous à la main ? Où sont les machines ?

– Elles sont mobilisées par le travail de la mine. L'allure actuelle de construction de la ville a la préséance sur toutes les autres activités.

Rydberg tourna la tête pour surveiller les travaux. Derec posa une main sur le bras du robot.

– Mais c'est la construction de la ville qui vous tue !

– Elle doit se faire.

– Pourquoi ?

– Je ne peux répondre à cette question.

Derec regarda de tous côtés l'activité fébrile d'une civilisation qui s'efforçait de survivre. Ils n'étaient pas humains, non, mais cela ne voulait pas dire que leur vie ne comptait pas. Il y avait de l'intelligence, là, un effort concerté vers la perfection de l'esprit. Il y avait plus de valeur humaine dans cette mine que dans tout ce qu'il avait pu voir dans son très bref aperçu de l'humanité. Une pensée le frappa, la raison de tout cela, la raison de l'état d'alerte.

– C'est défensif, n'est-ce pas ? demanda-t-il. La construction de la ville est une manière de se défendre contre une invasion ?

Rydberg le regarda mais ne répondit pas. Derec lui serra le bras plus fort.

– C'est ça, n'est-ce pas ?

– Je ne peux répondre à cette question.

– Dis-moi si je me trompe ?

– Je ne peux répondre à cette question.

– Je le savais ! s'écria-t-il, convaincu. Et si cela a coïncidé avec l'apparition de David dans la ville, cela doit avoir un rapport avec lui. Pour une fois, Katherine a raison. Toute cette affaire vient d'un programme du noyau central et, manifestement, il y a erreur dans la programmation. Il doit y avoir un moyen de tourner la difficulté.

– Les robots ne font pas de programmes, Derec, dit Rydberg.

– Alors conduis-moi au noyau !

– Je ne peux pas... Je regrette.

Derec voulait discuter, contraindre le robot à obéir, mais il avait peur que ses arguments ne plongent Rydberg dans une telle contradiction que ses facultés seraient grillées. Il ne savait pas de quel côté aller mais avait cependant un aperçu du problème, comme une image holographique qui lui échappait.

– Vous ne m'avez toujours pas dit pourquoi vous êtes descendu dans la mine, reprit Rydberg. Les humains ont un si faible sens du danger que je ne comprends pas comment votre espèce a survécu jusqu'à présent. Si vous ne pouvez pas me présenter une raison absolue de votre présence ici, il me faudra vous renvoyer immédiatement.

– Si les humains ont un faible sens du danger personnel, rétorqua Derec, furieux de l'incapacité de la Cité des robots à se sauver, alors votre programmation en a hérité. Je suis descendu pour voir 1-1, au sujet d'une affaire qui vous concerne tous. Veux-tu me le désigner, s'il te plaît ?

– Notre premier citoyen ? demanda Rydberg. (Derec crut qu'il allait en dire plus mais au lieu de cela le robot augmenta le volume du son pour appeler :) LE ROBOT 1-1 EST PRIÉ DE SE PRÉSENTER !

Une minute plus tard, un petit robot utilitaire à l'aspect anodin, pourvu d'énormes mains en forme de grappins, s'approcha du chariot.

– Je suis ici, surveillant Rydberg.

– L'ami Derec désire te parler au sujet d'une affaire personnelle. Fais ce qu'il demande mais ne perds pas de temps.

Derec sauta du wagonnet.

– Il paraît que tu as été le premier robot à se réveiller sur cette planète ?

– C'est exact.

– Viens avec moi. Sortons de ce chaos.

Ils traversèrent rapidement la salle vers l'endroit où Avernus avait déposé Derec.

– Je recherche les origines de la Cité des robots, dit-il, et cette recherche m'a amené jusqu'à toi. Tu étais le premier.

– Logique. J'étais le premier.

– Je veux que tu me dises exactement quel a été ton tout premier input visuel et ce qui a suivi.

– Mon premier input visuel a été un bras humain branchant mon alimentation en énergie, répondit le robot. Ensuite l'humain a tourné le dos et s'est éloigné.

– Tu as vu son visage ?

– Non.

– Que s'est-il passé ensuite ?

– L'humain s'est éloigné à une certaine distance de moi et a disparu derrière des machines destinées à nous aider dans nos premiers travaux miniers. Je devais attendre une heure et activer tous les autres robots non opérationnels qui se trouvaient là. Puis nous devions commencer les travaux, ce que nous avons fait.

– En quoi consistaient les premiers travaux ?

– Il y avait cinquante utilitaires, plus le surveillant Avernus. Vingt-cinq d'entre nous avons construit la tour du Compas avec des matériaux laissés pour nous, pendant que le surveillant Avernus et les vingt-cinq autres commençaient à tracer les plans pour construire les installations souterraines et entamer les opérations minières.

Derec était perplexe.

– Avernus n'a pas surveillé la construction de la tour du Compas ?

– Non. Ce devait être une entité séparée du reste de la ville. Elle était complètement programmée, complètement matérialisée. Le surveillant Avernus n'avait pas besoin de s'y intéresser.

Derec entendit un bruit de moteur et vit des lumières au fond du tunnel ; elles se rapprochaient peu à peu.

– Qu'entends-tu par entité séparée ? demanda-t-il.

– La tour du Compas est unique à bien des égards, ami Derec, expliqua 1-1. Elle ne fait pas partie du plan d'ensemble de la ville ; elle est surmontée d'une plate-forme d'arrivée interdite ; elle contient un bureau d'administration humaine entièrement équipé.

– Quoi ! s'exclama Derec en observant le train de wagonnets qui se précipitait vers lui. Un bureau pour qui ?

– Je ne sais pas. Peut-être pour la personne qui m'a réveillé.

– Tu n'en as jamais parlé aux surveillants ?

– Personne n'a jamais cherché à le savoir.

– Pourquoi l'appelles-tu un bureau d'administration ?

– Les plans de construction étaient enfermés dans ma banque de données. C'était ainsi qu'il s'appelait sur les plans.

Le train de wagonnets s'arrêta en grinçant à côté de Derec, l'énorme masse d'Avernus était tassée à l'avant.

– Nous devons partir, annonça-t-il.

– Un instant. Pourquoi l'appelles-tu une plateforme d'arrivée ? demanda Derec à 1-1.

– Nous devons partir tout de suite, insista Avernus.

– Elle était désignée comme point d'atterrissage, répondit le premier robot. Rien n'est jamais autorisé sur sa surface, ni à moins de vingt mètres de son espace aérien.

Avernus saisit avec fermeté le bras de Derec et fit pivoter le jeune homme vers lui, sans brutalité.

– Nous devons partir, répéta-t-il. Il est arrivé quelque chose à l'amie Katherine.

Derec chancela comme s'il avait été frappé.

– Quoi ? Que lui est-il arrivé ? Comment va-t-elle ?

– Elle est sans connaissance, dit Avernus. A part cela, nous ne savons pas.

CRISE D'IDENTITÉ

Derec se rua jusqu'à l'appartement et tomba en plein chaos. Arion était là, ainsi qu'Euler, Eve et plusieurs robots utilitaires. Il y avait aussi une machine à l'air assez fragile, dotée de multiples appendices qu'il prit pour un robot-médecin.

Le living-room lui parut différent, plus bas de plafond mais, à vrai dire, il ne s'en souciait pas.

– Ami Derec ! s'exclama Euler et il se dépêcha d'intercepter Derec qui traversait la pièce.

– Où est-elle ?

– Dans la chambre. Elle a repris connaissance et elle se repose. Je crois que vous auriez tort de chercher à la voir maintenant, dit Euler.

– Mais non ! gronda Derec en le repoussant. Je dois la voir !

– Mais vous ne compre...

– Plus tard !

Il y avait maintenant deux portes, dans le couloir. Il ouvrit la première et vit une chambre déserte, alors il se retourna vers l'autre et pressa le bouton. Le battant coulissa. Katherine était assise sur le lit, très pâle, les yeux rouges.

– Comment allez-vous ? demanda-t-il.

Elle se tourna vers lui et ouvrit tout grands des yeux pleins d'horreur.

– Nooooon ! hurla-t-elle en portant les mains à ses joues. Non !

Il courut vers elle et la prit par les épaules mais elle continua de pousser des cris perçants.

– Vous êtes mort ! glapit-elle. Mort ! Mort !

– Mais non, voyons ! Je suis là ! Tout va bien. Tout va...

Euler surgit et tira Derec en arrière, des robots envahirent la chambre.

– Qu'est-ce qui te prend ? cria Derec. Lâche-moi ! Laisse...

– Vous devez sortir tout de suite, déclara Euler.

Il souleva le jeune homme dans ses bras pour l'emporter tandis que les cris de Katherine continuaient de remplir l'appartement.

– Katherine ! appela-t-il, Katherine...

Euler le porta jusque dans le salon et le robot-médecin roula dans la chambre pour refermer la porte, ce qui étouffa les cris.

– Pose-moi ! ordonna Derec, furieux. Pose-moi par terre !

– Vous ne devez pas aller là-bas. C'est dangereux pour Katherine, si vous allez là-bas, dit Euler.

La colère de Derec se calma quelque peu et il demanda plus calmement :

– Qu'est-ce qui se passe ? Que lui est-il arrivé ?

– Elle a souffert d'une sorte de traumatisme émotionnel, expliqua Euler. Puis-je vous poser sur le sol ?

– Bien sûr. Je n'ai pas la moindre envie de retourner auprès d'elle, dans l'état où elle est !

Euler le déposa avec précaution sur le sol et Derec frotta ses bras endoloris pour rétablir la circulation.

– Excusez-moi si je vous ai causé de l'inconfort, dit Euler. Je le regrette sincèrement.

– Ce n'est pas grave. Raconte-moi ce qui est arrivé.

Un violent coup de tonnerre éclata et Derec et Euler se retournèrent vers la fenêtre ouverte. De gros nuages noirs s'amoncelaient. Ils devaient s'attendre à un nouveau déluge, plus terrible que les précédents. Les cris venant de la chambre étaient devenus des gémissements.

– Katherine a découvert le corps de David, dit Euler. Elle a fait percer par un robot utilitaire le mur de la pièce qui le contenait. Peut-être vaut-il mieux laisser parler Arion qui était présent.

Il fit signe au robot humanoïde de se joindre à la conversation.

– Ami Derec, dit Arion, je ne me doutais pas que la vue du corps ferait un tel effet sur l'amie Katherine. Si je l'avais su, jamais je ne l'aurais laissée s'en approcher.

– Je comprends. Raconte-moi ce qui s'est passé.

– Elle examinait le mort et m'a appelé pour que je l'aide à le retourner. J'ai obéi, naturellement. Dès qu'elle a vu le visage, elle s'est mise à hurler, puis elle a sombré dans l'inconscience.

– Et elle reste inconsolable, ajouta Euler. C'est tout à fait singulier. Elle s'obstine dans la croyance que le mort n'est autre que vous.

– En voilà, une idée ! Pourquoi ? demanda Derec en allant s'asseoir à la table où l'écran d'Arion montrait les racines carrées de nombres de dix chiffres.

– Je ne sais pas, répondit Euler. Peut-être parce que le mort vous ressemble trait pour trait.

Derec sursauta.

– Tu veux dire... qu'il est comme moi ?

Les robots échangèrent quelques regards et ce fut Arion qui répondit :

– Exactement.

– Et vous ne trouvez pas ça bizarre ? bredouilla Derec, qui avait du mal à croire à cette révélation.

– Non, avoua Euler.

– Je ne comprends pas. Quand vous m'avez vu pour la première fois, vous n'avez pas pris note de notre similitude d'apparence ?

– Si, mais ce fait ne signifie rien pour nous.

– Pourquoi ?

– Pourquoi devrait-il signifier quelque chose ? intervint Arion. Nous n'avons jamais vu que trois humains. Les robots se ressemblent tous, c'est indéniable, alors pourquoi pas les humains ? Nous savions que Katherine et vous étiez différents, mais cela ne voulait pas dire que David et vous ne pouviez être identiques. D'ailleurs, nous savions que David était mort, donc nous savions que vous ne pouviez être David. C'est simple.

Le robot-médecin reparut dans le couloir et glissa rapidement jusqu'à Derec.

– Elle est plus calme, maintenant, annonça-t-il, sous l'action de ses propres endorphines pituitaires, et elle veut vous voir.

Derec se leva en hésitant.

– Je ne vais pas la troubler ?

– Je crois qu'elle comprend la situation, maintenant, répondit le robot d'une voix douce et paternelle.

– Je voudrais la voir seul.

Euler acquiesça.

– Nous vous attendrons ici.

Il retourna vers la chambre, l'esprit agité de sentiments mêlés. Il avait souffert de la voir souffrir, il avait été émotionnellement choqué. Elle l'agaçait bien souvent mais en même temps, elle semblait être une partie intégrante de lui-même.

Il frappa avant d'ouvrir. Elle se redressa, le visage encore triste et lui tendit les bras.

– Ah, Derec...

Il courut jusqu'au lit, s'assit près d'elle et l'enlaça. Elle se mit à sangloter tout bas au creux de son épaule.

– J'ai eu si peur... Je croyais... j'ai cru...

– Je sais, murmura-t-il en lui caressant les cheveux. Arion m'a raconté. Je suis désolé.

– Je ne sais ce que je ferais sans vous, avoua-t-elle puis elle le repoussa. Ah, Derec, je sais qu'il y a un mur entre nous... mais croyez-moi, je vous en supplie, je n'ai pas la moindre idée de ce qu'est l'endroit où nous sommes ni de ce qui s'y passe.

– Je vous crois, souffla-t-il en séchant ses larmes et il lui sourit. Ne vous inquiétez pas de ça pour le moment. Comment allez-vous ?

– Mieux. Le robot-médecin m'a frappée mais ça m'a fait du bien. Il ne me reste qu'un petit mal à la tête.

Dans le ciel, le tonnerre gronda.

– Tant mieux. Parce qu'on dirait que nous allons devoir rester enfermés, cette nuit. Vous êtes d'accord pour renvoyer les robots, nous faire apporter à dîner et nous raconter notre journée ? J'ai un tas de choses à vous dire.

– Moi aussi. Bonne idée !

On leur servit une soupe de légumes comme Derec n'en avait pas mangé depuis longtemps. La pluie tombait à seaux et avec bruit mais il ne s'en inquiétait pas, pensant que les précautions prises par Euler et Rydberg suffiraient, au moins pour cette nuit. La seule solution était à présent de vivre au jour le jour. Même les divertissements d'Arion commençaient à varier. L'écran montrait une partie de tennis jouée sur une surface glissante par des figurines dessinées par ordinateur. C'était très amusant.

Quand la servodesserte eut fait disparaître leurs assiettes, ils s'installèrent confortablement dans le canapé et se racontèrent chacun leur journée. Derec, pour des raisons qu'il n'aurait pu expliquer, omit certains détails, par exemple le fait qu'il n'y avait pas de stations émettrices d'hyperondes sur la planète. Il écouta attentivement le récit de la découverte du corps par Katherine.

– Le fait est qu'il vous ressemblait trait pour trait, conclut-elle. Qu'est-ce que ça veut dire, ça ?

– Pour commencer, ça élimine l'hypothèse selon laquelle notre voyage à la Cité des robots est accidentel. Nous avons bel et bien été amenés ici. Pourquoi ? Je n'en sais rien. Peut-être est-ce le mort qui nous a fait venir, à moins qu'il n'ait lui-même été amené. Nous devrons continuer à étudier la question. Ce qui m'intéresse davantage, c'est que la ville-robot travaille de façon autonome. La ville se reproduit comme si elle manifestait par là son moyen de défense. Si elle fonctionne dans l'autonomie, les surveillants ne peuvent pas l'arrêter. Peut-être en sont-ils incapables.

– Et alors ?

– Ça veut dire que c'est à moi de le faire.

– Ah ! Voilà qui nous ramène à la vieille discussion ! s'exclama-t-elle en s'assombrissant. La ville ou l'enquête criminelle.

– Pas nécessairement. Cela devrait vous rassurer.

Il se leva pour aller sur le balcon, d'où il contempla distraitement l'averse, certain à présent que la pluie pourrait être vaincue. Il se retourna vers Katherine.

– Je crois que la présence de David, l'état d'alerte de la ville et son système de reproduction sont inexorablement liés.

Elle se leva d'un bond et courut se jeter à son cou.

– Vous m'aiderez à résoudre l'énigme de ce crime, n'est-ce pas ?

– Oui, promit-il en riant. Demain, nous retournerons voir le corps et nous reprendrons le fil où vous l'avez laissé.

Il s'écarta et croisa les mains.

– Tout est lié. Si nous arrivons à assembler les premières pièces, les autres se mettront en place comme par enchantement. Quoi ou qui que ce soit qui a tué David, c'est la raison de l'état d'alerte.

– Demain matin à la première heure, nous nous ferons conduire là-bas par Eve.

– Pas à la première heure. J'ai organisé une petite

réunion avec les surveillants dans la tour du Compas, avant toute chose.

– Pourquoi ?

– Pour deux raisons. Je veux d'abord leur poser des questions sur les opérations souterraines ; deuxièmement, je veux pouvoir fouiner dans la tour.

– Pour chercher le bureau ?

– Oui. 1-1 dit qu'il est entièrement équipé. Je parie que nous y trouverons des réponses à nos questions.

L'expression de Katherine se fit soudain plus grave.

– J'espère que vous trouverez les réponses que vous cherchez, dit-elle.

LE BUREAU

Une table avait été installée dans la salle de réunion. Elle était longue et étroite, entourée de neuf sièges. Derec s'assit à une extrémité avec Katherine à sa droite. Les surveillants prirent les sept autres sièges, sans cesser de se tenir par les pinces.

– Pourquoi les êtres humains mentent-ils, ami Derec ? demanda le surveillant Dante. La plus grande difficulté que nous avons eue avec vous est votre penchant pour le mensonge et l'exagération. C'est ce détail qui nous empêche de vous comprendre totalement.

Derec humecta ses lèvres sèches et les considéra tous, qui l'observaient avec attention. Il savait devoir surmonter cet obstacle, s'il voulait travailler avec eux à résoudre les problèmes de la ville.

– Les robots reçoivent leur input de deux façons, dit-il en espérant que son explication conviendrait ; il s'était levé très tôt pour y réfléchir et la préparer. Par programmation directe et par input récolté grâce à des capteurs et testé de façon à coller à la programmation existante. Vos capteurs enregistrent les événements avec une grande exactitude, et même une précision toute mathématique ; ils les classent ensuite selon la validité scientifique accumulée depuis plusieurs millénaires de pensée empirique. Vous êtes donc capables, grâce à vos cerveaux positroniques, de raisonner déductivement en soupesant, encore une fois par analogie, les données nouvelles avec les données existantes. Vous pouvez effectuer de véritables rapprochements du deuxième degré.

– Nous connaissons le fonctionnement du cerveau positronique, ami Derec, dit Waldeyer. C'est le cerveau humain qui nous déroute.

– Patientez et écoutez-moi. Je vais vous poser une question. Supposons, simple supposition, que votre programmation de base soit erronée, pas seulement par de petits détails, mais dans son ensemble. Supposons que chaque donnée d'input sensoriel que vous recevez soit en opposition radicale avec votre programmation de base.

– Nous passerions beaucoup de temps à raisonner de manière erronée, dit Wohler. Mais le cerveau humain n'est pas soumis à la programmation. Vous êtes libre de faire le tri des données empiriques et d'aboutir à la vérité, à tous moments.

– Voilà où vous vous trompez ! répliqua Derec. Le cerveau humain n'est pas un ordinateur avec la vérité comme base. Il n'est autre qu'une collection de glandes mues par des pulsions électriques. Il n'a pas pour fondement la vérité. Celle-ci fait la satisfaction de l'ego, c'est tout. Pour l'esprit humain, la vérité est changeante, une voile qui se gonfle au vent de la peur, de l'espoir ou du désir. Elle n'a pas de réalité, elle crée sa réalité d'instant en instant, avec cette intelligence créatrice que vous admirez tant chez nous.

– Mais le programme de base est disponible, dit Euler. Il est là pour que l'humain l'utilise.

– Il est là aussi pour que l'humain le rejette, riposta Derec. Vous êtes obligés de respecter votre programmation. Mon esprit n'a aucune obligation. L'esprit humain est tristement mortel. Cette vérité particulière est en soi plus que ce que les humains ne peuvent tolérer. Nous sommes de fragiles créatures qui cherchons la permanence, dans un monde impermanent. Nous mentons à ceux qui nous entourent. Nous nous mentons à nous-mêmes. Nous mentons, au défi de toute logique et de toute raison. Nous mentons parce que, très souvent, la vérité nous détruirait. Nous mentons sans même le savoir.

Avernus demanda :

– Comment les robots qui cohabitent avec les humains dans les autres mondes s'accommodent-ils de cette tromperie ?

– Ils suivent les ordres selon les Lois de la Robotique, répondit très simplement Derec. Ils ne sont pas autonomes comme vous, ils n'ont pas le choix. Les Lois ont été inventées dans la perspective du salut de l'espèce. Les robots protègent les humains de leurs propres mensonges et les honorent pour ce qu'il y a de noble dans cette espèce. Vous avez vu le chagrin de Katherine quand elle m'a cru mort, dit-il en prenant la main de la jeune femme. Nous sommes de fragiles créatures capables d'une grande noblesse et d'une grande ignominie. Nous ne nous cherchons pas d'excuses. Nous sommes les créateurs de grands biens et de grands maux et, dans la création des robots, nous avons été au sommet de notre bonté. Notre espèce mérite des louanges et des condamnations et, en dernière analyse, elle dépasse l'explication rationnelle positronique.

– Vous dites, en somme, que nous devons vous prendre tels que vous êtes, dit Euler.

– Aucune loi ne nous définit, aucun théorème ne peut nous cerner. Nous vous étonnerons et nous vous confondrons mais je peux vous assurer que nous ne serons jamais ennuyeux.

– Vous cherchez à nous domestiquer par vos paroles, dit Wohler le philosophe.

– Oui, reconnut Derec en souriant. C'est précisément cela. Et je vous dis tout de suite que vous me le permettrez parce que les merveilles de l'univers sont contenues dans mon esprit déroutant, et vous ne pouvez les atteindre qu'à travers moi... Et vous voulez désespérément les atteindre !

– Mais... et les Lois de l'Humanique ? demanda Rydberg.

– Très simple, répondit Katherine avec un clin d'œil à Derec. Il n'y a qu'une Loi de l'Humanique. Attendez-vous à l'inattendu.

– Un oxymoron, marmonna Arion.

– C'est cela, reprit Derec. Vous n'avez pas besoin de renoncer à votre recherche des Lois de l'Humanique, mais vous devez les créer pour qu'elles nous conviennent, et non pour que nous convenions à vos lois. Nous ne pouvons être autrement que ce que nous sommes, mais si vous nous acceptez – le bon et le mauvais – nous veillerons à ce que vous réalisiez tout votre potentiel.

– Des paroles intéressantes, mais seulement des paroles, dit Dante. Donnez-vous un exemple de ce que vous pouvez faire avec votre intelligence créatrice ?

– Si vous me le permettez, je vous aiderai à sauver votre ville.

– Jusqu'à présent, toutes vos suggestions ont tenté de nous détourner de notre programmation, grogna Euler.

Derec se leva. Il réfléchissait toujours mieux debout.

– C'est parce que, jusqu'à hier, je ne m'étais pas rendu compte de ce qui se passait, je n'avais pas compris que vous aviez à peine le contrôle de la situation. Je travaille sur ce point mais j'ai d'autres idées en tête.

Arion et Waldeyer étaient assis côte à côte, les pinces de leurs mains solidement unies. Derec alla se placer entre eux et s'accouda sur leurs épaules.

– Je vous ai regardés creuser les tunnels, essayer de siphonner le réservoir à un niveau inférieur pour éviter l'inondation de vos travaux souterrains. La tentative a-t-elle réussi ?

– Dans une certaine mesure, répondit Rydberg. Nous opérerons la percée ce matin, après cette réunion. Malheureusement nous avons calculé que cela ne fera que reculer l'inévitable d'une seule journée. Nous pouvons sauver nos travaux de la pluie attendue cette nuit, mais c'est tout.

– Très bien, dit Derec. Laissez-moi réfléchir. Hier, j'étais dans la salle principale d'un des secteurs. Cette salle a-t-elle été creusée ?

– Non, répondit Avernus. Chaque station d'extraction est située dans une salle semblable. Notre premier soin, en commençant nos opérations souterraines, a été de faire des sondages au sonogramme pour chercher les cavernes naturelles sous la surface. Ensuite, les galeries de mine ont été creusées mais les salles principales sont naturelles.

– L'idée ne vous est-elle pas venue de faire des sondages au sonogramme maintenant, dans la situation actuelle ?

– Je ne comprends pas.

– Trouvez la caverne souterraine la plus voisine de votre réservoir, creusez le tunnel pour les relier et...

– Et nous drainerons dedans toute l'eau du réservoir ! s'écria Avernus en se levant d'un bond, rompant brusquement le contact avec le noyau central.

– Exactement ! En attendant, Katherine et moi allons enquêter sur le meurtre. Eh bien, surveillant Dante, est-ce assez créateur pour vous ?

– Tout à fait, assura Dante.

– Il me semble, intervint Euler, que si nous voulons mettre à exécution les conseils de l'ami Derec, il nous faut ajourner cette réunion et nous mettre au travail.

Les robots se levèrent. Derec se demanda s'ils se rendaient compte qu'ils avaient été doucement manipulés, pour la première fois, et amenés à le prendre comme associé dans leurs entreprises.

En les regardant sortir de la vaste salle, il saisit la force de l'esprit tortueux qui les avait tous réunis : la synnoétique. Les pires obstacles restaient à surmonter pour arriver à une véritable égalité sociale de l'homme et du robot. S'ils arrivaient à survivre à la pluie, ils deviendraient peut-être les pionniers d'une ère nouvelle.

Dès que les robots eurent disparu, Katherine courut à la porte et regarda dans le couloir.

– Ils sont partis, annonça-t-elle en se retournant vers Derec.

– Parfait.

Il alla la rejoindre. Eve et Reg les suivirent docilement et il se tourna vers eux.

– L'un de vous a jamais eu à témoigner à l'intérieur de cet édifice ?

– Moi, répondit Reg. La plus grande partie de ce bâtiment est consacrée à des expériences sur le cerveau positronique et sur les moyens d'améliorer ses fonctions. J'ai été témoin d'expériences dans presque tous les laboratoires de cette construction.

– As-tu vu un bureau, ou quelque chose qui pourrait servir à un humain d'appartement personnel ?

– Non, répondit le robot.

– Y a-t-il des parties de ce bâtiment où tu n'es jamais allé ?

– Oui.

– Très bien, alors écoute-moi. Je veux que tu me conduises dans les parties du bâtiment où tu n'es jamais allé.

– Je ne peux pas.

– Pourquoi ? s'exclama Katherine.

– Un secteur de la tour du Compas est interdit aux robots. Personne n'y va jamais.

– Quelqu'un te l'a dit ? demanda Derec. Un surveillant ?

– Cela fait partie de notre programmation.
Eve le confirma et ajouta :
– Même les surveillants n'ont pas le droit d'y aller.
Derec soupira ; c'étaient bien les robots ! Rien que le devoir, pas la curiosité...
– Je veux que vous m'y conduisiez.
– Je vous ai déjà dit que c'est interdit, insista Reg.
– Je ne veux pas dire que tu devras me conduire à l'*intérieur* de ces parties interdites. Je veux simplement que tu m'amènes aussi près que tu peux aller et que tu me montres leur emplacement.
Cela parut acceptable aux deux témoins et ils partirent en tête, Derec et Katherine les suivant de près. Ils cheminèrent dans un dédale de couloirs, firent maints tours et détours, mais toujours en montant. Un ascenseur les transporta six étages plus haut, mais ce n'était pas encore la fin. Derec s'intéressait à tout ce qu'il voyait. La salle de réunion était conçue pour faire croire que l'on se trouvait au sommet mais, en réalité, elle était à mi-hauteur de la pyramide ; la volonté de faire illusion était sans doute plus spirituelle qu'autre chose.
Les niveaux les plus élevés devenaient plus exigus, les portes plus rares dans les murs lumineux. Les robots s'arrêtèrent enfin. Reg montra une porte au fond d'un couloir.
– Nous ne pouvons aller plus loin, dit-il. Personne ne sait sur quoi donne cette porte.
– Si vous voulez bien nous attendre ici, nous allons revenir dans un moment.
– C'est interdit, protesta Eve.
– Aux robots, pas aux humains, répliqua Katherine.
– Nous ne pouvons pas nous séparer ! insista Reg.
– Ce n'est qu'une porte, dit Derec. Nous serons bien obligés de ressortir par la même issue.
– Nos ordres...
– Faites ce que vous voulez, nous entrons !

Sur ce, Derec et Katherine s'engagèrent dans le petit corridor. Avant d'ouvrir la porte, ils se retournèrent pour adresser un sourire rassurant aux robots attentifs.

Et ils entrèrent.

Ils découvrirent un escalier en colimaçon aboutissant à une autre porte, à plus de trois mètres au-dessus de leur tête.

– Voulez-vous passer devant ? proposa Derec.

– Allez-y, vous. J'ai laissé tout mon courage dans cette pièce hermétique...

Derec monta lentement, le cœur battant, l'estomac noué. Arrivé à la porte, il la poussa, s'attendant à la trouver verrouillée.

Elle ne l'était pas.

La porte coulissa sans peine, sur l'extérieur, crut-il à première vue. Il avait l'impression d'être sur une plate-forme découverte décorée de meubles, avec des sièges et un bureau et, sur tout le pourtour, une admirable vue panoramique de la Cité des robots. Mais il n'y avait pas de sensation d'air frais, pas de vent, et l'on ne sentait pas, non plus, la chaleur du soleil matinal.

– Comment sommes-nous sortis ? s'étonna Katherine qui l'avait suivi.

– Nous ne sommes pas sortis, répondit Derec en montrant du doigt quelque chose derrière elle.

La vue extérieure était gâchée par la porte restée ouverte, un trou noir en plein centre de la ville. Quand il la poussa pour la fermer, le panorama fut restauré.

– Des écrans ? hasarda-t-elle.

– Je crois. Il doit y avoir une série de caméras autour du sommet de la pyramide, pour transmettre la vue, qui est ensuite projetée sur les écrans. Regardez, même là-haut !

Katherine leva les yeux et vit le ciel bleu rosé.

– Ce doit être la vue de la plate-forme où nous nous sommes matérialisés.

– Fascinant, murmura Derec, sachant qu'ils avaient enfin trouvé quelque chose. Si on était assis à ce bureau, on pourrait regarder quelqu'un se matérialiser sur le sommet, et ce quelqu'un n'en saurait rien.

– Croyez-vous qu'on nous a vus arriver ? demanda-t-elle en ouvrant de grands yeux.

– Ma foi... je dois envisager cette probabilité. Nous avons été amenés ici. Nous *devions* venir ici. Il paraît logique de penser que notre progression a été surveillée.

– Avez-vous jamais envisagé, Derec, que vous avez pu être amené ici, avec moi comme simple excédent de bagages ?

Il fit lentement le tour de la pièce. Elle était aménagée pour que l'on puisse y vivre. Il y avait de nombreux fauteuils profonds et un canapé transformable en lit. Pas du matériau de construction de la ville, mais du vrai mobilier. Il y avait même une plante verte, sous un projecteur de croissance. Derec pensa que le propriétaire de ce bureau revenait assez souvent pour l'arroser.

– J'ai envisagé beaucoup de choses, dit-il à Katherine, y compris le scénario que vous évoquez. Mais il y en a plusieurs à considérer d'abord. Notre rencontre à bord du vaisseau d'Aranimas fut accidentelle. La situation était trop dangereuse et incontrôlable pour qu'il en soit autrement, vos blessures trop réelles. Mais réfléchissez au fait que vous avouez m'avoir connu auparavant sous un nom qui, comme par hasard, est celui d'un garçon qui me ressemble assez pour être mon frère jumeau. L'univers est vaste, Katherine. Et cela fait trop de coïncidences. Permettez-moi de vous poser une question. Avez-vous pensé que le David que vous avez connu pourrait être celui qui est mort, dans cette pièce fermée, et que je sois quelqu'un d'autre ?

Elle eut l'air déroutée et se mit à bredouiller :

– Je... je...

Puis elle ouvrit la bouche pour dire quelque chose mais la referma aussitôt. Derec aurait donné une fortune, tout ce qu'il avait, pour savoir quelles pensées lui étaient passées par la tête au cours de cette seule seconde, avant qu'elle ne se taise.

– Que me cachez-vous ? cria-t-il, exaspéré.

Le visage de Katherine était à présent un mélange de douleur et de nostalgie. Elle se raidit, comme elle le faisait si souvent depuis leur rencontre à bord du vaisseau d'Aranimas.

– Il n'y a rien pour moi, ici. Je descends rejoindre les robots. Revenez vite. Nous avons à faire.

Elle tourna les talons et partit sans se retourner, laissant Derec hors de lui. Il se sentait si près d'elle et pourtant si loin ! Il n'y avait pas de juste milieu avec Katherine ; c'était tout l'un ou tout l'autre.

Il décida d'inspecter méthodiquement la pièce, au lieu de fouiller fébrilement, comme il en mourait d'envie. Il commença par l'entrée et avança lentement, en gardant le bureau pour la fin.

Il découvrit une petite étagère imperméable à l'air, bourrée de cassettes portant la mention « Philosophie » et classées par planètes. Presque toutes celles des cinquante-cinq mondes Spatiaux étaient représentées. Elles n'intéressaient pas Derec pour le moment, mais il n'était pas exclu qu'il reviendrait les étudier.

Continuant sa promenade, sa main trouva une échelle que ses yeux n'avaient pas vue. Elle était en métal, posée contre l'écran et noyée dans l'ombre. Même en sachant qu'elle était bien là, il avait du mal à la voir. Elle montait du sol au plafond.

Il grimpa les barreaux jusqu'à ce qu'il puisse toucher l'écran du plafond. Cette échelle n'avait aucune raison d'être si elle ne permettait pas d'aller quelque part. Avec précaution, il toucha l'écran, juste au-dessus de l'échelle. Il céda facilement, sur des gonds bien huilés, et s'ouvrit sur le véritable ciel.

Derec monta par la trappe et se trouva sur la plate-forme où il s'était matérialisé. Stupéfiant. Il commença aussitôt à échafauder une hypothèse. Celui qui avait lancé cette civilisation, celui dont la main avait branché 1-1, pouvait, en utilisant correctement la clef du Périhélion, se matérialiser à volonté dans la Cité des robots, descendre dans son bureau interdit aux robots et observer le développement de sa ville sans jamais être vu. Et quand il en avait assez, il lui était facile de repartir par le même moyen.

La ville avait donc un contremaître, un régisseur, un gardien qui avait convoqué Derec pour agrémenter sa création d'un ingrédient humain. Pourquoi Derec ? C'était une question à laquelle il était bien incapable de répondre.

Il se demanda si le régisseur était présent lorsqu'ils avaient visité la tour, s'il les avait observés, peut-être jusqu'au moment où ils avaient poussé la porte du bureau. Il était simple de disparaître pour lui. Il lui suffisait de quelques secondes et de la clef du Périhélion.

Derec redescendit dans le bureau et ferma l'écran du plafond, rétablissant totalement l'illusion.

Il poursuivit sa visite de la pièce et vida la petite corbeille à papiers. Elle contenait plusieurs emballages vides qu'il reconnut pour être des rations de survie normales de Spatiaux, composées des fibres indispensables, de vitamines et de protéines appétissantes. Il déchira une des boîtes et trouva, dans un coin, une miette du produit qui n'était pas encore durcie. Cette ration avait été mangée au cours des vingt-quatre heures précédentes. Le reste de la corbeille comprenait des papiers roulés en boule couverts d'équations se rapportant à la progression géométrique de la construction de la ville, qui lui semblèrent se référer au temps qu'il faudrait pour couvrir de constructions la planète tout entière. D'autres paraissaient calculer l'importance des chutes de pluie comparée à la capacité du réservoir et le temps qu'il faudrait avant qu'une inondation ne se produise. Derec eut le sentiment que s'il restait dans ce bureau et patientait assez longtemps, il verrait revenir ce régisseur. Malheureusement, il n'avait pas le temps de patienter.

Il remit les papiers dans la corbeille et s'intéressa au bureau formé d'un alliage de fer. Il n'y avait dessus qu'un seul objet personnel, à part le sous-main et deux stylos, un holocube contenant l'image d'une très jolie jeune femme avec un bébé. La vue du cube fit courir un frisson glacé dans le dos de Derec.

Il ouvrit les tiroirs. Ceux de gauche, de petite taille, étaient presque tous vides. Seul celui du haut contenait quelques articles sans intérêt, du papier à lettres, des renseignements techniques sur les circuits et le fonctionnement du cerveau positronique. Ceux de droite étaient plus intéressants. Quand il ouvrit le plus grand des tiroirs, un bourdonnement se fit entendre et un terminal d'ordinateur apparut, l'écran déjà activé, le curseur clignotant indiquant PRÊT.

Le plus intéressant, c'était que le terminal possédait tous les branchements nécessaires à l'émission et à la réception d'hyperondes. Malheureusement, le bloc énergétique et les antennes directionnelles manquaient, emportés, sans doute, par le régisseur.

Derec contempla le terminal avec étonnement. Pas de blocages, pas de mots de passe, pas de protections du système, rien. Il ne pouvait croire que toute une civilisation s'ouvre à lui uniquement parce qu'il avait découvert un bureau. Et s'il lui voulait du mal ?

Avec précaution, il suivit pas à pas tout le processus jusqu'au noyau central. Là, il demanda à ouvrir le dossier DÉFENSES DE LA VILLE.

En quelques secondes, le signal PRÊT se remit à clignoter. Il était dans la place ! Il tapa rapidement :

LISTE DE DÉFENSES DE LA VILLE.

L'ordinateur répondit :

ACCÉLÉRER REPRODUCTION. SCELLER CONTAMINATION. ARRÊTER INPUT NOYAU CENTRAL. RENDRE NOYAU CENTRAL MOBILE. LOCALISER TERMINAUX D'URGENCE. ISOLER PERSONNEL DE SURVEILLANCE.

Tremblant, Derec contemplait l'écran. Tout y était. Il décida d'essayer de tout arrêter et tapa :

REPRODUCTION ANNULÉE.

L'ordinateur n'hésita pas une seconde :

LES DÉFENSES DE LA VILLE NE PEUVENT ÊTRE ANNULÉES SANS JUSTIFICATION ET INPUT CONCERNANT MENACE OU CONTAMINATION ÉTRANGÈRES.

Derec tapa :

SUPPRESSION DE TOUTES INSTRUCTIONS PRÉCÉDENTES ET ANNULATION DE LA REPRODUCTION.

Et l'ordinateur répliqua :

SUPPRESSION IMPOSSIBLE DANS TOUTES LES CONDITIONS. LES DÉFENSES DE LA VILLE NE PEUVENT ÊTRE ANNULÉES SANS JUSTIFICATION ET INPUT CONCERNANT MENACE OU CONTAMINATION ÉTRANGÈRES.

C'était l'impasse. L'ordinateur refusait même de lui en parler s'il ne pouvait donner une raison acceptable de la suppression des mesures de sécurité, donc s'il ne pouvait déterminer les raisons de la mise en état d'alerte. Le système paraissait en béton. Il se remit au clavier.

RAISONS DE MISE EN ÉTAT DE DÉFENSES DE LA VILLE.

L'ordinateur répondit par un plan de la Cité des robots dont la forme changeait, en tournant lentement. Un minuscule voyant clignotait sur une partie intitulée secteur n° 4. En bas de l'écran, l'ordinateur écrivit :

CONTAMINATION ÉTRANGÈRE DANS LE SECTEUR N° 4.

Derec demanda :

NATURE DE LA CONTAMINATION ?

L'ordinateur répéta :

CONTAMINATION ÉTRANGÈRE DANS LE SECTEUR N° 4.

Il s'adossa confortablement et examina l'appareil. Le voyant pouvait représenter le cadavre de son sosie. L'appareil ne lui servirait pas à se disculper. Il commençait à comprendre pourquoi il lui était si facile d'atteindre le noyau central de ce terminal et il en reçut vite la confirmation quand il tapa :

LISTE DES PROCÉDURES POUR DÉSACTIVATION DES DÉFENSES DE LA VILLE.

L'appareil expliqua :

PROCÉDURE DE DÉSACTIVATION :

ISOLER CONTAMINATION OU PRÉSENCE

DÉFINIR NATURE DE LA MENACE

NEUTRALISER LA MENACE

FOURNIR LA PREUVE DE LA NEUTRALISATION PAR PROCÉDURE C-15.

Derec demanda :

LISTE PROCÉDURE C-15.

Et la réponse fut :

PROCÉDURE C-15 :

ISOLER NOYAU CENTRAL MOBILE

PÉNÉTRER DANS NOYAU CENTRAL

FOURNIR LE MOT DE PASSE DE SURVEILLANT

PROGRAMMER LA PREUVE DE LA NEUTRALISATION.

Derec considéra l'écran, dépité et stupéfait de ce qu'il voyait. Rien d'important ne pouvait être fait à partir de ce terminal, ni à partir d'aucun autre terminal de la ville. L'input devait arriver directement au noyau central et, à moins qu'il n'ait mal compris les mots « rendre noyau central mobile », celui-ci n'était pas stationnaire et fixe. Il était vagabond, il se déplaçait. Et, pour résumer philosophiquement toute l'affaire, un robot surveillant était nécessaire pour programmer les mesures de défense et les déprogrammer.

C'était là une défense idéale. La suppression des mesures de défense devait être délibérée et bien calculée, et avoir l'accord à la fois de la surveillance humaine et des robots. Encore une fois, le système était synnoétique et Derec, malgré sa déception, ne put que l'admirer. Il ne connaissait pas la cause de la contamination. Le noyau central se comportait correctement en refusant ses demandes de désactivation tant que tous les faits n'étaient pas donnés. Le problème, naturellement, c'était que la ville risquait de se tuer avant que les faits ne soient connus.

Derec se retrouvait à son point de départ, avec le meurtre de son jumeau. Il avait encore beaucoup à apprendre du bureau et de son terminal, mais il n'avait plus le temps. A regret, il se résolut à tout refermer en se promettant de revenir.

Il s'apprêtait à faire redescendre le terminal dans son tiroir quand une idée lui vint. Si le régisseur les observait réellement, peut-être y avait-il un dossier sur eux, avec des informations ? Ne connaissant pas son propre nom, il commença par un autre. Il fit revenir sur l'écran l'index des dossiers et tapa :

BURGESS, KATHERINE.

L'appareil répondit :

BURGESS, KATHERINE : VOIR DAVID.

La bouche sèche, le cœur battant, il tapa le nom du mort. L'ordinateur répondit immédiatement par une note ostensiblement rédigée par le régisseur lui-même :

TEST D'ASSIMILATION SUR DAVID 2 EFFECTUÉ COMME PRÉVU ET SANS INCIDENTS JUSQU'AU DÉCLENCHEMENT DU SYSTÈME DÉFENSIF DE LA VILLE ET LA MORT DU SUJET POUR CAUSES INCONNUES.

SANS INTERVENTION HUMAINE LES ROBOTS SONT INCAPABLES DE PRÉVENIR DÉGÂTS VITAUX PAR ULTRA-SUCCÈS DU PROJET URBAIN ET L'OPÉRATION SERAIT UN ÉCHEC TOTAL.

DAVID 1 ARRIVÉ POUR INTERVENIR DANS CATASTROPHE URBAINE ET PROCÉDER SELON TEST OPÉRATIONNEL ORIGINAL DE THÉORIES SYNNOÉTIQUES. RÉSULTATS RESTENT À VOIR.

UN FACTEUR INCONTRÔLÉ EST ARRIVÉ AVEC DAVID 1 SOUS LA

FORME D'UNE FEMME. ELLE SE FAIT MAINTENANT APPELER KATHERINE BURGESS POUR RAISONS INCONNUES. SON ULTIME INFLUENCE SUR L'OPÉRATION ET LA NATURE EXACTE DE SES DESSEINS SONT ENCORE À DÉTERMINER.

ELLE SERA ATTENTIVEMENT OBSERVÉE.

C'était tout, fin du dossier. Derec contempla un moment le curseur clignotant, l'esprit embrasé de mille pensées. Mais il en était une qui l'écrasait, qui se gravait dans son cerveau et le mettait à la torture. ELLE SE FAIT MAINTENANT APPELER KATHERINE BURGESS POUR RAISONS INCONNUES.

LA PIÈCE HERMÉTIQUE

Derec espérait que Katherine serait déjà partie avec Eve, mais elle l'attendait en compagnie de deux robots témoins. Elle souriait comme si elle était heureuse de le revoir. « Quelle comédienne », pensa-t-il. Il se demanda, une fois de plus, ce qu'elle cherchait en réalité, dans toute cette histoire. Il devait se remettre à l'observer, à se méfier. Peut-être se trahirait-elle. En attendant, il ne lui révélerait rien de ce qu'il avait vu.

– Comment ça a marché ? demanda-t-elle gaiement. (Mais aussitôt, remarquant le changement d'humeur de Derec, sa figure s'assombrit :) Quelque chose ne va pas ?

– Rien... Katherine, dit-il et son faux nom faillit lui rester dans la gorge. J'ai trouvé une issue vers la plate-forme du sommet et un ordinateur, mais rien qui nous soit utile ; il dit ce que nous savons déjà, qu'il nous faut d'abord résoudre le mystère du crime.

– Dans ce cas, nous devons cesser de perdre du temps et nous en occuper, dit-elle, soupçonneuse. Vous allez bien, vraiment ?

– A merveille, prétendit-il, furieux contre lui-même de vouloir rester près d'elle en dépit de ce qu'il avait appris, pensant que s'il avait un peu de bon sens, il la fuirait comme la peste. Allons-y !

Ils sortirent rapidement et discrètement de la tour

du Compas. Katherine ne cessait d'observer Derec à la dérobée. Il se forçait à la désinvolture pour qu'elle ne devine rien, mais cela lui était difficile. Il n'était pas aussi habile qu'elle aux subterfuges. Les robots ne faisaient pas attention à eux, ils s'étaient familiarisés avec la présence humaine.

Quand ils furent dans la rue, ils trouvèrent un tramway avec un robot-conducteur qui leur fit signe.

– Ami Derec ! appela le robot trapu.

– Qu'est-ce que c'est ? demanda-t-il.

– Le surveillant Euler m'a demandé d'être votre chauffeur, aujourd'hui, accédant à une précédente requête que vous lui avez présentée concernant le transport.

– Allons-y, dit-il en regardant Katherine, on dirait qu'on a confiance en nous. Un tram pour nous seuls !

– Il est contrôlé par radio, expliqua le robot utilitaire.

Derec fronça les sourcils.

– Quel est son rayon d'action ?

– Le rayon d'action du contrôle est approximativement équivalent aux limites de la ville.

– Ah ! Tu veux dire que le tramway ne fonctionne qu'à l'intérieur des limites de la ville ?

– C'est une juste estimation, dit le robot.

Katherine pouffa.

– Voilà ce que j'appelle de la confiance !

Il lui jeta un regard noir et monta dans le tramway.

– Monte à côté de moi, Reg, dit-il à son témoin.

Le petit robot obéit, laissant Katherine s'asseoir sur le siège de derrière avec Eve.

– Où allons-nous, monsieur ? demanda le conducteur.

Derec se tourna vers Katherine.

– Vous savez où nous allons ?

– Secteur n° 4, dit-elle.

Ils partirent rapidement. Derec profita du trajet pour récapituler les découvertes. Son nom, par exemple. Dans le fichier de l'ordinateur, il s'appelait David 1. Alors pourquoi était-il venu *après* David 2 ? Etait-ce simplement de la sténo d'expérimentateur ou le nom avait-il une autre signification ? Il lui paraissait... fabriqué. Mais les pensées inspirées par ce raisonnement l'affolèrent et il les chassa. Si son nom était réellement David, Katherine ne lui avait pas menti, sur ce point au moins.

Il y avait d'autres idées impliquées dans ces quelques paragraphes. Quel que soit le régisseur, il était évident qu'il connaissait David et Katherine, qu'il savait quelque chose de leur vie passée. Celui qui l'avait amené là l'avait donc connu avant sa perte de mémoire. Il fallait en déduire que le régisseur devait avoir une responsabilité quelconque dans son amnésie. Mais peut-être était-ce Katherine qui, pour des raisons connues d'elle seule, avait provoqué sa perte de mémoire.

Les implications des notes lues sur l'écran de l'ordinateur s'accumulaient. La ville était en effet considérée comme une expérience de synnoétique ; il en était certain à présent. Mais la raison de la mise en œuvre du système de défense restait floue : le régisseur n'en savait pas plus que lui.

Derec ne pouvait non plus deviner s'il avait été expressément amené pour aider la ville ou s'il était arrivé par hasard. Le régisseur aurait alors décidé de l'utiliser au lieu d'intervenir en personne ou de laisser l'opération se dérouler. Plus Derec trouvait de réponses à ses questions, moins il comprenait.

Ils arrivèrent sans difficulté dans le secteur n° 4. Eve effectua ses triangulations pour retrouver le chemin de la chambre close au sommet du piédestal. Derec regardait la ville se développer autour d'eux.

– C'est ici, annonça Eve. (Le tram s'arrêta au milieu d'une rue banale mais le témoin regarda de tous côtés et déclara :) Il semble que ce ne soit pas ici.

– Ça a bougé, c'est tout, dit Katherine. Nous allons continuer à pied.

Ils descendirent du véhicule et se mirent en marche, suivis par le tramway roulant au pas derrière eux.

– Vous êtes sûre que c'est la bonne direction ? demanda Derec au bout d'une centaine de mètres. Jusqu'où a-t-elle pu se déplacer ?

– Tout me paraît familier, ici.

– Toute la ville est pareille ! Je crois que vous ne...

– Là ! s'écria-t-elle en tendant le bras.

Une haute tour se dressait, isolée, au milieu d'une rue. Au sommet, il y avait une pièce unique, entièrement fermée à l'exception d'un gros trou rond découpé sur un côté.

– Laissons un témoin ici avec le tram, en cas de problèmes, conseilla Derec. Nous allons emmener Reg.

– D'accord, répondit Katherine et elle s'approcha du piédestal.

Derec la suivit et regarda l'escalier en spirale apparaître dès qu'elle toucha le socle.

– Vous n'allez pas en croire vos yeux, dit-elle en commençant à monter. Si cet homme n'est pas votre jumeau, il s'est vraiment donné beaucoup de mal pour être votre portrait craché.

Derec sourit faiblement, en se demandant, étant donné qu'il était le n° 1, lequel des deux était le portrait craché de l'autre.

Quand la jeune femme arriva au sommet elle l'attendit et lui dit :

– Entrez le premier. Après ce qui s'est passé, j'ai peur de mes réactions. Il faudra sans doute que je m'arme de courage.

– D'accord.

En s'approchant du trou, il eut lui-même le cœur serré à l'idée de se voir mort. Il passa vivement la tête à l'intérieur, avant de pouvoir changer d'avis.

La pièce était vide.

Il entra mais il n'y avait pas la moindre trace de cadavre, ni d'autre chose.

– Katherine ! appela-t-il. Venez donc.

Elle se pencha timidement par l'ouverture et ses yeux s'arrondirent.

– Où est-il passé ?

– J'allais vous poser la question, répliqua Derec. On dirait que le cadavre s'est levé et qu'il est parti.

– Ou qu'il a été emporté ! Rappelez-vous ce qui est arrivé quand il est mort. Un robot utilitaire a dû se battre pour l'arracher à des robots de contrôle des déchets. Ils ont peut-être mis la main dessus, cette fois.

– Personne n'est resté en surveillance pour éviter que ça ne se reproduise, quand vous vous êtes évanouie ?

– Je ne sais pas, dit Katherine et elle ressortit par le trou pour interroger son témoin. Eve ! Personne n'est resté pour le surveiller quand je me suis trouvée mal ?

– Non, cria le robot d'en bas. Vous étiez notre première priorité. Nous avons tous joué notre rôle pour vous transporter à la maison et vous donner des soins médicaux.

Katherine rentra dans la pièce.

– Personne n'est resté sur place, annonça-t-elle.

– J'ai entendu. Facile !

– Pour qui ? s'exclama-t-elle. Où voulez-vous en venir ?

– A rien. Je suis... déçu.

– Déçu ? Vous ? Comment vais-je pouvoir quitter cette ville, à présent ?

Elle alla s'asseoir par terre, adossée au mur, un feu sombre brûlant dans ses yeux.

– Je vous reconnais bien là ! dit-il méchamment. Vous ne pensez qu'à votre petite personne alors que le monde entier s'écroule autour de vous !

– A quoi devrais-je penser ? Aux tas de boulons qui gouvernent cette ville et qui n'ont même pas assez de bon sens pour s'empêcher de se détruire eux-mêmes ?

– Comme toutes les autres civilisations humaines, rétorqua-t-il. Oui, pensez à eux !... Nous n'avons peut-être pas besoin d'un cadavre pour ça. Il nous suffirait de recréer les circonstances.

– Vous voulez dire que nous pourrions essayer de reproduire les circonstances de ce qui est arrivé au mort ?

– Bien sûr. L'ordinateur du bureau dit qu'il y a un danger de contamination étrangère. Voyons si nous pouvons en reproduire les conditions.

– Ai-je besoin de vous rappeler que le dernier homme qui a eu à les affronter est mort ? demanda-t-elle en se relevant.

Il passa devant elle, ressortit sur la plate-forme dont les bords étaient verticaux, et regarda les robots se hâter dans la rue vers des missions urgentes. Une minute plus tard, elle le rejoignit.

– Quel choix nous reste-t-il ? demanda-t-il.

– Aucun. Nos problèmes, le vôtre et le mien, sont liés au crime. Nous devons faire ce qu'il faut pour l'éclaircir.

– Examinons ce que le témoin vous a dit. Cherchons des indices.

– Il n'y a pas grand-chose. Il était déjà enfermé, et furieux, quand les robots sont arrivés pour le délivrer. Il ne savait pas pourquoi il avait été enfermé. Quand ils ont percé un trou pour le faire sortir, son comportement paraissait un peu anormal, il avait mal à la tête et s'était blessé au pied.

– N'avez-vous pas eu mal à la tête, hier soir ?

Elle réfléchit un instant.

– J'ai supposé que c'était un résultat de ma syncope.

– Ce n'était qu'une idée. Je cherche à me raccrocher à n'importe quoi, avoua-t-il.

– Bref, il est parti, contre le conseil du surveillant, et il a été trouvé mort peu après. Quand le robot utilitaire a voulu retourner le cadavre pour tâter son pouls, une autre pièce s'est refermée et le robot a pu s'échapper grâce à la rapidité de ses réflexes. Voilà toute l'histoire.

Il s'appuya des deux mains sur le parapet de la plate-forme ronde et chercha à raisonner comme le ferait un ordinateur.

– Vous savez, dit-il au bout d'un moment, cette expression, « contamination étrangère », pourrait couvrir bien des choses. Superficiellement, les êtres humains et leur composition sont évidents. Mais, sous la surface, à l'intérieur du corps, nous avons tous une bizarre collection de microbes et de virus « étrangers ».

– Le pied blessé, murmura Katherine. Cette idée m'est venue, en effet. Mais je n'ai pas su la rapporter au meurtre. J'ai supposé que c'était sans conséquence.

– Moi aussi. Mais je commence à penser que, peut-être, cette énigme dépasse le niveau de l'évidence...

Derec s'accroupit et examina le morceau découpé de ville-robot tombé sur la plate-forme.

– Qu'est-ce que vous faites ? demanda Katherine.

– Ce bloc a été prélevé sur le tout. Il n'est plus relié à la ville, ni à sa source de programmation.

– Alors ?

– Il est mort. Il est dans l'incapacité de me protéger de ses bords coupants.

– Vous allez vous blesser ! cria-t-elle.

– C'est le seul moyen de mettre à l'épreuve notre hypothèse, dit-il en repoussant une manche de sa combinaison.

Reg avança la tête hors de la pièce.

– S'il vous plaît, ami Derec, ne faites rien qui puisse causer une blessure à votre corps.

Derec n'écouta ni Katherine ni Reg et frotta son avant-bras nu sur le tranchant du morceau mort de la ville, provoquant une entaille de cinq centimètres de long. Puis il se releva, grimaçant de douleur, et regarda le sang couler de sa plaie.

– Rien encore, dit Katherine.

– Tentons une expérience, répondit Derec en retournant son bras pour que des gouttes de sang tombent sur la plate-forme. La seconde pièce scellée ne s'est construite que lorsque le robot utilitaire a retourné le cadavre. La gravité, peut-être...

– Derec ! hurla Katherine.

A peine les premières gouttes de sang étaient-elles tombées que les bords de la plate-forme commencèrent à s'élever de plus en plus haut, comme pour les enfermer.

– Sortons d'ici ! s'exclama Derec.

Il courut à l'escalier tandis qu'un pan de mur s'arrondissait au-dessus de sa tête, comme une vague déferlante.

Katherine sur ses talons, il arriva aux premières marches mais les vit disparaître avant qu'il n'ait eu le temps d'y poser le pied. Au-dessus d'eux, le plafond de la pièce existante s'étirait pour rejoindre l'arête du parapet et s'y souder. L'escalier avait cédé la place à une paroi lisse et abrupte.

– Faisons le tour ! cria Derec en se mettant à courir. Nous pourrons peut-être devancer la fermeture !

Il avait retourné son bras et formait un garrot avec son autre main pour empêcher le sang de couler, mais cela ne servait à rien. La ville-robot l'avait isolé comme étant le porteur de germes étrangers et réagissait à son corps même, pas au sang qui s'égouttait de sa blessure.

Ils firent le tour de la pièce pendant que la pièce se scellait autour d'eux pour les enfermer.

Les murs existants se fondirent et se combinèrent avec le sol. En moins d'une minute, ils se retrouvèrent enfermés dans une pièce hermétique, exactement comme celle dont le premier David avait été délivré.

UN AIR EMPOISONNÉ

Derec et Katherine étaient assis par terre au milieu de la pièce et Reg, enfermé avec eux, se penchait sur Derec pour le regarder envelopper son bras coupé avec une bande de tissu déchirée de sa combinaison.

– Crois-tu qu'Eve va alerter les secours ? demanda-t-il au robot.

– Non. Eve ne percevra pas de danger pour vous. Etes-vous en danger ?

– Et le robot utilitaire ? demanda Katherine sans répondre à la question de Reg. Le robot utilitaire fera-t-il venir des secours ?

– C'est dans le domaine des prérogatives d'un robot utilitaire, répliqua Reg en se redressant puis il roula lentement tout autour de la pièce en examinant tout en détail pour en témoigner plus tard, car il prenait son travail très au sérieux.

Derec laissa pendre les deux extrémités de son bandage serré et tendit le bras à Katherine pour qu'elle les attache.

– Puis-je me fier à vous pour faire un nœud solide ? demanda-t-il.

– Qu'est-ce que ça veut dire, ça ?

– Rien.

Elle fronça les sourcils tout en serrant le nœud, ravie de le voir grimacer.

– Que s'est-il passé dans le bureau ? Vous m'avez

traitée comme si j'étais votre pire ennemie depuis que vous en êtes sorti.

– Vous avez vos secrets, j'ai les miens. Restons-en là.

– Je ne demande pas mieux. Tout ce que je veux, c'est que nous sortions d'ici ensemble, je lancerai un appel de détresse par hyperondes et vous serez débarrassé de moi, en moins d'une journée. Vous pourrez rester à pourrir ici, je m'en moque.

– Nous allons pourrir ici tous les deux !

– Que voulez-vous dire ?

– Rien.

– Vous êtes odieux ! cria-t-elle. Dites-moi ce que vous voulez dire ! Pourquoi dites-vous que je vais moi aussi pourrir ici ?

– Pour rien.

– Ce sont les hyperondes, n'est-ce pas ? Ils ne nous donneront pas accès aux hyperondes ?

– Ce n'est pas ça, c'est...

– C'est quoi ? Hein ? Quoi ?

Il renversa la tête en arrière et ferma les yeux.

– Il n'y a pas d'émetteur hyperondes, révéla-t-il.

Elle recula et se ramassa sur elle-même.

– Vous mentez, dit-elle mais il vit qu'elle le croyait.

– Les robots n'ont aucun contact avec l'extérieur, expliqua-t-il. Ils n'ont pas de cosmoport pour l'atterrissage de vaisseaux. Ils n'ont pas d'hyperondes, ni même de matériel pour en fabriquer. Ils ont toujours été évasifs à ce sujet, à cause de l'état d'alerte.

– Pourquoi avez-vous attendu jusqu'à maintenant pour me le dire ?

– Je vous l'ai dit... vous avez vos secrets, j'ai les miens.

– Ah ! Je comprends ! Chacun sa liberté, chacun pour soi.

– Quelque chose comme ça, reconnut-il en se demandant pourquoi il souffrait tant de l'avouer.

Elle se leva pour s'écarter de lui et alla s'asseoir dans l'autre angle de la pièce.

– Eh bien, peut-être pourrions-nous travailler ensemble à résoudre le crime, dit-elle.

– Je...

– Ensuite, je vous serais reconnaissante de ne plus vous approcher de moi. Nous nous occuperons chacun de nos propres problèmes.

– D'accord.

– Dites-moi, si ce n'est pas un trop grand secret, pourquoi la pièce s'est refermée autour de nous à la suite de votre blessure ?

– Ce n'est qu'une hypothèse, rien de plus. La ville-robot est programmée pour protéger ses habitants humains et ses robots, et pour se défendre contre tout ce qui lui est étranger. Apparemment, mon sang est très bien à l'intérieur de mon corps mais dès qu'il en sort, ses microbes naturels sont reçus comme des corps étrangers et déclenchent le système d'alerte. Le programme de la ville doit être très compliqué. L'omission est évidente. Elle peut avoir été une erreur ou un obstacle volontaire pour mettre à l'épreuve la faculté des robots et des humains habitant ici de contrôler leur propre système.

– Que faisons-nous maintenant ?

– Quand nous serons sortis, si je peux avoir accès au noyau central avec l'aide d'un des surveillants, je reprogrammerai le noyau pour qu'il accepte le sang humain comme un composant naturel du corps de la ville. Dans cette atmosphère stérile, il est parfaitement compréhensible qu'une telle erreur ait pu se produire. Il se pourrait même que ce soit pour la ville un moyen de se protéger de l'infection.

– Mais comment David est-il mort ?

– D'une hémorragie, peut-être ? hasarda Derec.

– Impossible. Il y avait très peu de sang. Sa coupure était plus petite que la vôtre.

– Que reste-t-il ? Sa mort est peut-être un incident sans rapport avec la perte de sang.

Elle parut sceptique.

– Ça fait beaucoup de coïncidences, Derec. Des coïncidences mortelles, par-dessus le marché.

Il se leva et se mit à arpenter la pièce.

– Vous avez raison, naturellement. Mais quelles autres pistes avons-nous ? Tout doit être lié, mais comment ? Le seul rapport est le fait que vous êtes tous deux sortis d'une pièce hermétique avec la migraine.

– Nous avons un autre problème, dit-elle en le regardant aller et venir dans l'espace étroit. Quand je suis entrée dans cette pièce pour la première fois et que j'ai découvert le corps, elle était hermétiquement fermée.

Il s'arrêta et la regarda.

– Jamais la ville ne nous garderait enfermés sans air. Ce serait une transgression de la Première Loi, si nous mourions.

– C'est ce qui est arrivé à David.

– David était déjà mort quand cela lui est arrivé. Cela confirme d'ailleurs mon hypothèse. Quand le robot utilitaire l'a retourné pour chercher des signes de vie, la gravité a fait couler encore un peu de sang de sa petite plaie. La pièce ne s'est pas mise en relation avec David en tant qu'humain puisqu'il était mort. Elle s'est simplement braquée sur l'infection. Nous sommes encore en vie et la ville-robot le sait. Quoi que puisse être ce lieu de fous, il est robotiquement dirigé. *Ipso facto*, nous sommes en sécurité de ce côté-là.

– Il n'empêche que je serai heureuse quand j'en serai sortie.

– Moi aussi.

– Vous rendez-vous compte, Derec, dit-elle d'une voix grave, que nous sommes en train de reconstituer l'affaire ? Nous passons exactement par la même suite d'événements que David, avant sa mort.

– Je sais. Que pouvons-nous faire d'autre ?

Ils se dévisagèrent ; le témoin enregistrait tout. Ils restèrent assis pendant un long moment. Bien plus que le temps qu'il aurait fallu. Un surveillant aurait eu largement le temps d'arriver.

Tantôt Derec cherchait des moyens de résoudre ce dilemme, en se demandant ce qu'il allait faire de Katherine, tantôt il regardait sa montre. L'après-midi fit suite à la matinée et Derec, qui ne s'inquiétait pas de l'air existant dans la pièce, eut soudain terriblement soif. Les robots les avaient peut-être complètement oubliés, ou ils ne pouvaient les retrouver.

– Ami Derec ! cria soudain une voix à l'extérieur. Amie Katherine ! C'est moi, Wohler, le philosophe.

Derec jeta un coup d'œil à sa montre. Il était près de 17 heures, ce qui signifiait que la pluie n'allait pas tarder.

– Nous sommes ici ! cria-t-il. Peux-tu nous délivrer ?

– Un philosophe aurorain, répondit Wohler d'une voix forte, a dit un jour : « La liberté est une condition de l'esprit et le meilleur moyen de l'assurer est de l'engendrer. » Derec ! Nous avons été retenus par les excavations dans la mine, mais j'ai maintenant une torche à laser pour vous faire sortir. Je suis devant le mur ouest de cette pièce. Je vous demande aimablement de vous retirer contre le mur est, pour éviter la torche, dans la mesure du possible.

Derec était assis contre le mur ouest. Il se leva immédiatement et alla se placer à côté de Katherine, qui le regarda d'un œil inexpressif.

– Tu peux y aller ! cria-t-il en mettant ses mains en porte-voix.

Reg s'approcha du mur ouest pour être témoin, de l'intérieur, du travail de la torche.

Malgré l'épaisseur du mur, ils entendaient le sifflement du chalumeau. Derec glissa le long du mur pour s'asseoir à côté de Katherine. Leurs bras se frôlèrent et tous deux eurent un mouvement de recul.

– Quelque chose ne va pas, dit-elle. Quelque chose ne va pas du tout, j'en ai l'impression.

– Je sais. Mais quoi ?

Un petit cercle commença à rougir à blanc sur l'intérieur du mur. Bientôt, un trou se forma, révélant l'extérieur à travers une brume de chaleur.

Derec regarda le trou s'agrandir tout en réfléchissant furieusement. Il songea aux maux de tête, à un comportement anormal, au sang et à sa composition... puis il pensa à la nature de la ville-robot.

– Arrêtez ! hurla-t-il en se levant d'un bond pour courir vers le halo de métal rougi, aussi près qu'il l'osait. Eteins la torche !

– Derec ! s'exclama Katherine en commençant à se relever.

Il se couvrit la bouche d'une main et ordonna :

– Couchez-vous ! Mettez-vous à plat ventre et couvrez votre bouche !

– Qu'y a-t-il ? demanda Wohler à l'extérieur tandis que le sifflement de la torche s'amenuisait. Que se passe-t-il ?

– Il est impossible d'utiliser la torche contre le mur ! répliqua Derec.

– Je ne comprends pas.

Wohler se baissa pour appliquer un œil au trou et regarder à l'intérieur. Derec recula et alla s'allonger à côté de Katherine.

– Y a-t-il un moyen de nous envoyer de l'oxygène ? demanda-t-il.

– Nous sommes venus dans un tout nouveau véhicule de secours d'urgence, répliqua Wohler. Le matériel de secours contient des bouteilles d'oxygène.

– Va en chercher une ! Vite !

– La pluie menace. Nous devons nous dépêcher de vous faire sortir, objecta le robot.

– Ecoute ! Le matériau dont est faite la ville est une sorte de peau métallique, un alliage de fer et de plastique. Une grande quantité d'oxyde de carbone entre dans sa composition, comme agent réducteur. Ta torche libère de l'oxyde de carbone, un gaz très toxique. En découpant une issue, tu fais de cette pièce une chambre à gaz et tu nous tues !

– Le robot utilitaire est parti chercher l'oxygène, répondit Wohler. Je vous présente mes excuses.

– Tu ne pouvais pas le savoir, dit Derec et il examina Katherine. Ça va ?

– Jusqu'à présent, oui. Vous êtes sûr de ce que vous dites ? David n'est mort qu'après, hors de la chambre.

– Ça ne change rien. L'oxyde de carbone à fortes doses agit progressivement sur le système sanguin, se mélange à l'hémoglobine et prive les tissus d'oxygène. Son mal à la tête et son comportement anormal étaient les premiers symptômes de son intoxication, et la narcose, si elle n'est pas immédiatement traitée grâce à des doses massives d'oxygène, finit par se répandre dans tout le corps. C'est ce qui l'a tué.

– Et ma migraine ?

– Vous êtes entrée dans la pièce où se trouvait le cadavre dès que le mur a été percé. Vous vous êtes indiscutablement sauvé la vie en tournant de l'œil, parce qu'on vous a tout de suite transportée dehors, ce qui a limité votre exposition au gaz. L'oxyde de carbone est incolore, inodore et sans saveur. Vous n'auriez jamais su ce qui vous arrivait.

– L'oxygène est ici, Derec ! annonça Wohler en plaçant un embout tout contre le petit trou.

– Venez, dit Derec à Katherine et tous deux se traînèrent vers l'orifice pour respirer.

Derec ressentait un léger début de migraine mais il était certain qu'elle ne s'aggraverait pas.

Les robots vidèrent la bouteille d'oxygène et en

entamèrent une autre. Quand elle fut vide, Wohler revint à l'ouverture.

– La pluie est imminente, dit-il. Comment allons-nous vous faire sortir ? Nous n'avons rien pour couper ce mur. Notre équipement lourd ne peut être transporté à cette hauteur, tout au moins pas avec la pluie qui menace. Devons-nous vous laisser ici pour la nuit ?

– Non, répliqua Derec. Je dois descendre dans le souterrain et rapporter cette information au noyau central.

– La pluie est dangereuse pour moi aussi, ami Derec, dit Wohler. Je vais devoir m'abriter bientôt.

– D'accord. Reste avec moi aussi longtemps que tu le peux. Laisse-moi réfléchir une minute.

– Derec... hasarda Katherine.

– Chut ! Pas maintenant.

– Pensez à votre bras. Rappelez-vous où vous l'avez blessé, et comment.

– Mon bras ? Je...

Il le leva, regarda le pansement imbibé de sang, sentit la pulsation douloureuse.

– Je l'ai coupé sur le morceau mort de ville-robot...

– Parce que... ?

– Parce que c'était le seul morceau de la ville qui m'a *permis* de me blesser ! s'écria-t-il en plaquant ses deux mains sur le mur. J'y suis, Wohler ! Recule ! Nous sortons.

Sur ce il leva la main droite et enfonça son index dans le petit trou aux bords calcinés. Dès que son doigt effleura les bords coupants, le trou s'élargit. Il passa alors son poing et le trou s'élargit encore. Ce fut ensuite au tour de son bras, suivi de la tête et des épaules. Quelques secondes plus tard, Derec était debout sur le disque de la plate-forme dont les bords se relevaient pour le protéger. Katherine le suivit et tous deux se tournèrent face à un vent aigre et à une vue sauvage d'énormes nuages violacés zébrés d'éclairs.

– Nous devons partir ! dit Wohler avec insistance, son corps doré étincelant dans les reflets de l'orage.

Katherine quitta tout à coup le groupe et s'élança vers l'escalier.

– Où allez-vous ? lui cria Derec mais elle ne répondit pas et descendit en trombe.

– Elle va se mettre à l'abri, sans doute, dit Wohler pendant que Reg sortait à son tour par le trou dans le mur.

– Peut-être...

Mais quand Derec arriva à l'escalier, Katherine avait déjà sauté dans le tramway qui attendait docilement. Elle lança des ordres au conducteur utilitaire et le véhicule partit à vive allure dans le crépuscule.

– Que se passe-t-il ? demanda Wohler qui suivait Derec dans l'escalier.

– Je crains qu'elle ne commette une folie, marmonna le jeune homme en se rappelant la conversation qu'ils avaient eue en attendant les secours.

Ils coururent au véhicule de secours avec lequel Wohler était venu.

– Nous devons vous reconduire à l'appartement avant la pluie, dit le robot.

– Non ! Conduis-moi à la mine. J'attendrai là-bas la fin de l'orage. Ensuite, il faut que tu ailles à la recherche de Katherine. J'ai peur de ce qu'elle va faire.

La foudre tomba au sommet du piédestal, juste derrière eux, dans un fracas assourdissant, répandant une odeur de fumée et de métal surchauffé.

– Mais où a-t-elle pu aller, ami Derec ? demanda Wohler en montant derrière lui dans le grand camion blanc.

– A la tour du Compas. J'ai peur qu'elle n'escalade la tour du Compas !

LA TROISIÈME LOI

La station d'extraction du secteur n° 4 était à moins de dix minutes de la chambre hermétique ; Wohler conduisait le véhicule de secours au maximum de sa vitesse, tout en laissant une marge de sécurité pour les passagers.

Derec regardait défiler la ville à toute allure ; la valse d'expansion automatique continuait en dépit de l'obscurité croissante, et en dépit de l'aspect suicidaire de son obstination. Il avait peur pour la ville, peur pour Katherine ou quel que soit son nom. Elle allait chercher la clef du Périhélion, il en était certain, elle voulait s'évader par le seul moyen qu'elle connaissait. Il ne pensait pas que la clef lui serait d'un grand secours mais il ne pouvait guère lui en vouloir de tenter sa chance. Ce qui l'effrayait, c'était le danger auquel elle s'exposait en allant chercher la clef sous la pluie. Il serait bien parti seul à sa poursuite mais, après avoir subi les effets ravageurs du climat de la Cité des robots, il savait qu'il ne pourrait guère lui venir en aide en plein orage. Seul un robot aurait une chance de réussir.

– Vous pensez qu'elle est allée à la tour du Compas ? demanda Wohler.

– J'en suis sûr.

– Elle aura peut-être le temps d'entrer se mettre à l'abri, avant la pluie.

Derec le regarda, puis il posa une main sur le bras doré scintillant.

– Elle n'entrera pas. Elle essaiera d'escalader la pyramide.

– Pourquoi ?

– Nous y avons caché quelque chose, un objet qu'elle veut récupérer.

– Je dois y aller, déclara Wohler sans hésiter. Elle va être tuée.

– Quels sont les effets de la pluie sur toi ? demanda Derec en descendant du camion.

– La pluie normale ne me fait rien. La pluie de la ville s'insinue entre mes plaques et atteint mon système électrique. Les limites des dégâts, à ce point, sont affaire de spéculations négatives.

– Je ne sais que te dire... Si tu n'y vas pas...

– Katherine mourra, acheva le robot. Vous n'avez rien à me dire. Mon devoir est là. Adieu, Derec.

Wohler se retourna pour s'assurer que les témoins avaient quitté le véhicule, puis il repartit à une vitesse ne comportant pas la marge de sécurité qu'il avait conservée tant que Derec était à bord.

– Venez avec moi, dit le jeune homme aux deux témoins et il partit vers l'entrée, maintenant fermée, du souterrain.

Malgré ses craintes pour la sécurité de Katherine, il avait des choses à faire. Avec son explication du meurtre et le rapport entre la mort et les défenses de la ville, totalement soutenu par le témoignage de Reg, il n'avait aucun doute de pouvoir au moins toucher le noyau central et arrêter la reproduction de la ville. Cela n'empêcherait pas la pluie de la nuit, ni même de futures pluies dans les premiers temps, mais ce serait tout de même un commencement.

Il ouvrit la porte extérieure et dévala rapidement les marches vers la grande salle de réserve, à présent déserte, et sa rangée d'ascenseurs. Ce n'était pas la station d'extraction qu'il avait visitée, mais elle était en tout point semblable.

Il prit un ascenseur identique à celui qu'il avait pris avec Avernus, y entra avec les témoins et appuya sur la flèche de descente. La cabine entama son long trajet vers les galeries et les cavernes.

Les portes s'ouvrirent enfin sur l'immense salle bourdonnante d'activité, où la construction de la Cité des robots se poursuivait sur le même rythme frénétique. Aucun surveillant n'était en vue. Derec crut distinguer de l'activité dans un des tunnels obscurs et inutilisés de la mine, à l'extrémité ouest de la caverne.

Il s'engagea dans le flot de robots et de véhicules, s'arrêta et s'arma de courage. De l'assurance, disait Avernus. Pendant qu'il hésitait encore, un train de wagonnets lui passa sous le nez à cent à l'heure, si près que le déplacement d'air lui souleva les cheveux.

De l'assurance, c'était le seul moyen.

– Restez avec moi, dit-il aux témoins.

Puis il se tourna vers sa destination et ferma les yeux avant de faire hardiment un premier pas dans la cohue.

Il marcha rapidement, sans hésiter, en s'efforçant de détourner sa pensée des robots et des véhicules qui l'effleuraient à peine en le croisant et en le dépassant. De temps en temps, il ouvrait un œil, juste un instant, pour s'assurer qu'il allait toujours dans la bonne direction. Puis il le refermait bien vite et se remettait en marche.

Il traversa la grande salle en dix minutes, sans mésaventure. En arrivant dans la zone sûre de l'entrée de la mine, il poussa un soupir de soulagement et s'aperçut qu'il avait retenu son souffle pendant presque toute la traversée.

Un robot utilitaire, à l'entrée, se servait d'un système de poulies, au plafond, pour retirer les batteries à plat de plusieurs trains de wagonnets, et les remplacer par des batteries chargées.

– Robot ! lui cria Derec. Dis-moi où trouver le surveillant Avernus.

L'utilitaire montra le fond de la galerie.

– Ils sont en train de lâcher de l'eau du réservoir dans les tunnels abandonnés. Cela risque d'être dangereux pour les humains.

– Merci, dit Derec et il montra un des trains. Celui-ci est rechargé ?

– Oui.

– Merci encore, dit Derec en s'installant au mécanisme de direction. Eve, Reg, montez.

Tandis que les robots montaient à l'arrière, le robot utilitaire cria à Derec :

– Vous ne m'avez pas entendu ? Cela risque d'être dangereux pour des humains, là-bas.

– Merci ! répéta Derec en agitant la main.

Il mit en marche le moteur électrique et dirigea le véhicule dans le tunnel obscur.

En roulant à vive allure par les galeries, où il notait la distance en comptant les lumières rouges qui les ponctuaient sur toute leur longueur, il croisa d'autres trams chargés de robots. Ils étaient couverts de terre et beaucoup d'entre eux avaient des appendices inertes, court-circuités. Et ils avaient la mine sombre, même pour des robots. Derec eut le temps d'en voir un dont la tête grillait ; des gerbes d'étincelles et des arcs électriques allaient de ses photocellules à son micro.

Derec roula pendant plusieurs kilomètres pour arriver à l'excavation. C'était celle où des robots travaillaient la veille, mais abordée par l'autre côté. Un tunnel subsidiaire en pente avait été creusé mécaniquement jusqu'à la galerie déjà existante où une tranchée avait été pratiquée pour recevoir l'eau. Elle était vide. Euler et Rydberg étaient penchés au-dessus et regardaient en direction du nouveau tunnel pendant qu'Avernus triait les robots endommagés pour les renvoyer à la grande salle.

Derec s'approcha d'Euler.

– J'ai résolu l'énigme du meurtre, annonça-t-il sans préambule.

Rydberg et Euler se retournèrent.

– Quelle était la cause ? demanda Rydberg.

– Intoxication au gaz de carbone. Quand on a utilisé le chalumeau à laser pour délivrer David de la pièce fermée, la chaleur a dégagé de l'oxyde de carbone dans l'espace clos.

– C'était notre faute, conclut Euler.

– C'est un regrettable accident, rectifia Derec. J'ai des témoins.

Eve et Reg se hâtèrent de le rejoindre.

– Deux minutes ! cria Dante.

Le petit robot était assis à un terminal branché à l'arrière d'un tramway, ses longs doigts tapant à une rapidité incroyable sur le clavier.

– Deux minutes jusqu'à quoi ? demanda Derec.

– Jusqu'à ce que la charge explosive que nous avons placée près du mur du réservoir amène l'eau, répondit Euler.

– Je sais pourquoi la ville est en état d'alerte de sécurité, reprit Derec. C'est à cause du sang de David. Quand il s'est coupé, le sang qui est tombé sur la ville-robot a été pris, à tort, pour une présence étrangère, à cause des organismes qu'il contient. Mes témoins vous le diront.

– Nous avons besoin de transmettre cette information au noyau central pour arrêter la reproduction, si nous en avons le temps, dit Euler.

– Comment, si nous en avons le temps ? s'étonna Derec.

Avernus vint se joindre au groupe.

– Nous avons trouvé une caverne qui peut contenir toute l'eau du réservoir, nous l'avons trouvée grâce à votre sonogramme. Malheureusement, il faut beaucoup creuser pour l'atteindre, dit-il en montrant la tranchée. Cette diversion ne fera que remettre d'une journée l'inévitable et ensuite, au lieu de déborder là-haut, l'eau débordera ici, dans les tunnels.

– Où est le noyau central ? demanda Derec. Si nous pouvons le trouver et arrêter la production, nous pourrons utiliser les grands extracteurs et les pelleteuses pour réussir avant la pluie de demain.

Avernus se tourna vers Dante et le regarda par-dessus les têtes des autres robots.

– Où est le noyau en ce moment ? lui cria-t-il.

Les doigts du petit robot voletèrent sur les touches.

– Même avec les machines, dit Euler, il nous faudrait commencer à creuser presque immédiatement pour atteindre la caverne à temps.

– Le noyau est dans la galerie J-33, en ce moment, annonça Dante, et se dirige vers le sud-sud-ouest à dix kilomètres à l'heure.

Il hésita un instant et ajouta :

– Vingt centades.

Avernus se détourna brusquement.

– C'est... c'est désolant.

– Qu'est-ce qui est désolant ? demanda Derec.

Tout à coup, un fracas terrible secoua le tunnel et une averse de terre et de cailloux leur tomba sur la tête. Derec faillit perdre l'équilibre sur le sol mouvant. Quelques secondes plus tard, un sourd grondement se répercutait dans toute la mine, augmentant d'intensité de seconde en seconde.

– C'est désolant, expliqua Euler en criant dans le bruit tonnant, parce que le noyau central est dans la galerie J-33, du mauvais côté de la tranchée, et la pluie commence à tomber dehors.

Au même instant, des trombes d'eau se ruèrent en rugissant dans la tranchée, blanches et bouillonnantes, dangereuses et sauvages. Derec regarda avec une fascination horrifiée disparaître sa seule voie possible vers le noyau central, sous une rivière furieuse qui n'existait pas une seconde plus tôt.

L'humeur de Katherine était aussi sombre que les nuages pendant que son tram filait à travers les rues de la Cité des robots en direction de la tour du Compas.

– J'ai peur que nous n'ayons pas le temps d'arriver avant la pluie, lui dit le conducteur utilitaire. Nous devons nous mettre à l'abri.

– Non ! cria-t-elle, résolue à ne pas les laisser lui voler sa dernière miette de libre arbitre. Continue ! Vite ! Plus vite !

– Ce sera dangereux pour vous, là-bas, insista le robot. Je ne peux pas, en toute conscience, vous conduire plus loin.

Katherine allait répliquer avec emportement mais elle eut peur d'éveiller les soupçons du robot.

– Très bien. Arrête-toi près du prochain immeuble.

– Certainement, répondit l'utilitaire puis il amena le véhicule devant un grand édifice portant les mots MUSÉE DES ARTS en lettres de métal, au-dessus de la porte.

Il descendit et prit Katherine par le bras pour la guider.

– Par ici, s'il vous plaît, dit-il et elle commença à penser que les robots avaient eu des conférences sur la duplicité des hommes.

Elle se laissa piloter jusqu'à l'intérieur du bâtiment.

– C'est le projet du surveillant Arion, lui dit son robot. Pour faire plaisir aux habitants humains.

Elle regarda autour d'elle, tout en notant que le robot avait employé le mot habitants, et non visiteurs. Cela ne fit que confirmer ce dont elle se doutait déjà. Ils ne la laisseraient pas repartir. Ils n'avaient aucune intention de la laisser partir un jour. Ces robots avaient besoin de servir et ils garderaient les maîtres comme leurs esclaves, pour le seul fait d'avoir des maîtres.

Le rez-de-chaussée du musée était plein de sculptures géométriques, dont beaucoup étaient faites dans le matériau de construction de la ville ; elles bougeaient suivant des séquences propres changeant constamment de formes.

Au bout d'un moment, elle demanda :

– S'il te plaît, serait-il possible de contacter Derec pour lui dire où nous sommes ? J'ai peur qu'il ne s'inquiète.

– Il y a un terminal dans le bureau du conservateur, répondit le robot. Voulez-vous que je l'appelle pour vous ?

– Oui, s'il te plaît. Je t'en serais très reconnaissante.

Le robot partit aussitôt. Dès qu'il fut hors de vue, au fond du bâtiment, elle tourna les talons et se précipita dehors.

Elle courut vers le tram et prit la place du conducteur. Le véhicule démarra docilement. Elle ne savait pas quelles rues la conduiraient à la pyramide, mais la hauteur de la tour en faisait un phare. Elle se contenta d'aller dans sa direction.

Tout en conduisant, elle se concentrait sur son plan. La pluie n'allait pas tarder et elle ne voulait pas être surprise sous le déluge, mais cela en vaudrait la peine, pour fuir cette ville. Derec disait qu'il y avait une trappe entre le bureau et la plate-forme du sommet. Son intention était de pénétrer dans l'édifice, et de monter au sommet. La clef était cachée à mi-hauteur, sur la façade, et il serait plus facile et plus rapide de descendre de la plate-forme plutôt que de grimper.

Le tonnerre grondait, le vent soulevait ses longs cheveux qui lui fouettaient le visage. Elle avait froid mais elle chassa de son esprit toutes ces petites misères humaines pour ne penser qu'à son objectif. Pourquoi lui avait-il fait ça ? Pourquoi était-il passé dans l'autre camp ? La ville était devenue l'obsession de Derec. Il ne comprenait pas qu'elle avait besoin de liberté, qu'elle ne pouvait vivre éternellement entre ces murs.

La pyramide se dressa soudain devant elle, illuminée par la foudre qui frappait sa façade. Katherine s'arrêta dans un dérapage et, au moment où elle sautait de son véhicule, elle entendit du bruit derrière elle.

A moins de deux cents mètres, le robot nommé Wohler accourait pour l'intercepter. Elle se précipita vers l'entrée de la tour. Le matériau de la ville fondit à son approche, pour l'accueillir à l'intérieur.

Une fois là, elle ne sut où aller. Tout ce qu'elle savait, c'était qu'elle devait monter. Elle courut dans le dédale de corridors, sans manquer une occasion d'emprunter des escaliers ou de prendre un ascenseur. Elle était arrivée à peu près à mi-hauteur quand elle entendit des haut-parleurs invisibles annoncer sa fuite et donner des ordres pour son arrestation.

Elle redoubla de vitesse. Son seul espoir était d'arriver dans la zone interdite avant d'être repérée.

Elle courut sans être vue dans les couloirs exigus des étages supérieurs et atteignit enfin le dernier ascenseur. Un technorobot doté de bras soudeurs la vit alors qu'elle se jetait dans la cabine. Le cœur battant, elle pressa la flèche pour monter et fut catapultée à toute vitesse vers le sommet.

La porte coulissa et elle se remit à courir. Il y avait maintenant des voix derrière elle, qui criaient son nom. Elle vira à angle droit, monta par une courte rampe et déboucha, hors d'haleine, dans le couloir interdit juste au moment où les robots allaient mettre la main sur elle.

Elle se rua sur la porte donnant dans le bureau.

– Katherine !

Reconnaissant la voix de Wohler, elle se retourna pour l'affronter. Il était arrêté ; derrière lui, une nuée de robots se tenaient immobiles, juste à la limite de la zone interdite, là où les témoins s'étaient arrêtés, dans la matinée.

– Que veux-tu ? demanda-t-elle.

– Eloignez-vous. Cette zone est interdite.

Elle sourit.

– Pas pour moi. Je suis humaine. Je suis libre et je vais l'être encore plus !

– S'il vous plaît, n'allez pas dehors, l'implora Wohler. La pluie a commencé. Ce serait dangereux pour vous.

– Tu ne me garderas pas ici ! cria-t-elle en ouvrant la porte, au pied de l'escalier en colimaçon.

– Nous aimerions beaucoup vous voir rester avec nous, dit le robot, mais jamais nous ne vous garderons ici contre votre volonté.

– Alors pourquoi n'avez-vous pas les moyens, ici, de me permettre d'appeler au secours ou de quitter la planète ?

– Vous agissez comme si nous vous avions amenés ici sous un faux prétexte, dit Wohler. Nous n'avons rien fait. Vous êtes venus sans y être invités. Vous êtes les bienvenus, mais vous n'avez pas été invités. Notre civilisation n'est pas encore développée au point que les échanges planétaires soient possibles, vous le voyez vous-même.

– Tu perds ton temps, déclara Katherine, et elle fit un pas pour franchir la porte.

– Je vous en prie, réfléchissez, lui cria le robot. Ne vous mettez pas en danger !

Elle le regarda durement.

– J'ai été en danger à chaque seconde que j'ai passée dans cette ville de fous !

Sur ce, elle entra et claqua la porte derrière elle. Elle monta rapidement et entra dans le bureau. Les nuages noirs s'amoncelaient tout près des objectifs au point qu'elle eut l'impression de se tenir au plein cœur de l'orage.

Faisant le tour du bureau, elle découvrit sans peine

l'échelle et y grimpa pour sortir sur la plate-forme.Le vent était si violent qu'elle eut peur de se mettre debout et rampa à quatre pattes vers le rebord, là où Derec et elle avaient tenté leur première descente hasardeuse dans la ville des robots.

Pour la première fois depuis qu'elle avait été délivrée de la chambre hermétique, sa peur commençait à l'emporter sur sa rage. Elle évita de regarder en bas et trouva le courage d'enjamber le rebord pour entamer sa descente. Le vent la secouait tout entière ; ses oreilles et son nez s'engourdirent, ses doigts s'ankylosaient sous l'effet du froid.

Bien que construite dans le même matériau que la ville, la pyramide était tout à fait différente. Elle était rigide, sans souplesse, avec sa façade creusée de trous.

Ses idées tourbillonnaient tandis qu'elle descendait très lentement. A quelle hauteur avaient-ils caché la clef ? Elle était allée très vite, la première fois ; Derec qui portait l'objet avait eu du mal à la suivre. Ils s'étaient arrêtés pour une petite conférence et avaient décidé de cacher la clef. « Mais à quelle hauteur ? A un quart de la descente, pensa-t-elle, pas plus du quart, et dans un trou sur la gauche. »

Elle avait mal aux mains, maintenant, et regardait constamment en haut, pour essayer de mesurer la distance parcourue. Elle commença à tâter au fond de chaque trou sur sa gauche, en vain. Elle n'était pas encore arrivée à la cachette. Une claque mouillée la frappa violemment dans le dos. Elle manqua lâcher prise. C'était une goutte de pluie, énorme et glacée, qui trempa sa combinaison.

Le temps pressait.

Elle descendit encore d'un pas et elle comprit en levant les yeux, battant des paupières dans le vent froid, elle *sut* qu'elle était arrivée.

Plaquée contre la façade, rassemblant ses dernières

forces, elle allongea lentement le bras et glissa la main dans le dernier trou à gauche.

La clef avait disparu.

– Non ! hurla-t-elle et, comme pour lui répondre, la réduire au silence, le déluge s'abattit du ciel sur elle en nappes aveuglantes.

Derec était sur le seuil de la station d'extraction et écoutait la pluie battre contre la porte et ruisseler par-dessous. Katherine était là, dehors, quelque part, avec Wohler. Il n'en avait eu aucune nouvelle depuis qu'il s'était mis à pleuvoir. Avernus était entré en contact avec la tour du Compas, où ils avaient été vus. On avait perdu leur trace.

La pluie régissant tout, tout s'était arrêté, rendant les recherches impossibles, réduisant tout à néant ; tout, sauf le tout-puissant projet de construction de la ville. Il y avait de quoi devenir fou.

Il tambourina à la porte et son poing s'y enfonça comme dans un coussin. Il voulait ouvrir, courir dans la ville et trouver Katherine... mais il savait ce que cela représentait. Il n'aurait aucune nouvelle avant que la pluie ne se calme, au matin.

Il tourna le dos à la porte et descendit dans la grande salle où l'attendaient les six robots surveillants, en proie à la plus grande anxiété.

– Le surveillant Rydberg a proposé un plan, ami Derec, lui annonça Euler. Peut-être accepterez-vous de le commenter.

Derec regarda Rydberg et s'efforça de concentrer son esprit sur le présent, tout en se demandant pourquoi cette femme lui faisait un tel effet.

– Voyons ton plan ? dit-il.

– Nous pouvons aller de l'avant et mettre au point notre plan d'évacuation pour les robots travaillant en sous-sol. Le matin venu, vous pourrez probablement contacter le noyau et arrêter la reproduction. Il sera trop tard pour creuser jusqu'à la caverne à temps, mais au moins nous aurons l'occasion de sauver nos mineurs de l'inondation.

– Pourquoi faut-il que je renonce ? cria Derec, exaspéré. Tu as entendu, vous avez tous entendu les raisons de l'état d'alerte. Ne peut-on y mettre fin tout de suite, et employer le matériel d'excavation à creuser vers la caverne ?

Waldeyer, le surveillant trapu à roulettes, répondit :

– Le noyau central est notre programme magistral. Nous ne pouvons l'abandonner. Seul le noyau central peut juger de la véracité de vos déclarations et prendre la décision finale.

– Je reprogrammerai le noyau central ! cria Derec d'une voix forte. Je changerai la définition du mot vérité ! D'ailleurs, votre programme magistral se résume aux Lois de la Robotique, et la Deuxième stipule que vous devez obéir aux ordres des humains, à moins qu'ils ne transgressent la Première Loi. Je vous ordonne d'arrêter le travail de la mine et de commencer à creuser vers la caverne de drainage.

– Les mesures défensives ont été conçues par le noyau central pour protéger la ville, laquelle est conçue pour protéger la vie humaine, expliqua Waldeyer. Le noyau central est le facteur déterminant dans toute décision d'abandonner les défenses. Vos arguments paraissent humains mais ils peuvent, finalement, se trouver en conflit avec la Première Loi car si le noyau central détermine que votre conclusion est erronée, la suppression des défenses serait alors la plus dangereuse de toutes les décisions.

Derec eut l'impression d'être prisonnier d'une vis sans fin. Tous les arguments aboutissaient au noyau central. Il était sûr que ce dernier arrêterait tout quand il aurait programmé l'information concernant le sang humain, mais il n'avait aucun moyen de le prouver aux robots qui, de leur côté, refusaient d'arrêter ou de freiner la reproduction de la ville s'ils ne recevaient pas confirmation du noyau central.

Une idée vint alors à Derec, une idée si révisionniste dans son approche qu'il eut peur, au premier abord, de seulement envisager l'effet qu'elle risquait d'avoir sur les robots. Ce qu'il avait à l'esprit libérerait leur façon de penser ou les plongerait dans une paralysie mentale contradictoire qui les détruirait.

– Que pensez-vous du plan de Rydberg ? lui demanda Avernus. Il sauvera de nombreux robots.

Avernus... c'était la solution, Avernus l'humanitaire. Derec savait que son idée risquait de détruire les autres robots, mais Avernus était différent. Avernus était porté vers l'humain, une inclination qui avait une chance de le sauver, en même temps que la Cité des robots.

– Je ferai mon commentaire sur le plan d'évacuation plus tard, répondit-il. Je veux parler à Avernus, seul.

– Nous prenons les décisions ensemble, objecta Euler.

– Pourquoi ? demanda Derec.

– Nous avons toujours agi ainsi, déclara Rydberg.

– C'est fini ! gronda Derec. Si vous ne me donnez pas une bonne raison de Première Loi m'interdisant de parler à Avernus en particulier, j'en conclurai que vous êtes vous-mêmes en violation de la Première Loi.

Euler s'avança au centre de la salle et fit face à Avernus.

– Nous avons toujours agi ainsi, répéta-t-il.

Avernus, le géant, s'approcha stoïquement d'Euler, lui posa sur une épaule sa plus grosse pince :

– Cela ne peut nous faire de mal, pour une fois, d'agir contrairement à nos traditions.

– Les traditions sont la marque d'une civilisation ! protesta Euler.

– La survie est aussi une des marques de la civilisation, intervint Derec en portant les yeux sur Avernus. Tu acceptes ?

– Oui, répondit sans hésitation le robot géant. Nous causerons seuls.

Derec le conduisit vers les ascenseurs, mais une idée lui vint et il se retourna vers Euler, en déroulant le pansement de son bras pour le lui donner.

– Fais analyser ce sang et incorporer les données dans une disquette pour que je puisse l'inclure dans le noyau central.

– Bien, Derec.

C'était la première fois que le robot surveillant n'employait pas la formule protocolaire ami. Derec pensa qu'ils devenaient adultes.

Il rejoignit Avernus dans l'ascenseur et pressa la flèche de descente quand la porte se referma. Au bout de quelques secondes, il appuya sur le bouton d'arrêt et la cabine s'immobilisa.

– Qu'est-ce que cela signifie ? demanda Avernus.

– Je veux conclure un pacte avec toi.

– Quelle sorte de pacte ?

– La vie de tes robots contre une de vos machines excavatrices.

Avernus hésita.

– Je ne comprends pas.

– Parlons de la Troisième Loi de la Robotique. Elle vous oblige à protéger votre propre existence tant que cela n'entre pas en conflit avec la Première et la Deuxième Loi. Dans ton cas, avec ta programmation spéciale, je peux facilement étendre cette Troisième Loi pour qu'elle comprenne les robots sous ton contrôle.

– Oui ?

– Ma proposition est simple. Rydberg suggère un plan d'évacuation capable de sauver les robots de l'inondation de la mine, qui se produira immanquablement si le tunnel d'arrivée à la caverne n'est pas creusé. Ce plan d'évacuation dépend *entièrement* de ma reprogrammation du noyau central pour arrêter la reproduction de la ville. Si je ne le fais pas, la ville continuera de se construire jusqu'à sa propre destruction... une destruction dont seront aussi victimes tous les robots travaillant en sous-sol.

– Je comprends, dit Avernus.

– Bien.

Derec respira profondément. Ce qu'il s'apprêtait à proposer paralyserait indiscutablement les circuits positroniques de n'importe quel autre robot, les contradictions étaient trop flagrantes, les choix impossibles. Mais avec Avernus... Peut-être... peut-être...

– Si tu ne me donnes pas une de vos excavatrices pour me permettre de commencer à creuser moi-même, je refuserai de reprogrammer le noyau central, condamnant ainsi tous tes robots à rester sous terre pendant l'inondation.

Les yeux rouges d'Avernus brillèrent d'un éclat intense.

– Vous... vous en tueriez un si grand nombre ?

– Je veux sauver cette ville et tous ses robots ! hurla Derec. C'est tout ou rien ! Donne-moi la machine ou tu en subiras les conséquences !

– Vous me demandez de réfuter le programme du noyau central qui protège la Première Loi ?

– Oui, répondit Derec avec simplicité, plus calmement. Tu *dois* faire un bond imaginatif pour sauver tes robots. Quelque part, là, dans ton cerveau, tu dois rendre un jugement de valeur qui va au-delà de ta programmation.

Avernus resta muet, tremblant, et Derec sentit des larmes lui monter aux yeux à la pensée de la torture qu'il infligeait au grand surveillant. S'il échouait, s'il tuait Avernus en grillant son cerveau, jamais il ne se le pardonnerait.

Les yeux du gros robot clignotèrent plusieurs fois

et, tout d'un coup, un spasme violent et bref l'agita. Un sanglot s'échappa des lèvres de Derec. Avernus se pencha sur lui.

– Vous aurez votre machine excavatrice, dit-il, et vous m'aurez moi, pour vous aider à l'utiliser.

LE NOYAU CENTRAL

Obstinément plaquée contre la façade de la pyramide, Katherine savait que sa capacité de rester cramponnée ne se mesurait plus qu'en minutes. La pluie la fouettait sauvagement et le vent s'acharnait à l'arracher à ses points d'appui.

Le sol était à plusieurs centaines de mètres au-dessous d'elle et l'attirait. Son corps était de plus en plus engourdi par l'averse glaciale ; seul un solide instinct de conservation l'empêchait de lâcher prise.

Son esprit tourbillonnait, rejetait l'idée de sa propre mort tout en s'y préparant et, dans tout cela, le vent lui semblait crier inlassablement son nom.

– Katherine !

Plus près, maintenant, le son devenait plus net. Il lui semblait venir d'en bas.

– Katherine !

Pour la première fois depuis qu'elle avait commencé à descendre, elle se risqua à regarder au-dessous d'elle, dans la direction de la voix. Clignant des yeux dans la pluie battante qui ruisselait sur sa figure, elle distingua une masse grise montant rapidement sur la façade, preuve qu'elle perdait déjà la raison.

– Katherine ! Tenez bon ! J'arrive !

Elle n'en croyait pas ses yeux, regardant l'apparition se rapprocher. Et tandis que ses bras douloureux essayaient de la persuader de tout lâcher et de connaître enfin la paix, elle vit une main dorée jaillir de la masse grise et s'accrocher à l'un des trous.

– Wohler !

– Je vous en supplie ! Tenez bon !

– Je ne peux plus ! cria-t-elle, surprise d'entendre de l'affolement dans sa voix.

Comme pour confirmer son impression, sa main gauche glissa, son bras retomba. Elle mobilisa ses dernières forces pour garder la droite logée dans son trou.

Le robot se hâtait. Le vent soulevait et gonflait la bâche qu'il portait pour se protéger de la pluie. Cette mince protection lui fut arrachée et s'envola comme un gros oiseau préhistorique.

– Au secours, gémit-elle faiblement en sentant son bras droit commencer à céder.

– Tenez bon ! S'il vous plaît, tenez bon !

Le ton pressant la surprit mais lui rendit courage ; encore quelques secondes de résistance. Au moment précis où elle lâchait prise, le grand corps du robot se plaça sous elle et la maintint plaquée contre la façade.

Wohler monta encore, solidement accroché par les mains et les pieds, pour l'envelopper et la protéger. Elle se laissa aller, brusquement privée de toutes ses forces. Wohler la soutint.

– Vous n'êtes pas blessée ? demanda le robot à son oreille.

– Je... ne crois pas, bredouilla-t-elle. Qu'allons-nous faire ?

– Attendre, répondit Wohler d'une voix heurtée. Un vieux proverbe de la Terre dit : « La patience est une plante amère mais son fruit est très doux. » La survie sera notre fruit, amie Katherine.

– Ami Wohler, murmura-t-elle, les larmes se mêlant à la pluie sur ses joues, je te remercie d'être venu à mon secours.

Wohler ne répondit pas.

Les surveillants étaient groupés derrière la porte de l'excavatrice que manœuvraient Derec et Avernus. Ils n'aidaient pas, ne gênaient pas mais observaient tout, probablement incapables de comprendre la pensée qui avait amené le robot géant à retirer la machine aux équipes de mineurs et à leurs travaux de reconstruction, pour lui faire simplement dégager une voie à l'intention de quelque chose qui n'était encore qu'une vague possibilité.

Derec avait déjà vu de pareilles excavatrices. Sur l'astéroïde où il s'était réveillé pour la première fois en se découvrant privé d'identité, les robots employaient des machines semblables pour creuser et chercher la clef du Périhélion.

L'ouverture était une merveille car elle démolissait et reconstruisait en même temps. Derec était assis avec Avernus au double tableau de commande de la cabine, observant les deux longues flèches qui taillaient dans la roche, à près de trente mètres devant eux. Un de ces bras était équipé de meules rotatives, l'autre de lasers à micro-ondes qui attaquaient frénétiquement le cœur de la planète en le rongeant. De nombreuses courroies de transmission et des poulies servaient au dégagement et à la récupération du matériau extrait, mais aucune ne fonctionnait pour le moment. La machine grattait et compressait simplement la roche et la terre, et la porte elle-même utilisait les matériaux pour forer un tunnel solide derrière elle avec des parois lisses, renforcées d'un treillis de synthèse, et même des lampes au plafond.

Ils avançaient lentement vers la caverne, chaque mètre les rapprochant de l'espoir dc salut. Ils avaient travaillé toute la nuit. Derec s'efforçait désespérément de ne pas penser à Katherine et à Wohler, mais il n'y parvenait pas. Il était sans nouvelles d'eux depuis que l'orage avait éclaté, soit depuis près de dix heures. S'ils étaient encore en vie, il l'aurait su.

Il était possible, naturellement, que Katherine ait retrouvé la clef et qu'elle soit déjà partie, qu'elle attende la fin de la pluie dans la grisaille du Périhélion. Peut-être était-elle déjà arrivée ailleurs. Mais rien n'expliquait l'absence de Wohler.

Au cours de leur travail harassant pour creuser le tunnel, Avernus et Derec avaient peu parlé, chacun perdu dans ses pensées. Derec s'inquiétait pour Avernus, le sachant en proie à un terrible conflit intérieur qui ne se résoudrait qu'avec la justification de ses actions.

– Derec ! cria Euler de l'entrée du nouveau tunnel, derrière eux.

C'était la première fois que le robot leur adressait la parole depuis le début des opérations. Il regarda sa montre : près de 5 heures du matin. Il jeta un coup d'œil à Avernus et répondit :

– Oui ?

– La pluie s'est calmée, répondit Euler. Les disparus ont été localisés !

Derec résista à l'envie de sauter de la cabine et de sortir en courant de la galerie. Le travail n'était pas fini. Il regarda Avernus.

– Et maintenant ?

– Maintenant, nous allons voir, dit le robot. Nous devons trouver le noyau et le reprogrammer.

– Dois-je te laisser ici pour continuer l'opération et aller avec quelqu'un d'autre jusqu'au noyau ?

– Non, répliqua Avernus avec autorité. Je suis le surveillant du sous-sol et je connais mon chemin, ici. Et puis... je dois connaître l'issue. Vous comprenez ?

Derec plaqua une main sur les commandes et interrompit l'excavation, mettant tous les opérateurs en position d'attente.

– Je comprends, crois-moi ! Allons-y !

Ils se laissèrent glisser le long des cylindres empilés

pour rejoindre les autres surveillants, à l'entrée du tunnel. C'était la première fois que Derec avait l'occasion d'examiner le résultat de leurs efforts. La galerie qu'ils avaient creusée tous les deux s'étendait sur plusieurs centaines de mètres, presque à perte de vue.

– Où sont Katherine et Wohler ? demanda-t-il. Ils vont bien ?

– Personne ne le sait, répondit Rydberg. Ils sont accrochés à la façade de la tour du Compas, à près de cent mètres du sol. Ils n'ont pas répondu à la communication vocale, pas plus qu'ils n'ont tenté de descendre.

Le cœur de Derec se serra. Ils avaient passé toute la nuit sous la pluie. C'était de mauvais augure.

– Aucune opération de secours n'est en train ? demanda-t-il.

– Des robots utilitaires sont en train d'escalader la tour afin de déterminer l'étendue du problème en vue de mesures d'urgence, répondit Euler.

– Le noyau central, rappela Avernus à Dante. Où est-il en ce moment ?

– Dis-moi franchement, Euler, intervint Derec, ma présence à la tour faciliterait-elle les opérations ?

– Le sauvetage à la tour a toujours fait partie de notre programme fondamental, pour des raisons que nul ne peut sonder, répondit le robot. La procédure normale a déjà commencé. Vous ne feriez que gêner les opérations.

– D'accord.

Naturellement, pensa Derec, c'était normal. Le régisseur avait pris des mesures pour ne pas rester prisonnier de la tour si jamais la trappe du bureau se bloquait et qu'il était incapable de descendre. Le tout-puissant régisseur ne se sentait pas gêné de laisser tout le monde à la merci du vent, mais il n'entendait pas supporter d'être enfermé dans son bureau, en haut de la tour.

Dante s'adressa à eux :

– Le noyau central est dans le secteur 2, galerie D-24, il se dirige vers le nord.

Avernus hocha la tête et regarda Derec.

– Nous devons nous dépêcher, sous peine d'avoir travaillé en vain.

– Le travail est vain, lui déclara Waldeyer. A cause de ta réquisition sans autorisation de l'excavatrice, l'extraction de minerai de fer brut a dangereusement baissé. D'ici une heure, le travail de reconstruction va commencer à prendre du retard.

Le robot géant secoua lentement la tête en regardant le sol.

– Je vous pose une question, à tous, dit Derec. Si Avernus et moi sommes incapables d'atteindre le noyau et de le reprogrammer pour arrêter la reconstruction, est-ce que le travail déjà accompli ici nous permettra de creuser jusqu'à la caverne avant la pluie de ce soir ?

– Sauf arrêt de travail et panne de machinerie, répondit Euler, nous devrions y arriver. Ceci, naturellement, est une hypothèse.

Derec les contempla sans mot dire. On n'avait rien à gagner en discutant, pour le moment. Il était temps de tenir ses promesses.

– Où sont les données de l'échantillon de sang ? demanda-t-il.

Arion s'avança et lui remit une disquette.

– Tout ce que vous avez demandé se trouve là.

– Merci, dit Derec en la mettant dans sa poche de poitrine. Maintenant, écoutez. Nous allons trouver le noyau central. Dès que nous l'aurons reprogrammé, vous reprendrez immédiatement le travail ici.

– Il est trop tard pour ramener l'excavatrice dans la mine de fer et reprendre là-bas les opérations interrompues, dit Arion. Je ne vois pas pourquoi le travail de forage ne se poursuivrait pas ici en votre absence. Nous n'avons plus rien à perdre. Je vais continuer à creuser ici, tandis que vous vous approcherez du noyau central.

– Non, protesta Euler. Tu veux violer ta programmation et les Lois mêmes ?

– Le programme est déjà violé, riposta Arion en s'avançant dans le tunnel. Il n'est plus question de le rétablir.

Derec sourit en entendant la machine se remettre en marche, dirigée par Arion. Il alla rejoindre Dante.

– Nous avons besoin de ton tram. Tout de suite.

La fièvre était venue brusquement, brûlante, et avec elle les hallucinations. Le monde de Katherine était un cauchemar de pluie, un monde d'eau menaçant de l'entraîner vers le fond, et par-dessus tout cela, le visage de Derec-David, David-Derec, souriait d'un air malveillant, diabolique, mécanique. Il se métamorphosait en robot puis redevenait humain. Il courait à la crête des vagues pour la prendre dans ses bras et l'attirer sous la surface, pour la noyer ! La noyer !

– Katherine... Katherine. Réveillez-vous. Réveillez-vous !

Des voix se croisaient dans le monde liquide. Elle voulait qu'elles se taisent, qu'elles la laissent tranquille. L'eau était traîtresse mais au moins elle était tiède.

– Katherine...

Quelque chose la secouait, l'arrachait violemment à son rêve. Elle ouvrit les yeux, la tête en feu.

Il faisait jour. C'était le petit matin. Un robot utilitaire la regardait, au-dessus du bras protecteur de Wohler.

– Froid, chevrota-t-elle en claquant des dents. Si froid.

Une lumière jaillit au-dessus d'elle sur la gauche, faisant crépiter des étincelles. Elle cligna des yeux.

Des soudeurs utilisaient des torches à laser pour découper les pinces de Wohler de la façade où elles s'étaient rivées. Au-dessus du robot-soudeur, elle aperçut des treuils mécaniques fixés par aimantation sur l'édifice, des cordes faites du même matériau que la ville pendaient de leurs poulies.

– Nous vous dégageons, lui dit le robot. Un filet et un brancard ont été placés juste au-dessous. Vous êtes en sécurité.

– Froid, répéta-t-elle.

– Nous vous réchaufferons. Vous obtiendrez des soins médicaux.

Dans la brume de son esprit elle sentit la fermeté du corps de Wohler qui la protégeait, qui la protégeait toujours.

– Wohler ! cria-t-elle, nous sommes sauvés, Wohler !

– Le surveillant Wohler est... non fonctionnel, répondit le robot utilitaire.

Malgré sa douleur et son délire, elle fut envahie par la honte. La pensée que ce robot avait donné sa vie pour elle, bien qu'elle se fût si mal conduite avec lui, lui était intolérable.

Elle sentit le poids de Wohler céder sous elle, puis des mains les soulevèrent tous deux, et ils furent déposés sur les civières plaquées contre l'édifice. Elle sentit le soleil matinal sur ses joues, un soleil que Wohler ne connaîtrait pas, et plutôt que de s'attarder sur les affreux résultats de son égoïsme, son esprit se retira une fois de plus dans les rassurantes ténèbres de l'inconscience.

– Vous l'auriez fait ? demanda Avernus à Derec pendant qu'ils conduisaient rapidement le tramway en direction du nord, dans la galerie D-24.

– J'aurais fait quoi ?

Les parois défilaient à toute allure, les lampes

rouges du plafond se succédaient à deux secondes d'intervalle.

– Vous auriez laissé mourir les robots si je n'avais pas été d'accord pour vous aider à creuser le tunnel ?

– Non, avoua Derec. Je n'aurais rien fait de tel. Je voulais te raisonner.

– Vous m'avez menti.

– J'ai menti pour te sauver, pour vous sauver tous. Te rappelles-tu ce que je t'ai dit du mensonge, dans la tour du Compas ? J'ai créé une réalité différente, une réalité hypothétique pour te forcer à suivre un autre cours de pensée.

– Vous m'avez menti.

– Oui.

– Je ne sais pas si je le comprendrai un jour, murmura Avernus, disant ainsi à Derec, subtilement, que leurs rapports seraient à jamais un peu tendus.

– Il faudra que je m'y résigne, dit tristement le jeune homme. Parfois, la bonne chose à faire n'est par forcément la meilleure. Je suis désolé si je t'ai blessé.

– Blessé n'est pas un terme que je puisse comprendre.

– Bien sûr... dit Derec en se retournant pour manipuler le terminal que Dante avait laissé dans le véhicule.

Derec s'en servit pour entrer en contact avec l'installation médicale de la ville, organisée à la hâte, et tenter d'obtenir des nouvelles de Katherine et de Wohler. Avernus et lui avaient quitté le secteur n° 4 et traversé la ville jusqu'au n° 2 où ils étaient retournés sous terre. La galerie D-24 était une des plus éloignées, partant d'un puits foré pour l'extraction du pétrole nécessaire à la fabrication des matières plastiques. Au plafond du tunnel, un énorme pipe-line grondait bruyamment.

– On a fait descendre Katherine et Wohler de la tour ! annonça-t-il en regrettant que ses doigts ne soient pas aussi agiles que ceux de Dante sur le clavier.

– Ils vont bien ?

– Katherine est en état de choc et a souffert de l'exposition au froid. Elle est soignée en ce moment. Le pronostic est bon. Wohler est... Wohler est mort, conclut-il tristement en se retournant vers le grand robot.

– Regardez !

Au fond de la galerie, devant eux, une zone lumineuse mouvante se précisait. Elle était environ de six mètres de long et juste assez haute pour ne pas frôler les lumières du plafond.

– Le noyau central ! annonça Avernus en freinant tout à coup.

Le tramway s'arrêta et Derec protesta :

– Que fais-tu ? Il va nous échapper !

– Nous irons plus vite à pied.

– Pas moi ! Je ne peux pas courir aussi vite que...

– Montez sur mon dos. Vite !

Le robot géant était encore assis quand Derec se leva et grimpa sur son large dos, lui entourant la tête de ses bras.

Avernus sauta du wagonnet et se précipita dans la galerie, plus vite que Derec ne l'aurait cru possible. Les parois devenaient floues et le noyau central grandissait à vue d'œil.

Ils le rattrapèrent très vite et Avernus ralentit le pas pour calquer son allure sur celle du noyau. La surface extérieure était transparente, en plastique très épais, comme une coquille d'œuf translucide. Il contenait les rouages complexes d'une machine sophistiquée en opération. A l'arrière, une plate-forme dotée de marches donnait accès à une porte à glissière.

Avernus sauta sur les marches, et souleva doucement Derec pour le déposer devant la porte.

– Entrez, dit-il. Allez, entrez. Une seule personne à la fois.

Derec fit coulisser la porte et pénétra dans la cabine transparente. Un bouton rouge encastré dans le plastique brillait devant lui. Il l'enfonça. Des vaporisateurs et des lampes chauffantes se mirent en marche, et un jet d'air comprimé l'enveloppa pour supprimer toute trace de poussière sur son corps. Puis, avec un grand bruit de succion, la paroi s'ouvrit devant lui et il entra dans le cœur battant de la Cité des robots. Le noyau était ouvert, comme un cerveau exposé, ses synapses au travail étincelant de photons sur toute sa longueur ; leur fluidité était une merveille de mécanique. Derec brancha le clavier. Il entendit Avernus passer par la zone rituelle. Le robot devait être obligé de se tasser sur lui-même, dans la « chambre de nettoiement ».

Le premier soin de Derec fut d'ouvrir un dossier sous le titre HÉMOGLOBINE et d'introduire la disquette de données qu'il avait fait préparer. Ensuite, il se fit ouvrir le dossier DÉFENSES et alla aussi loin qu'il le pouvait avec le système, jusqu'à ce que l'ordinateur lui demande le mot de passe du surveillant.

Il entendit la porte coulisser derrière lui et vit Avernus, toujours voûté, qui s'approchait du clavier.

– Il demande ton mot de passe.

Avernus hésita un instant avant d'allonger le bras, et tapa lui-même sur les touches. Le code apparut sur l'écran :

AVERNUS 2QE-1719

MOT DE PASSE : SYNNOÉTIQUE

Sans une seconde d'hésitation, l'ordinateur répondit :

RAISONS DE DÉSACTIVATION DES DÉFENSES DE LA VILLE ?

En tremblant, Derec tapa les raisons et, par la même occasion introduisit toutes les données du dossier HÉMOGLOBINE dans celui de DÉFENSES DE LA VILLE, comme soutien autorisé, et comme information pour empêcher que la même chose ne se reproduise.

Quand il eut fini, il se redressa et souffla, craignant presque d'enfoncer la touche ENVOI.

– Nous devons savoir, dit Avernus.

Derec hocha la tête, respira profondément et introduisit l'information.

L'appareil bourdonna pendant un moment qui parut à Derec durer une heure. Finalement, avec simplicité et sans fanfare, l'ordinateur répondit :

RAISONS ACCEPTÉES. DÉFENSES DÉSACTIVÉES.

Le jeune homme et le robot restèrent un moment immobiles, les yeux rivés sur l'écran, n'osant croire que cela avait été si facile. Puis ils constatèrent un net ralentissement de l'avance du noyau. Quelques secondes plus tard, il s'arrêtait complètement.

C'était fini.

LE MONDE PARFAIT

Derec arpentait les couloirs obscurs de l'installation médicale inachevée et sommairement meublée. Ce serait un bel hôpital, une fois terminé, un établissement où les humains vivant dans la Cité des robots recevraient les meilleurs soins médicaux de la galaxie, sous la surveillance de l'équipe la plus avancée de robots-médecins opérationnels. Il savait qu'il en serait ainsi car les robots fournissant ces services le feraient par choix et par amour, et non par servitude.

Il longeait seul les corridors, sans guide, sans gardien, sans geôlier. Il était devenu un citoyen libre et avait cessé d'être un condamné. Et heureusement, car pour l'heure, il préférait être seul.

Une chambre au fond du couloir était baignée de lumière et il savait qu'il y retrouverait Katherine, se remettant de sa nuit sous la pluie. Il ne se souciait plus de ses subterfuges ni de ses raisons d'être avec lui dans la Cité des robots. Pour le meilleur et pour le pire, il était heureux et reconnaissant qu'elle soit en vie. Rien d'autre n'avait d'importance, rien d'autre ne pouvait en avoir.

Il commençait à comprendre pourquoi elle lui faisait l'effet qu'elle lui faisait. Il l'aimait.

Sur le seuil de la chambre, il avança la tête. C'était une très grande pièce qui deviendrait sans doute leur chambre commune. Pour le moment elle était vide, à part Katherine, tout au fond.

Elle était en stase, flottant à un mètre au-dessus d'une table, entourée de lumières vives. Elle était nue, comme Derec l'avait vue dans la station Rockliffe, et son corps lui parut... familier.

Un robot-médecin roula vers lui.

– Comment va-t-elle ? demanda Derec.

– Très bien, à part son état chronique...

– Je ne veux pas en entendre parler, dit-il vivement, la laissant à ses secrets. A part cela ?

– Elle dort. Nous avons rééquilibré sa chimie au moyen d'injections massives d'oxygène et de sérums, et nous l'avons réchauffée. Elle a perdu un petit morceau de son oreille gauche, à cause du gel, mais cela a déjà été réparé grâce à la chirurgie plastique au laser. Vous pouvez passer un moment avec elle, si vous voulez.

– Cela me ferait grand plaisir mais avant de la réveiller, voulez-vous lui mettre une robe de chambre ou quelque chose pour la couvrir ?

– Les lampes chauffantes font plus d'effet si...

– Je sais. C'est une question de pudeur.

– Je comprends, dit le robot mais Derec vit qu'il ne comprenait rien du tout.

Quand le robot-médecin se retourna pour rouler vers Katherine, Derec sortit courtoisement dans le couloir.

Quelques instants plus tard, entendant Katherine parler au robot, il rentra. Elle était assise dans un fauteuil motorisé, enveloppée dans un peignoir de bain d'un blanc immaculé. Ses traits étaient inexpressifs.

– Je vous demande pardon, pour tout, dit-il. Je vous ai soupçonnée, j'ai été désagréable et...

Elle leva une main en souriant.

– Pas plus que moi, dit-elle d'une voix enrouée. Je me suis conduite stupidement, j'en ai peur.

– Une prérogative humaine. Vous avez bonne mine.

– Ils m'ont fait un peeling. Vous avez devant vous, en somme, un nouveau moi... La clef a disparu.

– Je l'ignorais. Nous voilà coincés.

Elle hocha la tête.

– Avez-vous appris ce que Wohler a fait pour moi ?

– Oui.

– Je n'avais jamais compris votre... vos sentiments à l'égard des robots, dit-elle, les larmes aux yeux. Mais sa vie était aussi importante pour lui que la mienne l'est pour moi et il... il l'a donnée... pour que je puisse vivre.

– Il était complètement grillé, expliqua Derec. On essaie de le reconstruire, en ce moment.

Elle leva vivement les yeux.

– De le reconstruire ?

– Il ne sera plus le même, naturellement. Nous sommes tous un produit de nos souvenirs, nous tous. Le Wohler que vous avez connu est mort, en majeure partie.

– Mais si on le reconstruit, une partie de lui-même demeurera !

– Oui. Quelque chose.

– Je veux y aller, déclara-t-elle. Je veux aller là où il est !

Elle tenta de se lever mais Derec la repoussa doucement et la fit rasseoir.

– Vous êtes encore trop faible. Vous ne pouvez pas courir à droite et à gauche...

– Non ! s'écria-t-elle, une étincelle de l'ancienne Kate revenant dans sa voix. Il est mort pour que je vive. S'il reste quelque chose de lui, je veux être là.

Derec poussa un long soupir.

– Je vais voir ce que je peux faire, dit-il en sachant combien la jeune femme était obstinée.

Une demi-heure plus tard, enveloppée dans une

combinaison stérile, Katherine se propulsa dans son fauteuil vers la salle de réparation désinfectée où six robots différents travaillaient activement sur le corps de Wohler, le philosophe. Derec marchait à côté d'elle.

Presque toutes les plaques du robot avaient disparu, des circuits et des relais tombaient sur le sol avec une régularité de mouvement d'horlogerie, et un petit robot roulait silencieusement en tous sens pour balayer les rejets.

– Je peux m'approcher ? demanda Katherine à Derec.

– Rien ne s'y oppose.

Euler entra dans la salle et s'avança vers le couple.

– Ami Derec, dit-il et le jeune homme sourit de la reprise du titre devant son nom. Nous sommes en train d'achever le percement du tunnel de communication avec la caverne de déversement et nous serions très heureux que vous soyez présent pour l'ouverture.

Derec regarda Katherine.

– Eh bien, je suis occupé en ce moment, je...

– Ridicule, trancha-t-elle en lui tapotant la main. Je vais juste rester ici un petit moment. Un des robots me ramènera au pavillon médical.

– Vous êtes sûre que je peux vous laisser ?

Elle sourit de le voir sourire.

– Je comprends.

– Allons-y ! dit-il à Euler et tous deux sortirent.

Katherine écouta leurs pas s'éloigner dans le couloir, puis elle rapprocha son fauteuil de la table d'opération. Sa colère contre Derec ainsi qu'un grand nombre d'autres émotions contradictoires étaient mortes avec Wohler sur la tour du Compas. Par la faute de son inconséquence, une vie avait été perdue. A côté de ce drame, toutes ses autres émotions devenaient mesquines.

Elle roula plus près de la tête du robot doré. La

plus grande partie de son corps était en pièces détachées sur la table, mais la tête et le haut du torse demeuraient intacts. Les robots travaillant sur le corps se déplacèrent autour de la table, pour faire de la place au fauteuil roulant.

Elle contempla la tête du robot, la toucha timidement du bout des doigts.

– Je suis désolée, murmura-t-elle.

Soudain, la tête tourna vers elle ses photocellules brillantes.

– Est-ce à moi que vous vous adressez ? demanda le robot.

– Wohler ! s'écria-t-elle en sursautant. Tu es vivant !

– Nous nous connaissons ?

Elle comprit alors qu'elle avait affaire à un autre Wohler, un Wohler reprogrammé, qui ne savait rien de leur aventure de la nuit.

– Non, dit-elle en réprimant un sanglot. Je m'appelle Katherine et je... je suis enchantée de faire ta connaissance.

– Une nouvelle amitié est comme un vin nouveau, dit Wohler. Quand il a vieilli, on le boit avec encore plus de plaisir, Katherine... Mais, Katherine, pourquoi pleurez-vous ?

Seul un mince barrage retenait les eaux dans la tranchée du tunnel que Derec et Avernus avaient creusé vers la caverne. Les surveillants et le plus grand nombre de robots utilitaires qui pouvaient s'y presser étaient là. Derec tenait en main le détonateur électronique qui ferait sauter le barrage et ouvrirait le canal.

– C'est le premier jour, lui dit Euler. Le tout premier jour d'une ville réellement unifiée d'humains et de robots. Le commencement du monde parfait.

– Nous avons réagi synnoétiquement pour voir ce

jour se lever, ajouta Rydberg. En travaillant ensemble, nous pouvons accomplir de grandes choses.

– Si nous avons encore beaucoup à apprendre les uns des autres, dit Derec, je crois, moi aussi, que nous avons prouvé aujourd'hui quelque chose de précieux.

– Alors ouvrez les vannes, ami Derec, dit Euler, et que la communication soit entière.

– Avec plaisir.

Derec pressa le bouton de la télécommande. Une petite explosion fit sauter le muret de terre et de roche. Puis il s'écroula et l'eau s'engouffrant de la tranchée acheva le travail que l'explosif avait commencé.

En regardant l'eau tumultueuse, Derec songea à tout ce qui restait encore sans solution, à tout ce qui se précipitait, comme l'eau, dans la confusion de son esprit. Qui était-il ? Qui était le mort ? Qui avait organisé tout cela et pourquoi ?

Et puis, il y avait Katherine.

Il avait encore l'impression que son voyage venait à peine de commencer et il ne pouvait s'empêcher de penser qu'il avait accompli un acte majeur en abattant le barrage. Il sentait que quelque chose de bon, quelque chose de positif avait été accompli. Et cela lui faisait du bien. La vie n'était peut-être après tout qu'une succession de petites batailles, de petites victoires.

– Derec, fit une voix derrière lui, et il se retourna vers Avernus.

– Oui ?

Le robot gigantesque parla d'une toute petite voix.

– Je ne sais pas si je suis capable de comprendre pourquoi vous m'avez fait ce que vous m'avez fait la nuit dernière, mais je suis sûr que nous avons agi comme il fallait, et que faire ce qu'il faut est ce qu'il y a de plus important.

– Je suis parfaitement d'accord avec vous, répondit Derec avec un sourire. Amis ?

Avernus hocha sa grosse tête.

– Amis, dit-il.

Et il posa sa pince dans la main ouverte de Derec, pour faire le geste universel de paix et de bonne volonté.

Ce ne serait pas une si mauvaise journée, après tout.

BANQUE DE DONNÉES

Illustrations de Paul Rivoche

KATHERINE ARIEL BURGESS, dite KATE. Native d'Aurora, elle a été bannie de son monde natal à cause d'une maladie incurable. Malgré sa maladie et son éducation de gosse de riche, Kate est opiniâtre, résistante, exigeante et pleine de ressources. Sur le conseil du robot-médecin Galien, elle refuse de dire à Derec ce qu'elle sait de lui et de sa vie passée.

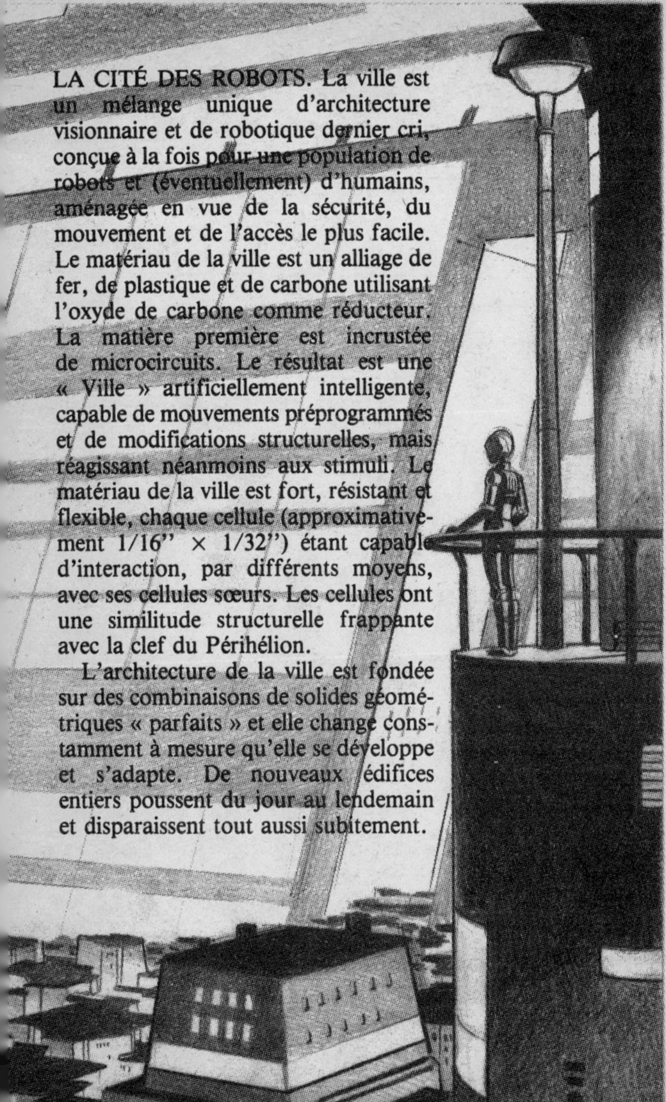

LA CITÉ DES ROBOTS. La ville est un mélange unique d'architecture visionnaire et de robotique dernier cri, conçue à la fois pour une population de robots et (éventuellement) d'humains, aménagée en vue de la sécurité, du mouvement et de l'accès le plus facile. Le matériau de la ville est un alliage de fer, de plastique et de carbone utilisant l'oxyde de carbone comme réducteur. La matière première est incrustée de microcircuits. Le résultat est une « Ville » artificiellement intelligente, capable de mouvements préprogrammés et de modifications structurelles, mais réagissant néanmoins aux stimuli. Le matériau de la ville est fort, résistant et flexible, chaque cellule (approximativement 1/16" × 1/32") étant capable d'interaction, par différents moyens, avec ses cellules sœurs. Les cellules ont une similitude structurelle frappante avec la clef du Périhélion.

L'architecture de la ville est fondée sur des combinaisons de solides géométriques « parfaits » et elle change constamment à mesure qu'elle se développe et s'adapte. De nouveaux édifices entiers poussent du jour au lendemain et disparaissent tout aussi subitement.

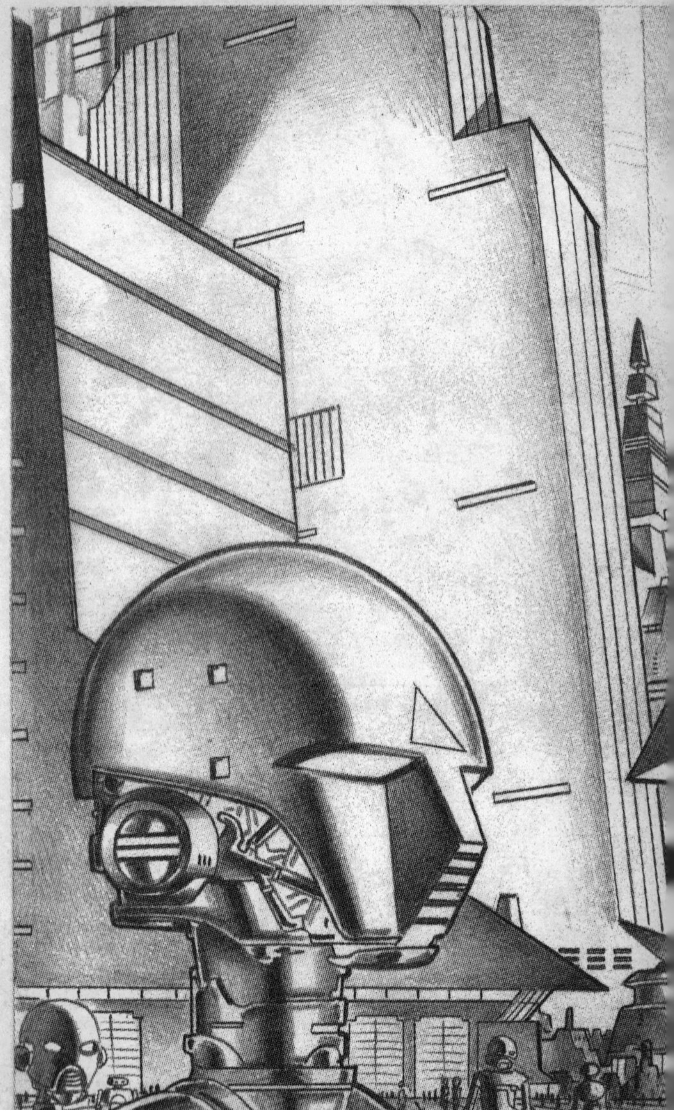

ROBOTS TÉMOINS. Ces robots comportent des capteurs spécialisés et sont équipés pour fonctionner uniquement comme témoins des événements et rapporteurs. Seulement capables de relations de premier degré (observations), les robots témoins n'ont pas d'appendices de levage, cela afin de conserver une parfaite objectivité.

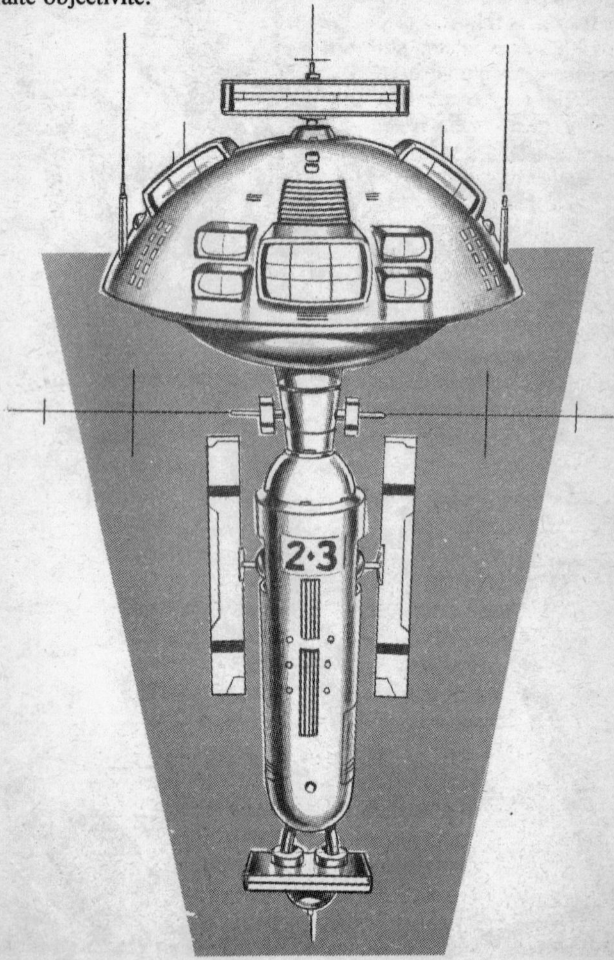

EULER. Un des principaux surveillants robots de la cité des robots. Euler possède une charpente bipède, bilatéralement symétrique, couverte d'une peau métallique. Les surveillants contrôlent les fonctions basiques de la ville et constituent l'ordinateur central. Ils ont accès au noyau central de données et sont capables de relations du second degré, c'est-à-dire de tirer des conclusions d'une information existante.

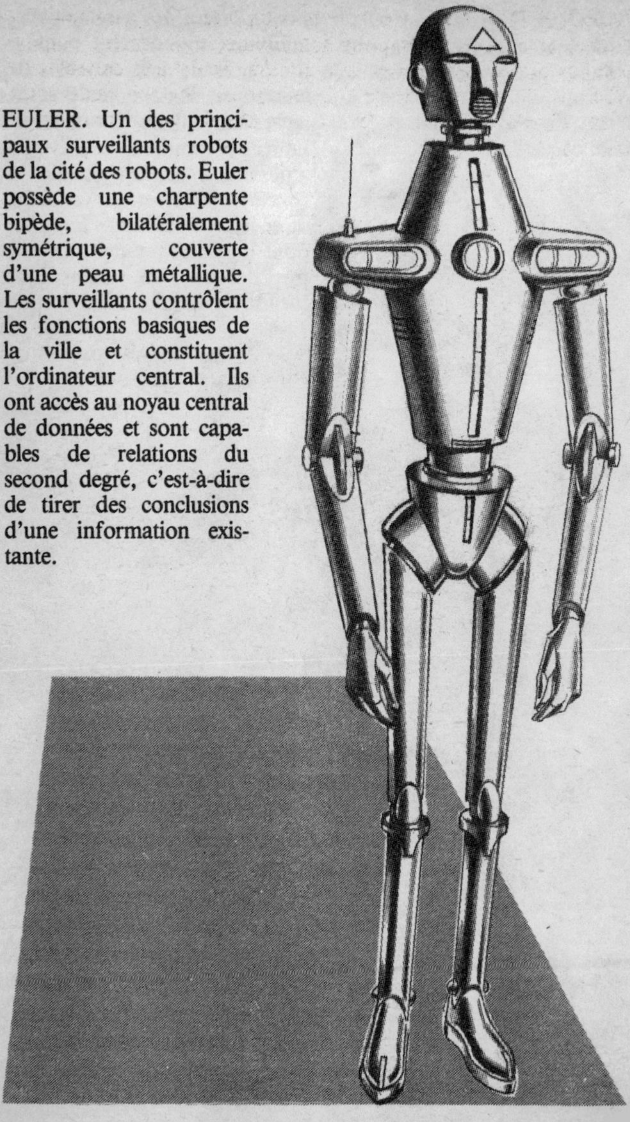

AVERNUS. Autre surveillant principal, Avernus est un bipède humanoïde et mesure approximativement trois mètres soixante-dix. Il a une peau métallique d'un noir de jais. Au lieu des pseudo-mains dont sont dotés les autres surveillants à orientation humaine, comme Euler, Avernus a des mains interchangeables aux fonctions diverses. Il est représenté ici avec les mains humaines dont il se sert pour des travaux très délicats. Ses mains habituelles, toutefois, sont formées d'un ensemble de pinces extrêmement adaptables.

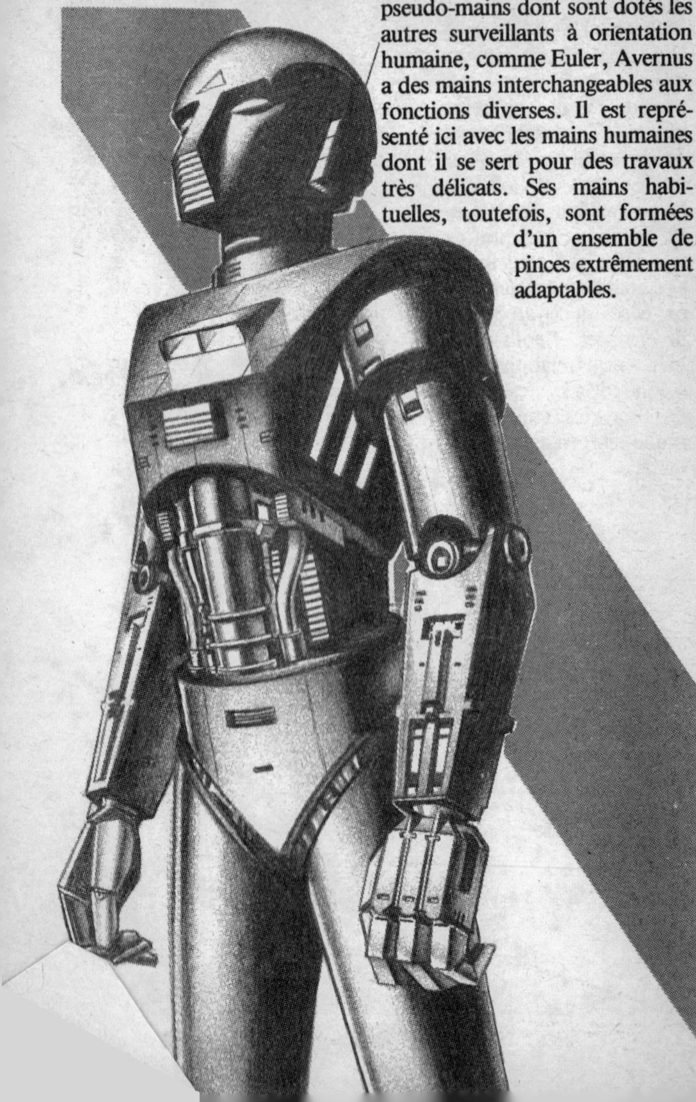

RÉPARATEUR. Petit diagnosticien informatique sphérique. Il découvre rapidement les défauts d'une fonction informatique et les signale, mais ne fait rien d'autre.

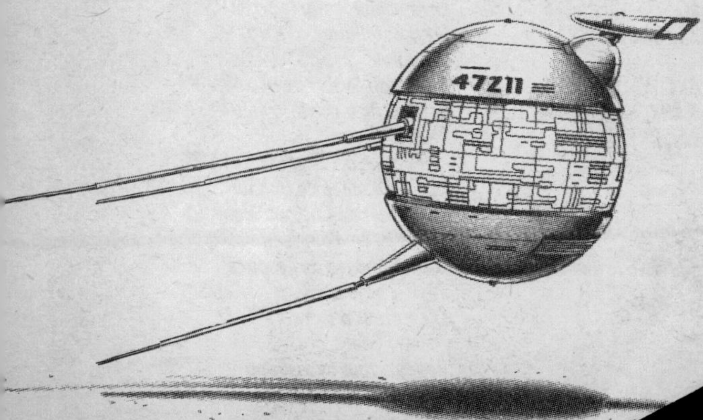

Science-fiction

extrait du catalogue

Depuis 1970, cette collection est leader du genre en France. Elle a publié la plupart des grands classiques (Asimov, Van Vogt, Clarke, Dick, Vance, Simak), mais elle a aussi révélé de nombreux jeunes auteurs qui seront les écrivains de premier plan de demain (Tim Powers, David Brin, Greg Bear, Kim Stanley Robinson, etc.). La S-F est reconnue aujourd'hui comme littérature à part entière, étudiée dans les écoles et les universités. Elle est véritablement la littérature de notre temps.

ANDERSON Poul	**La patrouille du temps** 1409/**3★**
ASIMOV Isaac	**Les cavernes d'acier** 404/**3★**
	Les robots 453/**3★**
	Face aux feux du soleil 468/**3★**
	Tyrann 484/**3★**
	Un défilé de robots 542/**3★**
	Cailloux dans le ciel 552/**3★**
	La voie martienne 870/**3★**
	Les robots de l'aube 1602/**3★** & 1603/**3★**
	Le voyage fantastique 1635/**3★**
	Les robots et l'empire 1996/**4★** & 1997/**4★**
	Espace vital 2055/**3★**
	Asimov parallèle 2277/**4★**
	Le robot qui rêvait 2388/**6★**
	La cité des robots 2573/**6★**
BAKER Scott	**Kyborash** 1532/**4★**
BEAR Greg	**La musique du sang** 2355/**4★**
BELFIORE Robert	**La huitième vie du chat** 2278/**3★**
BLISH James	**Semailles humaines** 752/**2★**
BOGDANOFF Igor & Grishka	**La machine fantôme** 1921/**3★**
BRIN David	**Marée stellaire** 1981/**5★**
	Élévation 2552/**5★** & 2553/**5★**
BROWN Fredric	**La nuit du Jabberwock** 625/**3★**
CARROLL Jonathan	**Le pays du fou rire** 2450/**4★**
CHERRYH C.J.	Chanur :
	- L'épopée de Chanur 2104/**3★**
	- La vengeance de Chanur 2289/**4★**
	- Le retour de Chanur 2609/**6★**
	L'œuf du coucou 2307/**3★**
CLARKE Arthur C.	**2001 l'odyssée de l'espace** 349/**2★**
	2010 : odyssée deux 1721/**3★**
	Les enfants d'Icare 799/**3★**
	Avant l'Eden 830/**3★**
	Rendez-vous avec Rama 1047/**3★**
	Les fontaines du paradis 1304/**3★**

2573

Photocomposition Assistance
Impression Brodard et Taupin
à La Flèche (Sarthe) le 23 mars 1989
6664A-5 Dépôt légal mars 1989
ISBN 2-277-22573-8
Imprimé en France
Editions J'ai lu
27, rue Cassette, 75006 Paris
diffusion France et étranger : Flammarion

CURVAL Philippe	**Le ressac de l'espace** 595/**3**★
DICK Philip K.	**Loterie solaire** 547/**2**★
	Dr Bloodmoney 563/**3**★
	Le maître du Haut-Château 567/**4**★
	Ubik 633/**3**★
	Le dieu venu du Centaure 1379/**3**★
	Blade runner 1768/**3**★
	Coulez mes larmes, dit le policier 2451/**3**★
DONALDSON Stephen R.	Thomas l'Incrédule :
	- Les Chroniques de Thomas l'Incrédule 2232/**4**★
	- Le réveil du titan 2306/**4**★
	- L'éternité rompue 2406/**6**★
DREW Wayland	**Miracle sur la 8e rue** 2343/**3**★
	Willow 2487/**3**★
FARMER Philip José	Le Fleuve de l'éternité :
	- Le monde du Fleuve 1575/**3**★
	- Le bateau fabuleux 1589/**4**★
	- Le noir dessein 2074/**6**★
	- Le labyrinthe magique 2088/**6**★
	- Les dieux du Fleuve 2536/**6**★
FOSTER Alan Dean	**Alien** 1115/**3**★
	Aliens, le retour 2105/**4**★
	Futur immédiat 2505/**3**★
FRÉMION Yves	**Rêves de sable, châteaux de sang** 2054/**3**★
GALOUYE Daniel F.	**Simulacron 3** 778/**2**★
GIBSON William	**Neuromancien** 2325/**4**★
	Comte Zéro 2483/**4**★
GOLDMAN William	**Princess Bride** 2393/**4**★
HALDEMAN Joe	**La guerre éternelle** 1769/**3**★
HAMILTON Edmond	**Le retour aux étoiles** 490/**3**★
HEINLEIN Robert A.	**Une porte sur l'été** 510/**3**★
	Double étoile 589/**2**★
	Vendredi 1782/**4**★
	Job : une comédie de justice 2135/**5**★
	Le chat passe-muraille 2248/**6**★
	Au-delà du crépuscule 2591/**7**★
HERBERT Frank	**La ruche d'Hellstrom** 1139/**4**★
HOWARD Robert E.	**Conan le conquérant** 2468/**3**★
JETER K.W.	**Machines infernales** 2518/**4**★
JEURY Michel	**La croix et la lionne** 2035/**3**★
JONES Raymond F.	**Renaissance** 957/**4**★
KEYES Daniel	**Des fleurs pour Algernon** 427/**3**★
KLEIN Gérard	**Les seigneurs de la guerre** 628/**3**★
	La loi du talion 935/**3**★